Tui T. Sutherland

# Wings of Fire
# Die Prophezeiung der Drachen

Alle Bände von **Wings of Fire**:

*Band 1: Die Prophezeiung der Drachen*
Band 2: Das verlorene Erbe

TUI T. SUTHERLAND

# WINGS OF FIRE

## Die Prophezeiung der Drachen

Aus dem Amerikanischen übersetzt
von Bea Reiter



Loewe

ISBN 978-3-7855-8087-5
1. Auflage 2015

Die Originalausgabe ist 2012 unter dem Titel
*Wings of Fire – The Dragonet Prophecy* erschienen.
Dieses Werk wurde vermittelt
durch die Literarische Agentur Thomas Schlück GmbH, 30827 Garbsen.

Aus dem Amerikanischen übersetzt von Bea Reiter
Umschlag- und Innenillustration: Maximilian Meinzold
Umschlaggestaltung: Franziska Trotzer
Printed in Germany

www.loewe-verlag.de

*Für Jonah,*
*meinen kleinen Leitflügler.*

# Die Drachen von Pyrrhia

# Sandflügler

**Aussehen:** blassgoldene oder weiße Schuppen von der Farbe des Wüstensandes, giftige Schwanzspitze, gespaltene schwarze Zunge

**Fähigkeiten:** können lange ohne Wasser überleben, vergiften Feinde mit ihren Schwanzspitzen wie Skorpione, graben sich zur Tarnung in den Wüstensand ein, speien Feuer

**Königin:** Seit dem Tod von Königin Oasis ist der Stamm gespalten. Es gibt drei konkurrierende Anwärterinnen auf den Thron: die Schwestern Burn, Blister und Blaze.

**Bündnisse:** Burn kämpft an der Seite der Himmelsflügler und Erdflügler, Blister hat sich mit den Meeresflüglern verbündet, Blaze wird von den meisten Sandflüglern und den Eisflüglern unterstützt.

# Erdflügler

**Aussehen:** dicke, gepanzerte braune Schuppen, manchmal mit bernsteinfarbenen und goldenen Unterschuppen; große, flache Schädel mit Nüstern auf der Oberseite der Schnauze
**Fähigkeiten:** können Feuer atmen (wenn ihnen warm genug ist), bis zu einer Stunde lang den Atem anhalten, sich in großen Schlammpfützen verbergen; sind in der Regel sehr stark
**Königin:** Königin Moorhen
**Bündnisse:** zurzeit mit Burn und den Himmelsflüglern im großen Krieg verbündet

# Himmelsflügler

**Aussehen:** rotgoldene oder orangefarbene Schuppen, riesige Flügel

**Fähigkeiten:** starke Kämpfer und Flieger, können Feuer speien

**Königin:** Königin Scarlet

**Bündnisse:** zurzeit mit Burn und den Erdflüglern im großen Krieg verbündet

# Eisflügler

**Aussehen:** silberfarbene Schuppen wie der Mond oder blassblaue wie Eis; Krallen mit Furchen, um besseren Halt auf dem Eis zu haben; gespaltene blaue Zungen; schmale Schwänze, die in einer dünnen Spitze auslaufen
**Fähigkeiten:** können Temperaturen unter null und grellem Licht standhalten, atmen einen todbringenden Eisatem aus
**Königin:** Königin Glacier
**Bündnisse:** zurzeit mit Blaze und den meisten Sandflüglern im großen Krieg verbündet

# Regenflügler

**Aussehen:** Schuppen wechseln ständig die Farbe, in der Regel bunt wie Paradiesvögel, in der Regel Greifschwänze
**Fähigkeiten:** besitzen Tarnschuppen, die mit der Umgebung verschmelzen, benutzen ihre Greifschwänze zum Klettern; keine bekannten natürlichen Waffen
**Königin:** Königin Dazzling
**Bündnisse:** nicht am großen Krieg beteiligt

# Meeresflügler

**Aussehen:** blaue, grüne oder grünblaue Schuppen, Schwimmhäute zwischen den Krallen, Kiemen am Hals, Leuchtstreifen auf Schwanz, Schnauze und Bauch
**Fähigkeiten:** können unter Wasser atmen, im Dunkeln sehen, große Wellen mit einem Schwanzschlag erzeugen; hervorragende Schwimmer
**Königin:** Königin Coral
**Bündnisse:** zurzeit mit Blister im großen Krieg verbündet

# Nachtflügler

**Aussehen:** lilaschwarze Schuppen mit vereinzelten silbernen Schuppen auf der Unterseite der Flügel – wie ein Nachthimmel voller Sterne, gespaltene schwarze Zunge
**Fähigkeiten:** können Feuer speien, in dunklen Schatten verschwinden, Gedanken lesen, die Zukunft voraussagen
**Königin:** ein streng gehütetes Geheimnis
**Bündnisse:** zu geheimnisvoll und mächtig, um am Krieg teilzunehmen

# Die Prophezeiung der Drachen

Wenn der Krieg getobt hat zwanzig Jahr,
werden die Drachlinge kommen.
Wenn das Land gepeinigt wird von Blut und Gefahr,
werden die Drachlinge kommen.

Die Schwingen des Meeres im Ei vom dunkelsten Blau.
Die Schwingen der Nacht gebracht aus nebligem Grau.
Das größte Ei hoch oben auf dem Berg gelegen,
wird Dir die Schwingen des Himmels geben.
Die Schwingen der Erde haben im Sumpf geruht,
in einem Ei so rot wie Drachenblut.
Und gut versteckt vor den Königinnen im Zwist,
wartet das Ei mit den Schwingen des Sandes dort, wo es ist.

Blister, Blaze und Burn, drei Königinnen gar,
zwei werden sterben und eine wird gewahr,
dass sie erlangt die Schwingen des Feuers,
wenn sie sich fügt einem Schicksal teuer.

Fünf Eier, geschlüpft in der hellsten Nacht,
fünf Drachlinge, geboren zu enden die Schlacht.
Dunkelheit steigt auf und bringt das Licht mit Macht.
Die Drachlinge kommen …

# Prolog

Ein silberner Drache versuchte, sich im Sturm zu verstecken.

Blitze zuckten über die dunklen Wolken. Hvitur zog die empfindliche Fracht in seinen Krallen an sich, während er weiterflog. Wenn er es über die Berge schaffte, würde er in Sicherheit sein. Aus dem Palast der Himmelsdrachen war er entkommen. Und die geheime Höhle war schon so nah …

Doch Augen, so schwarz wie Obsidian, verfolgten ihn, verborgen in den Schatten der Felsen unter ihm.

Der weibliche Drache auf dem Felsvorsprung hatte blassgoldene Schuppen, die vor Hitze flimmerten wie der Horizont in der Wüste. Ihre dunklen Augen verengten sich zu schmalen Schlitzen, während sie die schimmernden silbernen Flügel hoch oben in den Wolken verfolgte.

Als sie mit dem Schwanz schnalzte, erhoben sich hinter ihr zwei weitere sandfarbene Drachen in die Luft und stürzten sich kopfüber in das Zentrum des Sturms. Ein gellender Schrei hallte von den Bergwänden wider, als sie ihre Krallen in den Körper des mondbleichen Drachen schlugen.

»Bindet ihm das Maul zu«, befahl die Drachendame ungeduldig, als die Soldaten Hvitur auf den nassen, glitschigen Fels vor ihr fallen ließen. Der Eisdrache war schon dabei, tief Luft zu holen, bereit zum Angriff. »Schnell!«

Einer der Soldaten zog eine schwere Eisenkette aus einem

Haufen glühender Kohlen hervor. Er schlang sie um die Schnauze des Eisdrachen und drückte dessen Kiefer zusammen. Das heiße Eisen brannte sich mit einem zischenden Geräusch in seine kalten Schuppen. Hvitur stieß einen erstickten Schrei aus.

»Zu spät«, zischte der riesige sandfarbene Drache und ließ seine gespaltene Zunge hervorschnellen. »Dein todbringender Atem wird uns nichts mehr anhaben können, Eisflügler.«

»Das hier hatte er bei sich, Königin Burn«, sagte einer der Soldaten, während er ihr ein Drachenei überreichte.

Burn kniff die Augen zusammen und starrte durch den strömenden Regen hindurch auf das Ei. »Das ist kein Ei der Eisflügler«, fauchte sie. »Du hast es aus dem Palast der Himmelsflügler gestohlen.«

Der Eisdrache sah sie unverwandt an. An den Stellen, wo die glühenden Kettenglieder auf seinen Silberschuppen lagen, stieg Dampf auf.

»Hast du etwa geglaubt, du würdest unbemerkt entkommen können?«, fragte Burn. »Meine Verbündete bei den Himmelsflüglern ist nicht dumm. Königin Scarlet weiß alles, was in ihrem Königreich geschieht. Ihre Späher haben gemeldet, dass ein diebischer Eisflügler im Palast umherschleicht. Ich dachte mir, wenn ich selbst nach dir suche, könnte ich meinen langweiligen Besuch hier wenigstens ein bisschen aufpeppen. Wir beide werden uns sicher köstlich zusammen amüsieren.«

Burn hielt das große Ei gegen den Schein des Feuers und drehte es langsam hin und her. Unter der hellen, glatten Oberfläche schimmerte es rot und golden.

»Ja. Das ist ein Ei der Himmelsflügler, kurz vor dem Schlüpfen«, grübelte Burn. »Warum würde dir meine Schwester den

Auftrag geben, einen Sprössling der Himmelsflügler zu stehlen? Blaze hasst alle Drachen, die jünger und hübscher sind als sie selbst.« Sie überlegte kurz, während der Regen auf die Felsen prasselte. »Es sei denn … morgen ist die hellste Nacht …«

Ihr Schwanz mit dem giftigen Stachel am Ende schnellte nach oben wie der eines Skorpions und blieb nur wenige Zentimeter vor Hviturs Augen stehen. »Du bist gar nicht in Blazes Armee, stimmt's? Du bist einer von diesen langweiligen *Friedensstiftern* aus dem Untergrund.«

»Die Klauen des Friedens?«, fragte einer der Soldaten. »Soll das heißen, es gibt sie wirklich?«

Burn schnaubte verächtlich. »Ein paar unbedeutende Würmer, die kein Blut sehen können. Nimm ihm die Kette ab. Er wird uns erst wieder zu Eis erstarren lassen können, wenn seine Schuppen abgekühlt sind.« Die Drachenkönigin beugte sich vor, während der Soldat die Kette losmachte. »Sag mir, Eisdrache, glaubst du wirklich an diese schwülstige, alte Prophezeiung dieser einfältigen Nachtflügler?«

»Sind denn nicht schon genug Drachen für deinen sinnlosen Krieg gestorben?«, zischte Hvitur, der angesichts der Schmerzen in seinem Kiefer zusammenzuckte. »Ganz Pyrrhia hat in den letzten zwölf Jahren gelitten. Die Prophezeiung besagt –«

»Es ist mir egal, was diese dämliche Prophezeiung besagt«, warf Burn ein. »Ich lasse doch nicht einen Haufen Wörter und ein paar Babydrachen entscheiden, wann ich sterbe oder vor wem ich mein Haupt beuge. Frieden wird es erst geben, wenn meine beiden Schwestern tot sind und *ich* Königin der Sandflügler bin.« Ihr giftiger Schwanz zuckte bedrohlich über Hviturs Kopf.

Regen prasselte auf die Schuppen des Silberdrachen. Er starrte entschlossen zu ihr hoch. »Die Drachlinge werden kommen, ob es dir passt oder nicht, und *sie* werden entscheiden, wer die nächste Königin der Sandflügler sein wird.«

»Ach ja?« Burn machte einen Schritt zurück und drehte das Ei in ihren Klauen langsam hin und her. Sie grinste boshaft und ließ wieder ihre gespaltene Zunge hervorschnellen. »Gehört dieses Ei etwa auch zu deiner lächerlichen Prophezeiung, Eisflügler?«

Hvitur verstummte.

Mit einer ihrer langen Krallen klopfte Burn auf die Schale des Eis. »Hallo?«, rief sie. »Ist da ein Drachling der Vorsehung drin, der gleich schlüpfen und diesen großen, bösen Krieg beenden wird?«

»Lass das Ei in Ruhe«, stieß Hvitur hervor.

»Was wird denn aus deiner schönen Prophezeiung … wenn einer der fünf Drachlinge nie geboren wird?«, fragte Burn.

»Das würdest du nicht tun«, erwiderte er. »Niemand würde es wagen, ein Drachenei zu zerstören.« Seine blauen Augen starrten wie hypnotisiert auf die Krallen des Sandflüglers.

»Keine ›Schwingen des Himmels‹, die helfen werden, die Welt zu retten«, meinte Burn. »Was für eine traurige, traurige Geschichte.« Sie begann, das Ei zwischen ihren Klauen hin- und herzuwerfen. »Das heißt dann wohl, dass du sehr, sehr vorsichtig sein solltest mit diesem *furchtbar* wichtigen, kleinen – hoppla!«

Burn warf sich mit dem Oberkörper übertrieben weit nach vorn und tat so, als würde ihr das Ei durch die Klauen rutschen. »So klein und so zerbrechlich …«, spottete sie.

Dann stieß sie ein boshaftes Lachen aus … und ließ das Ei fallen, über den Rand der Felswand in die steinige Finsternis unter ihnen.

»Nein!«, schrie Hvitur auf. Er schüttelte die beiden Soldaten ab und rannte auf den Abgrund zu. Doch bevor er dem Ei nachspringen konnte, schlug ihm Burn ihre riesigen Klauen in den Nacken.

»Das war's dann wohl mit der Vorsehung«, spottete sie mit einem breiten Grinsen. »Und mit deiner jämmerlichen, kleinen Friedensbewegung.«

»Du bist ein Monster«, keuchte der Eisflügler, der sich unter ihren Krallen wand. Vor lauter Verzweiflung versagte ihm die Stimme. »Wir werden niemals aufgeben. Die Drachlinge … die Drachlinge werden kommen und diesem Krieg ein Ende setzen.«

Burn beugte sich vor, um ihm etwas ins Ohr zu zischen. »Und selbst wenn – wird es für dich zu spät sein.« Dann durchbohrte sie Hvitur blitzschnell mit ihrem giftigen Schwanz und schleuderte seinen langen, silberglänzenden Körper in den Abgrund.

Die Schreie des Eisdrachen verstummten lange vor dem Echo, das seinen Aufprall auf den Felsen begleitete.

Burns schwarze Augen richteten sich auf die Soldaten. »Ausgezeichnet«, sagte sie vergnügt. »Das dürfte wohl das Letzte gewesen sein, was wir von dieser bescheuerten Prophezeiung hören.« Sie streckte ihre Klauen aus, damit der Regen das schimmernde Drachenblut darauf wegwaschen konnte. »Und jetzt suchen wir uns etwas anderes zum Spielen.«

Die drei Drachen breiteten ihre Flügel aus und verschwanden in die dunklen Wolken.

Einige Zeit später kroch tief unter dem Berg ein großer, weiblicher Drache mit feuerfarbenen Schuppen zwischen den Felsen hervor und näherte sich vorsichtig dem leblosen Körper des Eisdrachen. Sie schob seinen Schwanz zur Seite und zog ein Stück der zerbrochenen Eischale darunter hervor. Dann verschwand sie wieder im Labyrinth der Höhlen unter den Felswänden.

Ihre Flügel streiften die kantigen Steinmauern. Sie atmete eine Stichflamme aus, um in dem dunklen Gang, der tief in den Berg hineinführte, etwas sehen zu können.

»Ich gehöre den Klauen des Friedens an«, zischte eine Stimme aus den Schatten. »Kestrel? Bist du das?«

»Wir erwarten die Schwingen des Feuers«, antwortete das rote Drachenweibchen. Aus einer Nebenhöhle kam ein blaugrüner Meeresflügler, dem sie das Stück Eischale vor die Klauen warf. »Nicht, dass es uns jetzt noch viel nützen würde«, fauchte sie. »Hvitur ist tot.«

Der Meeresflügler starrte die Eischale an. »Aber … das Ei der Himmelsflügler –«

»Zerbrochen«, antwortete sie. »Weg. Es ist vorbei, Webs.«

»Das darf nicht wahr sein«, erwiderte er. »Morgen ist die hellste Nacht. Die drei Monde werden zum ersten Mal seit einem Jahrhundert zur gleichen Zeit voll sein. Die Drachlinge aus der Prophezeiung *müssen* morgen schlüpfen.«

»Einer von ihnen ist jedenfalls schon tot«, meinte Kestrel. In ihren Augen flackerte Wut. »Ich hätte das Ei der Himmelsflügler selbst stehlen sollen. Im Königreich des Himmels kenne ich mich aus. Ein zweites Mal hätten sie mich nicht erwischt.«

Webs verzog das Gesicht und strich sich mit einer seiner Krallen über die Kiemen an seinem Hals. »Asha ist auch tot.«

»Asha?« Kleine Flammen zischten aus Kestrels Nüstern hervor. »Wie?«

»Sie ist auf dem Weg hierher in einen Kampf zwischen Blazes und Blisters Truppen geraten. Sie hat es noch geschafft, das rote

Ei der Erdflügler herzubringen, aber kurz darauf ist sie an ihren Wunden gestorben.«

»Dann bleiben also nur noch du, ich und Dune, um die kleinen Würmer aufzuziehen«, knurrte Kestrel. »Für eine Prophezeiung, die nie erfüllt werden kann. Wir sollten diese verfluchten Eier zerstören, dann ist es wenigstens endgültig vorbei. Wenn die Klauen des Friedens zurückkehren, um die Drachlinge zu holen, werden wir schon längst weg sein.«

»Nein!«, fauchte Webs. »Die Drachlinge in den nächsten acht Jahren am Leben zu erhalten, ist wichtiger als alles andere. Wenn du nicht mitmachen willst –«

»Jetzt hör schon auf«, fuhr Kestrel ihn an. Sie schnaubte wütend und aus ihren Nüstern stieg Rauch auf. »Ich bin der stärkste Drache bei den Klauen des Friedens. Du brauchst mich. Es spielt keine Rolle, was ich über fiese, kleine Drachlinge denke.« Sie starrte die Eischale auf dem Boden an und rieb ihre vernarbten Handflächen aneinander. »Obwohl ich gehofft hatte, dass wenigstens einer von ihnen ein Himmelsflügler sein würde.«

»Ich werde uns einen fünften Drachling beschaffen.« Webs drängte sich an ihr vorbei. Seine Schuppen schabten über die Felswände.

»Es gibt keinen Weg mehr ins Königreich des Himmels, du Schwachkopf«, sagte sie. »Ab jetzt werden sie die Brutstätte rund um die Uhr bewachen.«

»Dann stehle ich das Ei eben woanders«, fuhr er mit grimmiger Miene fort. »Die Regenflügler zählen ihre Eier nicht mal. Ich könnte eines aus dem Regenwald holen, ohne dass es jemand bemerkt.«

»Das ist so ziemlich das Dümmste, was ich je gehört habe«,

erwiderte Kestrel schaudernd. »Regenflügler sind fürchterliche Kreaturen. Ganz anders als Himmelsflügler.«

»Wir müssen etwas unternehmen«, sagte Webs. Er fauchte, als sein Schwanz die Eischale über den Boden fegte. »In acht Jahren werden die Klauen des Friedens kommen, um fünf Drachlinge abzuholen. In der Prophezeiung steht, dass es fünf sein werden, und wir werden dafür sorgen, dass die Prophezeiung sich erfüllt … koste es, was es wolle.«

# 1. Teil:

# Unter dem Berg

Sechs Jahre später …

# 1. Kapitel

Clay glaubte nicht, dass er der richtige Drache für ein Leben als Held war.

Oh, er wollte es sein. Er wollte der große Retter der Drachenwelt sein, er wollte glorreich und tapfer sein. Er wollte all die wunderbaren Dinge tun, die man von ihm erwartete. Er wollte einen Blick auf die Welt werfen, herausfinden, was mit ihr nicht stimmte, und alles wieder in Ordnung bringen.

Aber er war kein geborener Held. Er hatte überhaupt keine sagenhaften Eigenschaften. Er schlief lieber, als zu lernen, und bei den Jagdübungen entwischten ihm die Hühner ständig in die Höhlen, weil er lieber auf seine Freunde achtgab als auf das Federvieh.

Er konnte ganz gut kämpfen. Aber »ganz gut« reichte nicht, um den Krieg zu beenden und die zerstrittenen Drachenstämme wieder zu vereinen. Er musste etwas Besonderes sein. Er war der größte der Drachlinge, daher sollte er stark und Furcht einflößend sein. Die Erzieher wollten, dass er *ganz furchtbar gefährlich* war.

Clay hielt sich für so gefährlich wie Blumenkohl.

»Kämpfe!«, schallte es ihm entgegen, dann wurde er quer durch die Höhle geschleudert und prallte gegen die Felswand. Er rappelte sich wieder auf und versuchte, seine schlammfarbenen Flügel auszubreiten, um das Gleichgewicht wiederzugewinnen. Als rote Klauen ihm das Gesicht zerkratzen wollten, duckte er sich weg. »Jetzt mach schon«, schnauzte das rote Drachenweibchen ihn an. »Keine Hemmungen. Du darfst keine Skrupel haben. Finde den Killer in dir und lass ihn raus.«

»Das versuch ich doch gerade!«, keuchte Clay. »Vielleicht klappt es, wenn wir mal eine Pause machen und darüber reden –«

Der feuerrote Drache griff ihn wieder an. »Links antäuschen! Rechts abrollen! Setz dein Feuer ein!« Clay versuchte, unter ihrem Flügel durchzutauchen, um sie von unten anzugreifen, rollte sich aber natürlich auf die falsche Seite ab. Als sie ihn mit einer ihrer Klauen zu Boden schmetterte, jaulte er vor Schmerzen.

»WAS FÜR EIN LINKS WAR DAS DENN, DU BLINDGÄNGER?«, brüllte Kestrel ihm ins Ohr. »Sind alle Erdflügler so dumm? ODER BIST DU EINFACH NUR SCHWERHÖRIG?«

*Wenn du mich weiter so anschreist, werde ich mit Sicherheit bald schwerhörig sein,* dachte Clay. Er befreite sich aus dem Griff des Himmelsflüglers, als Kestrel erneut die Klaue hob.

»Ich habe keine Ahnung, wie andere Erdflügler sind«, protestierte Clay, während er sich seine wunden Krallen leckte. »Woher auch? Aber vielleicht könnten wir ja mal versuchen, ohne dieses ganze *Geschrei* zu kämpfen, damit wir …« Er brach ab, weil er das Zischen hörte, das einen von Kestrels Flammenangriffen ankündigte.

Er schlug die Flügel über dem Kopf zusammen, zog den langen Hals ein und versteckte sich zwischen den Stalagmiten, die in einer Ecke der Höhle standen. Die Flammen ließen die Felsen um ihn herum bersten und versengten seine Schwanzspitze.

»Feigling!«, grölte die riesige Drachendame, während sie eine der Felssäulen zerschmetterte und ein Regen aus scharfkantigen schwarzen Steinen auf Clay niederprasselte. Er schlug die Klauen vor die Augen, und im nächsten Moment spürte er, wie sie ihm mit aller Kraft auf den Schwanz trat.

»AUTSCH!«, brüllte er. »Du hast doch gesagt, dass Schwanztreten geschummelt ist!« Er nahm den am nächsten stehenden Stalagmiten zwischen die Klauen und krabbelte daran bis zur Höhlendecke empor. Als er das obere Ende erreicht hatte, starrte er auf den roten Himmelsflügler hinunter.

»Ich bin deine Lehrerin«, fauchte Kestrel. »Wenn *ich* so was mache, ist das nicht geschummelt. Jetzt komm wieder runter und kämpfe wie ein Himmelsflügler.«

*Aber ich bin KEIN Himmelsflügler,* dachte Clay trotzig. *Ich bin ein Erdflügler! Und ich mag es nicht, etwas in Brand zu setzen oder im Kreis um andere Drachen herumzuflattern und ihnen in den Hals zu beißen.* Ihm taten immer noch die Zähne vom letzten Mal weh, als er sie sich beinahe an Kestrels steinharten Schuppen ausgebissen hatte.

»Wie wäre es, wenn ich mit einem der anderen kämpfe?«, fragte er. »Das kann ich viel besser.« Die anderen Drachlinge waren fast so groß wie er und schummelten nicht (na ja, jedenfalls nicht oft). Eigentlich machte es ihm sogar *Spaß,* mit ihnen zu kämpfen. Aber wenn Kestrel zusah, schaffte er es nie, einen Kampf zu gewinnen. Sie machte ihn viel zu nervös.

»Ach ja? Wen hättest du denn gern als Gegner? Den zu kurz geratenen Sandflügler oder den faulen Regenflügler?«, meinte Kestrel. »Auf dem Schlachtfeld wirst du dir das auch aussuchen können, da bin ich mir ganz sicher.« Ihr Schwanz glühte wie Kohlen, während er von einer Seite auf die andere peitschte.

»Glory ist nicht faul«, verteidigte Clay seine Freundin. »Sie ist nur nicht fürs Kämpfen gemacht, das ist alles. Webs sagt, dass es im Regenwald nicht viel gibt, worum man kämpfen muss, weil die Regenflügler Futter im Überfluss haben. Er sagt, dass sie sich deshalb auch aus dem Krieg herausgehalten haben, weil nämlich keine der rivalisierenden Königinnen Regenflügler in ihrer Armee haben will. Er sagt –«

»HÖR AUF ZU JAMMERN UND KOMM RUNTER!«, brüllte Kestrel. Sie stellte sich auf die Hinterklauen und breitete die Flügel aus, sodass sie plötzlich dreimal so groß aussah.

Erschrocken jaulte Clay auf und versuchte, auf den nächsten Stalagmiten zu springen, aber da sich seine Flügel zu langsam entfalteten, prallte er seitlich dagegen. Funken sprühten, während seine Klauen an dem zerklüfteten Stein entlangschrammten. Als Kestrel den Kopf zwischen die Säulen steckte, ihre Zähne in seinen Schwanz schlug und ihn zwischen den Felsen hervorzog, heulte er vor Schmerz laut auf.

Ihre Klauen legten sich um seinen Hals, als sie ihm ins Ohr zischte: »Wo ist das wilde, kleine Monster, das ich gesehen habe, als du geschlüpft bist? *Das* ist der Drache, den wir für die Prophezeiung brauchen.«

*»Grmpf«*, krächzte Clay, während er verzweifelt versuchte, sich aus ihrem Griff zu befreien. Er spürte, wie die sonderbaren Brandnarben auf ihren Handflächen an seinen Schuppen scheuerten.

So endete das Kampftraining mit Kestrel immer – er wurde ohnmächtig, und dann hinkte er noch Tage später und hatte überall tierischen Muskelkater. *Wehr dich*, dachte er. *Werde wütend! Tu was!* Aber obwohl er der größte der fünf Drachlinge war, würde es noch ein Jahr dauern, bis sie alle ausgewachsen waren, und Kestrel überragte ihn um einiges.

Er versuchte, sich in Rage zu bringen, aber alles, was ihm durch den Kopf ging, war: *Es wird bald vorbei sein, und dann kann ich zum Abendessen.* Was natürlich kein besonders heldenhafter Gedanke war.

Plötzlich stieß Kestrel ein lautes Brüllen aus und ließ ihn fallen. Flammen schossen über Clays Kopf, als er mit einem dumpfen Schlag auf den Boden plumpste.

Die rote Drachendame wirbelte wütend herum. Hinter ihr stand heftig keuchend Tsunami, der Meeresflügler-Drachling. Zwischen ihren scharfen weißen Zähnen steckte eine rotgoldene Schuppe. Sie spuckte sie aus und starrte ihre Lehrerin trotzig an.

»Hör auf, Clay zu schikanieren«, drohte Tsunami. »Oder ich beiß dich gleich noch mal.« Im Licht der Fackeln schimmerten ihre dunkelblauen Schuppen wie Kobalt. Die Kiemen an ihrem langen Hals pulsierten, wie immer, wenn sie wütend war.

Kestrel setzte sich hin und zog ihren Schwanz an sich, um die Bisswunde zu begutachten. Dann fletschte sie die Zähne und sah Tsunami an. »Ach, wie süß. Du beschützt einen Drachen, der versucht hat, dich umzubringen, als du noch ein Ei warst.«

»Aber zum Glück waren ja die großen Drachen da, um uns *das Leben zu retten*«, erwiderte Tsunami, »und dafür sind wir natürlich auch sehr dankbar, denn jetzt müssen wir uns diese Geschichte *bis in alle Ewigkeit* anhören.« Sie stapfte um die beiden Drachen herum und stellte sich zwischen Clay und Kestrel.

Clay verzog das Gesicht. Er hörte diese Geschichte nicht gerne. Er verstand es einfach nicht. Es würde ihm nicht einmal im Traum einfallen, den anderen Drachlingen etwas anzutun. Warum war er dann auf ihre Eier losgegangen, kurz nachdem er geschlüpft war? Steckte tatsächlich ein blutrünstiges Monster in ihm?

Die beiden anderen Erzieher, Webs und Dune, sagten, er sei beim Schlüpfen ganz wild gewesen; sie hätten ihn ins Wasser werfen müssen, um die anderen Eier vor ihm zu schützen. Kestrel wollte, dass er das Monster von damals wiederfand und im Kampf einsetzte. Aber er hatte Angst, dass ihn dann alle hassen würden – allen voran er selbst. Allein der Gedanke daran, was er seinen Freunden um ein Haar angetan hätte, gab ihm das Gefühl, kein bisschen Feuer mehr in sich zu haben.

Er *wollte* ja gar keine brutale Killermaschine sein, auch wenn Kestrel glaubte, das wäre eine Verbesserung. Aber vielleicht war das der einzige Weg, um die Prophezeiung wahr werden zu lassen. Vielleicht war es sein Schicksal, ein Monster zu sein.

»Na gut«, sagte Kestrel herablassend. »Wir sind sowieso fertig. Ich werde in deiner Schriftrolle vermerken, dass du mal wieder versagt hast, Erdflügler.« Sie schnaubte eine kleine Flamme in die Luft, drehte sich um und marschierte hocherhobenen Hauptes aus der Höhle.

Sobald der rote Schwanz außer Sicht war, ließ sich Clay mit einem lauten Plumps auf den Boden fallen. Er hatte das Gefühl, als wäre jede einzelne seiner Schuppen verbrannt. »Beim Training morgen wird sie richtig gemein zu dir sein, Tsunami«, warnte er seine Freundin.

»Oh nein«, keuchte der Meeresflügler gespielt entsetzt. »Ich wusste gar nicht, dass Kestrel gemein sein kann! Das wäre eine Überraschung und so völlig untypisch für sie!«

»Autsch«, stöhnte Clay. »Bring mich bitte nicht zum Lachen. Ich glaube, ich habe mir die Rippen gebrochen.«

»Du hast keine gebrochenen Rippen.« Tsunami stupste ihn mit ihrer Nase an. »Drachenknochen sind fast so hart wie Diamanten. Du bist völlig in Ordnung. Und jetzt steh auf und spring in den Fluss.«

»Nein!« Clay steckte die Nase unter den Flügel. »Zu kalt!«

»Spring in den Fluss« war Tsunamis Lösung für alles. Langeweile? Schmerzende Knochen? Trockene Schuppen? Gehirn zu vollgestopft mit der Geschichte des Krieges? »Spring in den Fluss!«, rief sie jedes Mal, wenn sich einer der fünf Drachlinge beschwerte. Ihr war es völlig egal, dass sie die Einzige war, die unter Wasser atmen konnte, oder dass die meisten anderen Drachenstämme es hassten, nass zu werden.

Clay machte es nichts aus, nass zu sein, aber er konnte es nicht ausstehen, wenn ihm kalt war, und der unterirdische Fluss, der durch ihre Höhle strömte, war immer eiskalt.

»Jetzt mach schon«, befahl Tsunami. Sie nahm seinen Schwanz zwischen ihre Vorderklauen und fing an, ihn zum Fluss zu zerren. »Dann geht's dir gleich besser.«

»Auf keinen Fall!«, brüllte Clay, der seine Krallen in den glatten Steinboden schlug, um nicht weitergeschleppt zu werden. »Mir wird dadurch nur noch kälter! Hör auf! Geh weg! Argh!« Sein Protestgeschrei ging in einem Strudel aus Luftblasen unter, als Tsunami ihn in das eisige Wasser fallen ließ.

Als er wieder an die Oberfläche kam, schwamm sie neben ihm, tauchte den Kopf unter und spritzte Wasser auf ihre Schuppen wie ein schöner, etwas zu groß geratener Fisch. Neben ihr kam sich Clay wie ein schwerfälliger brauner Erdklumpen vor.

Er paddelte ins seichte Wasser und legte sich auf einen halb im Fluss verborgenen Felsen. Natürlich würde er es Tsunami gegenüber nicht zugeben, aber sie hatte recht: Im Wasser waren die Verbrennungen und die Schmerzen gar nicht mehr so schlimm.

Die Strömung half, den qualmenden Steinstaub zwischen seinen trockenen Schuppen wegzuspülen.

Aber es war kalt. Clay kratzte an dem Felsen unter ihm. Warum konnte nicht wenigstens *ein kleines bisschen* Schlamm hier unten sein?

»Eines Tages, wenn ich Königin der Meeresflügler bin, wird Kestrel das bereuen«, sagte Tsunami.

»Ich dachte, nur die Töchter einer Königin könnten mit ihr um den Thron kämpfen«, wandte Clay ein, während er ihr dabei zusah, wie sie in dem schmalen Flussbett auf und ab schwamm. Tsunami konnte sich so *schnell* im Wasser bewegen. Am liebsten hätte er auch Schwimmhäute zwischen den Krallen gehabt, oder Kiemen, mit denen er unter Wasser atmen konnte. Außerdem war Tsunamis Schwanz kräftiger als der der anderen Drachen.

»Na ja, wer weiß, vielleicht *ist* die Königin der Meeresflügler ja meine Mutter, und ich bin eine verschollene Prinzessin«, erwiderte Tsunami. »So wie in der Geschichte.«

Alles, was die Drachlinge über die Außenwelt wussten, stammte aus den Schriftrollen, die von den Klauen des Friedens in die Höhle gebracht wurden. Ihre Lieblingsgeschichte war »Die verlorene Prinzessin«, eine Legende über einen verschwundenen Drachling der Meeresflügler, deren königliche Familie auf der Suche nach ihr den kompletten Ozean auseinandernahm. Als das Drachenmädchen am Ende wieder zurückkehrte, wurde sie von ihren überglücklichen Eltern mit offenen Flügeln und einem Festmahl willkommen geheißen.

Die vielen Abenteuer in der Mitte der Geschichte ließ Clay immer aus. Ihm gefiel nur der letzte Teil – die glücklichen Eltern. Und das Festmahl. Das Festmahl fand er auch ziemlich gut.

»Ich frage mich, wie meine Eltern wohl sind«, grübelte er.

»Ich frage mich, ob von unseren Eltern überhaupt noch jemand lebt«, sagte Tsunami.

Clay dachte nicht gern darüber nach. Er wusste, dass jeden Tag Drachen im Krieg starben – wenn Kestrel und Webs von ihren Streifzügen wiederkamen, erzählten sie von blutigen Schlachten, verkohlter Erde und Bergen brennender Drachenkadaver. Aber ihm blieb gar nichts anderes übrig, als zu glauben, dass seine Eltern gesund und am Leben waren. »Glaubst du, sie vermissen uns?«

»Bestimmt.« Tsunami spritzte mit ihrem Schwanz Wasser auf ihn. »Ich wette, meine waren ganz außer sich, als Webs mein Ei gestohlen hat. So wie in der Geschichte.«

»Und meine haben die Sümpfe durchstreift, um mich zu finden«, sagte Clay. Schon als ganz kleine Drachlinge hatten sie sich alle vorgestellt, wie ihre Eltern voller Verzweiflung nach ihnen gesucht hatten. Clay gefiel der Gedanke daran, dass da draußen jemand war, der nach ihm suchte … dass jemand ihn vermisste und wiederhaben wollte.

Tsunami rollte sich auf den Rücken und starrte mit ihren schimmernden grünen Augen an die Höhlendecke. »Die Klauen des Friedens wussten jedenfalls, was sie taten«, stellte sie mit Verbitterung in der Stimme fest. »Hier unten wird uns nie jemand finden.«

Einen Moment lang hörten sie dem Gurgeln des Flusses und dem Knistern der Fackeln an den Wänden zu.

»Wir werden nicht für immer hier unter der Erde sein«, sagte Clay, um seine Freundin aufzuheitern. »Ich meine, wenn die Klauen des Friedens wollen, dass wir diesen Krieg beenden, *müssen* sie uns irgendwann mal rauslassen.« Er kratzte sich nachdenklich hinterm Ohr. »Starflight sagt, dass es nur noch zwei Jahre dauern wird.« So lange mussten sie noch durchhalten. »Dann können wir nach Hause gehen und so viele Kühe fressen, wie wir wollen.«

»Na ja, zuerst retten wir noch schnell die Welt«, wandte Tsunami ein. »Und *dann* gehen wir nach Hause.«

»Richtig«, sagte Clay. *Wie* sie die Welt retten würden, war zwar noch unklar, aber alle schienen zu glauben, dass ihnen schon etwas einfallen würde, wenn es so weit war.

Clay hievte sich aus dem Wasser, die schweren, mit Wasser vollgesogenen Flügel schlaff herabhängend. Dann schleppte er sich mühsam zur Wand, wo er sie zum Trocknen vor einer der Fackeln ausbreitete. Er reckte den Hals und versuchte, sich aufzuwärmen. Die schwache Hitze der Flamme tat gut auf seinen schmerzenden Schuppen.

»Es sei denn …«, meinte Tsunami.

Clay senkte den Kopf und sah seine Freundin an. »Es sei denn, was?«

»Es sei denn, wir verschwinden vorher von hier«, erwiderte sie. Sie rollte sich herum und zog sich mit einer graziösen, fließenden Bewegung aus dem Wasser.

»Verschwinden?«, wiederholte Clay verdutzt. »Wie? Ganz allein?«

»Warum nicht?«, meinte sie. »Wenn es uns gelingt, einen Weg nach draußen zu finden – warum sollten wir dann noch zwei Jahre warten? Ich bin jetzt schon bereit dafür, die Welt zu retten. Du nicht?«

Clay war sich nicht sicher, ob er jemals bereit dafür sein würde, die Welt zu retten. Er hatte gedacht, dass die Klauen des Friedens ihnen sagen würden, was sie tun mussten. Nur die drei Erzieher – Kestrel, Webs und Dune – wussten, wo die Drachlinge versteckt waren, aber da draußen gab es ein ganzes Netzwerk von Anhängern der Friedensbewegung, die sich für das Eintreten der Prophezeiung bereit machten.

»Wir können den Krieg doch nicht allein beenden«, meinte er. »Wir wüssten doch gar nicht, wo wir anfangen sollen.«

Tsunami schlug genervt mit den Flügeln und überzog ihn mit einem Schauer kalter Tropfen. »Natürlich *können* wir den Krieg ganz allein beenden«, sagte sie. »Genau *darum* geht es doch in der Prophezeiung.«

»Vielleicht in zwei Jahren«, sagte Clay. *Vielleicht habe ich bis dahin ja meine gefährliche Seite gefunden. Vielleicht bin ich dann der Kämpfer, den Kestrel aus mir machen will.*

»Vielleicht schon früher«, widersprach sie trotzig. »Denk mal darüber nach, okay?«

Er verlagerte sein Gewicht. »Also gut. Ich werde darüber nachdenken.« Jetzt konnte er wenigstens aufhören, mit ihr zu diskutieren.

Tsunami legte den Kopf schief. »Ich höre das Abendessen!« Aus dem Gang drang das leise Echo von ängstlichem Muhen zu ihnen. Vergnügt stupste sie Clay an. »Wir laufen um die Wette!« Dann drehte sie sich um und stürmte davon, ohne auf eine Antwort zu warten.

Die Fackeln in der Kampfhöhle warfen ein schwaches, fahles Licht, und unter Clays Schuppen sickerte kaltes Wasser hervor. Er faltete seine Flügel zusammen und fegte mit dem Schwanz durch das Geröll der zerschmetterten Felssäule.

Tsunami war verrückt. Die fünf Drachlinge waren noch lange nicht dafür bereit, den Krieg zu beenden. Sie würden nicht einmal wissen, wie sie da draußen allein überleben sollten. Konnte ja sein, dass Tsunami so tapfer und zäh war, wie man das von Helden erwartete, aber Sunny und Glory und Starflight … Als Clay daran dachte, was ihnen alles zustoßen konnte, ergriff ihn ein eiskalter Schauder. Er würde alles dafür geben, um seine Freunde zu beschützen.

Aber es war sowieso unmöglich, aus den Höhlen zu entkommen. Dafür hatten die Klauen des Friedens gesorgt.

Trotzdem fragte er sich insgeheim, wie es wohl sein würde, nach Hause zu gehen, anstatt noch zwei Jahre zu warten. Clay kannte nichts anderes als diese Höhlen, wo er geschlüpft war, aber er hatte sich die Außenwelt oft genug vorgestellt. Zurück ins Moor, in die Sümpfe, zu einem ganzen Stamm von Erdflüglern, die so aussahen und dachten wie er … zurück zu seinen Eltern, wer auch immer sie waren …

Was, wenn es ihnen gelingen würde?

Was, wenn die Drachlinge entkommen, überleben und die Welt retten konnten … auf ihre Art?

# 2. Kapitel

Clay benutzte seinen Schwanz, um die Reste des Abendessens in den Fluss zu fegen. Die abgenagten weißen Knochen hüpften im Wasser auf und ab und wurden dann von der Strömung weggerissen.

Am Rand der großen Haupthöhle flackerten Feuer. Über Clays Kopf erstreckte sich eine gewaltige Leere, in die unzählige, wie Zähne aussehende Stalaktiten ragten. Die gewölbte Decke war so groß, dass sechs ausgewachsene Drachen mit ausgebreiteten Flügeln darunter Platz gehabt hätten. An einer Wand floss der unterirdische Fluss entlang, murmelnd und gurgelnd, als würde auch er gerade seine Flucht planen.

Clay warf einen Blick in Richtung der beiden kleinen Schlafhöhlen, die an die Haupthöhle angrenzten – sie waren zurzeit leer –, und fragte sich, wo die anderen Drachlinge hingegangen waren, während er aufgeräumt hatte.

»AHA!«, brüllte jemand hinter ihm. Clay zuckte zusammen und schlug die Flügel schützend über seinen Kopf.

»Was hab ich denn jetzt wieder angestellt?«, kreischte er. »Es tut mir leid! Es war keine Absicht! Und wenn es um die zusätzliche Kuh geht – Dune hat gesagt, die könnte ich haben, weil Webs erst ganz spät wiederkommt, aber es tut mir leid und ich kann ja morgen das Abendessen ausfallen lassen!«

Eine kleine Schnauze stupste ihn in den Rücken zwischen die

Flügel. »Jetzt komm mal wieder runter, du Dummerchen«, sagte Sunny. »Das ›Aha‹ galt doch gar nicht dir.«

»Oh.« Clay faltete die Flügel zusammen und drehte sich um. Sunny war der kleinste der Drachlinge und ganz zuletzt geschlüpft. In ihrem Maul verschwand gerade der helle Schwanz einer Eidechse. Sie grinste ihn an.

»Das war mein wilder Jagdschrei«, erklärte sie. »Gefällt er dir? Hast du Angst bekommen?«

»Na ja, überrascht hat er mich jedenfalls«, meinte Clay. »Schon wieder Eidechsen? Was spricht denn gegen Kühe?«

»Igitt! Die liegen mir immer so schwer im Magen«, erwiderte sie. »Du siehst irgendwie ernst aus.«

»Ich habe nur nachgedacht.« Er war froh, dass Kestrel und Dune nicht wie Nachtflügler Gedanken lesen konnten. Beim Abendessen hatte er die ganze Zeit darüber nachdenken müssen, was Tsunami zu ihm gesagt hatte.

Clay hob einen seiner Flügel und Sunny kuschelte sich an ihn. Er spürte, wie die Wärme ihrer goldenen Schuppen seinen Körper durchdrang. Sunny war für einen Sandflügler viel zu klein und hatte die falsche Farbe – gelbbraunes Gold anstatt eines hellen Beigetons –, aber wenigstens strahlte sie Hitze ab, wie alle Drachen ihres Stammes.

»Dune sagt, dass wir noch eine Stunde lernen sollen, bevor wir ins Bett gehen«, informierte sie ihn. »Die anderen sind schon in der Studierhöhle.«

Dune, der verkrüppelte Drache, der das Überlebenstraining leitete, war ein Sandflügler, genau wie Sunny … jedenfalls mehr oder weniger. Mit dem kleinsten der Drachlinge stimmte etwas nicht. Sunny hatte nicht nur zu goldene Schuppen, sondern auch

Augen, die graugrün anstatt schimmernd schwarz waren. Und das Schlimmste war, dass ihr Schwanz in einer ganz normalen Spitze auslief, wie die Schwänze der meisten Drachenstämme, anstatt mit dem giftigen Stachel zu enden, der die gefährlichste Waffe eines Sandflüglers war.

Wie Kestrel oft sagte, war Sunny völlig harmlos … und was taugte ein harmloser Drache im Kampf? Aber ihr Ei hatte auf die Beschreibung in der Prophezeiung gepasst, daher war sie nun einer der auserwählten Drachlinge – ihre »Schwingen des Sandes« –, ob es den Klauen des Friedens nun gefiel oder nicht.

Und natürlich gab es auch keine »Schwingen des Regens« in der Prophezeiung. Die Drachlinge hatten mehr als einmal gehört, dass Glory, ein Regenflügler, im letzten Moment als Ersatz für das zerbrochene Ei der Himmelsflügler beschafft worden war. Kestrel und Dune nannten sie »einen Fehler« und hatten immer etwas an ihr auszusetzen.

Niemand wusste, ob sich die Prophezeiung mit einem Regenflügler anstelle eines Himmelsflüglers noch erfüllen würde. Aber nach allem, was Clay über Himmelsflügler wusste, war er heilfroh, dass sie Glory bei sich hatten und nicht noch einen schlecht gelaunten, Feuer speienden Drachen wie Kestrel.

Und falls jemand die Prophezeiung über den Haufen warf, würde das mit Sicherheit nicht Glory sein, sondern er, Clay.

»Komm mit«, sagte Sunny, während sie ihm mit ihrem Schwanz einen Klaps gab. Er folgte ihr quer durch die Haupthöhle.

Von hier aus führten vier gewundene Tunnel in verschiedene Richtungen durch den Fels: einer in den Kampfraum, einer in die Höhle der Erzieher, einer ins Studierzimmer und einer zur

Außenwelt. Letzterer war durch einen Steinbrocken blockiert, der so groß war, dass keiner der Drachlinge ihn bewegen konnte.

Als sie daran vorbeigingen, blieb Clay stehen und drückte mit der Schulter gegen den Steinbrocken. Immer wenn die großen Drachen nicht da waren, versuchte er, den Tunnel zu öffnen. Und irgendwann würde der Stein sich bewegen. Vielleicht nicht viel, aber selbst ein paar Zentimeter würden ihm die Gewissheit geben, dass er bald ausgewachsen war. Er *fühlte* sich zumindest groß. Ständig prallte er mit dem Schwanz oder den Flügeln gegen Sachen oder stieß aus Versehen etwas um.

*Heute nicht,* dachte er bedauernd, als der Felsbrocken sich kein bisschen von der Stelle rührte. *Vielleicht morgen.*

Er folgte Sunny den Tunnel entlang ins Studierzimmer. Seine riesigen Hinterklauen mit den dicken Krallen scharrten geräuschvoll über den Steinboden. Obwohl er sein ganzes Leben unter dem Berg verbracht hatte, tat es immer noch weh, auf nacktem Fels zu laufen.

Tsunami stolzierte in der Studierhöhle auf und ab und erteilte Befehle. Sunny und Clay setzten sich in die Nähe des Eingangs und falteten ihre Flügel zusammen. Aus einem Loch in der Decke, hoch über ihren Köpfen, drang frische Luft zu ihnen – in dieser Höhle gab es die einzige Verbindung zur Außenwelt. Nachts, ohne jeden Sonnenstrahl, fühlte sich der Raum kälter und irgendwie leerer an. Clay reckte den Hals und schnupperte an der Dunkelheit, die auf der anderen Seite des Lochs hereingebrochen war. Für ihn roch sie wie Sterne.

Zwischen zwei Fackeln an der Wand hing eine Landkarte von Pyrrhia. Tsunami und Starflight starrten gern auf die Karte und versuchten herauszufinden, wo sich ihre geheime Höhle befand, da keiner der großen Drachen es ihnen sagen wollte. Starflight war ziemlich sicher, dass sie irgendwo unter dem Wolkengebirge waren. Himmelsflügler zogen es vor, hoch oben auf den Gipfeln zu leben, weshalb alles, was in den riesigen Höhlen darunter geschah, unbemerkt blieb.

»Ich finde Geschichtsunterricht immer so verwirrend«, beschwerte sich Sunny leise bei Clay, während ihr Schwanz hin- und herzuckte. »Warum setzen sich die drei Seiten nicht einfach zusammen und reden so lange miteinander, bis der Krieg beendet ist?«

»Das wäre großartig«, meinte Clay. »Dann könnten wir endlich aufhören, uns mit diesem Thema zu beschäftigen.«

Sunny kicherte.

»Aufhören«, befahl Tsunami herrisch, während sie mit den Klauen aufstampfte. »Es wird nicht geflüstert! Passt lieber auf. Ich verteile jetzt die Rollen.«

»Das ist doch kein richtiger Unterricht«, gab Starflight zu bedenken. Wegen seiner schwarzen Schuppen war er in den dunklen Schatten zwischen den Fackeln fast unsichtbar. Er klaubte einige Schriftrollen in seinen Krallen zusammen und fing an, sie in ordentlich aufeinandergestapelte Dreiecke zu sortieren. »Vielleicht sollte ich euch stattdessen lieber etwas vorlesen.«

»Ach du dickes Drachenei, alles, nur das nicht«, rief Glory von einem Felsvorsprung über ihnen. »Vielleicht später, wenn wir einschlafen *wollen.*« Ihre lange, schmale Schnauze, die vor Unmut smaragdgrün schimmerte, ruhte auf ihren Vorderklauen. Die Schuppen auf ihrem Körper wechselten ständig die Farbe. Heute Abend glänzte ihr Schwanz in schimmernden Violetttönen.

Wenn Glory nicht gewesen wäre, dachte Clay, würde keiner von ihnen wissen, dass es so viele Farben auf der Welt gab. Er fragte sich, wie der Regenwald aussah, in dem es einen ganzen Stamm dieser wunderschönen Drachen gab.

»Ruhe jetzt«, schimpfte Tsunami. »Natürlich wäre ich die beste Königin, aber wir sollten Sunny die Königin spielen lassen, weil sie ein echter Sandflügler ist.« Sie stapfte zu ihnen und stieß Sunny in die Mitte der Höhle.

»Na ja, so was Ähnliches jedenfalls«, murmelte Glory leise.

»Pst!« Starflight stupste sie mit seinem Schwanz an. Keiner der Drachlinge sprach je darüber, warum Sunny nicht wie ein normaler Sandflügler aussah. Clay vermutete, dass man ihr Ei zu früh aus dem Sand genommen hatte. Wahrscheinlich brauchten die Eier der Sandflügler die Sonne und den Wüstensand, damit sich die Drachlinge im Inneren vollständig entwickeln konnten – obwohl er ja der Meinung war, dass Sunny völlig in Ordnung aussah.

Tsunami trommelte mit den Klauen auf den Höhlenboden und musterte ihre Freunde. »Clay, willst du den Zweibeiner spielen?«

»Das ist nicht fair«, protestierte Starflight. »Er ist doppelt so groß wie Sunny. Ein richtiger Zweibeiner wäre kleiner als sie, so steht es in der Schriftrolle hier geschrieben. Außerdem haben Zweibeiner keine Schuppen, keine Flügel und keinen Schwanz. Und sie gehen, wie der Name schon sagt, nur auf zwei Beinen, was ich für sehr unsicher halte. Ich wette, sie fallen die ganze Zeit hin. Habt ihr gewusst, dass sie fast genauso wild auf Gold sind wie Drachen? Der Schriftrolle zufolge sind Zweibeiner dafür bekannt, dass sie einzelne Drachen überfallen und bestehlen –«

»DU MEINE GÜTE. DAS WISSEN WIR!«, fuhr Glory ihn an.

»Wir waren alle bei den spannenden Vorträgen über Zweibeiner dabei. Bring mich bloß nicht dazu, runterzukommen und dich zu beißen, Starflight.«

»Ich würde gern mal einem richtigen Zweibeiner begegnen«, meinte Clay. »Dann würde ich ihm den Kopf abreißen! Und ihn fressen!« Er trommelte mit den Vorderklauen auf den Steinboden vor sich. »Ich wette, er würde besser schmecken als das Federvieh, das Kestrel immer für uns mitbringt.«

»Armer, hungriger Clay«, neckte ihn Sunny.

»Wenn wir frei sind, suchen wir uns ein Nest der Zweibeiner und verschlingen sie alle«, versprach Tsunami, während sie Clay einen Stups mit dem Flügel gab.

Sunny blinzelte verwirrt. »Wenn wir frei sind?«

*Ups.* Tsunami und Clay tauschten Blicke. Sunny war lieb und nett, viel zu vertrauensselig und konnte einfach kein Geheimnis für sich behalten.

»Ich meine natürlich, nachdem wir die Prophezeiung erfüllt haben«, sagte Tsunami schnell. »Clay, du bist der Zweibeiner. Hier, das kann deine Zweibeinerklaue sein.« Sie holte mit ihrem langen Schwanz aus und brach damit einen Stalagmiten ab. Als Felsbrocken durch die Höhle flogen, duckten sich die anderen Drachlinge.

Clay nahm die scharfe Felsspitze wie einen Speer zwischen die Klauen und grinste Sunny boshaft an.

»Tu mir bloß nicht weh«, bat sie nervös.

»Aber natürlich nicht«, versicherte Tsunami. »Wir spielen das doch nur. Und der Rest von uns übernimmt die Rollen der Prinzessinnen. Ich bin Burn. Glory kann Blister sein und Starflight ist Blaze.«

»Letztes Mal musste ich auch schon eine Prinzessin spielen«, beschwerte sich Starflight. »Ich weiß nicht, ob mir dieses Spiel gefällt.« Als er seine Flügel dehnte, glitzerten die vereinzelten Silberschuppen auf der Unterseite wie Sterne am Nachthimmel.

»Das ist kein Spiel, das ist *Geschichte*«, sagte Tsunami. »Und wenn wir noch andere Freunde hätten, könnten wir uns auch abwechseln. Aber da es nun mal drei Sanddrachen-Prinzessinnen gibt, musst du eine davon sein. Und jetzt hör auf zu jammern.«

Starflight zuckte mit den Schultern und wich in die Schatten zurück, wie immer, wenn er einen Kampf nicht gewinnen konnte.

»Achtung, es geht los«, sagte Tsunami, während sie mit einem großen Satz auf den Felsvorsprung neben Glory sprang.

»Ähm«, begann Sunny. Sie sah Clay argwöhnisch an. »Ach ja. Hier bin ich, la la la, Königin Oasis der Sandflügler. Ich bin ja so *dermaßen* wichtig und … ähm … königlich … und so.«

Tsunami seufzte. Glory und Starflight grinsten verstohlen.

»Ich bin schon ewig Königin«, fuhr Sunny fort, während sie hocherhobenen Hauptes über den Höhlenboden stolzierte. »Niemand wagt es, mich zum Kampf um meinen Thron herauszufordern. Ich bin die stärkste Sandflügler-Königin, die je gelebt hat!«

»Vergiss den Schatz nicht«, zischte Tsunami, die auf einen Stapel Felsbrocken deutete.

»Ach ja, richtig«, sagte Sunny. »Vermutlich liegt es an meinem Schatz! Ich habe so viel Gold, weil ich so eine wichtige Königin bin!« Sie schob die Felsbrocken zusammen und nahm sie zwischen ihre Klauen.

»Hat da jemand *Gold* gesagt?«, grölte Clay, der hinter einem großen Felsen hervorsprang. Vor Schreck jaulte Sunny laut auf.

»Nein!«, brüllte Tsunami. »Du hast keine Angst! Du bist Königin Oasis, die große, böse Königin der Sanddrachen.«

»Sti…stimmt«, stotterte Sunny. »Rrrrr! Was hat dieser winzige Zweibeiner im Königreich des Sandes zu suchen? Ich habe keine Angst vor winzigen Zweibeinern! Ich werde jetzt dort rausgehen und ihn mit einem einzigen Bissen verschlingen!«

Glory begann so heftig zu kichern, dass sie sich hinlegen und das Gesicht in den Flügeln vergraben musste. Sogar Tsunami gab Laute von sich, die wie unterdrücktes Lachen klangen.

Clay schwang seinen Stalagmiten im Kreis herum. »Quiek … quiek … quiek!«, brüllte er. »Und was Zweibeiner sonst noch für komische Geräusche machen! Ich bin hier, um einen prächtigen Drachen seines Goldes zu berauben!«

»Da hast du dir den falschen Drachen ausgesucht«, erwiderte Sunny mit gespielter Empörung. Sie stürmte vor, breitete die Flügel aus und reckte drohend den Schwanz in die Höhe. Ohne den giftigen Stachel, den andere Sandflügler hatten, sah Sunnys Schwanz allerdings nicht sehr gefährlich aus, was aber niemand erwähnte.

»Waaaaaaah!«, schrie Clay, während er einen Satz nach vorn machte und sie mit seinem Felsspeer angriff. Sunny wich aus, dann umkreisten sich die beiden und griffen sich immer wieder abwechselnd an. Das war der Teil, der Clay am besten gefiel. Wenn Sunny nicht mehr versuchte, eine Königin zu spielen, und sich auf den Kampf konzentrierte, machte das Ganze Spaß. Da sie so klein war, konnte sie seinen Manövern meistens mühelos ausweichen.

Doch am Ende musste Königin Oasis verlieren, denn so stand es schließlich geschrieben. Clay drängte Sunny an die Höhlenwand und stieß die Speerattrappe zwischen ihren Hals und ihren Flügel, wobei er so tat, als hätte er ihr Herz durchbohrt.

»Aaaaaargh!«, heulte Sunny auf. »Unmöglich! Eine Königin wird von einem unbedeutenden Zweibeiner besiegt! Das Königreich wird auseinanderfallen! Oh, mein Schatz … mein schöner Schatz …« Sie sank zu Boden und schlug ein paarmal matt mit den Flügeln.

»Hahaha!«, rief Clay. »Und quiek, quiek! Der Schatz gehört mir!« Er sammelte die Felsbrocken auf und stolzierte davon, wobei sein Schwanz voller Stolz hin- und herpeitschte.

»So, jetzt sind wir dran«, sagte Tsunami, während sie von dem Felsvorsprung hüpfte. Sie eilte zu Sunny, schlug die Klauen über dem Kopf zusammen und stieß einen entsetzten Schrei aus. »Oh nein! Unsere Mutter ist tot und der Schatz ist weg. Aber das Schlimmste ist, dass keine von *uns* sie getötet hat. Wer soll denn jetzt Königin sein?«

»Ich wollte sie gerade herausfordern«, rief Glory. Sie schlug theatralisch mit den Flügeln. »Ich hätte mit ihr bis zum Tod um den Thron gekämpft. *Ich* sollte Königin sein.«

»Nein, *ich* sollte Königin sein!«, beharrte Tsunami. »Ich bin die Älteste und Größte von uns und hätte unsere Mutter als Erste herausgefordert!«

Sie drehten sich beide um und blickten zu Starflight, der sich in den Schatten versteckt hatte. Der schwarze Drache sah aus, als würde er versuchen, noch unsichtbarer zu werden.

»Starflight, jetzt mach schon«, zischte Tsunami. »Oder bist du ein fauler …« Sie konnte gerade noch verhindern, dass ihr das Wort »Regenflügler« herausrutschte. Die Lehrer sagten so etwas ständig: »*Wenn du nicht lernen willst, bist du nicht besser als ein*

*Regenflügler.«*, »*Was ist los, hat jemand dein Gehirn mit dem eines Regenflüglers vertauscht?«*, »*Schläfst du noch? Man könnte meinen, du wärst ein Regenflügler!«*. (Den letzten Satz bekam vor allem Clay zu hören.)

Obwohl die Drachlinge wussten, dass Glory es hasste, tat sie immer so, als wäre es ihr egal. Außerdem kam es ihnen total unfair vor. Glory war der einzige Regenflügler, den sie kannten, und sie lernte und trainierte fleißiger als sie alle vier zusammen.

»Ähm … Drache«, beendete Tsunami verlegen ihren Satz, während sie Glory einen schnellen Blick zuwarf. »Starflight, jetzt komm schon raus.«

Der Nachtflügler rutschte ein Stück nach vorn und starrte auf Sunny hinunter, die ihre Augen fest zusammengekniffen hatte. »Oje, oje«, sagte er betont sarkastisch. »Also, ich sollte Königin sein. Als jüngste Prinzessin könnte ich am längsten regieren. Das wäre gut für die Sandflügler. Außerdem …« – er legte eine dramatische Pause ein und stieß einen tiefen Seufzer aus – »… außerdem bin ich mit Abstand die Hübscheste.«

Als Sunny zu kichern begann, bekam sie von Tsunami einen Stups, damit sie die Schnauze hielt. Clay schob die als Schatz dienenden Felsbrocken zu einem Haufen zusammen und setzte sich darauf.

»Ich sollte euch beide auf der Stelle töten«, fauchte Glory.

»Du und welche Armee?«, spottete Tsunami.

Glory reckte den Hals und fletschte die Zähne. »Das ist eine großartige Idee. Ich werde mir eine Armee *besorgen* – eine Armee aus Meeresflüglern –, und dann wird dir das noch leidtun.«

»Du bist nicht die Einzige, die sich Verbündete suchen kann«, erwiderte Tsunami. »Ich werde die Himmelsflügler auf meine

Seite bringen. *Und* die Erdflügler! Dann werden wir ja sehen, wer diesen Krieg gewinnt!«

Eine Pause trat ein. Die beiden starrten wieder Starflight an.

»Ähm, ja«, meinte er. »Tut euch keinen Zwang an. Ich werde mich mit der Armee der Eisflügler verbünden. Ach, und übrigens – die meisten Sandflügler wollen *mich* als ihre Königin haben.«

»Echt jetzt?«, fragte Sunny, die die Augen aufmachte. »Wo steht das denn?«

»Halt die Klappe.« Tsunami gab ihr einen Stups. »Du bist tot.«

»In letzter Zeit sind eine Menge Schriftrollen dazu entstanden«, erklärte Starflight wichtigtuerisch. »Bei ihrem eigenen Stamm ist Blaze sehr beliebt.«

»Warum kann sie dann nicht Königin sein?«, fragte Sunny. »Wenn sie Blaze doch haben wollen?«

»Weil Burn größer und Furcht einflößender ist und Blaze im Zweikampf wie einen Wurm zerquetschen würde«, warf Glory ein. »Und Blister – das bin ich – ist klüger als beide zusammen. Sie wusste, dass sie Burn nicht in einem normalen Duell besiegen konnte. Es war ihre Idee, die anderen Stämme in die Sache reinzuziehen und aus dem Kampf um den Thron der Sandflügler einen Weltkrieg zu machen. Vermutlich wartet sie darauf, dass die anderen beiden sich gegenseitig umbringen.«

»Und wen wollen *wir* als Königin haben?«, fragte Sunny. »Das dürfen wir uns doch aussuchen, stimmt's? Wenn wir die Prophezeiung erfüllen, meine ich.«

»Keine von ihnen«, bemerkte Starflight mit düsterer Stimme. »Blaze ist in etwa so intelligent wie ein Schaf mit Gehirnerschütterung, Blister plant wahrscheinlich schon, wie sie gleich alle

Drachenstämme auf einmal unterwerfen kann, und wenn Burn gewinnt, wird sie den Krieg wohl trotzdem weiterführen, nur so zum Spaß. Sie sind alle ziemlich fies. Vermutlich kommt es drauf an, was die Klauen des Friedens entscheiden.«

»Die Klauen des Friedens haben *gar nichts* zu entscheiden«, empörte sich Tsunami. »Sie *glauben* nur, dass sie für uns verantwortlich sind.«

»Trotzdem sollten wir uns anhören, was sie zu sagen haben«, wandte Starflight ein. »Sie wollen doch nur das Beste für uns und Pyrrhia.«

»Du hast leicht reden«, beschwerte sich Glory. Die kleinen Flügelfächer hinter ihren Ohren leuchteten in einem grellen Orange auf. »Dich hat man schließlich nicht einfach so geklaut. Die Nachtflügler haben dein Ei damals mehr als bereitwillig rausgerückt, nicht wahr?« Starflight zuckte zusammen, als hätte sie ihn verbrannt.

»Das ist sooo langweilig«, brüllte Clay von seinem Steinhaufen aus. »Hört auf, miteinander zu streiten! Kämpft lieber mit mir um diesen Schatz!«

»Niemand weiß, was der Zweibeiner mit dem Schatz der Sanddrachen gemacht hat«, erklärte Starflight wieder mit seiner Streberstimme, während er sich von Glory abwandte. »Gestohlen hat er unter anderem den Lazulith-Drachen, das goldene Zepter der Sandflügler und das Onyx-Auge, das seit Hunderten von Jahren im Besitz der Sandflügler war.«

Clay stampfte mit der Klaue auf. Starflights Vorträge führten immer dazu, dass seine Schuppen zu jucken begannen. »Ich will jetzt mit jemandem kämpfen!«, verlangte er trotzig. Vorzugsweise mit jemandem, der nicht versuchte, ihn in blinde Wut zu prügeln.

Als hätte der Gedanke sie gerufen, stand plötzlich Kestrel im Eingang der Höhle.

»WAS geht hier vor?« Kestrels dröhnende Stimme ließ alle fünf Drachlinge Haltung annehmen. Als Sunny versuchte, auf die Klauen zu kommen, rutschte sie aus, und Starflight konnte sie gerade noch mit einem beherzten Sprung auffangen.

Der riesige rote Himmelsflügler schob sich in die Höhle und starrte auf die kleinen Drachen herab. »Das sieht aber nicht danach aus, als würdet ihr lernen«, zischte Kestrel.

»Es t-t-t-tut uns leid«, stotterte Sunny.

»Nein, tut es nicht.« Tsunami warf dem kleinen Sandflügler einen wütenden Blick zu. »Wir *haben* gelernt. Wir haben den Tod der Sandkönigin gespielt, der den Krieg ausgelöst hat.«

»Du meinst, ihr habt ihn *dargestellt*«, grummelte Kestrel. »Für Spiele seid ihr zu alt.«

»Wann waren wir jemals *jung* genug für Spiele?«, murmelte Glory.

»Das war kein Spiel«, widersprach Tsunami dem großen Drachen. »Das war eine andere Art des Geschichtsunterrichts. Was ist daran falsch?«

»Und jetzt gibst du auch noch Widerworte«, sagte Kestrel. Sie sah sehr zufrieden mit sich aus, wie immer, wenn Tsunami in Schwierigkeiten geriet. »Was bedeutet, dass du heute Nacht nicht im Fluss schlafen wirst.« Tsunami machte ein finsteres Gesicht. Kestrel tippte mit einer Klaue auf den Stapel Felsbrocken am Eingang. »Und der Rest von euch sollte aus den Fehlern des Meeresflüglers lernen und den Unterricht auf die richtige Art durchführen.«

»Das ist nicht fair«, sagte Clay in dem Moment, in dem Kestrel sich umdrehte, um zu gehen, obwohl ihm das Herz bis zum Hals schlug. »Wir haben alle mitgemacht. Wenn, dann sollten wir alle bestraft werden.« Glory schüttelte genervt den Kopf, doch Sunny neben ihm nickte.

Kestrel starrte auf Clay hinunter. »Ich weiß, wer der Anführer war. Wenn man ihm den Kopf abschlägt, verschwindet der Rest des Problems von selbst.«

»Du willst Tsunami den Kopf abschlagen?«, kreischte Sunny entsetzt.

Glory seufzte. »Das sagt man doch nur so, Dummerchen.«

»Keine Diskussion mehr«, entschied Kestrel. »Und jetzt ab ins Bett.« Als sie sich umdrehte und aus der Höhle marschierte, stieß sie mit dem Schwanz gegen die Schriftrollen, die Starflight zu ordentlichen Haufen gestapelt hatte, und warf sie um.

Clay stieß Tsunamis dunkelblaue Schulter mit seiner Schnauze an. »Tut mir leid. Wir haben's versucht.«

»Ich weiß. Danke.« Tsunami streifte ihn kurz mit ihrem Flügel. »Hey, Sunny, bist du so nett und bringst diese Schriftrollen in unsere Schlafhöhle zurück?«

Das heiterte den kleinen goldenen Drachen wieder auf. »Ja, klar. Das schaff ich schon!« Sie trippelte zum Eingang, sammelte die herumliegenden Schriftrollen mit ihren Vorderklauen auf und rannte damit aus der Höhle.

»Ich halte das nicht viel länger aus«, flüsterte Tsunami, sobald Sunny gegangen war. »Wir müssen hier raus, und zwar bald.«

Clay warf Glory und Starflight einen Blick zu. Die beiden sahen nicht überrascht aus. »Du hast mit ihnen darüber geredet?«

»Aber natürlich«, meinte Tsunami. »Ich brauchte doch ihre Hilfe, um einen Fluchtplan zu entwickeln.« Clay entging es nicht, dass sie *ihn* nicht nach Ideen für einen Fluchtplan gefragt hatte. Selbst die Drachen, die ihn mochten, hielten ihn für nutzlos.

»Ich bin mir nicht sicher, ob wir schon bereit dafür sind«, warf Starflight mit gerunzelter Stirn ein. »Es gibt so vieles, was wir noch nicht gelernt haben …«

»Das wollen die Lehrer uns glauben machen!« Tsunamis blaue Schuppen bewegten sich, als sie sich von Kopf bis Schwanz schüttelte. »Aber wir werden es erst wissen, wenn wir aus diesen furchtbaren Höhlen entkommen und die Welt mit eigenen Augen sehen.«

»Und was ist mit der Prophezeiung?«, fragte Clay. »Sollten wir nicht noch zwei Jahre warten?«

»Ich wüsste nicht, warum«, erwiderte Glory. »Ich denke da so wie Tsunami. Seinem Schicksal entkommt man nicht, stimmt's? Egal was wir tun, es wird das Richtige sein. Wir brauchen keine Horde alter Drachen, die uns sagen, wie wir die Welt retten. *Sie* kommen in der Prophezeiung nicht vor.«

»Wann sagen wir es Sunny?«, fragte Starflight mit einem Blick auf die dunkle Öffnung der Höhle.

»Erst in letzter Minute«, entschied Tsunami. »Ihr wisst doch, dass sie kein Geheimnis für sich behalten kann. Starflight, du musst mir *versprechen,* dass du ihr nichts sagst.«

»Ich werde ihr nichts sagen«, antwortete er. »Aber es wird ihr nicht gefallen. Sie findet alles großartig hier.«

»Ja, klar«, meinte Tsunami. »Schließlich ist es ihr egal, dass man uns wie rohe Eier behandelt, obwohl wir doch angeblich der Schlüssel zum Frieden oder was auch immer sind.«

»Es ist ihr nicht egal«, verteidigte Starflight den kleinen Drachen. »Sie beschwert sich nur nicht ständig darüber.«

»Autsch.« Das kam von Glory.

Tsunami wirbelte herum und starrte Starflight böse an. Die Kiemen an ihrem Hals pulsierten. »Und warum sagst du mir das nicht ins Gesicht?«

»Ich *sage* es dir doch ins Gesicht«, meinte er. »Oder habe ich das gerade zu deinem Hinterteil gesagt? Bei dir kann man vorn und hinten so leicht verwechseln.« Er ging hinter Clay in Deckung, bevor Tsunami ihm die Zähne zeigen konnte.

»Aufhören. Hört auf, euch gegenseitig wie Mini-Kestrels anzuschnauzen.« Clay machte sich größer, als er war, und schob sich zwischen Tsunami und Starflight. »Niemand ist glücklich hier. Sunny geht nur anders damit um, das ist alles. Vergesst nicht, was wir beschlossen haben – wir fünf halten zusammen, sonst wird alles nur noch schlimmer.«

Starflight schob die Flügel nach vorn und brummelte etwas.

»Clay hat recht«, sagte Glory. »Wie Kestrel, Webs oder Dune zu sein, ist das Letzte, was wir wollen.«

Tsunami fauchte noch einmal, dann schüttelte sie sich. »Das weiß ich doch. Ich geb mir Mühe. Aber dieser Ort hier macht mich fertig«, sagte sie. Clay schauderte, als er den wütenden Ausdruck in ihrem Gesicht sah. Er wollte nicht der Drache sein, der ihr im Weg stand.

»Sobald wir einen Plan haben, sind wir weg«, sagte Tsunami, während sie einen nach dem anderen ansah. »Wenn sie uns nicht mehr finden, können sie uns unser Schicksal auch nicht mehr aufzwingen.«

# 3. Kapitel

Plötzlich drang ein donnerndes Krachen aus der Haupthöhle zu ihnen. Clay hörte, wie der große Felsbrocken wieder vor den Eingang gerollt wurde, dann ertönten schwere Schritte. Da sie von einem glucksenden Geräusch begleitet wurden, wusste er, dass es Webs sein musste.

»Da ist irgendwas los«, sagte Tsunami, während sie zum Eingang der Höhle rannte. Ihre Ohren zuckten und der stachelige Knochenkamm auf ihrem Rücken hatte sich aufgerichtet. »Kommt mit, das müssen wir uns anhören.«

Bedächtig breitete Starflight seine Flügel aus, als wäre er schon viel zu erwachsen, um sich hetzen zu lassen. »Wir werden es doch morgen früh ohnehin erfahren.«

»So lange will ich aber nicht warten.« Tsunami drehte sich um und schlug ihm mit ihrem Schwanz in den Bauch. Mit einem lauten Grunzen kippte er nach hinten. »Jetzt sei kein Feuerschlucker! Kommt, wir gehen!« Sie rannte aus der Höhle.

Clay zuckte zusammen, als er seinen von Muskelkater geplagten Körper in Bewegung setzte. Er folgte Tsunami und Glory aus der Haupthöhle. Glorys Schuppen änderten bereits ihre Farbe und passten sich an das gesprenkelte Grauschwarz der Höhlenwände an. Gleich würde sie so gut wie unsichtbar sein.

Starflight gesellte sich zu ihr, und die beiden rannten zu dem dunklen Tunnel, der zur Höhle der großen Drachen führte. Getarnt durch ihre Färbung konnten sie sich im Schutz der Schatten so nah wie möglich heranschleichen, um zu lauschen.

Doch wenn Clay und Tsunami sich beeilten, hatten sie eine noch größere Chance, alles mitzubekommen. Tsunami hastete bereits quer durch die Höhle, in Richtung des Flusses.

»Was ist mit Sunny?«, rief Clay leise. Er konnte hören, wie der kleine Sandflügler in ihrer Schlafhöhle herumkramte und die Schriftrollen aufräumte.

»Wir überlegen uns später was«, zischte Tsunami ihm zu.

Clay tat es leid, dass Sunny die Einzige war, die nichts von ihren Spionageaktionen wusste. Aber sie hatten schon vor Jahren gelernt, dass es besser war, Sunny keine Geheimnisse anzuvertrauen. Damals waren die Drachlinge noch zu klein zum Fliegen gewesen, aber sie hatten unbedingt einmal den Kopf ins Freie strecken und sich umsehen wollen. Es war Tsunamis Idee gewesen, Felsbrocken zu sammeln und einen Turm bis hoch zum Loch in der Höhlendecke zu bauen. Doch eines Tages hatte Sunny sich in Gegenwart von Dune verplappert, und am nächsten Tag waren die Felsbrocken aus ihrem Versteck verschwunden. Das war das Ende ihres Plans gewesen – und seitdem erfuhr Sunny nichts mehr von ihnen, das sie vor den großen Drachen geheim halten wollten.

Mit einem fast lautlosen Sprung verschwand Tsunami im Wasser. Die blassgrünen Flecken unter ihren dunkelblauen Schuppen begannen zu schimmern, als sie mit kräftigen Zügen flussaufwärts schwamm. Clay sprang hinter ihr her, wobei er sich wünschte, im Dunkeln sehen zu können, so wie sie. Wenigstens hatte Tsunami daran gedacht, den Leuchtstreifen in ihrem Schwanz einzuschalten, damit er ihr folgen konnte.

Anders als Meeresflügler konnten Erdflügler unter Wasser

zwar nicht atmen, aber über eine Stunde lang die Luft anhalten. Und daher konnten Clay und Tsunami jedes Mal, wenn die Drachlinge ihre Erzieher ausspionieren wollten, den Fluss benutzen, um näher an sie heranzukommen als die anderen.

Er erreichte Tsunami, als sie sich gerade durch die unter Wasser liegende Spalte in den Höhlenwänden schlängelte. Clay wurde jedes Mal nervös, wenn er sich durch die enge Stelle zwängen musste. Wenn er beim Abendessen doch nur nicht die zusätzliche Kuh gegessen hätte!

Seine Klauen krallten sich in die Risse im Stein, damit er sich durch die Spalte ziehen konnte. Einen Moment lang blieb er mit seinem Bauch stecken. Würde er hier unten ertrinken? Würde sich die Prophezeiung jetzt wegen einer Kuh nicht erfüllen?

Doch dann, begleitet von einem Strudel aus Luftblasen, war er plötzlich durch und schwamm schnell hinter Tsunami her.

Ihr Schwanzstreifen wurde dunkel, als sie leise in die Höhle ihrer Erzieher schwammen. Der Fluss führte auch hier an einer Wand entlang. Die drei älteren Drachen beachteten ihn kaum, bis auf Webs, der manchmal an einer flachen Stelle im Wasser schlief. Aber sie wären nie auf den Gedanken gekommen, dass zwei Paar winzige Drachlingsohren aus dem Wasser auftauchen und sie belauschen würden.

Durch die kleinen Wellen hindurch konnte Clay sehen, dass sie um ein Feuer saßen. Er ließ sich bis zu einer Stelle in der Nähe des Eingangs treiben, während Tsunami auf die andere Seite des Raumes schwamm. So sollte zumindest einer von ihnen hören können, was ihre Erzieher sagten, egal wo in der Höhle sie sich miteinander unterhielten.

Heute war Clay sich allerdings ziemlich sicher, dass sie alles mitbekommen würden, einschließlich Glory und Starflight, die draußen im Gang lauerten. So laut wie Kestrel gerade brüllte, konnten sie vielleicht sogar die Himmelsflügler oben auf den Berggipfeln hören.

»Er kommt *her*? Ohne Vorwarnung? Nach sechs Jahren interessiert es ihn plötzlich?« Aus ihren Nüstern schoss eine Stichflamme, die die am nächsten stehende Felssäule zerbersten ließ.

»Vielleicht will er ja sichergehen, dass sie so weit sind, um den Krieg zu beenden«, schlug Webs vor.

Dune schnaubte. »Wer? Die Drachlinge? In dem Fall wird er gründlich enttäuscht werden.« Er ließ sich auf einen flachen Felsen sinken, dann streckte er den Stumpf seiner Vorderklaue und den verstümmelten Flügel dem Feuer entgegen. Der riesige Sanddrache sprach nie über seine Narben oder darüber, wie er seine Klaue verloren hatte, aber die Drachlinge konnten es sich schon denken, denn immer wenn er vom Krieg erzählte, zitterte seine Stimme vor Wut.

Es erklärte auch seine unerschütterliche Treue zu den Klauen des Friedens. Und die Tatsache, dass er nicht fliegen konnte, war vermutlich auch der Grund dafür, warum man ihn mit der Aufgabe betraut hatte, in einem unterirdischen Gefängnis fünf Drachlinge großzuziehen. Wegen seiner warmherzigen, fürsorglichen Persönlichkeit hatte man ihn mit Sicherheit nicht ausgesucht, wie Tsunami immer sagte.

»Wir haben unser Bestes getan«, meinte Webs. »Die Prophezeiung hat diese Drachlinge auserwählt. Wir waren das nicht.«

»Weiß er überhaupt, was passiert ist?«, wollte Kestrel wissen. »Weiß er von dem zerbrochenen Ei und dem Regenflügler? Oder dem missratenen Sandflügler?«

Clay zuckte zusammen. Die arme Sunny. Er schwamm noch näher, stets darauf bedacht, seinen massigen braunen Körper unter Wasser zu halten.

Webs schlug mit den Flügeln. »Ich bin mir nicht sicher, was er weiß oder warum er sich jetzt für sie interessiert. Die Nachricht lautete einfach ›Morrowseer kommt‹.«

*Morrowseer.* Das kam Clay irgendwie bekannt vor. Er überlegte fieberhaft, wo er diesen Namen schon einmal gehört hatte. Ein Drache aus dem Geschichtsunterricht? Einer der Stammesherrscher? Nein, das konnte nicht sein; alle Stämme wurden von Königinnen regiert.

»Wegen Sunny mache ich mir keine Sorgen«, sagte Dune. »Bei ihr haben wir die Anweisungen aus der Prophezeiung befolgt. Es ist nicht unsere Schuld, dass sie so ist. Aber der Regenflügler – das wird ihm nicht gefallen.«

Aus Kestrels Kehle kam ein tiefes Brummen. »Mir gefällt es auch nicht. Es hat mir noch nie gefallen.«

»Glory ist gar nicht so übel«, meinte Webs. »Sie ist klüger, als sie uns glauben lässt.«

»Du überschätzt sie doch nur, weil du sie hergebracht hast«, warf Dune ihm vor. »Sie ist genauso faul und nutzlos wie der Rest ihres Stammes.«

»Und sie ist kein Himmelsflügler«, fauchte Kestrel. »Eigentlich sollten wir ja einen Himmelsflügler haben.«

Clay tat es leid, dass Glory das alles mit anhören musste. Ihre Erzieher machten keinen Hehl daraus, was sie über den Regenflügler dachten, und Glory tat immer so, als wäre ihr das egal. Aber er wünschte, er hätte ihr jetzt sagen können, dass er sie für genauso wichtig und klug wie einen Himmelsflügler hielt.

»Ich hätte jedenfalls nie gedacht, dass Morrowseer kommen würde, um sie sich anzusehen!«, sagte Webs. »Nachdem er Starflights Ei abgeliefert hatte, bin ich davon ausgegangen, ihn nie wiederzusehen. Die Nachtflügler haben nichts mit dem Krieg zu tun.«

*Dann ist er also ein Nachtflügler. Und das bedeutet, dass er Superkräfte hat, von Rätseln umgeben ist und sich selbst sehr wichtig nimmt.* Das war alles, was Clay von Nachtflüglern noch wusste. Und dann ertappte er sich doch tatsächlich dabei, wie er sich einen Vortrag von Starflight wünschte. Die monumentale Herrlichkeit der Nachtflügler war das Lieblingsthema des schwarzen Drachlings.

»Haben die Klauen gesagt, was er will?«, fragte Kestrel.

»Na ja, es ist schließlich *seine* Prophezeiung«, erwiderte Webs. »Vermutlich will er sichergehen, dass sie auch in Erfüllung geht.«

*Morrowseer.* Clay spürte, wie ein heftiger Ruck durch seinen Körper ging.

Morrowseer war der Nachtflügler, der vor zehn Jahren die Prophezeiung über die Drachlinge ausgesprochen hatte. Sie hatten im Geschichtsunterricht von ihm gehört, doch das war einer der vielen Fakten, die Clay sich einfach nicht merken konnte. Von wem die Prophezeiung stammte, schien nie so wichtig gewesen zu sein. Vielmehr, um wen es *in* der Prophezeiung ging: Nämlich um ihn selbst und um die anderen vier Drachlinge.

Aber vielleicht war Morrowseer viel wichtiger, als Clay gedacht hatte. Schließlich kam er her, um sie zu sehen. Vielleicht würde er sie alle mit hinaus in die Welt nehmen, damit die Prophezeiung in Erfüllung ging. Vielleicht brauchten sie ja gar nicht zu fliehen.

Vielleicht würde ab jetzt alles anders werden.

# 4. Kapitel

Die Legenden über Nachtflügler hatte Clay nie geglaubt. Geheimnisvolle Drachen, die Gedanken lesen konnten und plötzlich aus der Dunkelheit auftauchten? Eine mysteriöse Königin und ein verstecktes Königreich, das niemand finden konnte? Die Gabe, in die Zukunft sehen zu können und Prophezeiungen auszusprechen, die die Welt veränderten … das klang alles wie Märchen und schien in etwa so wahrscheinlich zu sein wie eine Welt, die von Zweibeinern anstelle von Drachen regiert wurde.

Außerdem kannte Clay Starflight, und Starflight war vieles – lästig, umständlich, schlau, zu ernst –, aber er besaß keinerlei Zauberkräfte und machte niemandem, wirklich niemandem Angst.

Aber am nächsten Abend, als aus den Schatten im Eingangstunnel ein Drache auftauchte, der so schwarz war wie eine bodenlose Grube und so groß, dass er mit dem Kopf an die Decke stieß, hatte Clay das Gefühl, dass alle Gerüchte über Nachtflügler wie eine einstürzende Felswand über ihn hereinbrachen.

Morrowseer war sogar noch größer als Kestrel und fünfmal so Furcht einflößend. Er breitete seine gezackten, fledermausartigen Flügel aus und starrte auf die Drachlinge hinunter, die in einer Reihe vor ihm standen. Auf der Unterseite seiner Flügel hatte er silberne, sternförmige Schuppen wie Starflight, doch bei ihm schienen sie schon von Weitem zu glitzern und ein kaltes Leuchten auszustrahlen. Seine dunklen Augen taten es ihnen gleich – eiskalt und distanziert, aber mit einem stechenden Blick.

Er sah aus, als könnte er jedem von ihnen mit einem einzigen Biss mühelos den Kopf abreißen. Und er sah aus, als würde er die fünf Drachlinge bereits hassen. Damit hatte Clay nicht gerechnet. Waren sie denn jetzt schon eine Enttäuschung für ihn?

Vielleicht las Morrowseer ihre Gedanken und wusste, wie verwirrt sie wegen der Prophezeiung waren. Vielleicht blickte er in die Zukunft und sah in seinen Visionen nichts als Scheitern und Versagen. Vielleicht konnte Morrowseer Clays weggesperrtes Monster spüren und wusste, dass der Erdflügler zu schwach war, um es freizulassen, und die Prophezeiung sich deshalb nicht erfüllen würde.

Clay spürte, wie Sunny neben ihm zitterte. Ihm ging es genauso. Während der riesige Nachtflügler die Drachlinge prüfend ansah, stand Clay wie angewurzelt da und hatte das Gefühl, als würde man ihm ganz langsam seine Schuppen abziehen, eine nach der anderen.

Starflight auf seiner anderen Seite war so ruhig wie noch nie, und deshalb wusste Clay, dass sein Freund ebenfalls Angst hatte. Starflight erstarrte immer zur Salzsäule, wenn er einen Schreck bekam. Es war, als würde er hoffen, dass er unsichtbar wurde und die Gefahr an ihm vorüberging, wenn er sich nicht bewegte.

Clay konnte Glory nicht sehen – er schaffte es einfach nicht, den Blick von Morrowseer abzuwenden –, aber er wusste genau, wann der Nachtflügler sie ansah. Der riesige schwarze Drache starrte den Regenflügler-Drachling für eine halbe Ewigkeit an. Vor lauter Abscheu begann seine Schnauze zu zucken, und dann glitt eine gespaltene schwarze Zunge an seinen Zähnen entlang.

Clay wünschte, seine eigenen Flügel wären so groß wie die Höhle selbst. Er wünschte, er könnte sie ausbreiten und seine Freunde vor Morrowseer verstecken. Er wünschte, seine Klauen wären so groß wie die Stalagmiten und so scharf wie die gezackten Felsen. Er wünschte, er wäre groß genug, um mutig zu sein, und mutig genug, um groß zu sein. Noch nie hatte er etwas so sehr gewollt, wie seine Freunde vor diesem riesigen, gehässigen, ungeheuer gefährlichen Drachen zu beschützen.

Er hoffte inständig, dass Morrowseer nicht gerade seine Gedanken las. *Denk an Kühe, denk an Kühe, denk an leckere, fette Kühe …*

Morrowseer drehte langsam den Kopf und starrte auf Kestrel herunter. Er hob eine seiner langen Klauen und zeigte auf Glory.

»Was. Ist. DAS?«, sagte er. In seiner Stimme lag so viel Gift, dass er damit zwanzig Drachen mitten im Flug hätte töten können.

Starflight machte einen Schritt nach hinten, und jetzt konnte Clay Glory sehen. Sie saß auf ihren Hinterklauen, den langen Schwanz ordentlich zusammengerollt. Durch ihre Schuppen schwirrten violett- und goldfarbene Streifen, die sich spiralförmig um türkisblaue Kreise zogen. Nur die verschiedenen Rottöne ihrer kleinen Flügelfächer verrieten, dass sie aufgeregt war, doch Clay wusste, dass der Regenflügler sich sehr viel Mühe geben musste, um so gelassen auszusehen. Glory starrte Morrowseer seelenruhig entgegen und verzog dabei keine Miene.

»Es hat ein kleines Missgeschick gegeben«, sagte Kestrel zaghaft. Clay hatte sie noch nie anders als wütend gehört. »Wir hatten das Ei der Himmelsflügler verloren, daher mussten wir uns irgendwo ein anderes besorgen –«

»Von den *Regenflüglern*?«, wurde sie von Morrowseer mit scharfer Stimme unterbrochen.

»Das war seine Idee«, fauchte Kestrel, während sie mit dem Schwanz auf Webs zeigte. »*Er* hat das Ei hergebracht.«

»Immerhin haben wir fünf Drachlinge«, verteidigte sich Webs. »Das ist doch alles, worauf es ankommt.«

Morrowseer starrte an seiner langen schwarzen Schnauze vorbei auf Glory. Dann ging sein Blick zu Sunny, die ein leises Quietschen von sich gab und noch ein bisschen kleiner wurde. »Wohl eher viereinhalb«, brummte er. »Sollst du etwa der Sandflügler sein? Frisst du denn nicht? Was ist mit dir los?«

Während Sunny mit Zittern beschäftigt war und versuchte, eine Antwort herauszuquietschen, entstand eine fürchterlich lange Pause.

»Sie frisst«, mischte sich Tsunami ein. »Sie frisst sehr gut. So viel wie alle anderen.«

»Es ist nicht ihre Schuld, dass sie so klein ist«, fügte Starflight zu Clays Überraschung hinzu.

»Sie ist eine gute Kämpferin«, sagte Clay. »Und Glory auch.«

»Hört auf zu reden«, befahl Morrowseer, und die Drachlinge verstummten. Sein scharfer, drohender Blick fiel auf Clay.

*DENK AN KÜHE, DENK AN KÜHE, DENK AN KÜHE …*

Der große Nachtflügler wandte sich an die drei Drachenerzieher. »Irgendetwas ist hier ganz fürchterlich schiefgelaufen.«

»Ja!«, platzte es aus Tsunami heraus. »Stimmt genau, und ich kann dir auch sagen, was. Wir werden wie Gefangene behandelt! Wir haben diese Höhlen noch nie verlassen, noch kein einziges Mal. Alles, was wir über die Welt, die wir retten sollen, wissen, haben wir aus Schriftrollen gelernt. Angeblich sind wir die wichtigsten Drachlinge der Welt, aber diese drei da behandeln uns wie blinde Molche!«

Clay konnte es nicht fassen. Hatte sie denn keine Angst vor Morrowseer, so wie der Rest von ihnen?

»Tsunami, halt die Schnauze!«, fuhr Dune sie an.

»Das werde ich nicht«, rief sie. »Bitte bring uns hier raus«, sagte sie zu Morrowseer. »Nimm uns mit.«

*Bloß nicht*, dachte Clay. *Ich meine, denk an Kühe, denk an Kühe …* Jetzt, da er den Nachtflügler gesehen hatte, blieb er lieber hier in Gefangenschaft, als sein Schicksal in Morrowseers Klauen zu legen.

»Undankbare Eidechse!«, knurrte Kestrel.

Ohne jede Warnung stürzte sich Morrowseer auf Tsunami. Seine Zähne blitzten auf und schossen auf ihren Nacken zu. *Es sieht tatsächlich so aus, als würde der Nachthimmel auf einen herunterfallen*, dachte Clay, und dann stellte er fest, dass er sich ebenfalls bewegte. Bevor er darüber nachdenken konnte, was er da gerade tat, warf er sich auf den gewaltigen, mit einem Knochenkamm versehenen Rücken des Nachtflüglers.

Clay schlug seine Krallen in die kleinen Lücken zwischen den beweglichen schwarzen Schuppen und suchte mühsam nach Halt. Sein Schwanz peitschte hin und her, während er versuchte, nicht das Gleichgewicht zu verlieren. Er spürte, wie seine scharfe Schwanzspitze über Morrowseers Flügel schrammte. Unter sich sah er Tsunami, die sich abrollte und der Attacke auswich, dann aber sofort herumwirbelte, um anzugreifen. Ihre blauen Klauen schlugen nach Morrowseers Nase und seinem Bauch.

Verzweifelt versuchte Clay, sich an den Kampfunterricht zu erinnern. Er legte sich flach auf den Rücken des großen Drachen und ignorierte den Schmerz, als sich die scharfen Spitzen des Knochenkamms in seinen Bauch bohrten. Dann streckte er den Hals vor und biss so fest zu, wie er nur konnte.

*AUTSCH.* Sein Kiefer explodierte fast. Clay wich zurück. Es war unmöglich, zwischen schwarzen Schuppen auf schwarzer Haut einen wunden Punkt zu finden.

Morrowseer wich Tsunami mit einem Sprung zur Seite aus. Clay verlor den Halt und flog durch die Luft. Mit einem dumpfen Schlag landete er auf dem Höhlenboden und wäre um ein Haar in den Fluss gerutscht.

Als er sich wieder aufgerappelt hatte, sah er, dass sich Tsunami und Morrowseer in Kampfstellung gegenüberstanden. Plötzlich drang ein tiefes Grollen aus Morrowseers Kehle. Dann machte er einen Schritt nach hinten und schwang seinen Schwanz herum.

An dem Schwanz hing Sunny, die sich an der empfindlichen Stelle unweit der pfeilförmigen Platte am äußersten Ende festgebissen hatte. Clay wünschte, *er* hätte sich an diese Stelle erinnert, die jeder Drache hatte, egal welchem Stamm er angehörte.

»Ha«, knurrte Morrowseer. »Was für eine Überraschung.« Er riss sie mit seinen Vorderklauen von sich herunter, als wäre sie nur ein winziges, blutsaugendes Insekt. Sie zappelte wie wild in seinem Griff, als er sie auf den Boden setzte.

»Dieser Drachling taugt was«, sagte Morrowseer zu den Erziehern und zeigte dabei auf Tsunami. Von den großen Drachen hatte sich während des Angriffs auf ihre Schützlinge kein einziger bewegt.

Glory auch nicht.

Starflight auch nicht.

Clay wankte an die Seite seines Nachtflügler-Freundes, der

täuschend echt einen Stalagmiten nachmachte. Starflight schlug die Augen nieder und wich Clays Blick aus.

»Und der auch.« Morrowseer nickte in Richtung Clay. Kestrel schnaubte verächtlich.

Der Nachtflügler fand *ihn* gut? Clay war verwirrt. Schließlich hatte er mit seiner Attacke nichts ausrichten können. In einer echten Schlacht wäre sie völlig sinnlos gewesen. Und selbst als Clay seine Freundin verteidigt hatte, war er nicht wütend genug geworden, um das Monster in ihm zu wecken. Konnte Morrowseer denn nicht hören, wie jeder dachte, dass Clay sie alle enttäuschen würde?

»Der hier …« Morrowseer musterte Sunny, angefangen bei ihrem harmlosen Schwanz bis hin zu ihren sonderbar goldenen Schuppen und den moosgrünen Augen. »Wir werden sehen.«

»Wir haben die Prophezeiung befolgt«, beharrte Dune. »Sie war nicht in einem Gelege mit anderen zusammen – ich habe sie als einzelnes Ei gefunden, vergraben in der Wüste. Genau so, wie es in der Prophezeiung stand.«

Die Erzieher redeten nie darüber, wo sie die Eier der Drachlinge herbekommen hatten. Sunny starrte Dune erwartungsvoll an, aber er schwieg, als Morrowseer ihn mit seinen dunklen Augen ansah.

»Was dich angeht«, sagte Morrowseer zu Starflight, »nehme ich an, dass du deine Fähigkeiten als Nachtflügler benutzt hast, um herauszufinden, dass ich den Meeresflügler nicht verletzen würde. Vielleicht hattest du sogar eine Vision, in der du meinen Besuch heute vorausgesehen hast. Und zweifellos weißt du auch schon, dass ich dich jetzt zu einem privaten Gespräch in die Höhle nebenan mitnehmen werde.«

Clay schüttelte sich. Ein »privates Gespräch« mit Morrowseer klang in etwa so lustig, als würde einem jemand die Ohren rösten. Er beneidete Starflight ganz und gar nicht, als die beiden Nachtflügler in Richtung der Unterrichtshöhle stapften. Am Ausgang blieb Morrowseer stehen, sein Blick ging zu den Erziehern.

»Über *sie* reden wir später.« Er sah Glory nicht an, alle anderen dagegen schon. Sie zuckte mit den Ohren und reckte das Kinn noch ein wenig mehr in die Höhe, während Morrowseers Schritte im Tunnel verklangen.

*Was soll das denn bedeuten?*, fragte sich Clay besorgt. Was gab es denn da zu reden?

»Du dämlicher Meeresflügler.« Kestrel rannte durch die Höhle und schlug Tsunami auf die Schnauze. »Beschwert sich einfach beim erstbesten Drachen, der hier reinkommt. Versucht, uns schlecht aussehen zu lassen! Jammert über sein schweres Leben! Dabei haben wir alles für euch aufgegeben!«

»Wenn ihr das hier auch so hasst, warum lasst ihr uns dann nicht gehen?«, gab Tsunami zurück.

»Wir sorgen dafür, dass ihr am Leben bleibt«, warf Webs ein. Seine Stimme klang nicht ganz so aufgebracht wie die von Kestrel, aber Clay merkte ihm an, dass er wütend war, denn der lange blaugrüne Schwanz des großen Drachen fegte unruhig über den Boden. »Nur deshalb tun wir das alles. Für die Klauen des Friedens ist es wichtig, dass ihr lange genug überlebt, um die Prophezeiung zu erfüllen. Ihr habt ja keine Ahnung, wie viele Drachen da draußen euch in die Klauen bekommen wollen.«

»Oder was sie mit euch machen werden, wenn es ihnen gelingt«, brummte Dune.

»Unsere Aufgabe besteht darin, euch am Leben zu erhalten«, sagte Kestrel. »Das ist alles. Den Rest wird die Prophezeiung erledigen.«

»Na großartig«, meinte Tsunami. »Bis jetzt war es ein gaaanz tolles Leben. Vielen Dank auch.«

Als Kestrel das zischende Geräusch von sich gab, das einen Flammenstoß aus ihren Nüstern ankündigte, packte Clay Tsunami am Schwanz und zerrte sie zum Fluss hin.

»Wir sind euch ja dankbar!«, rief Sunny, während sie vor Kestrel sprang. Selbst als sie sich auf die Hinterklauen stellte, war sie nicht einmal halb so groß wie der rote Drache. Ihre goldenen Ohren zuckten. »Wir sind viel lieber am Leben als nicht am Leben. Und wir sind froh, wenn ihr dafür sorgt, dass es auch so bleibt, sehr froh sogar.«

»Kommt mit«, sagte Webs. Er schob Kestrel und Dune in Richtung ihrer Höhle. »Wir müssen reden.«

»*Jetzt* hat er plötzlich was zu sagen«, grummelte Kestrel, während die drei über die eingestürzten Stalagmiten kletterten.

Mit einem lauten Schnauben warf sich Tsunami in den Fluss und sank in einem Strudel brodelnder Luftblasen bis auf den Grund, wo sie sich zusammenrollte und die Klauen auf den Kopf legte.

In der Höhle wurde es sehr still. Sunny und Clay wechselten einen schnellen Blick, dann sahen sie zu Glory hin.

Der Regenflügler saß an derselben Stelle wie vorher, den Schwanz immer noch ordentlich um die Hinterklauen geringelt. Glory gähnte. Clay wünschte, er hätte ihre Gelassenheit. Sie sah aus, als könnte nichts und niemand sie erschüttern.

»Alles in Ordnung?«, fragte Clay. Er ging zu ihr, setzte sich vor sie hin und musterte ihr Gesicht. Sunny gesellte sich zu ihnen und streifte Glorys violette Flügel mit ihren goldenen.

»Na klar«, erwiderte der Regenflügler. »Wir wussten ja, was passieren würde. Schließlich haben unsere Erzieher in der ganzen Zeit kein einziges Mal darüber geredet, wie toll ich bin.«

»Bist du aber«, meinte Clay. Glory legte den Kopf schief und sah ihn an. »Du bist toll«, beharrte er. »Sie sehen einfach nicht, dass –«

»Sie sehen einen Regenflügler«, unterbrach sie ihn mit einem Schulterzucken. »Das ist mir egal. Sie sind selbst schuld, schließlich haben *sie* mich ja hergebracht.«

»Warum hast du nicht mit Morrowseer gekämpft, als wir ihn angegriffen haben?«, fragte Sunny. »Dann wüsste er jetzt vielleicht, dass du auch tapfer und wild bist.«

»Warum hätte ich mir die Mühe machen sollen?«, fragte Glory. »Es war eindeutig ein Test, und ich war bereits durchgefallen.« Auf ihrem Rücken begann eine Stelle mit himmelblauen Schuppen zu blinken, dann breitete sich die Farbe auf ihre anderen Schuppen aus, bis die Violett- und Goldtöne verschwunden waren.

»Uns ist es jedenfalls egal, was in der Prophezeiung steht oder was Morrowseer denkt«, beharrte Clay. »Du bist unser fünfter Drachling. Wir wollen niemand anderen.«

Mit einem kläglichen Lächeln sah Glory ihn an. »Das ist total süß von euch.« Sie gähnte wieder. »Ich werde ein Nickerchen machen.«

»Jetzt?«, fragte Sunny erschrocken. »Hältst du das für eine gute Idee?«

Nach dem Mittagessen schlief Glory für gewöhnlich immer

eine Weile, in der Regel zwei Stunden lang, doch Clay war davon ausgegangen, sie würde wach bleiben, solange Morrowseer bei ihnen war. *Er* wollte ganz bestimmt nicht von dem schwarzen Drachen beim Schlafen erwischt werden. Clay warf einen beunruhigten Blick in den Tunnel, der zum Unterrichtsraum führte, und fragte sich mit einem bangen Gefühl im Bauch, wie weit die telepathischen Fähigkeiten des Nachtflüglers wohl reichten und ob er auch durch ein paar Meter Fels hindurch Clays Gedanken lesen konnte.

»Ich bin müde«, fuhr Glory sie an. »Außerdem glauben doch sowieso alle, dass ich faul bin. Und daran wird sich auch nichts ändern, egal was ich tue.«

Clay wusste, dass Glory nicht faul war. Im Kampfunterricht strengte sie sich mehr an als alle anderen, und auch wenn es darum ging, die Geschichte der Drachenkriege zu lernen, war sie die Beste, obwohl das keinem ihrer Erzieher auffiel. Dass sie jeden Tag um die Mittagszeit herum ein Nickerchen machen musste, war eben so – vermutlich war das irgend so ein Regenflügler-Ding. Allerdings schien es nichts zu helfen, denn Glory war nach ihrem Mittagsschläfchen immer genauso müde und gereizt wie vorher.

»Weckt mich, wenn etwas Interessantes passiert«, sagte Glory. »Aber nur, wenn es wirklich interessant ist, nicht so Sunny-interessant.« Sie gab Sunny einen freundschaftlichen Stups mit ihrer Schnauze. Der Sandflügler quiekte empört.

»Ich finde doch nicht *alles* interessant!« Sunny schlug mit den Flügeln. »Aber ihr findet nicht *genug* interessant.«

»Sieh's mal so«, erwiderte Glory. »Zeit, die Höhlen zu verlassen und die Prophezeiung zu erfüllen: interessant. Eine seltsam aussehende weiße Krabbe, die du mal wieder im Fluss gefangen hast: uninteressant. Verstanden?« Sie stupste Sunny noch einmal an, entrollte ihren Schwanz, der jetzt vollständig blau war, und verschwand in ihrer Schlafhöhle.

Sunny blinzelte und sah Clay an.

»Ich weiß«, meinte er. »Die letzte Krabbe sah *wirklich* sehr seltsam aus.«

»Ja, fand ich auch.«

»Ich hätte nichts dagegen gehabt, wenn du *mich* aufgeweckt hättest, um sie mir zu zeigen«, fügte Clay hinzu.

»Ja, klar«, sagte sie. »Ich weiß. Deshalb habe ich ja auch dir und nicht einem der anderen die Hälfte davon abgegeben.« Sie ging zu ihrem Lieblingsstalagmiten und fing an, daran nach oben zu klettern, indem sie ihre Klauen in die Löcher steckte, mit denen der spitze Tropfstein übersät war.

Clay kletterte auf einen Felsen neben dem Stalagmiten, sodass er auf gleicher Höhe mit ihr war. »Hey, Sunny«, sagte er. »Was hältst du davon, wenn wir weglaufen?«

Sie hielt inne und sah ihn mit weit aufgerissenen grünen Augen an. »Du meinst, wir sollen die Höhlen verlassen? Ohne die Erzieher? Oh nein, das können wir nicht. Wir müssen doch tun, was die Prophezeiung sagt.«

»Müssen wir?«, fragte Clay. »Ich meine, das tun wir doch«, sagte er schnell, als Sunny vor lauter Überraschung fast von dem Stalagmiten gefallen wäre. »Aber was, wenn die Erzieher die Prophezeiung auch nicht besser verstehen als wir? Vielleicht müssen wir ja von hier weg und den Krieg auf unsere Art beenden.«

Sunny setzte sich auf das obere Ende des Stalagmiten, schlang den Schwanz darum und erhob sich auf die Hinterklauen. Sie streckte sich nach den Stalaktiten, die von der Decke der Höhle herabhingen. »Clay, ich glaube nicht, dass das eine gute Idee ist. Wenn wir der Prophezeiung folgen, wird alles gut werden.« Ihre Klauen hangelten nach der Spitze des am tiefsten hängenden Stalaktiten, aber sie war zu klein, um ihn zu erreichen. Mit einem frustrierten Seufzer setzte sie sich wieder hin.

Clay warf einen Blick auf das sanfte blaue Schimmern, das aus Glorys Schlafhöhle kam. *Folgt der Prophezeiung.* Aber er bekam den Gedanken nicht aus dem Kopf, dass eine echte Prophezeiung auch Glory erwähnt hätte.

Und wenn die Prophezeiung falsch war?

# 5. Kapitel

Es schien viel Zeit vergangen zu sein, bis Starflight wieder in die Haupthöhle kam, Morrowseer dicht hinter sich. Clay konnte nicht erraten, ob Starflight dem großen Drachen die Wahrheit gesagt hatte – dass er keine Visionen hatte und auch keine Gedanken lesen konnte. Er war ganz normal, wie der Rest der Drachlinge. Aber wer war schon mutig genug, Morrowseer so etwas zu sagen?

Der riesige Nachtflügler verschwand in der Höhle der Erzieher, ohne auch nur ein Wort mit Sunny oder Clay zu wechseln. Starflight sah sie kurz an, dann drehte er sich um und ging in ihre Schlafhöhle.

Clay rannte ihm nach.

»Was ist passiert?«, fragte er. »Was hat er zu dir gesagt?«

»Ich darf nicht darüber reden«, antwortete Starflight steif. Er setzte sich in die Mitte der Höhle, die Flügel leicht schräg hinter sich ausgebreitet, und fing an, in den Schriftrollen auf dem Boden herumzusuchen.

»Hier ist sie«, sagte Clay, während er eine dicke Schriftrolle mit silbernen Buchstaben anstupste, die unter seinen Schlaffelsen gerollt war. Starflight zog die Rolle mit einer Kralle zu sich heran, steckte sie unter den Flügel und kletterte damit seinen Felsen hoch. Dann rollte er sich zusammen, den Schwanz über die Nase gelegt, und begann zu lesen.

»Wow«, sagte Clay. »So schlimm?« *Geschichten über die Nachtflügler* war Starflights Lieblingsschriftrolle, die er immer dann las, wenn er wütend war oder mit einem der anderen Drachlinge gestritten hatte.

Starflights Schwanzspitze zuckte. »Ich muss noch viel lernen«, sagte er.

»Aber du weißt doch schon alles!«, widersprach Clay. »Du bist mit Sicherheit der klügste Drachling in ganz Pyrrhia. Hat er das denn nicht erkannt, als er deine Gedanken gelesen hat?«

Starflight antwortete nicht.

»Ich dachte, er mag dich«, beharrte Clay. »Hat er denn nicht so etwas in der Art gesagt, dass du ein ganz toller, erhabener Drachen sein musst, weil du ein Nachtflügler bist?«

Starflight schnaufte müde. »Ja«, meinte er. »Genau das hat er zu mir gesagt.«

»Oh«, wunderte sich Clay. »Das ist doch gut, oder? Hat er gesagt, wann du deine besonderen Fähigkeiten bekommst?«

Starflight fuchtelte mit der Schriftrolle herum, wobei er mit seinen Klauen versehentlich eine Ecke zerfetzte. Clay hatte ihn noch nie so aufgewühlt gesehen, dass er eine Schriftrolle beschädigte, ohne es überhaupt zu bemerken. Er wünschte, er hätte etwas Tröstendes sagen können, aber es wollte ihm einfach nichts Nettes über Nachtflügler einfallen.

»Wenigstens bist du kein Regenflügler«, versuchte er es noch einmal. »Hat Morrowseer etwas über Glory gesagt?«

Starflight sah ihn mit einem Stirnrunzeln von seinem Felsen herunter an. »Nicht viel. Er sagte, ich solle mir wegen des Regenflüglers keine Sorgen machen, um den würde er sich kümmern.«

Clay spürte, wie die Kälte aus dem Fels in seinen Körper kroch und sich bis in die Schuppen in ihm ausbreitete. »Was soll das denn bedeuten? Was hat er mit Glory vor?«

»Woher soll ich das denn wissen?« Starflight steckte seine Nase wieder in die Schriftrolle. »Vielleicht darf sie ja nach Hause. Sie ist von uns allen vermutlich der Glückspilz.«

Das Gefühl der Angst, das in Clays Hinterkopf pochte, sagte ihm etwas anderes. Er hielt es für unwahrscheinlich, dass ihre Erzieher Glory einfach so gehen ließen, nicht nach all den Jahren höchster Geheimhaltung.

»Wir müssen sie ausspionieren.« Clay sprang auf. »Wir müssen wissen, was sie vorhaben.« Er war schon halb aus der Höhle, als er plötzlich stehen blieb und frustriert mit der Klaue aufstampfte. »Mist, das können wir ja nicht. Morrowseer wird wissen, dass wir lauschen.«

»Stimmt«, meinte Starflight trocken. »Er wird es hören, wenn du deine lauten, gequälten Gedanken denkst.«

»Du weißt doch gar nicht, ob meine Gedanken laut und gequält sind«, widersprach Clay. »Vielleicht sind sie ja auch leise und sehr heiter.«

Starflight schnaubte amüsiert. Es war das erste unbeschwerte Geräusch, das er seit Morrowseers Auftauchen von sich gegeben hatte.

»Was macht ihr denn da?« Sunnys hohe, verängstigte Stimme hallte durch die Haupthöhle. »Wozu soll das denn gut sein?« Die schweren Schritte ausgewachsener Drachen drangen zu ihnen, begleitet von einem unheilvollen Klirren. »Aufhören! Das könnt ihr doch nicht machen! Das dürft ihr nicht!«

Ein gewaltiges Platschen ertönte.

Clay rannte in die große Höhle hinüber, dicht gefolgt von

Starflight. Entsetzt kam er zum Stehen. Am Ufer des Flusses saßen Kestrel und Dune, eine Eisenkette in den Klauen. Hinter ihnen ragte Morrowseer auf, der Sunny mit seinem Schwanz daran hinderte, über ihn hinwegzuklettern.

Plötzlich tauchte Webs aus dem Fluss auf und zerrte einen zappelnden, fauchenden Ball aus blauen Schuppen ans Ufer. Kestrel und Dune legten die Kette um Tsunamis Hals und schlangen sie um eine ihrer Hinterklauen. Dann schleppten sie sie zu dritt zu einer der Felssäulen, die bis zur Höhlendecke reichten. Dune wickelte die Kette zweimal um die Säule und band Tsunami so daran fest, dass sie keine drei Schritte weit gehen konnte.

Kestrel nahm die beiden Enden der Kette zwischen ihre Klauen und richtete eine Flamme darauf, die das Metall zu einer blubbernden Masse schmelzen ließ und zusammenschweißte.

Tsunami war gefangen.

Alles ging so schnell, dass Clay keine Zeit hatte zu begreifen, was da gerade geschah, geschweige denn, es zu verhindern. Er stieß einen entsetzten Schrei aus und stürmte quer durch die Höhle.

»Macht sie los!« Er packte die Kette, ließ sie aber sofort wieder los, als ihm die glühende Hitze die Klauen verbrannte.

»Das werdet ihr bereuen«, knurrte Tsunami. Sie griff nach der Kette an ihrem Hinterbein, doch als sie daran zerrte, zog sich die Schlinge um ihren Hals zu. Mit einem Fauchen hörte sie auf, sich zu wehren. »Wenn wir frei sind – wenn meine Familie das hier erfährt –, wenn der Rest der Welt herausfindet, wie ihr die Drachlinge aus der Prophezeiung behandelt –«

»Träum nur weiter von deiner wundervollen Familie«, spottete Kestrel. »Du bist ihnen doch egal. Wenn die Zeit gekommen ist, um die Prophezeiung zu erfüllen, wirst du am Leben sein, und die Klauen des Friedens werden dich in ihrer Gewalt haben – das ist alles, was zählt. Vielleicht lernst du, für das dankbar zu sein, was du hast, wenn du eine Weile nicht in den Fluss darfst.«

»Warum tut ihr das?«, rief Sunny. »Tsunami ist doch eine von den Guten! Sie ist toll! Wenn jemand die Welt retten kann, dann sie.«

»Genau genommen, du zu klein geratener Sandflügler«, polterte Morrowseer, »ist Starflight da drüben der Drachling, dem du folgen solltest.« Er nickte in Richtung von Starflight, der immer noch wie angewurzelt am Eingang zur Schlafhöhle stand und jetzt den Kopf einzog. »Nachtflügler sind die geborenen Anführer. Und Starflight ist ein ganz außergewöhnlicher junger Drache. Wenn du tust, was er sagt, wird dir nichts geschehen.«

Als Clays Blick zu Starflight ging, sah er, dass Glory im Eingang ihrer Schlafhöhle stand und blassblau schimmerte. Morrowseer kniff die Augen zusammen, als er sie bemerkte, dann drehte er sich zu dem Felsbrocken, der den Weg nach draußen versperrte.

»Morgen komme ich wieder«, sagte er zu den Erziehern. »Um mich zu vergewissern, dass alles … erledigt ist.«

»Verstanden«, sagte Kestrel. Sie und Dune rollten zusammen den Felsbrocken zur Seite. Morrowseer zwängte sich durch die Lücke und verschwand in der Dunkelheit, ohne noch einen Blick zurückzuwerfen.

»Das ist nur zu deinem Besten«, sagte Webs, der sich vor Tsunami hinstellte. Als sie mit ihren Klauen nach ihm schlug, wich er einen Schritt zurück. »Wir wollen dich nur schützen. Das ist jetzt vielleicht nicht die netteste Art, aber –«

»Aber Drachlinge wissen nicht, was das Beste für sie ist«, beendete Dune den Satz, als der Felsbrocken mit einem lauten Dröhnen wieder an seinen Platz geschoben wurde. »Ihr braucht uns, ob es euch nun gefällt oder nicht.«

»Ihr wart heute alle sehr böse«, sagte Kestrel. »Das Abendessen ist gestrichen, für alle. Geht ins Bett, und bis morgen früh will ich keinen Mucks mehr von euch hören.«

»Ach ja? Und was habt ihr noch mit mir vor?«, rief Tsunami trotzig. »Was, wenn ich Lust habe, die ganze Nacht zu singen?« Sie fing an, ein Lied zu grölen, obwohl sie keinen einzigen Ton traf. *»Oh, die Drachlinge kommen! Sie kommen, um die Welt zu retten! Sie werfen sich in die Schlacht und kämpfen bis tief in die Nacht, hurra, hurra, hurra!«*

»Das ist deine Schuld«, schnauzte Dune Webs an. »Ich habe dir gesagt, dass du ihnen dieses furchtbare Sauflied nicht beibringen sollst.«

»OH, DIE DRACHLINGE KOMMEN«, johlte Tsunami aus vollem Hals.

»Wir haben noch ein paar Ketten!«, brüllte ihr Kestrel ins Ohr. »Wenn du möchtest, dass *ich* dich zum Schweigen bringe, können wir dir gern noch eine um die Schnauze wickeln.«

Tsunami verstummte und starrte den großen Drachen aufmüpfig an. Dann holte sie tief Luft und machte das Maul wieder auf.

»Wir können aber auch einen von deinen Freunden in Ketten legen«, drohte Kestrel. »Vielleicht ist Clay ja ganz wild darauf, die Nacht von einem Stalaktiten herabhängend zu verbringen, damit du ein bisschen Gesellschaft hast.«

Beunruhigt trat Clay von einer Hinterklaue auf die andere

und fragte sich, wo er sich verstecken konnte, damit Kestrel ihn nicht in die Krallen bekam.

Tsunami klappte das Maul zu, legte sich hin und wandte den Kopf ab. Ihre Kiemen flatterten vor Wut, aber sie gab keinen Laut mehr von sich.

»Schon viel besser«, meinte Kestrel. Sie stapfte in den Tunnel, der zur Höhle der Erzieher führte. Webs folgte ihr. Sein nasser Schwanz hinterließ eine dunkle Spur auf dem Boden.

Sunny hielt Dune am Schwanz fest, bevor er den anderen Drachen folgen konnte. »Bitte lass sie nicht so zurück«, flehte sie. »So gemein bist du nicht, das weiß ich.«

Dune schüttelte sie ab. »Wir haben keine andere Wahl.« Dann ging er den anderen nach.

Sobald die großen Drachen weg waren, versuchte Clay wieder, an Tsunamis Ketten zu zerren, doch sie waren viel zu schwer.

»Clay, hör auf«, flüsterte Tsunami. »Du weißt, was du zu tun hast. Verschwinde! Schnell!«

Bei dem Gedanken an das kalte Wasser schüttelte sich Clay, aber sie hatte recht. Zum ersten Mal war es wirklich wichtig, ihre Erzieher zu bespitzeln.

Er rannte zum Fluss und sprang hinein. Während er gegen die Strömung bis zur Felswand schwamm, konnte er das gedämpfte Echo von Sunnys aufgeregtem Quieken hören. Ohne Tsunamis Leuchtschuppen, die ihm in der Dunkelheit den Weg zeigten, brauchte er länger als sonst, um die Lücke in den Felsen zu finden, die in die andere Höhle führte. Als seine tastenden Klauen die Spalte entdeckt hatten, tauchte er tiefer und zwängte sich hindurch.

Sein Herz hämmerte wie wild, als er die Höhle der Erzieher

erreicht hatte. Langsam paddelte er zur Oberfläche und streckte seine Ohren aus dem Wasser.

Anders als am Abend vorher gab es jetzt keine lautstarke Auseinandersetzung. Die drei großen Drachen saßen eng zusammengedrängt ums Feuer und flüsterten miteinander. Ihre Stimmen waren fast nicht zu hören, als wüssten sie, dass die Drachlinge vielleicht in den Tunnel schlichen, um sie zu belauschen. Doch keiner von ihnen sah zum Fluss, als Clay näher schwamm.

»Und wann morgen?«, wollte Webs wissen.

Kestrel beugte sich näher zum Feuer, was das leuchtende Rot ihrer Schuppen noch verstärkte. »Er wird gegen Mittag zurück sein. Bis dahin muss alles erledigt sein.« Sie griff sich ihre Flügel und riss lose Schuppen herunter. Den Schwanz hatte sie zu einem festen Knoten neben sich zusammengerollt. »Er will sie nicht mehr sehen.«

Clay ballte die Klauen im Wasser. Sie redeten bestimmt über Glory.

»Ich mach es jedenfalls nicht«, sagte Webs.

Dune warf ihm einen vernichtenden Blick zu. »Das würde auch niemand von dir erwarten.«

»Obwohl das alles deine Schuld ist«, sagte Kestrel.

»Ich bin immer noch der Meinung, dass wir fünf von ihnen brauchen«, fuhr Webs sie an. »Wie will er das in Ordnung bringen?«

»Er sucht einen Himmelsflügler für uns«, erklärte Kestrel. »Dieses Mal aber einen richtigen. Keinen farbenfrohen Ersatz.«

Einen Moment lang schwiegen alle und starrten ins Feuer.

»Wie und wann?«, sagte Dune mit seiner nüchternen Soldatenstimme. »Ertränken wäre am einfachsten.« Er starrte Webs an.

»Ich habe mich den Klauen des Friedens angeschlossen, weil ich *aufhören* wollte, Drachen zu töten«, sagte Webs. »Ich werde mich nicht mit Morrowseer anlegen, aber ich mache es nicht selbst.«

»Dann muss ich es machen«, beschloss Kestrel. »Sie ist zwar nur ein Regenflügler, aber dir könnte sie trotzdem entkommen.« Sie starrte vielsagend auf Dunes fehlende Klaue und die lange Narbe, die sich durch seinen zerfetzten Flügel zog.

»Kannst du es denn auch zu Ende bringen?«, fragte Webs. »Erinnert dich das denn nicht zu sehr an – ich meine, wir wissen alle, was damals passiert ist –«

»Das war etwas völlig anderes«, fuhr Kestrel ihn an. »Glory ist nur ein Regenflügler. Mir liegt nichts an ihr. Ich kann sie nicht mal leiden.« Sie spuckte einen Flammenball in das Feuer, damit es aufloderte.

»Wenn du sicher bist …«, sagte Webs zögernd.

»Ich werde es heute Nacht tun, wenn sie schläft«, schlug Kestrel vor. »Ich kann mich in ihre Höhle schleichen und ihr das Genick brechen, bevor die anderen merken, was ich vorhabe. Vor allem jetzt, wo diese Nervensäge in Ketten liegt. Tsunami ist die Einzige, die mich aufhalten könnte.«

Vor Entsetzen schüttelte sich Clay so heftig, dass er befürchtete, einer der großen Drachen würde die kleinen Wellen auf dem Wasser bemerken. Er wollte gerade langsam nach hinten paddeln, als er seinen Namen hörte.

»Und Clay nicht?«, fragte Dune. »Er würde es zumindest versuchen.«

»Er wird es bestimmt versuchen«, sagte Webs. »Dumm wie ein Fisch, aber den anderen vier treu ergeben.«

»So viel Loyalität bei einem Drachen ist nicht normal«, meinte Dune. »Vor allem, wenn es Drachen sind, die nicht zum eigenen Stamm gehören.«

»Ich werde schon mit ihm fertig«, sagte Kestrel. »Selbst wenn er endlich wütend wird, so wie wir das wollen, kann er nichts tun, um mich aufzuhalten.«

Clay hatte genug gehört. Er ließ sich tiefer ins Wasser sinken und schwamm zu der Felsspalte in der Wand.

*Was sollen wir tun? Was können wir tun? Was kann ich tun?*

*Wir haben keine Zeit.*

*Wie kann ich sie retten?*

# 6. Kapitel

»Das ist nicht wahr«, sagte Sunny. »Das würden sie nicht tun.«

»Das würden sie ganz bestimmt tun«, sagte Tsunami. »Sie werden alles tun, wenn sie glauben, dass es der Prophezeiung nützt.« Die Drachlinge starrten Glory an, deren Schuppen blassgrün geworden waren. Selbst der sonst immer so gelassene Ausdruck in ihrem Gesicht war verschwunden. Sie stapfte im Kreis um Tsunamis Felssäule herum, während ihr Schwanz hin- und herpeitschte.

»Aber wir werden es nicht zulassen«, stammelte Clay. Er atmete immer noch schwer und verteilte eiskaltes Wasser auf dem Steinboden. »Stimmt's, Tsunami? Wir werden sie aufhalten.«

»Ihr braucht euch da nicht einzumischen«, wehrte Glory ab. »Das ist mein Problem, nicht eures.«

»Wie willst du sie aufhalten?«, fragte Tsunami an Clay gerichtet. Glorys Bemerkung ignorierte sie einfach. »Selbst alle zusammen habt ihr keine Chance gegen Kestrel, vor allem nicht, wenn Dune ihr hilft. Und ich kann nichts tun.« Sie fletschte die Zähne und schnappte nach der Kette, wobei sich die Schlinge um ihren Hals gefährlich eng zuzog.

»Dann hauen wir eben ab«, schlug Clay vor. »Das hast du doch sowieso vorgehabt. Wir brechen aus, und dann hauen wir ab. Heute Abend. Jetzt.«

»Abhauen?«, quiekte Sunny.

»Jetzt mal im Ernst«, sagte Glory. Über ihre Flügelfächer flimmerten apfelrote Streifen. »Ihr müsst gar nichts tun. Ich bin die, die hier nicht reinpasst. Ich werde … ich werde mit ihr kämpfen … oder mir etwas ausdenken …«

»Aber *natürlich* müssen wir etwas tun«, widersprach ihr Clay energisch.

»Wenn eine Flucht so einfach wäre, hätten wir es doch schon längst getan«, meldete sich nun Starflight zu Wort. Er ging um Glory herum, richtete sich auf und legte die Klaue auf den Felsbrocken, der den Eingang blockierte. »Das ist der einzige Weg hinaus. Der Felsen ist mit einer Vorrichtung verbunden, die nur die großen Drachen bedienen können.«

»Im Ernst?«, fragte Clay.

Starflight nickte. »Ihr wisst doch, dass Dune nie die Höhle verlässt, weil er nicht fliegen kann? Er hat einen Stein, der in diesen Schlitz hier passt.« Er tippte auf eine Nische in der Felswand. »Er dreht ihn hier drin, um etwas zu entriegeln, damit sie den Felsbrocken vom Innern der Höhle aus wegrollen können. Aber wenn Kestrel oder Webs hereinwollen, muss es einen Hebel oder einen Schalter geben, mit dem sie den Eingang von draußen öffnen können.«

»Oh.« Clay kam sich wie ein Idiot vor, weil er sich all die Jahre so viel Mühe gegeben hatte, den Felsbrocken zur Seite zu rollen. Es war ihm noch nie aufgefallen, dass Dune etwas entriegelte, bevor der Felsbrocken bewegt wurde. Er hatte nie über den seltsam geformten Stein nachgedacht, den der Sanddrache immer um den Hals trug.

»Dann stehlen wir Dunes Stein?«, schlug Sunny vor.

»Ganz schlechte Idee«, schnaubte Glory sofort.

»Sie würden uns mit Sicherheit erwischen«, meinte Starflight etwas freundlicher zu Sunny. »Und heute Abend erst recht. Sie sind wegen Morrowseer sowieso schon in Alarmbereitschaft.«

»Und wie wäre es mit dem Loch –«, warf Sunny ein.

»Gibt es eine Möglichkeit, den Felsbrocken ohne Dunes Stein von der Stelle zu bewegen?«, wurde sie von Tsunami unterbrochen.

Starflight schüttelte den Kopf. »Nur von außen. Von innen ist es unmöglich. Glaubt es mir. Ich habe lange darüber nachgedacht.«

»Vielleicht das Loch –«, versuchte es Sunny noch einmal.

»Und wir würden es auf keinen Fall schaffen?«, fragte Clay an Starflight gerichtet. »Selbst wenn wir uns alle zusammen dagegenstemmen?«

Starflight schüttelte den Kopf, als Glory sagte: »Das ist wirklich total nett von euch, aber ich will nicht, dass ihr euch meinetwegen Ärger einhandelt. Den Rest von euch mag Morrowseer ja. Ich komme schon allein zurecht.«

»Jetzt hör endlich auf damit«, fuhr Tsunami sie an. »Den Märtyrer zu spielen, ist im Moment keine große Hilfe.«

»Ich *spiele doch nicht den Märtyrer*«, empörte sich Glory. »Ich versuche nur zu verhindern, dass jemand wegen nichts umgebracht wird.«

»Und was ist mit dir?«, gab Tsunami zurück. »Wenn du wegen nichts umgebracht wirst, dann ist das in Ordnung?«

»Es spielt keine Rolle«, meinte Glory. »Ich komme in der Prophezeiung gar nicht vor, also ist es doch egal, was aus mir wird.«

»Ich schwöre, dass ich dich höchstpersönlich umbringen werde«, knurrte Tsunami.

»Glory, sie will damit sagen, dass es *uns* nicht egal ist«, mischte sich Clay ein. »Auf ihre übliche einfühlsame Art.«

»Hey, Leute, was ist mit dem Loch in der Decke?«, warf Sunny in die plötzliche Stille ein. »Im Unterrichtsraum? Könnten wir nicht bis an die Decke fliegen und uns durchquetschen?«

»Sunny, mach dich nicht lächerlich«, sagte Tsunami.

»Es ist viel zu klein«, erklärte Starflight. »Da würde keiner von uns durchpassen, vor allem Clay nicht.«

»Ich vielleicht schon«, wandte Sunny ein. »Ich könnte rausklettern, zum Eingang gehen und dann den Felsbrocken von außen öffnen, so wie Starflight das gesagt hat. Ja? Und euch alle rauslassen?«

Clay schlang seinen Schwanz um ihren. Bis jetzt hatte Sunny nicht einmal über Flucht nachgedacht, trotzdem bot sie ohne zu zögern an, den gefährlichsten Teil davon zu übernehmen.

»Es würde nicht funktionieren«, sagte Starflight. »Tut mir leid, Sunny. Ich bin schon mal zu dem Loch nach oben geflogen, als niemand in der Nähe war.«

»Ich auch«, gab Tsunami zu.

»Ich auch«, sagte Glory schnell.

Clay kam sich richtig dumm vor. Er hatte schon so oft unter dem Loch in der Decke gesessen und die Sterne, die Wolken oder den Regen über sich beobachtet, doch es war ihm nie in den Sinn gekommen, nach oben zu fliegen oder zu versuchen, ins Freie zu klettern. Offenbar hatten die anderen Drachlinge schon viel öfter über Flucht nachgedacht als er.

»Das Loch ist kleiner, als man denkt«, sagte Starflight zu Sunny. »Ich bekomme nicht mal den Kopf durch. Das ist kein Weg nach draußen.«

»Aber es *muss* einen geben«, sagte Clay verzweifelt. Er spürte, dass die Zeit knapp wurde. Kestrel konnte jeden Moment kommen, um Glory zu töten. Zwar hatte sie gesagt, sie würde warten, bis die Drachlinge alle schliefen, aber was, wenn sie es sich anders überlegte? Ihr wäre es bestimmt egal, ob sie es alle mit ansahen oder nicht.

Er merkte Tsunami an, dass sie fieberhaft überlegte. Immer wieder sah sie zu ihm hin, als würde sie etwas sagen wollen, doch sie verkniff es sich.

»Und wenn wir versuchen, mit ihnen zu reden?«, schlug Sunny zögernd vor. »Vielleicht könnten wir sie dazu bringen, Glory einfach gehen zu lassen?«

Der kleine Regenflügler schnaubte. Niemand antwortete. Sunny seufzte und legte wieder die Flügel an.

»Du hast eine Idee«, sagte Clay zu Tsunami. »Das seh ich dir an. Du hast schon längst einen Fluchtplan ausgeheckt.«

Ihre Klauen packten die Ketten. »Es ist zu gefährlich«, sagte sie. »Das hätte *ich* machen sollen.«

Clay fiel auf, dass sie zur Seite sah. Er folgte ihrem Blick.

*Der Fluss.*

Sie waren immer nur flussaufwärts geschwommen, in die Höhle der Erzieher. Flussabwärts strömte das Wasser von der Haupthöhle aus durch den Tunnel in den Kampfraum und dann … Clay hatte keine Ahnung, wo der Fluss hinführte. Die Decke im Kampfraum wurde immer niedriger, bis der Fluss schließlich verschwand. Wo immer er auch hinführte, es musste tief unter der Oberfläche sein. In der Kampfhöhle war Clay noch nie unter Wasser gewesen; er hatte sich nie gefragt, wo der Fluss hinführte.

Tsunami dagegen schon.

»Weißt du, wo der Fluss hinführt?«, fragte er.

»Nein – ich meine, ich habe eine Felsspalte in der Wand gesehen, aber sie ist noch schmaler als die in der Höhle der Erzieher«, erklärte sie. »Ich bin nie hindurchgeschwommen, weil ich Angst hatte, nicht wieder zurückzukommen. Aber der Fluss muss irgendwohin führen.«

»Kommen wir so nach draußen?«, fragte er.

»Nicht alle von uns«, meinte sie. »Nur ich.«

»Und ich«, sagte er.

Tsunami schüttelte den Kopf. »Clay, das schaffst du nicht. Wir haben keine Ahnung, was auf der anderen Seite ist. Du kannst nur eine Stunde lang die Luft anhalten – wenn du irgendwo stecken bleibst, wirst du ertrinken. Und im Gegensatz zu mir kannst du im Dunkeln nicht sehen. Das muss ein Meeresflügler machen. *Ich* muss es machen.«

»Und selbst wenn du einen Weg nach draußen finden würdest«, wandte Starflight ein, »hättest du doch keine Ahnung, wo du bist oder wie weit du von der Höhle entfernt bist. Wie willst du die Höhle von außen wiederfinden?«

»Das Loch in der Decke«, sagte Clay, der endlich auch eine Idee hatte. »Ihr entzündet im Unterrichtsraum ein Feuer, dann sehe ich den Rauch und weiß, dass der Eingang in der Nähe ist. Und wenn ich ihn gefunden habe, lasse ich euch alle raus.«

Glorys Augen funkelten. »Ich wüsste da schon ein paar Schriftrollen, die ich liebend gern verbrennen würde.«

Clay grinste, als er Starflights entsetzten Gesichtsausdruck sah. »Ja, ich auch«, meinte er. »Wirf *Die nacktschneckenähnlichen Eigenschaften von Erdflüglern* auf den Stapel und denk dabei an mich.«

»Hört auf, Witze darüber zu machen«, rief Tsunami. »Clay, du kannst nicht gehen. Du wirst mit ziemlicher Sicherheit dabei sterben.«

»Aber Glory wird mit *absoluter Sicherheit* sterben, wenn ich nicht gehe«, sagte er. »Hab ich recht? Es gibt keine andere Möglichkeit.«

Tsunami knurrte und warf sich mit ihrem ganzen Gewicht gegen die Ketten, mit denen sie gefesselt war. Als sich die schweren Glieder in die Schuppen an ihrem Hals gruben, rang sie keuchend nach Luft und gab auf.

»Moment mal. Du wirst den Rauch erst bei Tageslicht sehen können«, gab Sunny zu bedenken. »Aber Kestrel will Glory doch schon in der Nacht umbringen.«

Mit einem Schlag waren Clays Hoffnungen zunichte gemacht. Daran hatte er nicht gedacht. Er würde es vielleicht nicht mehr rechtzeitig in die Höhle zurückschaffen – und dann wäre alles umsonst gewesen.

Plötzlich begann Glory zu lächeln. Ihre Schuppen änderten die Farbe und schimmerten in einem warmen rosigen Pink. »Ich habe eine Idee«, sagte sie, »ich mache es wie Starflight.«

»Zur Salzsäule erstarren und hoffen, dass einen niemand bemerkt?«, spottete Tsunami.

»Hey!«, protestierte Starflight.

»Genau«, erwiderte Glory. Sie kauerte sich auf den Boden. Langsam, als würde sie bei lebendigem Leib vom Stein aufgefressen werden, krochen Grau-, Braun- und Schwarztöne über ihre Schuppen. Alle bunten Farben verschwanden. Die Schatten und Felsen hinter ihr wurden so perfekt nachgebildet, dass es den Anschein hatte, als würden die Drachlinge durch sie hindurchsehen.

Glory schloss die Augen und verschwand.

»Wow«, hauchte Sunny schwer beeindruckt. »Ich hab ja gewusst, dass du das kannst … aber ich habe es noch nie …«

»Die Erzieher wissen nicht, dass ich das kann.« Alle zuckten zusammen, als Glorys Stimme von der Spitze eines Stalagmiten kam. »Es ist wohl ganz gut, dass Regenflügler nie Unterrichtsthema waren. Ich werde mir eine Ecke suchen und mich verstecken. Es ist gar nicht nötig, dass du dich in den Fluss wagst, Clay. Ich könnte ja einfach so bleiben.«

»Und wie lange?«, fragte Starflight. »Bis du verhungerst? Oder dich zufällig einer von ihnen erwischt?«

»Tsunami hat recht«, sagte Clay. »Wir müssen von hier weg, und zwar so schnell wie möglich.«

Sunny warf Tsunami einen traurigen Blick zu. »Warum habt ihr mir das erst jetzt gesagt?«, fragte sie, aber niemand antwortete ihr.

»Also gut«, gab Glory mit einem Seufzer nach. Ihre grünen Augen wurden wieder sichtbar, ungefähr in der Mitte der Höhle. Sie sah Clay direkt an. »Macht, was ihr wollt, solange ihr es nicht nur meinetwegen macht. Ich bleibe unsichtbar, bis Clay zurückkommt und uns holt.«

Clay hatte das Gefühl, als würden auch seine Schuppen plötzlich pink anlaufen. Glory vertraute ihm. Sie glaubte, dass er es schaffen konnte.

Er konnte sie retten. Er konnte sie alle retten.

Aber dazu musste er erst einmal den Fluss überleben.

# 7. Kapitel

»Das gefällt mir nicht«, rief Tsunami leise. »Das gefällt mir überhaupt nicht.« Sie schlug mit den Flügeln auf die Ketten, von denen sie gefangen gehalten wurde.

»Ich bin auch nicht gerade begeistert«, hörten sie Glorys Stimme.

»Schhh«, mahnte Starflight vom Flussufer aus. Clay stand im seichten Wasser und zitterte, während das eiskalte Wasser seine Klauen umspülte. Wenn er doch nur Feuer unter Wasser mitnehmen könnte. Wenn er doch nur wüsste, worauf er sich da einließ. Und wenn er doch nur nicht allein gehen müsste.

Aber er musste es tun. Er sah zu der Ecke, in der Glory unsichtbar geworden war.

»Sind wir sicher, dass das der einzige Weg ist?«, fragte Sunny, während sie mit dem Schwanz auf die Wasseroberfläche des Flusses schlug. »Mir fällt bestimmt noch etwas anderes ein, wenn ich noch eine Weile überlege.«

»Dazu haben wir aber keine Zeit mehr«, sagte Clay.

»Folge einfach der Strömung«, erinnerte ihn Starflight. »Wenn der Fluss nach draußen führt, müsste dich die Strömung automatisch dorthin bringen.«

*Wenn*, dachte Clay.

»Halt an und ruh dich aus, sobald du eine Stelle findest, an der du Luft holen kannst«, fuhr Starflight fort. »Wenn der Fluss nirgends an die Oberfläche kommt, darfst du nicht in Panik geraten, sonst ist deine Atemluft früher zu Ende.«

Clay hatte das Gefühl, als würde er jetzt schon in Panik geraten. Bei dem Gedanken daran, dass er gleich in tiefschwarze Finsternis hineinschwimmen würde und gar nicht wusste, ob er je wieder Luft holen konnte, verkrampfte sich sein Körper vor Angst.

Als ihn Flügelspitzen streiften, drehte er sich um. Der Fluss strömte um Glorys verschwommene Silhouette herum, die plötzlich neben ihm stand.

»Versteck dich«, flüsterte er.

»Danke, Clay«, sagte sie leise. »Ich werde später zwar nie zugeben, dass ich das gesagt habe, aber … du sollst wissen, dass ich die letzten sechs Jahre ohne euch vier nie überstanden hätte.«

»Mir geht es genauso«, erwiderte Clay. Ohne Glory, Sunny, Tsunami und Starflight unter dem Berg aufzuwachsen, wäre unerträglich gewesen.

»Mir auch«, gab Starflight zu.

Sunny nickte. Sie schlang ihren Schwanz um Glorys und berührte eine von Clays Klauen. Starflight nahm die andere.

»Viel Glück«, sagte Glory. Sie stieg aus dem Wasser und verschmolz wieder mit den Schatten der Felswände.

»Sei sehr, sehr vorsichtig, Clay«, bat Tsunami. Die Ketten strafften sich um Klauen und Hals, als sie sich zu ihnen beugte. »Komm zurück, wenn es nicht anders geht. Schwimm nicht weiter, wenn es zu gefährlich ist.«

»Und wage es ja nicht zu sterben«, fügte Sunny hinzu. Dann fiel sie ihm um den Hals und tätschelte ihn mit ihren Flügeln.

»Passt auf euch auf«, erwiderte Clay. Er machte einen tiefen Atemzug und gleich darauf noch einen. »Den Felsbrocken werde ich im Handumdrehen weggerollt haben.« Er konnte es nicht länger hinauszögern. Clay nickte seinen Freunden zu und warf sich in den Fluss.

Das Schwimmen half zwar ein wenig gegen die Kälte, doch als er den Tunnel hinter sich hatte und die Kampfhöhle erreichte, fühlten sich seine Schuppen immer noch so an, als wären sie mit Eis überzogen. Er kraulte zur gegenüberliegenden Wand, wo die Höhlendecke immer niedriger wurde, bis sie schließlich im Wasser verschwand. Clay holte noch einmal tief Luft, dann tauchte er unter.

Im schwachen Licht der Fackeln, die die Kampfhöhle erleuchteten, konnte er eine dunkle Stelle erkennen. Das musste die Spalte sein, von der Tsunami gesprochen hatte. Und sie hatte recht gehabt: Die Öffnung war eindeutig kleiner als die zur Höhle der Erzieher. Oder besser gesagt, sie war nicht so hoch, dafür aber breiter, eher wie die Schnauze eines knurrenden Drachen, einschließlich scharfer Felszacken als Zähne. Auf der anderen Seite war nichts als Schwärze.

Clay streckte eine seiner Klauen in das Loch, konnte aber nur Leere ertasten.

Er tauchte auf, um noch ein letztes Mal Luft zu holen. Es kam ihm vor wie der längste und tiefste Atemzug seines Lebens, wobei er hoffte, dass es nicht sein letzter sein würde. Als das Wasser lautlos über seinem Kopf zusammenschlug, hatte das etwas Endgültiges an sich. Er versuchte, nicht darüber nachzudenken.

Mit ein paar schnellen Bewegungen schwamm er zurück zu der Spalte und packte die Felsen auf beiden Seiten. Dann legte er seine Flügel eng an den Körper an und schob sich mit dem Kopf durch das Loch. Seine Schultern folgten, dann die Flügel, die schmerzhaft gegen die Felszähne schrammten. Als seine Vorderklauen einen Felsvorsprung vor ihm ertasteten, hielt er sich daran fest und zog sich weiter nach vorn.

Doch als er schon glaubte, es geschafft zu haben, blieb er mit den Hüften stecken. Seine Hinterklauen suchten nach Halt. Er versuchte, gegen den Fels zu drücken und sich seitlich hindurchzuschieben. Während er zappelte und zerrte, dachte er an Starflights Anweisungen. *Nicht in Panik geraten. Nicht in Panik geraten. Nicht –*

Clay kam so plötzlich frei, dass er sich im Wasser überschlug und mit den Flügeln schlagen musste, um sich wieder aufzurichten. Dabei spürte er, wie seine Flügelspitzen auf beiden Seiten an steinerne Felswände stießen. Der Fluss war hier nicht mehr so breit, die Strömung stark. Sie trug ihn weiter, selbst wenn er gar nicht versuchte zu schwimmen.

Clay bemühte sich, nach oben zu paddeln, um aus dem Wasser heraus an die Oberfläche zu kommen, doch sein Kopf stieß schmerzhaft gegen eine Felsdecke. Hier gab es keine Luft. Er befand sich in einer engen Röhre, die vollständig von dem Fluss ausgefüllt wurde. Es war stockdunkel. Er konnte jetzt schon nicht mehr abschätzen, wie weit er sich von der Kampfhöhle entfernt hatte. Er war sich nicht einmal sicher, ob er genug Platz hatte, um sich umzudrehen, wenn er zurückwollte.

*Aber ich will nicht zurück. Ich kann nicht zurück.*

Clay zwang sich dazu weiterzuschwimmen. Er trat mit den Hinterklauen, schlug mit den Flügeln, so gut es in dem beengten Raum eben ging, und bewegte die Vorderklauen in der Dunkelheit vor sich hin und her, damit er nicht mit dem Kopf voraus gegen eine Wand prallte. Das Wasser gurgelte in seinen Ohren, als würde es sich über seine Anstrengungen lustig machen. Sein Herzschlag schien so laut wie noch nie zu sein.

Er wusste nicht, wie lange er durch den dunklen, gewundenen Tunnel geschwommen war, doch nach einer Weile begann seine Brust wehzutun. Bis jetzt hatte er noch nie versucht, eine Stunde lang die Luft anzuhalten. Dass er so etwas konnte, wussten die Drachlinge nur, weil in zwei der Schriftrollen davon die Rede gewesen war. Und wenn man dazu Übung brauchte? Wenn das nur ausgewachsene Erdflügler fertigbrachten? Wenn seine Lunge noch zu klein dafür war?

Und wenn er hier unten ertrank, einsam und allein, und seine Freunde nie erfuhren, was aus ihm geworden war? Wenn Kestrel Glory umbrachte und er wirklich der größte Blindgänger in ganz Pyrrhia war?

*Ich werde nicht in Panik geraten.*

Zum hundertsten Mal schwamm Clay nach oben, die Zähne trotzig zusammengebissen. Doch auch jetzt stieß er wieder gegen festen Fels. Moment mal. Die Decke schien plötzlich schräg nach oben zu verlaufen, oder? Er streckte die Flügel aus, streifte kurz den Stein und schwamm schneller.

Der Kanal wurde eindeutig breiter. Er konnte die Wände links und rechts von ihm nicht mehr ertasten. Plötzlich verschwand auch der Fels über ihm und die Strömung war nicht mehr ganz so stark. Es fühlte sich an, als wäre er in einen großen Teich geschwommen. Clay schlug mit den Flügeln und schwamm durch das dunkle Wasser nach oben, immer weiter, während er den Schwanz hin- und herbewegte, um noch mehr an Fahrt zu gewinnen. Er war tiefer unter der Wasseroberfläche, als er gedacht hatte.

Aber – waren das nicht Sterne über ihm? Vor lauter Aufregung hätte er fast Wasser geschluckt. Hatte er es jetzt schon nach draußen geschafft? Über seinem Kopf, außerhalb des Wassers, glitzerte etwas. Er konnte kleine Lichtflecken erkennen, die genauso aussahen wie der Nachthimmel durch das Loch in der Höhlendecke.

Sein Kopf durchbrach die Wasseroberfläche. Clay jauchzte vor Freude, als er wieder und wieder Atem holte. Er hatte sich noch nie so sehr über Luft gefreut.

Doch das Echo seiner Stimme kam sofort wieder zu ihm zurück und hallte von den Höhlenwänden wider. Diese Luft schmeckte nicht wie der Himmel, und außer der Stille der Felsen und dem schwindenden Echo seiner Freudenschreie hörte er nichts.

Er ließ sich auf dem Wasser des Teichs treiben. Um ihn herum war nichts als Dunkelheit, abgesehen von den winzigen Lichtpunkten über seinem Kopf.

Glühwürmchen.

Clay war immer noch unter dem Berg, in einer Höhle mit unzähligen funkelnden Glühwürmchen.

Die gespenstischen, kleinen Insekten sandten ein blinkendes grünliches Leuchten aus. Von einigen hingen schimmernde Ranken herab, die wie ein flimmernder Sternenvorhang über ihm aussahen und sich im Teich spiegelten. In dem gedämpften Licht konnte er jetzt sogar die Höhlenwände in einiger Entfernung erkennen.

Clay war enttäuscht, dass er es nicht nach draußen geschafft hatte, aber wenigstens konnte er jetzt wieder atmen. Er befolgte Starflights Rat und ruhte sich aus, solange es ging. Im Wasser war es so kalt, dass er weder seine Schwanzspitze noch die Außenkanten seiner Flügel spürte. Er versuchte, eine Stichflamme in die Luft zu stoßen, doch seine Brust fühlte sich so eisig an, dass er nur ein kleines Flämmchen zustande brachte. Es kostete ihn ungeheure Überwindung, den Kopf wieder unter das Wasser zu bringen.

Doch schließlich holte er tief Luft und tauchte erneut unter.

Einen schrecklichen Moment lang war er vollkommen orientierungslos. Er hatte keine Ahnung, an welcher Stelle er in den Teich geschwommen war. Er wusste auch nicht, ob der Fluss diese Höhle überhaupt verließ. Und wenn bei dem großen, stillen Teich Schluss war? Würde er es schaffen, die ganze Zeit gegen die starke Strömung anzukämpfen, um wieder zu seinen Freunden zurückzukommen?

Während er so im Wasser schwebte, bemerkte Clay, dass er von irgendetwas weitergetragen wurde. Er ließ sich so lange unter Wasser treiben, bis er sicher war, in welche Richtung es ging. Dann kraulte er wieder zur Oberfläche und schwamm weiter, fest entschlossen, den Kopf so lange wie möglich über Wasser zu halten.

Als er die andere Seite der Höhle erreicht hatte, fand er im schwachen Licht der Glühwürmchen einen Gang, an dem der Fluss den Teich verließ. Die Decke der Höhle befand sich nach wie vor weit über ihm. Er konnte noch eine Weile an der Luft schwimmen und atmen.

Mit den vielen Sternenwürmern, die wie Tausende brennende Augen auf ihn herabstarrten, war es hier friedlich und unheimlich zugleich. Was ihm aber immer noch lieber war als völlige Dunkelheit.

Nach einer Weile wurde die Strömung wieder stärker. Clays Flügel stießen gegen Felsbrocken, die aus dem Wasser ragten, und die Glühwürmchen wurden immer weniger. Die Dunkelheit schien ihn genauso niederzudrücken wie Kestrel, die sich beim Kampftraining immer auf ihn setzte, bis ihm die Luft ausging.

Und dann hörte er ein Gebrüll.

Clay spitzte die Ohren. Waren das Drachen? Als Erstes schoss ihm durch den Kopf, dass es Kestrel sein musste, schäumend vor Wut, nachdem sie das Verschwinden von Glory und Clay bemerkt hatte. Doch er wusste, dass er viel zu weit weg war, um so etwas zu hören.

Panik stieg in ihm auf. Was würde Kestrel tun, wenn sie herausfand, dass Clay und Glory nicht mehr da waren? Würde sie die anderen bestrafen – und ganz besonders Tsunami, die in Ketten lag und sich nicht wehren konnte?

Er war so damit beschäftigt, sich Sorgen um seine Freunde zu machen, dass es eine Weile dauerte, bis ihm auffiel, dass die Strömung immer stärker und das Brüllen immer lauter wurde. Plötzlich prallte er gegen einen Felsbrocken, der direkt vor ihm aus dem Fluss ragte. Clay krümmte sich vor Schmerz, drehte sich im Wasser um die eigene Achse und schlug wild mit den Flügeln.

Doch die Strömung war jetzt so schnell, dass er nicht mehr anhalten konnte. Er wurde mitgerissen und immer wieder gegen Felsen geschleudert, die sich vor ihm aus dem Wasser erhoben.

Dann stieß er mit einem lauten Krachen gegen einen Felsvorsprung, der in den Fluss ragte, und klammerte sich mit allen vier Klauen daran fest. Das brodelnde Wasser schoss an ihm vorbei und zerrte gierig mit seinen eisigen Fingern an seinem Schwanz und seinen Flügeln. Mit letzter Kraft kämpfte sich Clay aus dem Fluss und stand dann schwer atmend auf dem nackten Fels.

Vorsichtig ließ er seinen Schwanz über den Stein gleiten und versuchte zu fühlen, wie groß die Fläche war, auf der er sich befand. Sie war groß – größer, als er mit seinem Schwanz ertasten konnte. Er wagte sich ein Stück vor, bis er sicher war, dass er am

Flussufer stand. Neben ihm führte ein steiler Abhang vom Wasser weg.

Clay spürte, dass ein kleines Rinnsal den Abhang heruntersprudelte und in der Nähe seiner Klauen in den Fluss mündete. Er ließ den Kopf hängen und versuchte, einen klaren Gedanken zu fassen. Jetzt, da er aus dem Wasser war, spürte er die Kälte in seinem Körper noch stärker als zuvor. Sie war in seine Knochen gekrochen und hielt ihn in ihrem eisigen Griff gefangen.

Er hustete, weil er hoffte, eine Flamme erzeugen zu können, doch es war sinnlos. Einige Drachen schafften das immer – ein Himmelsflügler oder ein Nachtflügler konnte jederzeit Feuer spucken. Andere dagegen, wie Erdflügler beispielsweise, brauchten die richtigen Bedingungen dazu – vor allen Dingen Wärme.

Als Clay daran dachte, dass er es bis jetzt noch nie geschafft hatte, Feuer zu spucken, konnte er Kestrels höhnische Stimme hören, die ihm zufauchte, was für eine Enttäuschung er doch sei. *Dieses Mal nicht*, dachte er. *Dieses Mal werde ich es schaffen.*

Nun verstand er auch, was das Brüllen zu bedeuten hatte: Es musste das Geräusch eines tosenden Wasserfalls sein. Er hatte noch nie zuvor einen gesehen, und eigentlich hätte er sich dafür andere Umstände gewünscht als völlige Dunkelheit. Selbst wenn er darüber hinwegfliegen konnte, würde er mit Sicherheit irgendwo dagegenprallen und abstürzen, wenn er nichts sah.

Aber er konnte nicht vom Fluss weggehen – oder doch?

Als Clay eine Klaue in den plätschernden Bach steckte, stellte er überrascht fest, dass das Wasser ein bisschen wärmer war als im Fluss. Wo kam es her? Von oben … und von oben bedeutete doch sicher näher an der Oberfläche und der Außenwelt.

Er holte tief Luft, weil er hoffte, den Geruch der Außenwelt wahrnehmen zu können. Doch ein leichter Gestank nach faulen Eiern war das Einzige, was ihm in die Nüstern stieg.

Er fasste einen Entschluss. Der Bach musste irgendwohin führen. Irgendwohin, wo der Weg nicht über einen Wasserfall ging. Clay breitete die Flügel aus, um die Höhlenwände zu ertasten, und stieg im Bach nach oben, wobei er immer wieder auf dem glatten Stein ausrutschte.

Nach kurzer Zeit spürte er einen Felsvorsprung über sich. Er kletterte darüber und landete in einem kleinen Teich. Hier oben wurde der Gestank nach faulen Eiern immer stärker. Nach einigen Schritten wurde der Tümpel tiefer, das Wasser reichte ihm jetzt bis zu den Klauen. Plötzlich spürte er einen stechenden Schmerz an den weichen Schuppen seines Bauches. Mit einem erschrockenen Fauchen kletterte er auf den Felsvorsprung zurück.

Als sich seine Flügel in etwas Klebrigem über seinem Kopf verfingen, schoss das gleiche heftige Brennen durch seine Sehnen. Schnell klappte er die Flügel zusammen, doch das klebrige Zeug ließ sich nicht abschütteln und legte sich wie blutsaugende Klumpen auf seine Schuppen. Es fühlte sich an, als würde er an tausend Stellen mit dem Gift aus Dunes Schwanz gestochen werden, als würde sich seine Haut von innen heraus auflösen.

Clay versuchte, den Abhang hinunter zum Fluss zurückzukommen, doch er spürte den kleinen Bach nicht mehr unter seinen Klauen. Blind stolperte er über den nackten Fels und machte einen Satz nach vorn, in Richtung des rauschenden Wasserfalls.

Als sein Kopf gegen etwas Hartes prallte, wurde er auf den Höhlenboden geschleudert.

Als er die Besinnung verlor, war sein letzter Gedanke: *Ich habe versagt.*

# 8. Kapitel

Eiskaltes Wasser spritzte über Clays Kopf. Er erwachte mit einem Ruck, als sein Körper in den Fluss eingetaucht wurde. Starke Klauen hielten seine Schultern gepackt und drückten ihn unter Wasser.

Zu Tode erschrocken begann er, sich heftig zu wehren, und um ein Haar hätte die Strömung ihn weggerissen. Der andere Drache riss seinen Kopf aus dem Wasser und brüllte: »Hör auf zu zappeln! Ich rette dir gerade das Leben!«

Clay bewegte sich nicht mehr und ließ sich wieder unter Wasser drücken. Er spürte, wie das klebrige Gift aus seinen Schuppen herausgewaschen wurde, doch der Schmerz blieb. Als sich seine Panik legte, konnte er wieder denken. Er kämpfte sich zurück an die Oberfläche.

»Tsunami!«, kreischte er. Wild mit den Flügeln schlagend versuchte er, sie in der Dunkelheit zu umarmen.

Ihre Klauen gruben sich wieder in den Knochenkamm auf seinem Rücken. »Clay, jetzt hör endlich auf, dich zu bewegen!« Sie drückte seinen Schwanz mit ihrem eigenen ins Wasser zurück. »Ich weiß nicht, was das für ein weißes Zeug ist, aber es stinkt fürchterlich, und ich glaube, es versucht, deine Schuppen aufzulösen. Du bleibst so lange im Wasser, bis es weg ist.«

Tsunami führte seine Klauen an einen Felsen und half ihm dabei, sich in der starken Strömung festzuhalten, während sie immer wieder Wasser über seinen Kopf schöpfte. Er kniff die Augen zusammen und versuchte, seine Freundin in der Dunkelheit zu erkennen, doch er sah lediglich ihre schattenhaften Umrisse. Clay tröstete sich mit dem Gefühl, ihre kalten, nassen Schuppen auf seinem Körper zu spüren. Sie war tatsächlich da.

»Wie hast du dich befreien können?«, fragte er mit klappernden Zähnen. Sie mussten brüllen, um sich über das Getöse des Wasserfalls hinweg verständlich zu machen.

»Feuer«, antwortete Tsunami. »Ich dachte mir, wenn Kestrels Flammen die Ketten zusammengeschmiedet haben, würde noch mehr Hitze sie vielleicht wieder trennen. Sie wusste, dass ich es nicht allein schaffen würde, und wie üblich hat sie sich nicht vorstellen können, dass wir uns gegenseitig helfen, weil das ja wider die ›Drachennatur‹ ist. Sunny und Starflight mussten zusammenarbeiten, um ihre Flammen heiß genug werden zu lassen, aber sie haben eines der Kettenglieder so lange erhitzt, bis es geschmolzen ist. Und dann bin ich dir so schnell wie möglich gefolgt.«

Clay ließ den Kopf auf den Felsen neben ihren Klauen sinken. Er hatte das Gefühl, als würde jede einzelne seiner Schuppen schmerzen. »Wie du siehst, läuft alles ganz großartig. Ich war gerade dabei, mich selbst zu retten«, sagte er.

»Was dir auch gelungen wäre«, meinte Tsunami. »Ich bin sicher, dass du bald aufgewacht wärst und es ganz allein in den Fluss geschafft hättest.« Behutsam tätschelte sie einen seiner Flügel.

Clay war sich da nicht so sicher. Aber er wollte auf keinen Fall, dass auch noch »Jammern« auf die Liste seiner Unzulänglichkeiten kam.

»Hast du die Glühwürmchen gesehen?«, fragte er stattdessen. »Total abgefahren, findest du nicht auch?«

»Oh, da weiß ich was Besseres.« Nach einem Moment begann Tsunami zu leuchten, angefangen bei ihrem aquamarinblauen Bauch bis hin zu dem Streifen an ihrem Schwanz. Sie ließ sogar die Lichtwirbel an ihrer Schnauze aufleuchten.

Die Höhle um sie herum nahm langsam Form an. Clay hatte sich noch nie im Leben so gefreut, sehen zu können.

»Danke«, sagte er. »Ich finde das schon irgendwie unfair. Ihr könnt doch alle im Dunkeln sehen – warum habt ihr dann auch noch Leuchtschuppen? Die bräuchten *wir* doch.«

Tsunami, die irgendwie verlegen wirkte, zog den Kopf ein. »Na ja, eigentlich sollen sie uns nicht beim Sehen helfen«, erklärte sie.

Clay streckte die Klauen und den Schwanz unter Wasser. Das klebrige Zeug auf seinen Schuppen war verschwunden, doch das brennende Gefühl war noch da und machte der eisigen Kälte des Wassers Konkurrenz. »Wirklich?«, meinte er, während er versuchte, nicht mehr an den Schmerz zu denken. »Und warum leuchtet ihr dann?«

»Weil … weil … na ja …« Er hatte Tsunami noch nie so stammeln hören. Nun war seine Neugier geweckt.

»Jetzt sag schon.« Er bespritzte sie mit Wasser.

»Du tust gerade das, was du immer tust«, sagte sie. »Du redest über etwas völlig Albernes, nur weil du dich nicht mit etwas Ernstem beschäftigen willst.«

»Das stimmt doch gar nicht!«, protestierte Clay. »Ich habe nur laut gedacht. *Du* bist diejenige, die der Frage ausweicht.«

»Also gut, in Ordnung!« Sie verzog das Gesicht. »Webs hat

gesagt, wir leuchten in der Dunkelheit, um andere Meeresflügler auf uns aufmerksam zu machen. So wählen wir unsere Partner oder wie auch immer man das nennt.« Sie drückte wieder seinen Kopf unter Wasser. Als Clay nach oben kam, spuckte er Wasser. »Und? Bereust du jetzt, dass du gefragt hast?«

Er bereute es tatsächlich, jedenfalls ein bisschen. Angesichts der Vorstellung, dass Tsunami sie für einen anderen Meeresflügler mit coolen Leuchtschuppen verlassen würde, kam sich Clay noch farbloser und unbeholfener vor.

»Nach oben können wir also nicht«, sagte er, jetzt wieder ernst. »Und was ist mit dem Wasserfall?« Clay hoffte, sie würde nicht fragen, ob ihm immer noch die Schuppen wehtaten. Er würde die Schmerzen einfach ignorieren müssen, bis es besser wurde.

Sie grinste. »Wir springen einfach runter!«, schlug sie vor. »Allzu hoch kann er ja nicht sein.«

»Und wie viele scharfe Felsen erwarten uns dann unten?«, gab er zu bedenken. »Außerdem würde ich gern wissen, von was wir uns da runterstürzen. Bitte.«

»Also gut, dann sehen wir's uns mal an.« Tsunami ließ ihn los und sprang ins Wasser. Die Strömung riss sie mit, und er ließ den Felsen los, um ihr zu folgen, bevor er das Licht ihrer Schuppen aus den Augen verlor.

»Tsunami!«, rief er, obwohl sie ihn wegen des tosenden Wasserfalls gar nicht hören konnte. Als er mit dem Bauch gegen einen unter Wasser verborgenen Felsbrocken stieß, schluckte er einige Liter Flusswasser. Hustend und würgend paddelte er dem schwachen Schein hinterher.

Plötzlich verschwand das Leuchten und Clay war wieder von völliger Dunkelheit umgeben. »TSUNAMI!«, brüllte er.

Einen Herzschlag später spürte Clay, dass sich vor ihm nur noch Luft befand. Instinktiv streckte er Klauen und Schwanz weit von sich. Eine seiner Vorderklauen bekam einen kantigen Felsvorsprung zu fassen. Er klammerte sich in letzter Sekunde daran fest, während der Rest von ihm ins Leere schoss.

Clay baumelte über dem Wasserfall.

Er schlug die Krallen in den Felsen und hielt sich verzweifelt daran fest, während er vor Schreck die Augen zusammenkniff, obwohl die Dunkelheit schon dunkel genug war. Seine vom Gift geschädigte Haut brannte vor Schmerz, als sie sich unter seinen Schuppen spannte. Er wollte gar nicht daran denken, wie tief Tsunami gefallen sein könnte. Und dann stellte er sich ihren zerschmetterten Körper vor, irgendwo tief unter ihm …

Jemand schlug ihm auf die Hinterklaue.

»Pass bloß auf, Clay!«, hörte er plötzlich Tsunami, die sich über ihn lustig machte. »Es ist richtig gefährlich! Du könntest dir eine Kralle stoßen!«

Clay öffnete die Augen.

Neben ihm stürzte der Wasserfall in die Tiefe und landete als schäumender Vorhang aus Luftblasen knapp unter seinen baumelnden Hinterklauen in einem weiten Becken. Tsunami schlug Purzelbäume in dem kleinen See und ließ mit dem Schwanz Wasser auf ihn spritzen.

»Halt dich gut fest!«, rief sie. »Du darfst auf keinen Fall loslassen!«

»Sehr witzig.« Mit dem Schwanz suchte Clay den Teich unter ihm nach Felsen ab, dann ließ er sich fallen. Der Wasserfall prasselte sanft auf seinen Kopf, als er wieder auftauchte. »Du hast gewusst, dass er so niedrig ist«, sagte er vorwurfsvoll.

»Kann schon sein«, erwiderte sie mit einem Grinsen. »Ja, okay, ich hab's gewusst. Ich hatte gerade die Kante erreicht, als ich dich schreien gehört habe und zurückgegangen bin.«

»Dann ist ja gut, dass ich nicht der Typ Drache bin, der stumm leidet und stirbt«, meinte Clay sarkastisch. Doch er konnte nicht umhin zu denken ... *Was wäre passiert, wenn ich nicht geschrien hätte? Was wäre passiert, wenn sie mich nicht gefunden hätte?*

»Komm mit, der Fluss fließt in die Richtung da«, sagte Tsunami. Ihre mit Schwimmhäuten versehenen Klauen paddelten durch das Wasser und sorgten dafür, dass sie sich schnell von ihm entfernte. Er folgte ihr durch den Teich in einen weiteren schmalen Kanal, der auf beiden Seiten von felsigen Böschungen begrenzt wurde.

»Aber –« Er legte den Kopf auf die Seite. Seine Ohren zuckten. »Ich glaube, das laute Geräusch kommt nicht allein von dem Wasserfall. Ist vor uns noch etwas?« In diesen Höhlen gab es merkwürdige Echos. Er konnte nicht genau sagen, ob er nur den verstärkten Widerhall des kleinen Wasserfalls hörte oder ob da noch etwas anderes war.

Plötzlich breitete Tsunami die Flügel aus und kam abrupt zum Stehen, während sie nach oben an die Decke starrte. »Hast du das gesehen?«

Clay kniff die Augen zusammen und starrte in die Dunkelheit. Das Licht ihrer Leuchtschuppen reichte nicht sehr weit; er konnte nicht einmal die Stalaktiten sehen, die es dort oben vermutlich gab. »Nein.«

»Das war eine Fledermaus!« Tsunami war so begeistert, dass sie mit ihrem Schwanz aufs Wasser schlug und Clay in einer Riesenwelle unterging.

Als er wieder auftauchte, schnappte er keuchend nach Luft. »Eine Fledermaus? Warum ertränkst du mich wegen einer Fledermaus?« Einmal hatte sich eine Fledermaus durch das Loch in der Höhlendecke zu ihnen verirrt. Sie war völlig kopflos in der Unterrichtshöhle herumgeflattert, bis Sunny Dune gebeten hatte, das Tier zu fangen und draußen wieder freizulassen. Clay hatte den starken Verdacht, dass Dune die Fledermaus gefressen hatte, aber wenigstens hatte er es so gemacht, dass Sunny es nicht mitbekommen hatte.

»Weil sie von irgendwoher gekommen sein muss«, erklärte Tsunami. »Fledermäuse verlassen die Höhlen, um zu jagen. Und wenn Fledermäuse hier rein- und rauskommen, können wir das mit Sicherheit auch. Wir haben es fast geschafft.«

»Fledermäuse sind erheblich kleiner als wir«, gab Clay zu bedenken, doch Tsunami war bereits weitergeschwommen. Beunruhigt bewegte er seine Flügel unter Wasser hin und her. Die Schmerzen wollten einfach nicht verschwinden. Er hatte das Gefühl, als würde er am ganzen Körper von winzigen, scharfen Zähnen gebissen werden.

»Da vorn«, rief Tsunami vor ihm. »Ich sehe Licht!«

Clay schlug mit den Flügeln, um sie einzuholen. Wenigstens wurde die Strömung jetzt wieder stärker und trieb ihn automatisch vorwärts.

Aber wurde nicht auch das brüllende Geräusch lauter?

Als er um eine Kurve im Fluss schwamm, sah er in einiger Entfernung einen Kreis aus silbrigem Licht. Die dunkle Silhouette von Tsunamis Kopf bewegte sich darauf zu.

Clay traute seinen Augen nicht. Es war das gleiche Licht, das er durch das Loch in der Höhlendecke gesehen hatte. Mondlicht.

Es gab tatsächlich einen Weg nach draußen, und sie hatten ihn gefunden!

Er kam jetzt rasend schnell vorwärts und brauchte kaum noch mit den Klauen zu paddeln, während der Fluss ihn in Richtung des Lichts trug. Warum war die Strömung hier so stark? Lag noch ein Wasserfall vor ihnen?

Ein gellender Schrei drang in die Höhle. Tsunami war plötzlich weg.

*Bitte lass das noch einen ihrer dummen Scherze sein, bitte lass das noch einen ihrer dummen Scherze sein*, betete Clay, der so schnell schwamm, wie er nur konnte. Der vom Mond erhellte Eingang klaffte weit vor ihm auf, und dann spürte Clay von einem Moment zum anderen nur noch Luft um sich herum.

Der Fluss verließ die Höhle und stürzte sich eine hohe, steile Felswand hinunter.

Clays Flügel breiteten sich aus und erfassten den Aufwind, bevor er nach unten fiel.

Er flog!

# 9. Kapitel

Clay war schon einmal geflogen – kurze Hopser in den Höhlen, bei denen er Stalaktiten ausgewichen und im Kreis herumgeflattert war –, aber das war nichts gewesen im Vergleich zu dem hier.

Es war alles *so groß*.

Der Himmel war überall, er … hörte gar nicht mehr auf, als gäbe es nichts, womit man ihn füllen konnte. Es war Nacht, doch nachdem Clay sein ganzes Leben in den Höhlen verbracht hatte, im schwachen Schein der Fackeln, schien das Licht der drei Monde gleißend hell zu sein. Um ihn herum ragten zerklüftete Berggipfel in den Himmel. In der Ferne glaubte er, das Meer erkennen zu können.

Und erst die Sterne!

Da Clay oft aus dem Loch in der Höhlendecke auf den Nachthimmel gestarrt hatte, glaubte er zu wissen, wie Sterne aussahen. Aber er hatte nicht gewusst, dass es so viele davon gab, oder dass sie aussahen wie ein silbernes Netz, das jemand über die Dunkelheit geworfen hatte.

Er hatte das Gefühl, als könnte er endlos weit nach oben fliegen, den ganzen Weg bis zu den Monden. Er fragte sich, ob das je ein Drache versucht hatte.

*Das haben wir verpasst. Die ganze Zeit …*

Selbst die stechenden Schmerzen zwischen seinen Schuppen konnten seiner Begeisterung keinen Abbruch tun.

»Das ist einfach unglaublich!«, rief er, während er Purzelbäume in der Luft schlug. »Tsunami! Ist das nicht total abgefahren?«

Aber es kam keine Antwort.

Clay ruderte mit dem Schwanz, um anzuhalten, und schwebte in der Luft, während er den Himmel um sich herum absuchte. Tsunami war nirgends zu sehen. Sie wäre doch nicht ohne ihn weitergeflogen … oder vielleicht doch?

Vielleicht hatte sie das Meer in der Ferne gesehen. Vielleicht hatte sie ihre Heimat gesehen und nicht widerstehen können. Clay wusste, dass sie ihre Freunde nicht im Stich lassen würde, aber er wusste auch, wie sehr der Meeresflügler sich wünschte, ins Wasser zurückzukehren.

Als er nach unten zum Horizont sah, entdeckte er Tsunami. Sie war weit unter ihm und flatterte wie wild, während sie in einer weiten Spirale nach unten segelte.

Irgendetwas stimmte nicht.

Es sah aus, als würde nur einer ihrer Flügel funktionieren.

Clay ging in Sturzflug über und schoss auf seine Freundin zu. Er presste die Flügel dicht an seinen Körper und versuchte, seine Angst zu unterdrücken, während er in die Tiefe stürzte. Der Wind pfiff an seinem Gesicht vorbei – der Wind! Er hatte ihn sich immer ganz anders vorgestellt. Es war, als lebte der Wind: Er packte Clays Schwanz, um ihn aus dem Gleichgewicht zu bringen, fuhr ihm in die Augen, um ihm die Sicht zu nehmen, ließ seine Flügel flattern, um ihn langsamer zu machen. Er schien eiszapfenscharfe Klauen in seine Haut zu schlagen und ihn unter seinen Schuppen aufzuschneiden.

Der Wasserfall und die Felswand schossen blitzschnell an ihm vorbei. Fiel er zu rasch? Der Boden raste ihm entgegen, Schatten und Mondlicht vermischten sich zu Formen, die er noch nie gesehen hatte und nicht verstehen konnte. Er hatte keine Ahnung, wie weit es noch bis nach unten war oder wann er dort ankommen würde. Mit solchen Entfernungen hatte er es noch nie zu tun gehabt.

Würde er anhalten können? Würde es wehtun, wenn er es tat?

Aber er konnte Tsunami unter sich sehen, die immer noch heftig flatterte, daher wusste er, dass sie noch nicht auf dem Boden aufgeschlagen war. Und das gab ihm neuen Mut.

Er fiel und fiel und fiel. Und Tsunami kam immer näher und näher, bis …

Clay schoss an ihr vorbei und breitete die Flügel aus. Mit einem heftigen Ruck kam sein Körper zum Stehen, als wäre er gegen eine Wand gerannt, und im nächsten Moment spürte er noch einen Schlag, dieses Mal von dem schweren Meeresflügler, der von oben auf ihm landete.

Er taumelte, und um ein Haar wäre Tsunami über seinen Kopf gerutscht und gefallen, doch sie klammerten sich mit ihren Klauen aneinander und hielten sich fest. Clay schlug heftig mit den Flügeln, um in der Luft zu bleiben. Er war nicht stark genug, um sie zu tragen, aber wenigstens konnte er ihren Sturz verlangsamen.

Tsunami stieß einen gellenden Schrei aus, dann spürte Clay, wie seine Hinterklauen etwas streiften. Gleich darauf hatte er das Gefühl, als würden Klauen nach seinen Flügeln und seinem Schwanz greifen, was die beiden Drachen abrupt zum Stehen brachte. Sie wurden auseinandergerissen und fielen durch Bäume, wobei sie Äste zerbrachen und Blätter abstreiften, bevor sie mit einem lauten Knall auf dem Boden landeten.

Es dauerte einen Moment, bis Clay wieder atmen konnte. Tsunamis Schwanz lag über seiner Schnauze. Er schob ihn zur Seite und setzte sich auf, was seinen Körper heftig protestieren ließ. Seine Freundin rollte sich auf den Rücken und ließ die Flügel auf beiden Seiten schlaff herabhängen. Aus der Nähe konnte Clay erkennen, dass er recht gehabt hatte. Einer ihrer azurblauen Flügel war ganz krumm, als hätte ihn jemand aus dem Schultergelenk gerissen.

Als er den Flügel mit seiner Klaue berührte, zuckten sie beide zusammen.

»Was ist denn los?«, fragte Clay.

»Das ist passiert, als ich mich von den Ketten befreit habe«, erklärte Tsunami. »Ich glaube, ich habe mir den Flügel ausgekugelt.«

»Und trotzdem bist du mir gefolgt?«, rief Clay entsetzt. »Warum hast du mir nicht gesagt, dass du verletzt bist?«

Sie zuckte mit den Schultern, was sie vor Schmerz aufschreien ließ. »Im Fluss hat es gar nicht einmal so wehgetan, aber als ich fliegen wollte …«

»ERDE«, kreischte Clay plötzlich. *»Ich stehe auf Erde!«* Er grub die Krallen in den Boden, die sofort in der weichen Masse versanken. Ein heftiges Zittern durchfuhr seinen Körper, von der Schnauze bis zum Schwanz.

Tsunami setzte sich auf und starrte ihn an. »Na und?«, sagte sie nur.

»Das ist genial!«, rief er. »Fühl mal, wie weich sie ist!« Er griff sich eine Handvoll Erde und warf sie ihr ins Gesicht.

»Hey, hör auf damit!«, protestierte sie, während sie abwehrend ihren unverletzten Flügel hob.

Clay legte sich flach in das Gras und spürte die warme Erde an seinen Klauen und Schuppen. Der Geruch nach Grün und Braun und vergrabenem Sonnenschein erfüllte seine Sinne. Der Boden hier war ganz anders als der harte, kalte Fels unter dem Berg. Er hieß ihn geradezu willkommen und war voller Leben. Als sich neben seiner Nase ein Wurm aus der Erde wagte, schnappte Clay zu.

»Jetzt sind wir jedenfalls quitt«, meinte Tsunami. »Ich habe dich gerettet, du hast mich gerettet …«

»Ich höre den Fluss!«, rief Clay, der aufsprang und sich schüttelte. Tsunami duckte sich, als ein Schauer aus Erde auf sie niederging. »Fluss plus Erde bedeutet Schlamm!« Er drehte sich um und rannte durch die Bäume in die Richtung, aus der das Rauschen des Wassers kam.

Als Tsunami ihn erreichte, wälzte er sich gerade im Schlamm der Uferböschung. »Ich glaube, es gibt nicht sehr viele Drachen, die sich derart über einen Haufen Matsch freuen«, bemerkte sie trocken.

»Drachen von meinem Stamm mit Sicherheit«, erwiderte Clay, der den sarkastischen Ton in ihrer Stimme ignorierte. »Mir ist noch nie so warm gewesen.« Zum ersten Mal in seinem Leben schmerzten seine Klauen nicht. Seine Schuppen juckten nicht, seine Flügel fühlten sich nicht zu trocken an, und er brauchte nicht zu befürchten, sich bei jedem zweiten Schritt die Krallen zu stoßen. Als er spürte, wie sich der Schlamm in die Lücken zwischen seinen Schuppen presste, wurde ihm klar, dass die Schmerzen von dem Höhlengift langsam verschwanden, als würde der Schlamm ihn heilen. Er seufzte glücklich und wühlte sich noch tiefer in die feuchte Uferböschung hinein.

»Wow«, sagte Tsunami. Sie steckte ihre Vorderklauen in den Fluss. »Dabei sind wir noch nicht einmal in den Sümpfen der Erdflügler. Ich frage mich, ob ich derart ausflippen werde, wenn ich das Meer sehe.«

»Du wirst ausflippen«, sagte Clay, der sich mit einem Mal selbstsicher und mutig fühlte. »Und wenn du fliegen kannst, auch. Lässt sich dein Flügel irgendwie wieder in Ordnung bringen?« Er legte den Kopf schief und musterte Tsunamis verletzte Schulter.

Der Wasserfall stürzte eine Felswand herunter, die hoch in den Himmel aufragte, mit noch höheren Bergen dahinter. Die drei Monde standen tief am Himmel. Clay schätzte, dass es bald Morgen sein würde, und dann konnten sie nach dem Rauchsignal Ausschau halten, das sie zu ihren Freunden führen würde. Aber wenn Tsunami nicht fliegen konnte, saßen sie hier unten fest … leichte Beute für jeden feindlichen Drachen, der vorbeiflog.

Clay starrte in den Himmel und rief sich ins Gedächtnis, dass sie sich in eine Welt im Krieg gewagt hatten. Wie gefährlich sie war, wusste er nur aus den Geschichten der großen Drachen. Nach dem, was sie ihnen erzählt hatten, hatte er sich die Welt als ein einziges großes Schlachtfeld vorgestellt. Es war merkwürdig, auf einer ruhigen Lichtung zu stehen und keinerlei Anzeichen für einen Krieg zu sehen oder zu hören, nicht einmal einen anderen Drachen in der Nähe.

Aber er wusste, dass die Klauen des Friedens – und damit auch die Drachlinge – überall Feinde hatten. Die drei Königinnen der Sandflügler misstrauten der Prophezeiung und würden jeden töten, der sich ihnen in den Weg stellte. Und es gab eine lange Liste von Drachen, die ihnen Fürchterliches antun würden, sollten sie die Drachlinge jemals in die Klauen bekommen.

Tsunami drehte den Kopf zur Seite und sah sich ihren verletzten Flügel an. »Ich bin sicher, dass ich ihn wieder in Ordnung bringen kann«, sagte sie. »Ich habe das mal in einer Schriftrolle gelesen. Er muss nur wieder an die richtige Stelle gerückt werden. Vielleicht klappt es, wenn ich gegen einen Baum renne.« Sie sah sich im Wald um und rannte dann plötzlich auf den am nächsten stehenden dicken Baumstamm zu.

Clay sprang auf, warf sich mit einem Riesensatz auf ihren Schwanz und hielt sie zurück, bevor sie sich gegen den Baum werfen konnte.

»Autsch!«, protestierte Tsunami wütend. »Geh da runter! Ich schaff das schon. Es wird funktionieren!« Sie schnappte mit den Zähnen nach ihm.

»Jetzt sei doch kein schlecht gelaunter Himmelsflügler. Gegen einen Baum zu rennen, ist, glaube ich, kein guter Plan«, meinte Clay. »Kann ich mir den Flügel mal ansehen?«

Leise brummelnd setzte sich Tsunami ins Gras und breitete ihre Flügel aus. Clay ging um sie herum, dann trat er einen Schritt zurück und sah sich die ungleichmäßige Linie an Flügel und Schulter an.

»Wenn du still hältst, kann ich den Flügel vielleicht wieder einrenken«, schlug er vor.

»Und das soll ein guter Plan sein?«, schnaubte Tsunami, während sie ein Stück vor ihm zurückwich.

»Er ist auf jeden Fall besser, als gegen einen Baum zu rennen«, betonte Clay. »Grab die Krallen in die Erde und beiß die Zähne zusammen.«

Tsunami schlug die Klauen in den Boden und machte die Augen zu. Vorsichtig tastete Clay mit seinen Vorderklauen ihre Schulter ab. Die Stelle, an der der Knochen aus dem Gelenk gerutscht war, war leicht zu finden. Er berührte sie vorsichtig, überprüfte, wo der Knochen seinen richtigen Platz hatte. Dann packte er kräftig zu und drückte den Knochen mit einer schnellen, ruckartigen Bewegung an Ort und Stelle.

»AUA!«, brüllte Tsunami. Sie bäumte sich auf und beförderte Clay mit ihrem Schwanz in ein Dickicht aus Dornenbüschen.

»Es tut mir leid! Es tut mir leid!«, schrie Clay, während er aus den Büschen kroch. »Ich dachte wirklich, es würde funktionieren.« Mitten in der Bewegung hielt er inne. Tsunami drehte sich im Kreis und klappte ihre ausgestreckten Flügel hoch und runter. Sie sahen wieder völlig gleich aus.

»Es hat funktioniert«, meinte sie. »Die Schulter tut noch ein bisschen weh, aber jetzt kann ich den Flügel wenigstens wieder bewegen. Das war ziemlich heftig, Clay.« Sie half ihm dabei, seinen Schwanz zu befreien, der sich in den Büschen verheddert hatte. »Tut mir leid, dass ich dir eine gescheuert habe.«

Clay wollte das Maul aufmachen, um ihr zu antworten, doch plötzlich packte Tsunami seine Schnauze und hielt sie zu. Sie hob eine Klaue und spitzte die Ohren.

»Was ist das?«, flüsterte sie.

Clay versuchte, den Kopf zu drehen, was Tsunamis fester Griff jedoch verhinderte. Er lauschte angestrengt.

Durch den Wald kam etwas auf sie zugerannt.

# 10. Kapitel

»Für einen Drachen ist es nicht groß genug«, flüsterte Tsunami. »Glaube ich jedenfalls.«

Jetzt hörte Clay ein heftiges Keuchen und das Knacken von Zweigen. Es klang eher nach Gejagtem und nicht so sehr nach Jäger. Er löste Tsunamis Krallen von seiner Schnauze und flüsterte: »Vielleicht können wir es fressen.« Sie konnten die anderen Drachlinge sowieso erst bei Sonnenaufgang retten, und er wollte sein Jagdgeschick außerhalb der Höhlen testen.

Ein kleines, hellhäutiges Wesen taumelte auf die mondbeschienene Lichtung vor ihnen. Sein haariger Kopf reichte Clay nicht einmal bis zur Schulter. Es hatte zwei lange, dünne Beine und zwei schlaff herabhängende Arme, die in Klauen ohne Krallen endeten. Mit dem einen Arm hielt es etwas Spitzes fest, das aussah wie die Kralle eines riesigen Drachen, und mit dem anderen einen unförmigen Sack.

Als es Tsunami und Clay sah, ließ es alles fallen, was es bei sich hatte, und stieß einen langen, hohen Schrei aus, wie die Vögel, die Clay manchmal durch das Loch in der Höhlendecke gehört hatte.

»Das ist ein Zweibeiner«, rief Tsunami entzückt. »Schau mal, Clay! Wir sind zum ersten Mal draußen und sehen gleich einen echten, lebenden Zweibeiner.«

»Es ist so klein«, bemerkte Clay. »Und ich glaube, es ist gerade auf Nahrungssuche.« Er streckte eine Klaue aus und stupste den Sack an. Das Wesen schrie wieder auf, dann wich es zurück und bedeckte den Kopf mit den Armen.

»Ich habe sie mir viel furchterregender vorgestellt.« Tsunami war enttäuscht. Sie senkte die Schnauze, um es sich genauer anzusehen. »Eines von denen hat Königin Oasis getötet? Wirklich?« Sie hob die Metallkralle auf, die das Wesen getragen hatte. Die Waffe war etwa viermal so lang wie eine normale Drachenkralle. »Die Dinger sehen zwar ziemlich scharf aus, aber trotzdem … es muss so eine Art unglücklicher Zufall gewesen sein.«

»Können wir es fressen?«, fragte Clay. Seine Zunge schnellte aus seinem Maul und wieder zurück.

»Starflight sagt, sie sind vom Aussterben bedroht«, klärte sie ihn auf, »aber ich würde sagen, da sie daran schuld sind, dass wir uns alle im Krieg befinden, kannst du so viele von ihnen fressen, wie du möchtest.« Sie fuchtelte mit der Metallkralle herum und starrte auf das Wesen hinunter.

Es gab jetzt noch mehr sonderbare Geräusche von sich und deutete mit den Armen auf den Sack und die Kralle. Einige seiner Bewegungen waren fast drachenähnlich, als würde es versuchen, mit ihnen zu reden.

»Vielleicht will es uns schenken, was auch immer da drin ist«, sagte Clay, während er den Sack anhob. Als er ihn umdrehte, fielen Edelsteine und schimmernde Schmuckstücke heraus und landeten im Gras. Inmitten des Goldes sah Clay drei große Rubine und einige Diamanten glitzern.

»Ein Schatz«, jubelte Tsunami. Sie hob ein silbernes Medaillon auf, in das eine mit winzigen Saphiren besetzte Spirale eingraviert war.

»Das würde Glory sicher gut gefallen«, sagte Clay.

»Mir auch!«, gab Tsunami schnell zurück. »Ich weiß, dass du ihr gern hübsche Sachen bringst, um sie aufzuheitern, aber das hier habe *ich* zuerst gesehen.«

»Ist ja schon gut«, meinte Clay diplomatisch. »Dann vielleicht etwas anderes. Meinst du, wir können den ganzen Schatz behalten?«

»Ganz bestimmt nicht«, sagte plötzlich eine Stimme. »Es sei denn, ihr wollt mit mir darum kämpfen, was ich euch allerdings nicht raten würde.« Auf der Lichtung hinter dem bleichen Wesen landete völlig lautlos ein orangefarbener Himmelsflügler, der etwas größer als Clay war. Um die Hörner des Drachenweibchens ringelte sich Rauch. Als der Zweibeiner wieder zu schreien begann, bückte sie sich und biss ihm den Kopf ab.

»Igitt«, sagte die Drachendame, dann spuckte sie den Kopf wieder aus. Er rollte durch das Gras, während der Körper, aus dessen Hals Blut spritzte, langsam umkippte.

»Das ist so was von unfair«, beschwerte sich das Himmelsflüglerweibchen. »Ständig versuchen Diebe, meinen schönen Schatz zu stehlen. Und wenn ich sie erwische, munden sie mir nicht mal.« Sie stupste den Körper an. »Total zäh und ein Geschmack wie vergammelter Fisch. Ekelhaft.«

Clay trat einen Schritt zurück, als die Blutlache vor seinen Klauen immer größer wurde. Plötzlich war er gar nicht mehr hungrig.

»Wer bist du?«, erkundigte sich Tsunami. Sie drehte das Medaillon in ihren Klauen hin und her, als würde sie sich fragen, ob es die Mühe wert war, darum zu kämpfen.

Der Himmelsflügler starrte sie an und kniff seine gelben Augen zu schmalen Schlitzen zusammen. Clay fiel auf, dass die Drachendame ein goldenes, mit Rubinen und Bernsteintropfen besetztes Kettenhemd trug. Zwischen den Schuppen über den Augen steckten kleine Rubine, und die Flügelspitzen waren mit weiteren Rubinen geschmückt. Wer auch immer dieser Drache war, sie besaß einen großen Schatz, und das bedeutete, dass sie wichtig sein musste.

»Du weißt nicht, wer ich bin?«, sagte das Drachenweibchen. »Also wirklich. Jetzt bin ich aber beleidigt. Entweder muss ich mehr unter Drachen gehen oder du, Meeresflügler, bist keine besonders gute Spionin.«

»Ich bin keine Spionin!«, gab Tsunami zurück. »Wir wissen nicht mal, wo wir sind. Wir sind … sozusagen gefangen gehalten worden und gerade geflüchtet.«

Der orangefarbene Drache legte den Kopf schief und starrte Clay an. »Ein Meeresflügler und ein Erdflügler, die zusammen unterwegs sind«, überlegte sie. »Mal sehen. Ich weiß, dass ihr nicht aus meinen Kerkern seid, es sei denn, ich werde langsam vergesslich. Also – wer hat euch eingesperrt? Blaze? Allerdings glaube ich nicht, dass sie Gefangenenlager unterhält. Das würde nicht zu ihrem Ihr-habt-mich-doch-alle-lieb-Image passen.«

Clay machte noch einen Schritt nach hinten. Angesichts eines Drachen, der seine eigenen Kerker hatte, bekam er ein ungutes Gefühl. »Tsunami, gib ihr einfach den Schatz zurück und lass uns gehen«, sagte er leise.

»Ein Erdflügler, der seinen Kopf benutzt«, rief der Himmelsflügler. »So was sieht man nicht sehr oft.« Dann bewegte sie sich drohend auf Tsunami zu, wobei sie geradewegs durch das Blut des Zweibeiners trat und rote Klauenabdrücke auf dem Gras hinterließ. Kleine Flammen flackerten in ihren Nüstern und der weiße Rauch um ihre Hörner wurde dichter.

»In Ordnung.« Tsunami hielt ihr das Medaillon entgegen. »Wir wollen keinen Ärger.«

»Ich auch nicht«, erwiderte das Drachenweibchen. »Deshalb macht es mich ja *so furchtbar traurig*, wenn ich die ganze Zeit von Problemen verfolgt werde.« Sie beugte sich vor, packte Tsunamis Klaue, die immer noch das Medaillon festhielt, und drückte fest zu. Clay wollte seiner Freundin zu Hilfe eilen, doch der fremde Drache spuckte ihm eine Flamme entgegen, sodass er zurückweichen musste. Der Himmelsflügler warf Tsunami einen bitterbösen Blick zu. »*Niemand* berührt meinen Schatz.«

»Wir wussten doch nicht, dass es dein Schatz ist!«, protestierte Tsunami. »Wir wissen nicht mal, wer du bist!«

»Oh«, fauchte die Drachendame, »hab ich das nicht gesagt? Ich bin Scarlet. Aber wenn ihr weiterleben wollt, empfehle ich euch dringend, mich mit *Eure Majestät* anzusprechen.«

Clay holte erschrocken Luft. Diesen Namen kannte sogar *er.*

Sie standen vor der Königin der Himmelsflügler.

# 11. Kapitel

Sie war kleiner, als er gedacht hatte – kleiner als Kestrel –, aber Clay wusste, dass sie die Königin der Himmelsflügler nicht unterschätzen durften. Sie hielt sich schon seit dreißig Jahren an der Macht, trotz vierzehn tapferer, törichter und jetzt extrem toter Herausforderer. Sie war eine der am längsten lebenden und todbringendsten Königinnen in Pyrrhia. Ganz abgesehen davon, dass sie ein Bündnis mit Burn eingegangen war, die die Prophezeiung hasste und vor sechs Jahren das Ei der Himmelsflügler zerstört hatte. Und ausgerechnet ihr gerieten die Drachlinge bei den ersten Schritten in Freiheit in die Klauen.

Clay versuchte, sich an das zu erinnern, was sie sonst noch über Scarlet gelernt hatten. Aber ihm fiel nur ein einziges Wort zu ihr ein: *grauenhaft.*

Königin Scarlet ließ Tsunamis Klaue los und hängte sich das Medaillon um den Hals. Dann drehte sie sich um und fuhr mit einer Kralle an Clays Schnauze entlang.

»Du, Erdflügler, machst mich neugierig. Wir stehen auf derselben Seite. Warum hast du mich dann nicht gleich erkannt?«

»Wie ich schon sagte –«, begann Tsunami. Königin Scarlet brachte sie mit einer kurzen Bewegung ihres Schwanzes zum Schweigen.

»Ich möchte den Erdflügler reden hören«, sagte sie. »Was für eine tiefe, nervöse Stimme. Also rede.«

»Ähm … ja«, stotterte Clay. »Wir sind eine Weile unter der Erde gewesen … eigentlich immer …« Hinter dem Rücken der Königin schnitt Tsunami Grimassen, was wohl bedeutete, dass er nicht zu viel verraten sollte. Aber was um Himmels willen sollte er denn sagen?

Er sah zu den Bergen, die vor ihnen aufragten, und bemerkte einen goldenen Schimmer dahinter. Die Sonne ging auf. Sie mussten hier weg, um ihre Freunde zu retten, und zwar schnell, bevor Kestrel ihre Wut an dem erstbesten Drachling ausließ, den sie finden konnte.

»Wir sind nur auf der Durchreise«, sagte er zu Königin Scarlet. Die Rubinreihen über ihren Augen hoben sich ungläubig in die Höhe. »Was ich damit sagen will … es war uns eine Ehre, Euch kennenzulernen … es war …« *Grauenhaft* war das einzige Wort, das ihm einfiel. »Wir müssen gehen«, platzte es dann aus ihm heraus.

»Jetzt schon?«, fragte die Königin. »Aber das ist doch herzzerreißend. Ich hasse es, wenn ich mitten im Gespräch stehen gelassen werde. Es gibt doch noch so vieles, was ich über dich wissen möchte.« Sie fuhr mit der Spitze einer Kralle über die Unterseite von Clays Kinn. »Ich glaube, der einzige Ort, an den du jetzt gehen solltest, ist mein Palast im Himmel. Klingt das nicht aufregend? Sag nicht Nein, das würde meine Gefühle verletzen. Du bist genau das, was ich gesucht habe.«

Clay hatte keine Ahnung, was das zu bedeuten hatte, aber er war sowieso viel zu eingeschüchtert, um ihr antworten zu können. Als er nach oben in ihre unfreundlichen bernsteinfarbenen Augen blickte, dachte er zum ersten Mal in seinem Leben, dass Kestrel vielleicht doch mit allem recht hatte. Und ganz besonders damit, dass es seine Vorteile hatte, unter dem Berg zu bleiben und sämtlichen feindlichen Drachen in der Außenwelt aus dem Weg zu gehen.

Tsunami, die immer noch hinter Scarlet stand, hob die scharfe Kralle des Zweibeiners. Ihre Blicke trafen sich. Er spürte die gleiche kalte Angst, die sie auch empfinden musste. Wenn sie die Königin der Himmelsflügler angriffen, schufen sie sich damit einen neuen, mächtigen Feind, der sie abgrundtief hasste.

Aber sie konnten Scarlet nicht die Wahrheit sagen. Sie würde sie sofort gefangen nehmen, an ihre Verbündete Burn verkaufen oder töten, nur um die Prophezeiung nicht wahr werden zu lassen. Aber mit ihr gehen konnten sie auch nicht – sie mussten zu ihren Freunden in die Höhle zurück.

Clay nickte kaum merklich. *Tu es. Wir haben keine andere Wahl.*

Tsunami hieb die Klaue durch die empfindliche Stelle an Königin Scarlets Schwanz, geradewegs bis in den Boden darunter.

Die Königin brüllte vor Schmerz. Sie warf wütend den Kopf herum und spuckte Feuer in alle Richtungen.

»Flieg!«, schrie Tsunami. Sie rollte sich unter den Flammen weg und gab Clays Schwanz einen Schubs. Er breitete die Flügel aus und schoss in den Himmel, während Königin Scarlets Feuer ihm die Krallen versengte. Tsunami flatterte mit unsicheren, aber dennoch zielstrebigen Flügelschlägen neben ihm her.

»Scarlet wird nicht lange brauchen, um sich zu befreien«, rief Tsunami. »Schnell, wir müssen sie zwischen den Berggipfeln abhängen.« Sie schoss an der Felswand entlang nach oben, und Clay folgte ihr.

Sie flogen am oberen Ende des Wasserfalls vorbei und an der

Stelle, wo der Fluss aus dem Loch in der Felswand stürzte. Sie stiegen höher und höher, bis sie die Felswand hinter sich gelassen hatten und eine steinige Hochebene mit dunkelgrünen Bäumen und Büschen erreichten. Selbst hier oben wurden sie von Bergen überragt, die unbeschreiblich hoch waren. Die Gipfel zogen sich wie schiefe Drachenzähne im Zickzack nach Norden und Süden, eine zerklüftete Reihe, die endlos weiterging.

Die schiere Größe der Umgebung überwältigte Clay. Wie sollten sie ihre Freunde je wiederfinden? Und selbst wenn es ihnen gelang – was konnten fünf kleine Drachlinge tun, um eine Welt zu retten, die dermaßen groß war?

Tsunami flog voraus. Sie hielten sich nah am Boden, kurvten um Bäume herum und tauchten in Schluchten ab, wenn sie welche fanden. Mit der Zeit wurden ihre Flügelschläge immer kräftiger. Das Sonnenlicht breitete sich über den Bergen aus und blendete Clay. Er war Helligkeit nicht gewohnt – und jetzt war erst früher Morgen. Die gleißende Mittagssonne stand ihnen noch bevor.

»Da lang!«, rief Tsunami, während sie mit dem Kopf auf einen Einschnitt an einem Berghang wies. Sie flogen ein Stück nach unten und landeten auf einem Felsvorsprung. Von hier aus konnten sie die gesamte Hochebene und die Täler und Berggipfel um sie herum im Auge behalten. Nervös blickte Clay in die Tiefe. Das Rauschen des Wasserfalls war ein leises Grollen in der Ferne. Königin Scarlet war nirgends zu sehen.

»Ich kann einfach nicht glauben, dass du das getan hast«, sagte er zu Tsunami.

»Ich hatte keine Wahl, oder?«, erwiderte sie, aber nicht wie sonst im Brustton der Überzeugung. Sie kratzte sich an den Kiemen und sah beunruhigt aus.

Clay wollte ihre Bedenken zerstreuen, doch er machte sich auch Sorgen. Er schloss die Augen und hielt sein Gesicht der aufgehenden Sonne entgegen. Die Hitze drang durch die Schuppen hindurch in seinen Körper, bis sich nach einer Weile sogar seine Knochen warm anfühlten.

»Du solltest dich mal sehen«, sagte Tsunami. »Du glühst praktisch. Ich habe gar nicht gewusst, dass Erdflügler so viele Farben haben können.«

Clay öffnete die Augen und sah an sich hinunter. Er hatte sich immer für braun gehalten – unauffällige braune Schuppen, schlichte braune Krallen, mattes Schlammbraun von den Hörnern bis zum Schwanz. Doch jetzt, als er zum ersten Mal in der vollen Sonne stand, konnte er zwischen und unter den Schuppen einen goldenen und bernsteinfarbenen Schimmer sehen. Selbst die verschiedenen Brauntöne auf seinem Körper wirkten jetzt irgendwie satter und kräftiger, wie die Truhe aus Mahagoniholz, in der Webs die empfindlichsten Schriftrollen aufbewahrte.

»Hm«, sagte er.

»Du bist ja eine richtige Schönheit«, scherzte Tsunami. Clay versuchte, sich nichts anmerken zu lassen. Während die Sonne bei ihm nur neue Farben zum Vorschein brachte, sah Tsunami jetzt so aus, als wäre sie mit Edelsteinen geschmückt, wie ein Drache aus Saphiren und Smaragden oder aus Sommerblättern und Ozeanen.

Er dachte an Glory und daran, wie schön sie jetzt schon in den dämmrigen Höhlen war. Wenn sie erst einmal im vollen Sonnenlicht stand, wären sie von ihrer Schönheit wahrscheinlich so geblendet, dass sie gar nicht mehr mit ihr sprechen konnten, weil sie zu sehr damit beschäftigt wären, sie anzustarren.

*Glory.* Clay kniff die Augen zusammen und blickte über die Berge. Überall bemerkte er Felszacken, Löcher und Vorsprünge, die zu einem Tunnel führen konnten. Er hatte keine Ahnung, wie *ihre* Höhle von außen aussah. Von dem Felsvorsprung aus, ließ sich der größte Teil des Berges beobachten, doch bis jetzt war noch kein Rauchsignal auszumachen.

Die Sonne hatte den Horizont jetzt fast völlig überschritten und stieg langsam in den Himmel, wo sie die drei Monde vertrieb. Rund um die Berggipfel in der Ferne sah Clay mehrere rote Silhouetten umherhuschen. Zuerst hielt er sie für Vögel, doch dann sah er die Flammen, die wie Blitze um sie herumflackerten. Da wusste er, dass es Drachen waren.

Sie waren hier eindeutig im Territorium der Himmelsflügler. Was die Lage der geheimen Höhle anging, hatte Starflight mit seiner Vermutung offenbar recht gehabt. Doch Clay hatte keine Ahnung, wie sie aus den Bergen entkommen sollten, jetzt, da sie vermutlich von der fuchsteufelswilden Königin der Himmelsflügler gejagt wurden.

Tsunami packte ihn an der Schulter. »Da!«, rief sie, während sie mit der Kralle in die Richtung deutete.

Aus einem Loch, das auf halbem Weg den Abhang hinunter lag, stieg eine dünne Rauchsäule auf. Clay schwang sich sofort in die Luft und umkreiste das Loch. Da es von dichtem Gestrüpp umgeben war, konnte er nicht daneben landen. Von der Form her sah es genauso aus wie das Loch in der Höhlendecke.

Das mussten seine Freunde sein!

Tsunami gesellte sich zu ihm. Gemeinsam schwebten sie über dem Rauch und versuchten, einen Blick in das Loch zu werfen.

»Starflight und Sunny müssen dort drin sein«, sagte Clay.

»Genau unter uns!« Der Rauch roch nach altem Papier. Er spürte einen Anflug von Mitleid mit Starflight, der einige seiner geliebten Schriftrollen hatte verbrennen müssen.

»Wir sind nah dran, aber wir müssen den Eingang zur Höhle finden«, erklärte Tsunami. »Der Tunnel muss irgendwo in der Nähe enden.« Sie landete auf dem felsigen Boden neben den Büschen. Dann ging sie mit großen Schritten weiter, als würde sie versuchen, die Entfernung zwischen der Unterrichtshöhle und dem Eingangstunnel abzuzählen.

Clay blieb in der Luft und zog weite Kreise. Er hatte das gleiche sonderbare Gefühl wie vorhin, als er Tsunamis schiefen Flügel betrachtet hatte – dass ihm, wenn er einfach nur ein bisschen lockerer wurde und genau hinsah, klar werden würde, wie die Dinge zusammenpassten. Er war die Höhlen unter dem Berg zigmal abgegangen. Er kannte sie besser als seine eigenen Krallen.

Da er noch immer das leise Donnern des Wasserfalls hörte, wusste er ungefähr, wo der unterirdische Fluss verlief. Er stellte sich den Tunnel vom Unterrichtsraum zur Haupthöhle vor und übertrug das Bild in Gedanken auf die zerklüfteten Felsen.

»Da vorn«, rief er Tsunami zu, während er nach unten flog und landete. »Der Felsbrocken, der den Ausgang versperrt, müsste direkt unter uns sein. Und der Tunnel nach draußen müsste da lang verlaufen –« Er drehte sich um und suchte die Umgebung ab.

»Die Schlucht«, meinte Tsunami und deutete auf eine tiefe Spalte, die sich ganz in der Nähe durch die Felsen zog. Als sie in die Tiefe starrten, konnten sie einen kleinen Fluss erkennen, der über Geröll und sandigen Schlamm verlief. »Der Eingang muss irgendwo da unten sein.«

Clay glitt mit ausgebreiteten Flügeln in die Schlucht. Als er auf dem Grund landete, gluckste Schlamm zwischen seinen Klauen. Er spürte, wie eine Welle der Wut über ihn hereinbrach. Hier gab es Schlamm, Sonnenlicht und warme, frische Luft, ganz in der Nähe ihrer Höhle. Warum hatten die Erzieher ihre Schützlinge nie nach draußen gebracht? Selbst kurze Ausflüge in diese Schlucht hätten ihr Leben völlig verändert.

Er wusste, dass sie sagen würden, es sei eine Sicherheitsmaßnahme gewesen. Sie würden sagen, dass sie die Drachlinge hätten schützen wollen, damit die Himmelsflügler sie nicht entdeckten.

Aber Clay vermutete, dass es einen anderen Grund dafür gab. Die Erzieher vertrauten den Drachlingen nicht. Sie wollten nicht riskieren, dass die Drachlinge einfach wegflogen. Und sie trauten ihnen nicht zu, dass sie sich klug verhielten und keine Aufmerksamkeit auf sich zogen.

Mit seinen Krallen grub er tiefe Furchen in den Schlamm. Die Drachlinge hatten nie die *Chance* gehabt, sich das Vertrauen ihrer Erzieher zu verdienen. Vielleicht hatte Clay ja auch keine verdient, weil er die anderen bei seiner Geburt angegriffen hatte. Vielleicht hatten die großen Drachen gedacht, dass irgendetwas in ihm jeden Moment ausrasten konnte. Aber sie hatten keinen Grund gehabt, auch Sunny, Glory, Starflight und Tsunami all die Jahre in der Dunkelheit gefangen zu halten.

Mit einem dumpfen Schlag landete Tsunami neben ihm. Sie wies mit dem Kopf auf einige moosbewachsene Felsbrocken vor ihnen.

»Da sehen wir zuerst nach.« Sie platschten den kleinen Fluss hinunter.

Als Clay im Schlamm vor sich etwas entdeckte, breitete er die Flügel aus, um Tsunami am Weitergehen zu hindern.

»Sieh mal!«, sagte er. »Drachenspuren!«

Auf der Uferböschung waren die frischen Klauenabdrücke eines Drachen zu sehen, mit einer tiefen Furche dazwischen, die der Schwanz hinterlassen hatte. Sie verschwanden ganz plötzlich, als hätte sich der Drache an dieser Stelle in die Luft erhoben.

Vorsichtig setzte Clay eine Klaue in den Abdruck. Die riesigen Klauen des anderen Drachen ließen sie winzig klein erscheinen.

»Wenn der Drache aus unserer Höhle gekommen ist«, spekulierte Tsunami, »und ich bin mir sicher, dass es so war, muss es Kestrel gewesen sein.«

»Woher weißt du das?«, fragte Clay.

Tsunami stellte eine ihrer Hinterklauen neben die Abdrücke. »Keine Schwimmhäute zwischen den Krallen«, erklärte sie, »also ist es kein Meeresflügler. Die Abdrücke sind frisch, daher können sie nicht von Morrowseer sein, der gestern hier war. Und man sieht alle vier Klauen, also ist es nicht Dune.«

»Oh«, hauchte Clay, der sich ziemlich dumm vorkam. »Natürlich.«

»Die Abdrücke führen von hier weg, kommen aber nicht wieder zurück«, fuhr Tsunami fort. Vor lauter Aufregung wurde ihre Stimme lauter. »Vielleicht hat sie heute Morgen die Höhle verlassen, um nach uns zu suchen. Und wenn sie immer noch weg ist, ist das unsere beste Chance, die anderen zu befreien.« Sie hastete am Flussufer entlang und folgte den Klauenabdrücken zu ihrem Ursprung. »Komm schon, Clay. Beeil dich!«

Clay rannte ihr nach. Die Spuren führten direkt auf die Ansammlung von Felsbrocken zu. Nachdem sie auf die riesigen

Steine geklettert waren, entdeckten sie auf einer Seite der Schlucht einen dunklen Tunnel unter sich. Er war so gut versteckt, dass er nur aus einem bestimmten Winkel zu sehen war.

»Wir haben den Eingang gefunden«, flüsterte Tsunami.

»Warum hat sie ihre Spuren nicht besser versteckt?«, fragte Clay beunruhigt. »Und wenn das hier eine Falle ist?«

»Ist es nicht«, erwiderte Tsunami. »Kestrel weiß nicht, dass wir zurückkommen und die anderen holen. Auf den Gedanken kommt sie gar nicht. Wenn sie eine von uns wäre, würde sie fliehen und alle anderen zurücklassen, ohne lange zu überlegen.«

Für Clay klang das glaubhaft. Kestrel hatte nie daran geglaubt, dass Drachen ihr Wort hielten oder sich etwas aus anderen Drachen machten.

»Sie hatte es sehr eilig, uns zu finden, das ist alles«, erklärte Tsunami. Clay warf einen besorgten Blick in den Himmel. Wenn Kestrel sich nicht damit aufgehalten hatte, vorsichtig zu sein, musste sie wirklich *stocksauer* sein.

Tsunami hangelte sich nach unten in den Tunnel, Clay folgte ihr. Ihm war jetzt warm genug, um Feuer zu erzeugen. Er spuckte eine kleine Flamme aus, damit sie den Tunnel vor sich sehen konnten. Auch Tsunamis Streifen begannen, wieder zu leuchten. Nun hatten sie genug Licht, um weiterzugehen.

Der Tunnel verlief scharf nach rechts, dann nach links, dann ging es für ein paar Schritte steil nach unten. Doch nach kurzer Zeit wurde der Gang wieder eben, bog noch einmal um die Ecke und endete dann – vor einem riesigen grauen Felsbrocken.

Clays Herz hämmerte wie wild. Sie hatten die Höhle tatsächlich gefunden.

Er stand vor seinem Gefängnis.

# 12. Kapitel

Tsunami stellte sich auf die Hinterklauen und tastete die Wände ab. »Such nach etwas, das den Felsbrocken bewegen könnte«, sagte sie.

Clay spuckte eine weitere Flamme gegen die Wand auf seiner Seite. Sie sah aus wie ganz gewöhnlicher Fels mit ein paar Spalten, die von der Decke bis zum Boden verliefen. Er fuhr mit den Krallen in die Risse. Abgesehen davon, dass seine Krallen so stark kribbelten, dass es wehtat, passierte gar nichts.

Er schnüffelte die Fläche um den Felsbrocken herum ab, dann versuchte er, ihn wegzuschieben, aber er bewegte sich genauso wenig wie von der anderen Seite aus.

»Ich hoffe, Starflight hat recht«, meinte er, während er ein ungutes Gefühl in seinem Magen zu unterdrücken versuchte. »Ich hoffe, dass wir den Eingang tatsächlich von dieser Seite aus öffnen können.«

»Bestimmt«, erwiderte Tsunami grimmig. »Es muss einen Hebel oder so etwas Ähnliches geben …« Sie ging ein paar Schritte zurück, legte den Kopf in den Nacken und starrte auf das obere Ende des Felsbrockens.

»Oder Zauberei«, sagte Clay. »Und wenn es ein Zauberwort ist? Oder eine Art Talisman, den wir nicht haben?«

Mit gerunzelter Stirn starrte Tsunami den Felsbrocken noch einen Moment an, dann schüttelte sie den Kopf. »Sie würden einen Animare-Drachen brauchen, um ihn zu verzaubern, und so einer ist seit Jahrhunderten nicht mehr geschlüpft – falls es sie überhaupt jemals gegeben hat.«

Dass Animare-Drachen Macht über unbelebte Dinge hatten, war das Einzige, was Clay noch aus der Unterrichtsstunde über Zauberei und diese Spezies wusste. Er erinnerte sich nur deshalb so genau daran, weil Starflight für den Rest des Tages seine Nase hoch getragen und darauf beharrt hatte, dass Nachtflügler über erheblich mehr Zauberkräfte verfügten als die sagenumwobenen Animare-Drachen.

»Wenn sie so toll sind, warum leben die Nachtflügler dann an einem geheimen Ort, wo man sie überhaupt nicht finden kann?«, hatte Clay damals gefragt.

»Dafür gibt es einen einfachen Grund«, hatte Starflight arrogant geantwortet. »Weil wir so viele besondere Fähigkeiten haben und nicht wollen, dass die normalen Drachen sich uns unterlegen fühlen.« *Obwohl sie das natürlich sind*, hatte sein Gesichtsausdruck seine wahren Gedanken verraten.

Clay hatte kräftig geschnaubt. »Was für besondere Fähigkeiten denn?«

»Du weißt schon«, hatte Starflight genervt erwidert. »Gedankenübertragung? Vorausahnungen? Unsichtbarkeit? Hallo?«

»Du bist doch nicht unsichtbar«, hatte Clay ihm widersprochen. »Ich meine, du bist ein schwarzer Drache. Du bist im Schatten einfach schlecht zu sehen. Das ist nichts Besonderes. Wenn ich in einer Schlammpfütze liegen würde, wäre ich auch unsichtbar.«

»Hm, na ja«, hatte Starflight gemeint, »aber *wir* können wie aus dem Nichts in der Nacht auftauchen! Wir können uns so plötzlich auf dich stürzen, dass du meinst, dir wäre der Himmel auf den Kopf gefallen!« Dann hatte er majestätisch die Flügel ausgebreitet.

»Das ist immer noch nichts Besonderes«, hatte Clay gesagt. »Ihr seid einfach nur gut im Anschleichen.«

»Das ist *kein* Anschleichen«, hatte Starflight gerufen, der immer lauter geworden war. »Das ist etwas *Großartiges* und *Beeindruckendes.*« Er unterbrach sich und holte tief Luft. »Außerdem sind wir die einzigen Drachen mit Visionen über die Zukunft. Ätsch.«

»Also, ich würde sagen, bis die Nachtflügler endlich mal aus den Wolken herauskommen, reden wir hier sowieso nur über Gerüchte und eine verworrene Prophezeiung, die alles Mögliche bedeuten kann.« Dann hatte Clay die Nase über den Rand des Felsvorsprungs geschoben und Starflight auf der anderen Seite der Höhle angestarrt. »Schließlich hast *du* ja keine besonderen geistigen Fähigkeiten, mal abgesehen davon, dass du viel zu schlau bist.«

»Irgendwann werde ich diese Fähigkeiten haben«, hatte Starflight verärgert geantwortet. »Vielleicht ist das ja etwas, was Nachtflügler erst entwickeln, wenn sie älter sind. Und du sollst dich nicht über mich lustig machen – du sollst lernen!«

»Ich hab mich doch gar nicht über dich lustig gemacht«, hatte Clay protestiert. Aber es stimmte, dass er versucht hatte, Starflight vom Lernen abzuhalten. Was ihm natürlich nie für längere Zeit gelang.

Jetzt scharrte Clay auf dem Boden unter dem Felsbrocken herum. Er vermisste Starflight. Mehr als das, er machte sich Sorgen um ihn. Wie hatte Kestrel reagiert, als er, Tsunami und Glory unauffindbar gewesen waren? Sie würde Starflight oder Sunny doch nichts antun … oder doch?

Plötzlich verfingen sich seine Krallen in etwas Hartem. Er legte sich flach auf den Steinboden und spähte in den Spalt vor ihm. Unter dem Felsbrocken war ein langer, dicker Stock festgeklemmt, der ihn an Ort und Stelle hielt.

»Ich hab was«, flüsterte er Tsunami zu. Dann schlang er die Krallen um den Stock und versuchte, ihn herauszuziehen. Nach einigen Versuchen wurde ihm klar, dass er das Holzstück nicht freibekommen würde – aber es ließ sich von einer Seite zur anderen bewegen. Clay versuchte, es zur Seite zu schieben. Plötzlich begann der Felsbrocken wegzurollen. Schnell hielt Clay inne und sah Tsunami an.

»Und wenn auf der anderen Seite Webs und Dune auf uns warten?«, fragte er beunruhigt.

»Sie können uns nicht aufhalten, nicht, wenn wir zu fünft sind und alle kämpfen. Den Ausgang zu versperren, war die einzige Möglichkeit, uns gefangen zu halten. Sobald er offen ist … sind wir alle frei.« Tsunami holte tief Luft.

»Also gut.« Clay biss die Zähne zusammen. »Los geht's.«

Er stemmte sich mit aller Kraft gegen den Stock. Mit einem leisen Knirschen rollte der Felsbrocken langsam zur Seite. Als sie die Haupthöhle sehen konnten, lief Clay ein kalter Schauer über den Schwanz, weil sie von dieser Seite so anders wirkte.

Am Fluss kauerte eine kleine, verlorene Gestalt, die mit den Klauen im Wasser spielte. Als der Felsbrocken sich bewegte, drehte sie sich um und starrte sie mit weit aufgerissenen graugrünen Augen an.

»Schhh«, zischte Tsunami leise, während sie auf den kleinen

Sandflügler zurannte. Im selben Moment sprang Sunny auf und breitete die Flügel aus. Sie schlug die Vorderklauen vor die Schnauze und strahlte über das ganze Gesicht.

»Ihr habt es geschafft!«, flüsterte sie.

Clay warf einen Blick zu dem Tunnel, der zur Höhle der Erzieher führte. Selbst wenn Tsunami recht damit hatte, dass Webs und Dune sie nicht aufhalten konnten, wollte er nicht hier rumstehen und warten, bis er es herausfand. »Wo sind die anderen?«, erkundigte er sich leise.

»Ich hole Starflight«, sagte Sunny, die auf die Unterrichtshöhle zurannte. »Glory – ich habe keine Ahnung.« Ihr Blick ging zu den Stalaktiten an der Decke. Clay war beunruhigt. War mit Glory alles in Ordnung? Was, wenn ihr etwas passiert war, während sie sich im Tarnmodus befand – würde sie dann für immer unsichtbar bleiben? Was, wenn sie von einem Stalagmiten gefallen oder gegen einen Felsvorsprung geflogen war und sich verletzt hatte? Was, wenn –

»Ich bin hier«, flüsterte eine Stimme in sein Ohr. Weiche Flügel streiften ihn, dann schimmerte etwas in der Luft und Glorys länglicher Körper und ihre kleinen Flügelfächer wurden sichtbar. Ihre Schuppen änderten die Farbe von Grau und Schwarz zu einem warmen Goldorange mit dunkelblauen Tupfen.

»Dir geht es gut«, freute sich Clay. Vor lauter Erleichterung schlang er seinen Schwanz um den ihren, ohne groß darüber nachzudenken.

Sie erstarrte, wich aber nicht sofort zurück, wie sie es normalerweise immer tat. Stattdessen gab sie ihm mit ihrer eleganten Schnauze einen Stups. »Aber natürlich«, sagte sie. »Mir wäre auch nichts passiert, wenn ich allein gewesen wäre.«

Vielleicht spürte sie, wie Clay die Flügel hängen ließ, denn sie fügte schnell hinzu: »Aber trotzdem danke dafür, dass du so wahnsinnig gefährliche Dinge für mich tust.«

»Gern geschehen«, erwiderte Clay glücklich und lugte dann in den Höhlengang hinter ihr.

Glory trat einen Schritt zur Seite und deutete mit dem Kopf auf Starflight, der gerade aus dem Tunnel zur Unterrichtshöhle getaumelt kam.

»Kestrel war ziemlich wütend«, informierte sie Clay. »Ich musste es mir von meinem Versteck aus nur anhören. Die beiden haben das meiste abbekommen.«

Clay wollte auf ihn zugehen, doch Tsunami und Sunny waren ihm zuvorgekommen und standen bereits links und rechts von Starflight. Einen schrecklichen Moment lang dachte er, der Nachtflügler würde hinken – weil er von Kestrel geschlagen, verbrannt oder sonst wie verletzt worden war.

Dann wurde ihm klar, dass Starflight sich nur deshalb so unbeholfen bewegte, weil er einen riesigen Sack mit Schriftrollen auf dem Rücken trug.

»Auf gar keinen Fall«, sagte Tsunami, während sie versuchte, ihm den Sack abzunehmen. »Die brauchen wir nicht. Außerdem hast du sie schon alle tausendmal gelesen.«

»Aber vielleicht brauchen wir sie doch«, protestierte Starflight, der an dem Sack zerrte. »Sie sagen uns, was wir unbeschadet fressen können, was für Sitten und Gebräuche es bei den verschiedenen Stämmen gibt, wie wir bei schlechtem Wetter fliegen müssen, wie wir –«

»So was kannst *du* uns auch sagen«, widersprach Clay. »Wirst du ja sowieso.«

»Und wenn ich etwas Wichtiges vergesse?« Starflight war höchst beunruhigt.

»Ha. Du wärst mir erheblich sympathischer, wenn du mal was vergessen würdest«, meinte Glory.

»Wichtig ist jetzt nur, dass wir so schnell wie möglich hier rauskommen«, sagte Tsunami. »Bevor Webs und Dune aufwachen.«

»Und bevor Kestrel zurückkommt«, fügte Glory hinzu.

»Das sind ja *aufregende* Neuigkeiten. Kestrel steckt in dieser Sache mit drin? Ich suche schon *so* lange nach ihr.«

Die fünf Drachlinge wirbelten herum.

Im Eingang zur Höhle stand Königin Scarlet. Der Tunnel hinter ihr wurde von einer Reihe Himmelsflügler in verschiedenen Rottönen blockiert – alle beeindruckend groß, alle mit kleinen Flammen um die Nüstern und alle ausgesprochen wütend.

Aber keiner von ihnen sah so wütend aus wie die Königin der Himmelsflügler.

# 13. Kapitel

»Ich habe Kestrel jetzt seit … wie vielen … seit sieben Jahren nicht mehr gesehen«, sagte Königin Scarlet mit zuckersüßer Stimme, die so gar nicht zu der Wut in ihren Augen passte. »Das wird ein fröhliches Wiedersehen werden.« Ihr Schwanz peitschte hin und her. »Alle meine Lieblingsdrachen auf einem Fleck.«

Clay war der Drachling, der ihr am nächsten stand. Er machte einen Schritt auf seine Freunde zu und breitete die Flügel aus. Wenn die Königin zu ihnen wollte, musste sie erst an ihm vorbei. Er hoffte, dass sie nicht sah, wie seine Klauen zitterten.

»Ihr seid uns hierhergefolgt«, sagte Tsunami mit erstickter Stimme.

»Oh, das brauchte ich gar nicht«, erwiderte die Königin. »Jemand war so nett, ein Rauchsignal zu senden. Das hat uns direkt hierhergeführt. Was für eine brillante Idee.«

*Meine Idee*, dachte Clay entsetzt. *Das ist alles meine Schuld. Meinetwegen haben wir es jetzt mit den Himmelsflüglern zu tun.*

»Wer – wer bist du?«, quiekte Sunny.

»Jetzt bin ich aber wirklich beleidigt«, regte sich die Königin auf. »Ihr seid in *meinem* Herrschaftsgebiet. Offenbar lebt ihr unter *meinen* Bergen. Ich bin *nur* der wichtigste Drache im Umkreis von *mehreren Hundert Meilen.* Wie könnt ihr es *wagen*, mich nicht zu erkennen?« Sie wölbte den Nacken und breitete ihre juwelengeschmückten Flügel aus.

»Königin Scarlet der Himmelsflügler«, keuchte Starflight. Er kauerte sich nieder, berührte mit dem Kopf den Boden und schlug die Vorderklauen übereinander.

»Das ist schon viel besser«, sagte Königin Scarlet, während sie hocherhobenen Hauptes in die Höhle schritt. »Heilige drei Monde, ist das finster hier drin.« Sie sah sich um, entdeckte Starflights Sack mit Schriftrollen und setzte ihn mit einer Flamme in Brand.

Starflight starrte die brennenden Schriftrollen an und blieb wie angewurzelt stehen. Clay schob sich zur Seite und versuchte, Starflight, Sunny und Glory so gut es ging abzuschirmen. Wenn er doch nur ein bisschen größer wäre!

»Ach du meine Güte.« Königin Scarlet kniff die Augen zusammen. »Du bist ein Nachtflügler!« Sie fegte Clay beiseite, als wäre er ein loses Blatt, und packte Starflight am Kinn. Clay rappelte sich auf und machte einen Schritt auf sie zu, doch das Rasseln von Rüstungen und der grimmige Gesichtsausdruck der Himmelsflügler, die in die Höhle drängten, ließ ihn innehalten.

»Ein Nachtflügler, der noch keine zehn Jahre alt ist.« Königin Scarlet drehte Starflight herum und stupste ihn in die Schuppen, als wäre er eine Kuh, die sie sich zum Abendessen ausgesucht hatte. »Wie aufregend! Normalerweise lassen sie ihre Drachlinge ja gar nicht in die Welt hinaus. Weil wir ihre überlegene Perfektion gefährden könnten oder so etwas in der Art.« Als sie Starflight eine Rauchwolke ins Gesicht blies, begann er zu husten. »Ich hatte noch nie einen Nachtflügler in meiner Arena. Oh, wie aufregend! Sag mir, was ich jetzt gerade denke.«

In Starflights Gesicht stand das pure Grauen.

»Ist das zu schwer?«, machte sich Königin Scarlet über ihn

lustig. »Ich gebe dir einen Tipp. Ich denke gerade – warum würden sich ein Nachtflügler, ein Meeresflügler und ein Erdflügler unter meinem Berg verstecken? Zusammen mit den beiden anderen da, was auch immer sie sein mögen, die der niedliche Erdflügler zu beschützen versucht?« Sie schnalzte mit dem Schwanz in Richtung von Glory und Sunny. Clay schauderte, als sich die Königin zu Starflight beugte. »Das hat jetzt nicht zufällig etwas mit einer ganz bestimmten Prophezeiung zu tun, oder?«

»Was ist hier los?«, brummelte Dune, der in die Höhle gehumpelt kam. Als er die Himmelsflügler sah, blieb er abrupt stehen. Der Blick aus seinen schwarzen Augen fand die Königin, und Clay sah zum ersten Mal Angst im Gesicht des großen Drachen.

»Webs!«, schrie der verkrüppelte Sandflügler und stürzte sich auf die Königin.

»Nein, nicht!«, kreischte Sunny. »Sie werden dir wehtun!«

Dune schien sie gar nicht zu hören. Er packte Königin Scarlet und schleuderte sie von Starflight weg. »Fass sie nicht an!«, brüllte er. »Du wirst sie nie in die Krallen bekommen.«

Die Königin schlug einen Salto in der Luft und landete auf den Klauen. »Jetzt gehören sie mir«, fauchte sie. Dann griff sie Dune an.

In dem Moment, in dem die Himmelsflügler-Soldaten ihrer Königin zu Hilfe eilen wollten, kam Webs in die Höhle gestürmt. Ohne zu zögern, warf er sich ihnen in den Weg. Mit dem Schwanz fegte er drei von ihnen zur Seite und seine Krallen schlitzten einem vierten den Bauch auf. Clay hatte Webs noch nie kämpfen sehen. Er hatte gar nicht gewusst, dass der große Drache gefährlich sein konnte.

»Bleib zurück«, sagte Clay zu Sunny. »Und du solltest dich besser wieder verstecken«, fügte er an Glory gerichtet hinzu.

»Ich soll verschwinden, während du schon wieder versuchst, für uns zu sterben?«, erwiderte sie. »Nein danke.« Sie drängte sich an ihm vorbei und lief zu Tsunami, die bereits an Webs' Seite kämpfte. Clay schob Sunny auf einen Felsbrocken und rannte zu den anderen.

»Hey, Moment mal, ich kann doch auch helfen!«, beschwerte sich Sunny.

»Diese Drachlinge sind heilig«, brüllte Dune, als Königin Scarlet ihn gegen einen Stalagmiten schmetterte. Sie war kleiner als er, aber überraschend stark, und seine alten Verletzungen bremsten ihn. Heftig keuchend rappelte er sich auf. Sein vernarbter Flügel hing schlaff und schief an ihm herunter. »Sie sind die Drachlinge der Vorsehung. Du musst sie in Ruhe lassen!«

»Und wenn es Vorsehung ist, dass ich mit ihnen spiele?«, sagte Scarlet, während sie ihre Krallen in seinen Stumpf schlug. Er heulte auf, als ein Schwall Blut aus der Wunde strömte. »Ach, Moment mal«, höhnte sie. »Mir ist die Vorsehung ja egal. Ich kümmere mich nicht um die Prophezeiungen dieser dämlichen Nachtflügler.«

Sie zog ihre Klauen über Dunes Flügel und riss die alten Narben auf. »Außerdem haben mich diese kleinen Biester geärgert und sind dann weggelaufen. Das passiert mir viel zu oft, aber weißt du was? Irgendwann finde ich jeden, der mich hintergeht. Selbst wenn ich sieben Jahre darauf warten muss.« Die Königin packte Dune am Hals und drückte ihn gegen die Wand. »Stimmt's, Kestrel?«

Clay stolperte. Der Soldat, mit dem er gerade kämpfte, schlug ihn nieder, dann wurden sein Schwanz und seine Flügel von zwei Riesenklauen auf den Boden gedrückt. Für einen Moment schien die Zeit stillzustehen, und Clay sah, wie Kestrel in die Höhle kam.

»Die arme Scarlet«, sagte sie mit beißendem Spott. »Alle hintergehen dich. Aber jetzt hast du mich ja gefunden. Lass diese nutzlosen Würmer gehen.« Sie sah die Drachlinge nicht einmal an.

Clay drehte den Kopf und starrte Tsunami an. Er hätte sich nie im Leben vorstellen können, dass Kestrel sich ergeben würde, um sie zu retten. Vielleicht hatte sie es tatsächlich ernst gemeint, als sie gesagt hatte, dass sie die Drachlinge am Leben erhalten wolle. Vielleicht war das das Einzige, was ihr wichtig war, egal wie sehr sie die Drachlinge auch hassen mochte.

Die Königin schüttelte den Kopf. »Kestrel, das klang ja wie ein Befehl. Bist du jetzt dazu übergegangen, Anweisungen zu geben, anstatt sie zu missachten?«

»Ich werde nicht kämpfen.« Kestrels Stimme klang kalt und hart. »Ich werde mit dir kommen. Aber lass die Drachlinge hier. Sie haben nichts mit den Himmelsflüglern zu schaffen.«

»Du *wirst* mit mir kommen«, erwiderte Königin Scarlet. »Wie kommst du eigentlich auf den Gedanken, du hättest diesbezüglich eine Wahl? Wir haben einen aufregenden Prozess für dich geplant, gefolgt von einer noch aufregenderen Hinrichtung. Und was die kleinen Drachlinge angeht …« Sie wies mit dem Schwanz auf Clay und seine Freunde. »Du glaubst doch wohl nicht im Ernst, dass ich auf so eine Beute verzichte.«

»Sie sind keine Beute«, schnaubte Kestrel. »Sie sind nutzlos, jeder einzelne von ihnen.«

»Außerdem sehe ich ein bisschen merkwürdig aus«, warf Sunny ein, die immer noch auf dem Felsen saß.

Die Zunge der Königin schnellte aus ihrem Maul und die Rauchwolken um ihre Hörner wurden dichter. »Oh, sie sind das frische Blut, das meine Arena dringend braucht. Es wäre so furchtbar schade, sie gehen zu lassen. Ich wäre untröstlich.«

Clay versuchte, den Himmelsflügler, der ihn zu Boden drückte, abzuschütteln, aber er war einfach zu groß. Der Soldat schien Clays klägliche Befreiungsversuche kaum zu bemerken. *Das wäre jetzt ein guter Zeitpunkt, um das Monster in dir zu wecken*, dachte Clay, aber er spürte weder Kraft noch Wut in sich aufsteigen.

»Nehmt sie alle mit«, befahl Königin Scarlet. »Bis auf den hier natürlich.« Sie packte Dunes Hals und seinen kaputten Flügel und schwang ihn wie eine Marionette hin und her. Seine Augen traten hervor und er versuchte verzweifelt, ihre Klauen wegzuschieben. »Wozu ist ein verkrüppelter Drache, der nicht mehr fliegen kann, eigentlich gut? Ich bin überrascht, dass du dich noch nicht umgebracht hast, Sandflügler. Aber das kann ich gern für dich erledigen.«

»Nein!«, schrie Sunny und sprang auf sie zu.

Doch es war zu spät. Mit einem schaurigen Knacken brach Königin Scarlet Dune das Genick und ließ seinen Körper auf den Steinboden fallen.

»Dune«, heulte Sunny. Sie drängte sich an Scarlet vorbei, hockte sich neben den Sandflügler und schüttelte ihn mit ihren Vorderklauen. Sein verstümmelter Flügel fiel schlaff zu Boden, die Schuppen schabten über die Felsen. Der Blick seiner schwarzen Augen war gebrochen. »Dune, wach auf!«

Clay war so entsetzt, dass er sich nicht bewegen konnte, selbst wenn er die Möglichkeit gehabt hätte, dem Soldaten der Himmelsflügler zu entkommen. *Dune ist tot, und es ist alles meine Schuld. Ich hatte die Idee mit dem Rauchsignal. Ich habe die Himmelsflügler hergeführt, die ihn umgebracht haben.*

*Wer wird noch alles meinetwegen sterben?*

Plötzlich stürzte sich Kestrel auf die Soldaten der Himmelsflügler. Sie packte den Drachen, der Webs festhielt, und befreite den Meeresflügler. »Sag es den Klauen«, fauchte sie, während sie Webs in Richtung des Flusses stieß.

Bevor ihn jemand aufhalten konnte, rannte Webs die Böschung hinunter und warf sich ins Wasser. Eine riesige Welle spritzte auf die Felsen und durchnässte alle Drachen. Er tauchte unter, während Clay noch überrascht blinzelte. Er dachte an die schmale Spalte und den langen Tunnel, durch die er geschwommen war. Würde Webs hindurchpassen? Würde er es bis nach draußen schaffen?

»Oooooh«, sagte Königin Scarlet, während sie das Wasser von ihrer Brust wischte. »Die Klauen des Friedens. Ich hoffe, sie versuchen, meinen Himmelspalast zu stürmen, um euch zu retten. Das wäre ein toller Spaß. Vor allem der Teil, in dem wir sie alle abschlachten.«

Die Soldaten schleppten Ketten heran und begannen, die Drachlinge in schwere Eisen zu legen. Clays und Glorys Blicke trafen sich. »Versteck dich«, formte er lautlos mit den Lippen. Sie schüttelte den Kopf.

»Auf keinen Fall. Ich gehe mit euch«, flüsterte sie.

Das Gewicht der Ketten zog Clays Flügel und seinen Kopf nach unten, als sie durch den Tunnel in das Licht hinausmarschierten. Die Sonne kroch über den Himmel und schickte ihre goldenen Strahlen auf die Berge.

Clay sah nach oben und glaubte, eine dunkle Gestalt zu entdecken, die sie bemerkte und dann wegflog. Er hielt den Schatten für Morrowseer, war aber nicht überrascht, dass der Nachtflügler keinen Versuch unternahm, sie zu retten. Nachtflügler machten sich nie die Klauen schmutzig. Sie verkündeten Prophezeiungen und sagten anderen Drachen, was sie zu tun hatten, aber aus dem Krieg und den Kämpfen hielten sie sich heraus.

Clay wurde es schwer ums Herz. Sie hatten es fast in die Freiheit geschafft, doch jetzt waren sie viel schlimmer dran als vorher. Unter dem Berg waren sie sich wie im Gefängnis vorgekommen … doch das war nichts gegen das, was ihnen in den Klauen von Königin Scarlet bevorstand.

# Teil 2:

# Im Königreich des Himmels

# 14. Kapitel

Die Gefangenen der Königin wurden hoch oben im Himmel untergebracht.

Den ganzen ersten Tag lang hielt Clay die Augen geschlossen. Seine Krallen klammerten sich so fest an den Felsen unter ihm, dass er langsam das Gefühl in den Klauen verlor. Ein Blick über die Kante – ein einziger, kurzer Blick in die gähnende Leere unter ihm – und er befürchtete, ohnmächtig zu werden und zu fallen.

Da seine Flügel von den Himmelsdrachen zusammengefaltet und mit Metallspangen gefesselt worden waren, bedeutete ein Sturz den sicheren Tod. Einen furchtbaren, schmerzhaften Tod, bei dem jeder Knochen zerschmettert wurde.

Andererseits war er sich nicht ganz sicher, ob das schlimmer sein würde als das, was Königin Scarlet mit ihnen vorhatte, was auch immer das sein mochte.

Sein Gefängnis befand sich ganz oben auf einer steil in den Himmel ragenden Felsnadel. Das schmale, steinerne Podest darauf bot gerade so viel Platz, dass er im Kreis herumgehen und sich hinlegen konnte. Es gab keine Wände. Es gab kein Dach. Es gab nur den weiten blauen Himmel und den scharfen Wind, der ihm Tag und Nacht um die Ohren wehte.

Am zweiten Tag wurde er von einem Fleischbrocken im Gesicht getroffen.

Der Hunger trieb ihn dazu, die Augen zu öffnen. Ein ungewöhnlich aussehender Himmelsflügler flatterte in weiten Kreisen um seinen Felsenturm herum. Es war ein Drachenmädchen. Clay schätzte, dass sie nur ein oder zwei Jähre älter war als er: Ihre Hörner waren voll entwickelt, doch die Zähne waren noch weiß und scharf, nicht so fleckig und stumpf wie bei erwachsenen Drachen. Goldene Adern zogen sich durch ihre schimmernden kupferroten Flügel und aus ihren Schuppen und ihrem Maul strömte Rauch. Das Drachenmädchen blieb jetzt in der Luft stehen und schwebte direkt vor ihm. Sie hatte ganz außergewöhnliche Augen, wie zwei kleine blaue Flammen, die durch den Rauch hindurchleuchteten. Clay war ziemlich sicher, dass die Augen von Himmelsflüglern normalerweise orange, bernsteinfarben oder gelb waren. Er fragte sich, ob mit der Kleinen etwas nicht stimmte, so wie bei Sunny.

Auf dem Felsboden vor ihm lag etwas Totes, Blutiges. Als Clay das Blut bemerkte, musste er unweigerlich an Dunes gebrochenen Hals denken. Er übergab sich über den Rand des Felsens hinaus.

Zu seiner Überraschung begann das Drachenmädchen zu lachen. »*Igitt*«, sagte sie. »Schade, dass da unten nicht die Kasernen liegen. Die Wachen hätten es wirklich verdient.«

Zögernd warf Clay einen Blick in die Tiefe.

Sein Gefängnis befand sich auf einer von etwa hundert Felsnadeln, die in einem riesigen Kreis angeordnet waren. Auf fast allen davon saß ganz oben ein Drache in Gefangenschaft. Und wie er war jeder Drache mit dünnen Metallklammern an der Außenkante seiner Flügel gefesselt. In der Mitte des Kreises lag ein Felsenkessel, der wie ein ausgetrockneter See aussah, mit Sand auf dem Boden und steil aufragenden Mauern. Oberhalb der Mauern befanden sich Sitzbänke, Balkone und Höhlen für die Zuschauer, die von dort nach unten in die Arena sehen konnten.

Am Fuße seines Gefängnisturms gab es nichts außer nacktem Fels. Aber von hier oben konnte er das Königreich der Himmelsflügler sehen, das sich über das gesamte Gebirge erstreckte. Königin Scarlets gigantischer Palast war aus dem grauschwarzen Gestein des Gipfels herausgehauen worden. Eine Hälfte davon bestand aus innen liegenden Tunneln und Höhlen, während die andere Hälfte nach oben hin offen war und vor Verteidigungsanlagen geradezu strotzte. Feuerfarbene Drachen, die Palastanbauten gruben und aus dem Stein heraussprengten, krochen über die Felswände. Manche von ihnen waren mit Steinstaub und Erde bedeckt und sahen genauso farblos aus wie Erdflügler.

Der Krieg hatte das Königreich mit seinen scharfen Klauen zerfetzt. Clay entdeckte eingestürzte Türme, Brandspuren an mehreren Felswänden und eine Schlucht, die zur Hälfte mit Drachenknochen gefüllt war. Gerade in diesem Moment trugen zwei Himmelsflügler den Kadaver eines purpurroten Drachen durch die Luft und warfen ihn in die Schlucht. Sie setzten ihn in Brand und schwebten noch einen Augenblick über dem Rauch. Dann drehten sie sich um und flogen davon, während der Körper des Drachen zu Asche und angesengten Knochen verbrannte.

Ganz im Osten konnte Clay einen Streifen blaues, glitzerndes Meer sehen.

Dann fiel ihm auf, dass dünne Drähte um seine Klauen und seinen Hals gewickelt waren. Als die Himmelsflügler ihn hergebracht hatten, war er viel zu verängstigt und verwirrt gewesen, um darauf zu achten, was sie mit ihm machten.

Die Drähte führten von ihm aus zu den Hälsen und Klauen der anderen Gefangenen, die ebenfalls damit gefesselt waren. Einer führte nach links, zur Hinterklaue eines mondfarbenen Eisflüglerweibchens. Es saß auf der nächsten Felsnadel und schlief, den Schwanz über die Nase gelegt. Ein anderer war mit einem Drachen zu seiner Rechten verbunden, einem sichtlich aufgebrachten Sandflügler, dessen ständiges Auf- und Abgehen den Draht erzittern ließ. Mit wem oder was die übrigen drei Drähte verbunden waren, konnte er nicht erkennen – sie führten in den Kreis hinaus und verschwanden in einem verworrenen Knäuel, wo sie alle gefangenen Drachen miteinander verknüpften.

Selbst wenn Königin Scarlets Gefangene hätten wegfliegen können, hätten sie sich alle auf einmal in die Luft schwingen müssen … und aneinandergefesselt fliehen müssen. Sie wären nicht weit gekommen. Er fragte sich, was passieren würde, wenn einer der Drachen von seiner Felsnadel fiel. Würden die Drähte auch alle anderen in die Tiefe reißen?

»Willst du denn nichts fressen?«, fragte das Drachenmädchen, das wieder um ihn herumflatterte und dabei geschickt den Drähten auswich.

»Ich habe keinen Hunger«, sagte Clay und steckte den Kopf unter eine Schwinge. Er konnte die Flügelschläge des Drachenmädchens hören, als sie ihn noch ein paarmal umkreiste.

»Ist es das Falsche?«, fragte sie. »Ich weiß nicht, was Erdflügler fressen. Wir hatten noch nie einen hier, weil sie im Krieg auf derselben Seite stehen wie die Himmelsflügler. Daher wäre es unhöflich. Sie gefangen zu nehmen, meine ich. Aber du bist bei den Klauen des Friedens, daher ist es den Erdflüglern egal, was wir mit dir machen. Komm schon, du musst doch was fressen.«

»Warum?«, fragte Clay, der immer noch den Kopf unter seinem Flügel vergraben hatte.

»Weil ich nicht möchte, dass du stirbst, bevor *ich* dich töte«, erklärte das Drachenmädchen so sachlich, dass Clay eine Weile brauchte, bis er verstanden hatte, was sie meinte. Er schob die Schnauze unter dem Flügel hervor und starrte sie an.

»Ich habe noch nie mit einem Erdflügler gekämpft«, sagte das Drachenmädchen aufgeregt. »Weil wir ja Verbündete sind und so. Und deshalb freue ich mich schon darauf. Ich wette, es ist ganz anders, als mit Meeresflüglern und Eisflüglern zu kämpfen. Aber Ihre Majestät wird dich erst gegen ein paar der anderen Gefangenen antreten lassen, und wenn du dabei stirbst, komme ich gar nicht dazu, gegen dich zu kämpfen.«

»Und das wäre schade«, meinte Clay.

»Genau. Überhaupt nicht feurig. Aber das Feurigste wird sowieso der Kampf mit dem Nachtflügler. So etwas hat noch nie jemand gesehen! Und was, wenn er meine Gedanken lesen kann und weiß, was ich tue, bevor ich es tue?« Das Drachenmädchen ging in Schräglage und flog unter Clays Podest. »*Er* frisst wenigstens. Vielleicht wird sie euch gegeneinander kämpfen lassen. Aber dann kann ich nur gegen einen von euch antreten. Glaubst du, du könntest einen Nachtflügler besiegen? Eher nicht, oder?«

»Starflight?«, fragte Clay. »Geht es ihm gut? Wo ist er?« Er stand auf und blickte suchend auf den Kreis aus Gefangenen. Solange er nicht nach unten sah, war es gar nicht so schlimm.

Er konnte mehrere blaue und grüne Drachen sehen, die Meeresflügler sein mussten, doch von denen, die nah genug waren, um sie identifizieren zu können, war keiner Tsunami. Die meisten der gefangenen Drachen waren Meeresflügler, Eisflügler oder

Sandflügler – sie mussten Kriegsgefangene sein. Vereinzelt waren auch rote oder orangefarbene Himmelsflügler zu sehen. Clay vermutete, dass es sich dabei um Untertanen handelte, die die Königin irgendwie verärgert hatten.

Nur ein Gefangener, der sich fast auf der gegenüberliegenden Seite des Kreises befand, war mitternachtsschwarz. *So weit weg.* Clay konnte sein Gesicht nicht erkennen, doch es war klar, dass der Nachtflügler regungslos mit hängendem Kopf dasaß, in seiner Ich-bin-ein-Stalagmit-und-habe-mich-fürchterlich-erschrocken-Pose.

*Wenn er doch nur Gedanken lesen könnte!* Am liebsten hätte Clay eine Nachricht über die Arena hinweggeschickt, obwohl er gar nicht wusste, was er sagen sollte … vielleicht einfach nur, wie leid es ihm tat, dass er Starflight so oft verspottet oder sich pausenlos darüber beklagt hatte, so viel lernen zu müssen.

»Siehst du ihn?«, fragte das Drachenmädchen. »Er redet nicht viel.«

Clay schnaubte. »Frag ihn mal, ob er dir was erklären kann – zum Beispiel wie die Drachen die Stämme gebildet haben und Pyrrhia während des Großen Brandes den Zweibeinern abgenommen haben. Dann hört er gar nicht mehr auf zu reden.«

»Das mach ich.« Offenbar hatte das Drachenmädchen nicht verstanden, dass Clay einen Witz gemacht hatte. Er starrte sie an. Das Licht hier oben war viel zu hell, und es wurde sogar noch heller, wenn es von ihren rauchenden kupferfarbenen Schuppen reflektiert wurde.

»Wer bist du?«, fragte er. »Gehörst du zu den Wachen?«

»Igitt, nein. Ich heiße Peril«, gab sie stolz Auskunft. »Ich bin der Champion der Königin. Und wie heißt du?«

»Clay«, erwiderte er. »Was hast du damit gemeint, dass du gegen mich kämpfen wirst? Warum kämpfen wir überhaupt gegeneinander?«

»Wow«, sagte Peril. »Ist das dein Ernst? Hast du bis jetzt hinter den drei Monden gelebt?«

»So ungefähr.« Clay verzog das Gesicht.

»Echt jetzt?« Sie legte neugierig den Kopf auf die Seite und überlegte kurz. »Also gut. Das da unten ist die Arena der Königin.« Sie deutete mit ihrem langen, spitzen Schwanz auf den Felsenkessel unter ihnen. »Dort findet fast jeden Tag ein Kampf statt, zur Unterhaltung der Königin. Wenn du genug Kämpfe gewonnen hast, wirst du freigelassen.«

»Und wie viele muss man gewinnen?«, erkundigte er sich.

»Ich weiß nicht«, meinte sie. »Das hat noch niemand geschafft. Wenn ein Drache mehrere Kämpfe gewonnen hat, schickt Ihre Majestät mich rein, und ich töte ihn dann. Immer.« Ihre Flügel bewegten sich, als sie mit den Schultern zuckte. »Ich bin sehr gefährlich.«

*Und sehr wahrscheinlich verrückt*, dachte Clay. *Wie viele Drachen hat sie schon getötet? Zählt sie mit? Ist es ihr egal?*

»Was suchst du denn?«, fragte Peril. Als er Starflight entdeckt hatte, hatte Clay damit begonnen, sich die anderen Gefangenen in dem Kreis genauer anzusehen. Aber er konnte keinen zu klein geratenen goldenen Drachen und auch keine ungewöhnlichen Farben entdecken. Wo waren Sunny und Glory?

»Die anderen Drachen, die man mit mir zusammen hergebracht hat …«, sagte er. »Weißt du, wo sie sind?«

»Der Meeresflügler ist da drüben.« Peril flog ein Stück höher und zeigte auf einen dunkelblauen Drachen, der etwa auf halber

Strecke zwischen Clay und Starflight gefangen gehalten wurde. Sofort erkannte er Tsunamis wütendes Schwanzpeitschen.

»Langweilig«, fügte Peril hinzu. »Ich habe schon gegen so viele Meeresflügler gekämpft. Sobald man ihre Tricks kennt, ist es ganz einfach.«

*Ich wette, Tsunami hat ein paar Tricks, die du noch nie gesehen hast,* dachte Clay. »Und was ist mit dem Regenflügler?«

Peril legte den Kopf auf die Seite und sah ihn an. »Wir haben einen Regenflügler hier?«

»Du kannst nicht mit ihr kämpfen«, fügte er schnell hinzu. »Sie können sich nicht verteidigen – es wäre nicht fair.«

»Ich tue, was Ihre Majestät befiehlt«, meinte Peril. »Aber einen Regenflügler habe ich nicht gesehen. In die Arena haben sie ihn jedenfalls nicht gebracht.«

»Hier muss auch irgendwo ein Sandflügler sein«, sagte Clay verzweifelt. »Sie ist sehr klein und goldfarben und sieht ein bisschen merkwürdig aus –«

»So ein Drache ist mir nicht aufgefallen«, antwortete Peril. »Aber wenn du möchtest, halte ich nach ihm Ausschau.« Sie machte einen langsamen Rückwärtssalto in der Luft und winkte ihm mit den Flügeln zu. »Ich sollte mich jetzt besser mal aufwärmen. Vergiss nicht, mich anzufeuern!« Peril schoss nach unten auf die Arena zu, dann drehte sie plötzlich ab und flog zu ihm zurück. »Hey, Clay! Danke, dass du mit mir geredet hast. Die meisten Drachen wollen nichts mit mir zu tun haben.« Sie führte einen Looping über seinem Kopf aus und war wieder weg, bevor ihm eine Antwort einfiel.

Er sah, wie ihre kupferfarbene Silhouette auf dem Sand unter ihm landete. In der Arena waren noch einige andere Drachen, die den Boden kehrten, die Mauern überprüften oder die Sitze bewachten. Clay fiel auf, dass sich alle von Peril wegbewegten. Wohin sie auch ging, die Drachen flüchteten, als wäre sie von einer unsichtbaren Giftwolke umgeben. Sie wollten sie nicht einmal ansehen.

Peril schien es egal zu sein. Sie marschierte in der Arena herum, als wüsste sie, dass ihr alle den Weg frei machen würden. Immer wieder sah sie zu dem größten Felsbalkon hoch, der vor einer Höhle mit Sicht auf die Arena lag. Schließlich verschwand sie in einer dunklen Öffnung in der Mauer, wobei sie vergnügt den Schwanz hin- und herwiegte.

Clay beugte sich vor, um über die Kante nach unten zu sehen. Er hielt sich mit seinen Klauen fest und unterdrückte die Übelkeit, die beim Blick in die Tiefe wieder in ihm aufstieg. Der Gestank nach totem Kaninchen war keine große Hilfe. Er fragte sich, ob er einen der Soldaten treffen würde, wenn er den Kadaver von hier oben aus hinunterwerfen würde. Clay konnte sich nicht daran erinnern, wann er das letzte Mal gefressen hatte – bevor Morrowseer unter dem Berg aufgetaucht war? Es schien eine Ewigkeit her zu sein – aber sein für gewöhnlich riesengroßer Appetit war einfach weg.

Er bemerkte jetzt, dass immer mehr Drachen die Sitzreihen unter ihm füllten. Es waren fast ausschließlich Himmelsflügler, doch hin und wieder konnte er auch das helle Gelb und Weiß einiger Sandflügler entdecken. Es gab sogar den einen oder anderen Erdflügler. Sein Herz schlug schneller. Das waren Seinesgleichen! Wussten sie, dass er hier oben gefangen war? Würden sie seine Freilassung verlangen, wenn sie es herausfanden, obwohl er doch angeblich Mitglied der Klauen des Friedens war?

Dann waren Erdflügler und Himmelsflügler also Verbündete in diesem Krieg. Clay hatte sich das nie merken können, aber er war ziemlich sicher, dass er es nicht wieder vergessen würde. *Wenn Starflight doch nur auf die Idee gekommen wäre, mich an einen Felsen zu ketten und unter mir Gladiatorenkämpfe stattfinden zu lassen. Ich hätte vermutlich Bestnoten in Geschichte bekommen.*

Er wusste nicht, wie lange es dauerte, bis die Ränge gefüllt waren, aber die Sonne stand direkt über ihm, als zwei der Wachen ein an Trompeten erinnerndes Gebrüll von sich gaben. Alle anderen Drachen nahmen Haltung an. Überall im Stadion wurden Köpfe gesenkt, Flügel gefaltet und Klauen übereinandergeschlagen. Stille senkte sich über die Arena, alle warteten.

Königin Scarlet betrat den großen Balkon und breitete die Flügel aus, die das Sonnenlicht auf ihren orangefarbenen Schuppen reflektierten. Die anwesenden Drachen begrüßten sie, indem alle gemeinsam zischten und Feuer spuckten. Clay kannte das Geräusch nur als Warnung dafür, dass Kestrel ihn gleich mit Flammen überziehen würde. Er brauchte einen Moment, bis ihm klar wurde, dass das Zischen der Himmelsflügler ein Zeichen von Respekt war.

Er sah sich die Drachen in der Nähe der Königin an. Mehrere große Himmelsflügler, die über die gesamte Länge des Balkons verteilt waren, mussten Wachen sein. Zwei von ihnen traten vor und rollten etwas in die Sonne. Es sah aus wie ein Baum ohne Blätter, ein stark gekrümmtes Gebilde mit vier Ästen, das aus einem einzigen Block hellgrauen Marmors gehauen war. Auf den Ästen saß ein Drache von der Farbe tiefroter Rosenblätter, der den Schwanz um den Stamm des Baums geschlungen hatte.

Doch als er vom Licht der Sonne getroffen wurde, explodierten seine Schuppen geradezu vor Farbe – Sternbilder aus goldenen Funken, Galaxien aus violetten Wirbeln, wabernde blassblaue Nebel.

Clay stockte der Atem, und im selben Moment hörte er, wie die Menge unter ihm nach Luft schnappte und zu murmeln begann.

Es war Glory, und sie war bei Tageslicht noch viel schöner, als er erwartet hatte.

Man hatte sie mit einer dünnen Silberkette an die Baumskulptur gebunden. Die Kette sah nicht sehr massiv aus, aber Glory schien überhaupt kein Interesse an Flucht zu haben. Sie reckte ihren langen Hals der Sonne entgegen, ignorierte die Zuschauer völlig und wickelte sich wieder um die Äste, wo sie die Augen schloss.

Die Wachen stellten Glorys Baum in eine Ecke des Balkons, dann trat die Königin vor.

»Und?«, fragte sie mit verschlagener, heiterer Stimme, die in der gesamten Arena und selbst oben bei den Gefangenen zu verstehen war. »Was haltet ihr von meinem neuen Kunstwerk?«

*Kunstwerk!*, dachte Clay wütend. *Als wäre Glory nur ein Gemälde, das man an die Wand hängt, und kein Drache mit Gefühlen und Gedanken und einem Schicksal und Freunden, die ihn mochten.*

Aber warum wehrte sich Glory nicht dagegen?

Und wo war Sunny?

Einige Drachen auf den unteren Rängen begannen zu applaudieren, und kurze Zeit später bebte das gesamte Stadion mit Flügelschlagen und Klauenklatschen. Königin Scarlet, die sehr zufrieden aussah, setzte sich auf einen großen flachen Felsblock und schnalzte mit dem Schwanz, um für Ruhe zu sorgen.

»Bringt die Kämpfer herein!«, befahl sie.

Peril kam aus dem Tunnel gestürmt und winkte den Zuschauern zu. Clay fiel auf, dass der Applaus gedämpft war, als wären die meisten Drachen nicht so sicher, ob sie Peril anfeuern wollten.

Unterdessen flogen drei Wachen der Himmelsflügler zu dem Gefangenen rechts von Clay. Einer von ihnen packte den giftigen Schwanz des Sandflüglers und hielt ihn zur Seite. Der Sandflügler wehrte sich heftig. Er zischte und stieß wütende Flüche aus, während die beiden anderen Himmelsflügler seine Drähte lösten und in einen Ring in der Mitte des Podests einhakten.

Clay dachte einen Moment lang, dass der Gefangene sich in die Tiefe stürzen würde, obwohl seine Flügel noch von den Metallspangen zusammengehalten wurden. Doch die Wachen packten ihn und flogen mit ihm nach unten in das Stadion. Dort angekommen ließen sie ihn in der Mitte der Arena auf den Sand fallen.

Peril drehte sich um und sah den Sandflügler an. Ihre Augen begannen zu funkeln.

Clay drehte sich schier der Magen um. Ihm wurde plötzlich klar, dass er jetzt gleich einen Drachen sterben sehen würde.

# 15. Kapitel

Clay wollte nicht zusehen. Doch er wusste, dass er Perils Technik studieren sollte, falls er eines Tages gegen sie kämpfen musste. Sein Blick ging zu Tsunami und Starflight, die er nur als Umrisse erkennen konnte. Anscheinend beobachteten auch sie aufmerksam, was vor sich ging, genau wie alle anderen Gefangenen oberhalb der Arena.

Eine der Wachen stellte sich in die Mitte und schlug laut mit den Flügeln, bis alle Drachen verstummt waren. Dann verbeugte er sich vor der Königin und verkündete: »Nach vier Siegen wird Horizon, der Sandflügler – ehemaliger und törichter Soldat in Blazes Armee –, zum Kampf mit Peril, dem Champion der Königin, herausgefordert. Klauen hoch, Flammen bereit! Kämpft!«

Er rannte aus der Arena und ließ Peril und den Sandflügler zurück, die sich direkt gegenüberstanden. Horizon wich bis zu der Mauer hinter ihm zurück und zischte.

Peril stolzierte langsam auf ihn zu, wobei sie ihre kupferfarbenen Flügel schräg stellte, um das Sonnenlicht zu reflektieren. Ihr langer Schwanz schlängelte sich durch den Sand hinter ihr. Es sah immer noch so aus, als würde Rauch aus ihren Schuppen aufsteigen.

Horizon duckte sich, sprang dann ganz plötzlich über Perils Kopf und flüchtete auf die andere Seite der Arena. Er hatte nicht einmal versucht, sie bei dem Sprung mit seinen Krallen anzugreifen oder auf eine andere Art zu verletzen. Er war einfach weggerannt.

*Warum hat er solche Angst vor ihr?*, wunderte sich Clay.

Peril drehte sich gemächlich um und grinste Horizon an. Der Blick aus seinen schwarzen Augen huschte nach links und rechts und suchte eine Fluchtmöglichkeit. Im nächsten Moment lief er in Richtung Tunnel.

Sofort versperrte ihm Peril den Weg und zog ihm ihre Krallen über die Brust. Soweit Clay das erkennen konnte, war es nur ein Kratzer, doch Horizon schrie vor Schmerzen laut auf, kippte nach hinten und kroch dann auf allen vieren über den Sand.

Peril folgte ihm und versetzte ihm einen weiteren Kratzer, dieses Mal seitlich am Bauch. Wieder schrie Horizon auf. Seine gefesselten Flügel zuckten heftig, als würde er versuchen, trotzdem zu fliegen. Langsam, fast zärtlich streckte Peril eine Klaue aus, berührte einen seiner Flügel und drückte ihn gegen seinen Körper.

Horizons Schreie gingen in ein langes, ohrenbetäubendes Geheul über.

Clay verstand es nicht. Sie berührte ihn doch nur – mehr nicht.

Dann ließ Peril los und trat zurück. Erst jetzt konnte Clay den schwarzen Klauenabdruck erkennen, den sie auf Horizons Schuppen hinterlassen hatte. Es sah aus, als hätte sie ihn gebrandmarkt, als hätte sie seine Haut verbrannt, ohne ein einziges Mal Feuer zu spucken. Als Clay die Augen zusammenkniff und noch einmal hinschaute, fiel ihm auf, dass auch aus den Kratzern auf Horizons Haut Rauch aufstieg. Hatte Peril Feuer in den Krallen? Wie war das möglich?

Er starrte zu der in sich zusammengesunkenen Gestalt Starflights hinüber und wünschte, der Nachtflügler wäre nah genug, um ihm alles erklären zu können.

Plötzlich griff Horizon an. Er warf sich auf Peril und versuchte, mit seinen Krallen ihre Augen zu erreichen und ihr seinen giftigen Schwanz ins Herz zu stechen.

Peril wirbelte herum, wich seinen Krallen aus und schleuderte ihn in den Sand. Sein stachelbesetzter Schwanz prallte mit einem Funken, der wie ein kleiner Blitz aussah, von ihren Schuppen ab und ging dann in Flammen auf. Der Sandflügler heulte vor Schmerzen. So etwas hatte Clay noch nie gesehen. Und er hatte auch noch nie gehört, dass Drachen ihre Artgenossen in Brand setzten – schon gar nicht, indem sie sie berührten.

Horizon schlug mit dem Schwanz auf den Sand und versuchte, das Feuer zu löschen, während Peril ihn umkreiste. Dann machte sie einen Satz nach vorn und kratzte ihren Gegner erneut, doch bevor sie zurückweichen konnte, drehte Horizon sich um und packte ihre Vorderklauen. Nachdem er seine Flügel um sie geschlungen hatte, vergrub er mit einem schrillen Jaulen sein Gesicht an ihrer Schulter.

Peril erstarrte. Von den beiden Drachen stieg Rauch auf, und schwarze Brandmale breiteten sich auf Horizons Flügeln aus, bis sie anfingen, sich in Asche aufzulösen. Langsam sank er in sich zusammen, und Peril, die ihn mit den Flügeln festhielt, ging mit ihm zu Boden.

Ein heftiges Zittern ging durch den Körper des Sandflüglers. Er ließ Peril los und kippte langsam auf den Sand. Entsetzliche Verbrennungen hatten seine Gesichtszüge entstellt und von seinen Flügeln waren nur noch schwarze Stränge zwischen großen

Löchern übrig. Die Innenseiten seiner Klauen waren mit Brandmalen verunstaltet.

Plötzlich erinnerte sich Clay an etwas. Kestrel hatte genau die gleichen Brandmale auf ihren Klauen. War sie Peril etwa schon einmal begegnet, als sie noch im Königreich der Himmelsflügler gelebt hatte? Aber das ergab keinen Sinn. Peril musste zu der Zeit noch ein Baby-Drachling gewesen sein …

Peril stand auf und starrte auf den toten Sandflügler zu ihren Klauen. In der Arena machte sich enttäuschtes Murmeln breit. Sie flatterte ein paarmal mit ihren kupferfarbenen Flügeln. Dann drehte sie sich um und sah Königin Scarlet an.

Die Königin seufzte und stand auf. »Das war langweilig«, sagte sie. Sie sprach lauter und richtete sich an die Gefangenen. »Ich will doch schwer hoffen, dass ein paar von euch da oben mutiger sind als diese jämmerliche Kreatur.«

Clay hatte sich noch nie so feige gefühlt wie jetzt. Peril war eindeutig eine völlig neue Kategorie von Monster. Wenn Horizon sie tatsächlich nicht besiegen konnte, war es vielleicht besser gewesen, eines schnellen – wenn auch grausamen – Todes zu sterben, als ganz langsam zur Unterhaltung der Königin getötet zu werden.

»Keine Angst«, verkündete die Königin an die Zuschauer gewandt, während sie ihre Flügel ausschüttelte. »Morgen gibt es eine kleine Überraschung. Etwas, das wir noch nie gesehen haben! Hoffentlich wird dann irgendjemand wenigstens *versuchen*, mich zu unterhalten, ganz im Gegensatz zu einigen *anderen* Drachen.« Königin Scarlet bedachte Horizons Kadaver mit einem strengen Blick, dann sah sie Peril genauso finster an. Peril senkte den Kopf und starrte in den Sand.

»Wegtreten«, sagte die Königin mit einem Wink ihrer Klaue. Dann drehte sie sich um und marschierte aus der Arena. Clay beugte sich so weit vor, wie er es wagen konnte, und sah zu, wie die schlafende Glory von den Soldaten in den Tunnel zurückgerollt wurde.

Vielleicht hatte man sie betäubt. Vielleicht hatte die Königin ihr gedroht. Vielleicht war sie ja auch krank oder irgendetwas anderes stimmte nicht mit ihr.

Er wusste nicht, um wen er sich mehr Sorgen machen sollte – Glory, Sunny, die immer noch verschwunden war, oder Starflight, der morgen vielleicht gegen Peril antreten musste. War er die »kleine Überraschung«, von der die Königin gesprochen hatte?

Starflight kannte sich mit Landkarten, Jahreszahlen der Drachengeschichte und Prüfungsstoff aus, aber der Zweikampf mit einem Drachen gehörte nicht gerade zu seinen Stärken.

Clay war sich nicht so sicher, ob Starflight die Arena überleben würde.

# 16. Kapitel

Als die Sonne langsam hinter den Bergen versank, nickte Clay ein, wobei er sich immer noch Sorgen um seine Freunde machte und darüber nachdachte, was er tun könnte.

Als ihm der Geruch nach verbranntem Fleisch in die Nase stieg, wachte er mit einem Grummeln im Magen auf. Zwei der Monde standen hoch über seinem Kopf, der dritte war ein schwach glimmender elfenbeinfarbener Klecks hinter einem Berggipfel in weiter Ferne. Die Aussicht war das genaue Gegenteil des Anblicks, mit dem er all die Jahre unter dem Berg aufgewachsen war.

Clay drehte den Kopf in die Richtung, aus der der Geruch kam, und wäre vor Überraschung fast in die Tiefe gestürzt.

Auf der anderen Seite des Steinplateaus saß Peril. Sie hatte den Schwanz um die Hinterklauen gewickelt und die Flügel angelegt, als versuchte sie, sich so klein wie möglich zu machen. Trotzdem war nur eine Drachenschwanzlänge Platz zwischen ihnen, und Clay konnte die glühende Hitze spüren, die von ihren Schuppen kam. Es war keine warme, angenehme Hitze, wie Sunny und Dune sie aussandten. Er hatte das Gefühl, als stünde er zu nah an einem explodierenden Vulkan.

»Na endlich«, sagte sie und wies mit dem Kopf auf das Fleisch zwischen ihnen. »Dieses Mal habe ich dir was anderes mitgebracht. Na ja, ich habe einen der Wärter überredet, mich zu dir zu lassen. Ich hoffe, es macht dir nichts aus, dass es ein bisschen angebrannt ist.« Sie breitete die Vorderklauen in einer sonderbar hilflosen Geste aus.

Clays Blick ging zu dem Stück Fleisch, das wie geräucherte Ente roch. Er wollte es fressen, aber er hatte Angst, Peril zu nahe zu kommen. Was, wenn sie ihn verbrannte, sei es auch nur aus Versehen?

»Ich werde aufpassen«, meinte sie, als könnte sie seine Gedanken lesen. »Ich werde ganz ruhig sitzen bleiben. Versprochen.« Sie warf einen Blick auf die schlafenden Gefangenen um sie herum. »Ich dachte nur, es würde weniger auffallen, wenn ich hier sitze, anstatt um dich herumzufliegen.«

Sie klang gar nicht wie ein Monster. Clay konnte nicht glauben, dass dieser ruhige Drache vor Kurzem noch eine brutale Killerin gewesen war.

Er zog die Ente zu sich und schlang sie mit zwei Bissen hinunter. Das Fleisch schmeckte wie Asche und knirschte zwischen seinen Zähnen.

»Du meine Güte. Das ging aber schnell. Willst du noch eine?«, fragte Peril.

»Nein, ich brauche nichts mehr«, antwortete Clay.

Sie kratzte mit einer Kralle über den Fels. »Soll ich wieder gehen?«

»Nein.« Sie hob den Kopf und sah ihn überrascht an. »Bleib und unterhalte dich ein bisschen mit mir«, schlug er vor.

»Hast du denn keine Angst vor mir? Jetzt, da du gesehen hast, was ich kann?«

»Natürlich habe ich Angst vor dir.« Clay war ehrlich. »Aber du bist immer noch bessere Gesellschaft als die Tauben. Die wollen immer nur über Nestbau reden, und darüber, wem sie als Nächstes auf den Kopf kacken sollen.«

Peril lachte laut. Sie schien gedrückter Stimmung zu sein, ganz anders als vorhin. Er musterte ihr Gesicht im Mondlicht. »Alles in Ordnung mit dir?«, fragte er.

Peril blinzelte ein paarmal. Anstatt zu antworten, sagte sie: »Das war merkwürdig heute, nicht wahr?«

»Was war merkwürdig?«

»Der Sandflügler … Horizon … dass er einfach so aufgegeben hat.« Als sie die Flügel auf- und zuklappte, zuckte Clay zusammen. »Warum hat er das getan?«, fuhr Peril fort. »Das gehört sich einfach nicht. Vermutlich hätte ich ihn wegstoßen sollen, damit er weiterkämpft. Ihre Majestät war ziemlich wütend.«

»Auf dich?«, fragte Clay. »Dafür gibt es doch gar keinen Grund.«

Peril blinzelte wieder. »Meinst du wirklich?« Sie schüttelte den Kopf. »Nein. Die Königin hat recht. Es ist meine Pflicht, den Kampf spannend zu machen, wenn der andere Drache nicht so richtig will.«

»Warum tust du eigentlich, was sie sagt?«, fragte Clay. »Gefällt dir … kämpfen?« Was er wirklich fragen wollte, war »Gefällt dir töten?«, aber er hatte Angst vor der Antwort. Würde *ihm* töten gefallen, wenn er die Möglichkeit gehabt hätte, es immer wieder zu tun, ohne dass es Folgen gehabt hätte? War Peril die Art von Drache, die *er* eigentlich sein sollte? Würde es ihm gefallen, wenn er morgen in der Arena töten musste?

»Na klar«, meinte Peril. »Ich kann gut kämpfen – das ist so ziemlich das Einzige, was ich gut kann. Außerdem ist Scarlet meine Königin. Und ich bin ihr Champion.«

»Warum ausgerechnet du?«, fragte Clay, der es riskierte, seiner eigentlichen Frage gefährlich nah zu kommen. *Was ist mit dir los?*

»Außer ihr will keiner etwas mit mir zu tun haben«, erwiderte Peril sachlich. »Keiner kann mich anfassen. Aber das hast du ja gesehen. Ich wurde mit zu viel Feuer geboren. Wenn Drachen wie ich schlüpfen, werfen die Himmelsflügler sie normalerweise vom höchsten Berggipfel in die Tiefe. Meine Mutter wollte das gerade tun, aber Königin Scarlet hat mich gerettet und sie zur Strafe getötet.« Als sie »meine Mutter« sagte, wurde ihr Blick kalt.

»Wow«, hauchte Clay.

»Ja«, bestätigte Peril. »Und da wir gerade dabei sind – ich habe meinen Zwillingsbruder in unserem Ei verbrannt. Ich habe das ganze Feuer aus ihm herausgesaugt und dann Kohle aus ihm gemacht.« Sie zuckte mit den Schultern, aber ihre Stimme zitterte.

»Als ich geschlüpft bin, habe ich die anderen Eier in meinem Nest angegriffen«, gab Clay zu. Es war ein merkwürdiges Gefühl, es laut zu sagen. »Jedenfalls haben mir das die großen Drachen erzählt. Sie sagten, ich hätte versucht, meine Nestgenossen umzubringen. Ich kann mich nicht daran erinnern.«

Peril legte den Kopf schief. »Dann sind wir vielleicht beide geboren worden, um Drachen zu töten«, meinte sie. Clay wäre es lieber gewesen, wenn sie sich nicht so angehört hätte, als wäre sie froh darüber. *Vielleicht hat sie recht. Vielleicht ist sie das Monster, das ich sein könnte, wenn ich mich nicht die ganze Zeit dagegen wehren würde.*

»Das möchte ich eigentlich nicht«, gab er zu. »Ich mag kämpfen, aber bis jetzt habe ich immer nur mein Abendessen getötet.«

»Ihre Majestät sagt immer, ich soll meiner wahren Natur folgen«, erklärte Peril. »So hat sie mich aufgezogen – ich konnte einfach ich sein, und sie hat mir Drachen gebracht, die ich töten konnte. Vielleicht würde es dir besser gehen, wenn du auch der sein könntest, der du wirklich bist.«

»Ich hoffe nicht, dass ich so bin«, erwiderte Clay. Als sich Perils Gesichtsausdruck veränderte, wurde ihm klar, dass er ihre Gefühle verletzt hatte. »Was nicht heißen soll, dass …«, stammelte er. *Gut gemacht, Clay. Wie willst du so einen Satz zu Ende bringen? »Was nicht heißen soll, dass es falsch ist, ein Killer zu sein«? Oder vielleicht: »Dir scheint das ja nichts auszumachen«?*

»Ich meine, vielleicht wurde ich ja so geboren, aber bedeutet das, dass ich für immer so sein muss? Wahrscheinlich hoffe ich, dass ich mich entscheiden kann, das ist alles. Ich möchte der sein, der ich sein *will,* nicht der, der ich sein *muss.* Fragst du dich … ich meine, würdest du nicht anders sein wollen, wenn es möglich wäre?«

»Nein«, sagte Peril, während sie ihre Krallen über den Felsen zog. »Ich habe mich akzeptiert und ich mag mich so, wie ich bin. Das solltest du auch tun.« Unter ihnen klapperte etwas. Peril zuckte zusammen. »Ich gehe jetzt besser«, meinte sie.

»Warte«, bat Clay. »Wer soll morgen kämpfen? Kannst du mit der Königin reden? Sag ihr, dass sie den Nachtflügler nicht in die Arena schicken soll. Er ist noch nicht so weit.«

»Ist das dein Ernst? Sie wäre ziemlich sauer deshalb. Sie freut sich schon sehr darauf, ihn kämpfen zu sehen.«

»Sag ihr, dass ich an seiner Stelle kämpfen werde«, platzte es aus Clay heraus. »Sag ihr, dass ich so weit bin und dass ich ihr verspreche, einen spannenden Kampf abzuliefern.«

Peril schüttelte bereits den Kopf. »Das kann ich nicht. Ich darf gar nicht mit dir reden. Sie war sehr wütend, als sie herausgefunden hat, dass ich dich besucht habe. Wahrscheinlich bist du nicht so wie die anderen Gefangenen.«

»Hm ...« Clay überlegte. Das war merkwürdig. Warum regte sich Königin Scarlet darüber auf, dass Peril mit ihm redete? »Und du bist trotzdem gekommen?«

Sie scharrte mit den Klauen und sah ein bisschen verlegen aus. »Ja. Ich weiß auch nicht, warum. Aber ich fand es ungerecht. Ich rede gern mit dir. Ihre Majestät hat nie Zeit, um sich mit mir zu unterhalten, und mein einziger anderer Freund ist schon alt und erzählt immer wieder dieselben Geschichten. Du bist echt feurig.«

*Dann befolgt sie also nicht jeden Befehl, den Königin Scarlet ihr gibt. Gut zu wissen.*

Ihm fiel auf, dass sie ihn erwartungsvoll ansah. »Ähm ...«, stotterte er. »Du bist auch ... *feurig*?«

Peril strahlte. Ihre spitzen weißen Zähne leuchteten im Mondlicht. »Das sagt Ihre Majestät auch immer. Sie ist die Einzige, die sich für mich interessiert. Sie mag mich so, wie ich bin. Anders als die anderen. Bis du hergekommen bist.«

*Ach du Schande*, dachte Clay. Er war nicht sicher, ob er sie *tatsächlich* so mochte, wie sie war. Oder ob er mit einem Drachen befreundet sein wollte, der vorhatte, ihn irgendwann umzubringen.

Aber Peril hatte auch etwas an sich, das überhaupt nicht schrecklich war, eine Art Hilflosigkeit und Traurigkeit, die er irgendwie verstehen konnte. Und vielleicht bestand die Chance, dass er ihr das mit dem Töten ausreden konnte. Vielleicht wollte

Königin Scarlet deshalb nicht, dass das Drachenmädchen mit ihm redete.

Jetzt musste er sich allerdings darauf konzentrieren, Starflight zu retten.

»Könntest du nicht trotzdem mit ihr über Starflight reden?«, versuchte er es noch einmal. »Du könntest ja so tun, als wärst du selbst auf die Idee gekommen. Ein Erdflügler ist doch auch etwas Neues, oder nicht? Schickt mich zuerst rein und spart euch Starflight für später auf. Außerdem wäre es reine Verschwendung, wenn er gleich in seinem ersten Kampf stirbt.« Er schluckte den Kloß, der in seiner Kehle entstanden war, hinunter.

»Glaubst du wirklich?«, fragte Peril, die in den Kreis der Gefangenen starrte. Selbst im hellen Licht der Monde konnte man die dunkle Drachensilhouette auf Starflights Podest kaum erkennen. »Kann er denn nicht seine besonderen Fähigkeiten benutzen? Gedankenlesen und so?«

*Der arme Starflight.* Clay fragte sich, ob ein normaler Nachtflügler, der unter anderen Nachtflüglern aufwuchs, inzwischen schon alle seine Fähigkeiten hätte. War Starflight anders als seine Artgenossen? Er wollte nicht, dass Peril und Königin Scarlet wussten, dass Starflight keine außergewöhnlichen Fähigkeiten besaß, aber er wollte auch nicht Starflights Leben riskieren, weil sie dachten, er sei etwas Besonderes.

»Diese Fähigkeiten sind schlecht vorhersehbar.« Clay musste es riskieren. »Starflight ist ja noch nicht ausgewachsen. Er lernt noch, wie man sie benutzt. Wenn es funktioniert, ist es allerdings sehr beeindruckend.« Er hoffte, dass die Himmelsflügler nicht mehr über die Fähigkeiten von Nachtflüglern wussten, als in Starflights Schriftrollen stand.

»Das leuchtet mir ein.« Perils Schwanz zuckte, während sie überlegte. Clay versuchte, noch etwas näher an den Rand der Plattform zu rutschen, weg von ihrer sengenden Hitze. »Okay«, meinte sie schließlich. »Ich versuch's.«

»Danke«, sagte Clay.

Peril breitete ihre Flügel aus, um wegzufliegen. Dann zögerte sie und sah ihn an. »Du würdest das nicht tun, oder?«

Clay überlegte, was sie damit meinte.

»Dich umbringen«, erklärte sie. »So wie Horizon.« Als sie hustete, entwich ein kleiner Rauchring aus ihrer Schnauze.

Der Erdflügler hatte keine Ahnung, was er tun würde, falls er je gegen Peril kämpfen musste. Es schien noch entsetzlicher zu sein, als den unterirdischen Fluss hinunterzuschwimmen. Als ihn der Blick aus ihren sonderbar blauen Augen traf, stellte er fest, dass sie sich Sorgen machte.

»Vermutlich nicht«, antwortete er wahrheitsgemäß. Er konnte sich nicht vorstellen, dass er sich für so einen Tod entscheiden würde. Und er glaubte auch nicht, dass er den Mut dazu hatte.

»Oh, gut. Mir wäre es nämlich viel lieber, wenn ich dich in einem ehrlichen Kampf töten könnte. Gute Nacht.« Sie sprang in die Luft und schlug mit den Flügeln, was eine Hitzewelle über Clays Schuppen schickte.

Clay war höchst beunruhigt, als er zusah, wie sie in weiten Kreisen zur Arena hinunterflog.

Peril war der erste Drache, den er außerhalb der Höhlen kennengelernt hatte, von Königin Scarlet einmal abgesehen. Vielleicht war sie ja gar nicht so seltsam, wie er dachte. Wahrscheinlich war es ganz normal für einen Drachen, zwischen freundlichem Gespräch und brutalem Töten zu wechseln.

Aber irgendwie glaubte er das nicht.

Hatte sie recht, was seine wahre Natur anging? Wenn er so aufgewachsen wäre wie sie, wenn er Drachen getötet und dem Monster in sich seinen Willen gelassen hätte, würde er sich vielleicht nicht die ganze Zeit Sorgen machen. Vielleicht musste er diesen Teil von sich akzeptieren, wie Peril das getan hatte, um so stark zu sein, wie Kestrel das wollte. Aber würden seine Freunde ihn dann noch mögen? Wäre er der Prophezeiung dann würdiger oder weniger würdig?

Eines war jedenfalls klar. Wenn er in der Arena kämpfen musste, würde er ziemlich schnell herausfinden, was er vom Töten hielt.

# 17. Kapitel

Am nächsten Morgen kamen drei blutrote Wachen der Himmelsflügler zu Clay, um ihm die Fesseln abzunehmen.

»Was ist los?«, fragte Clay nervös, während sie die Drähte an seinen Hinterklauen entfernten. Er hatte sich an das Gefühl gewöhnt, von etwas aufgefangen zu werden, wenn er fiel, auch wenn es vermutlich wehtun würde.

»Privataudienz bei der Königin«, schnaubte eine der Wachen kurz angebunden.

»Ist das etwas Gutes?«, erkundigte sich Clay. »Oder etwas Schlechtes? Ich war noch nie Gefangener. Na ja, genau genommen war ich das vielleicht schon, aber nicht so. Dieses Gefängnis ist erheblich … windiger. Außerdem habt ihr eine Königin, das ist etwas Neues. Redet sie eigentlich mit allen Gefangenen? Vielleicht kurz bevor sie sie freilässt?«

»Halt die Schnauze«, fuhr ihn die Wache an, die ihm gerade geantwortet hatte.

»Ja, okay«, erwiderte Clay. »Aber ich mache mir Sorgen wegen der anderen Drachlinge, mit denen ich hergekommen bin, und wenn es irgendwie geht, würde ich sie gern sehen –«

Eine der Wachen zog an dem Draht um Clays Hals und zischte: »Noch ein Wort und du wirst auf dem Weg nach unten in den Thronsaal leider einen *Unfall* haben.«

Clay warf einen Blick in die Tiefe und machte das Maul zu. Bis jetzt schienen die meisten Himmelsflügler genauso knurrig zu sein wie Kestrel.

Plötzlich fiel ihm ein, dass er ganz vergessen hatte, sich Sorgen um Kestrel zu machen. Die Königin hatte etwas von einem Prozess erwähnt und mit ihr geredet, als würden sie sich schon lange kennen. Während die Wachen mit ihm nach unten flogen, reckte er den Hals und suchte unter den Gefangenen nach Kestrel. Aber keiner der roten oder orangefarbenen Himmelsflügler auf den Felsnasen hatte den richtigen Farbton oder die gleiche Größe.

Clay lief ein kaltes Frösteln über den Rücken, als er feststellte, dass Starflights Podest leer war. Man musste den Nachtflügler weggebracht haben, während Clay geschlafen hatte – aber warum?

Als sie den sandigen Boden erreichten, legte er den Kopf in den Nacken, um nach Tsunami zu sehen. Sie war von drei weiteren Himmelsflüglern umstellt, die alle Klauen voll damit zu tun hatten, ihr die Fesseln abzunehmen; Tsunami wehrte sich heftig und versuchte wutschnaubend, die Wachen mit ihrem kräftigen Schwanz zu treffen.

*Ups*, dachte Clay. *Hätte ich das auch tun sollen?* Er hatte sich überhaupt nicht gegen die Wachen gewehrt. Während er sich in der Arena umsah, überlegte er, ob er jetzt versuchen sollte, zu flüchten. Doch seine Flügel waren immer noch mit den Metallklammern gefesselt, und es gab nur eine Tür, die aus der Arena hinausführte. Da die Wachen ihn bereits zu dieser Tür zerrten, kam es ihm irgendwie sinnlos vor, sich loszureißen und dann genau dorthin zu rennen, wo sie ihn sowieso hinbrachten.

Daher ließ er sich jetzt widerstandslos in den rußgeschwärzten Tunnel führen, der durch brennende Fackeln und vereinzelte Oberlichter im Gestein über ihnen erhellt wurde. Er war so breit, dass drei Drachen mit ausgebreiteten Flügeln nebeneinander gehen konnten, und führte mit einer leichten Steigung durch den Berg, geradewegs in den Palast, den Clay von seinem Gefängnisfelsen aus gesehen hatte.

Irgendwann kamen sie an einer großen Höhle mit schmalen Fenstern vorbei, die Balken aus Sonnenlicht auf den Steinboden warfen. Ein mit Wasser gefülltes Becken trennte die Höhle vom Tunnel. An einer Wand hing ein lebensgroßes Porträt der Königin, die majestätisch aus dem Rahmen blickte. Als Clay das Schimmern von kupferfarbenen Schuppen auf dem Boden bemerkte, fragte er sich, ob es Perils Zimmer war. Bis auf das Bild war der Raum komplett leer. Vermutlich konnte sie nicht auf Tierhäuten schlafen oder Schriftrollen lesen, weil alles verbrannt wäre, wenn sie es berührt hätte.

Aber wenn kämpfen das Einzige war, was Peril konnte, warum war sie dann nicht von der Königin in den Krieg geschickt worden? Warum blieb sie hier und nahm an Gladiatorenkämpfen teil?

Vielleicht war sich Königin Scarlet nicht ganz sicher, ob sie Peril tatsächlich unter Kontrolle hatte. Wenn Peril frei umherfliegen könnte, würde sie vielleicht erkennen, dass sie keine Killerin sein musste … oder jeden töten, den sie wollte, ohne auf die Erlaubnis der Königin zu warten.

Nach einiger Zeit hörte Clay Getrampel und Gemurmel vor sich, als würde eine Horde Drachen geschäftig umherlaufen. Als der Gang in eine riesige Halle überging, stellte er fest, dass er richtig vermutet hatte.

Er stand auf einem breiten Balkon ohne Geländer, zwei Stockwerke über dem Erdgeschoss. Der Balkon führte in einem großen Quadrat um die Halle herum, und als Clay den Kopf in den Nacken legte, konnte er fünf weitere Stockwerke mit Balkonen und daran anschließend freien Himmel über sich sehen. Überall rannten Drachen herum, die in dem hellen Licht geradezu glühten. In die Felswände waren bis ganz nach oben große Fenster gehauen worden, sodass die Halle mit Sonnenlicht durchflutet war. Die Fußböden funkelten, als würden kleine Flüsse aus Feuer darin verlaufen.

Als Clay genauer hinsah, entdeckte er in dem Steinboden unter seinen Klauen ein Muster aus Klauenabdrücken, das mit Gold eingelegt war. Auch in die Wände waren Goldadern eingearbeitet, von denen sich einige zu Flammen verzweigten oder Formen wie Wolken im Fels nachzeichneten.

Clay fiel wieder ein, dass er die Königin für sehr reich gehalten hatte. Und nicht nur das, es zeigte auch, wie mächtig sie war. Obwohl das Gold den Drachen hier praktisch die Krallen kitzelte, wagte keiner den Versuch, es auszugraben und zu stehlen.

Die Wachen stießen ihn in die Richtung, in die die goldenen Klauenabdrücke führten. Clay folgte der Spur und warf verstohlene Blicke auf die Drachen in der Halle, wann immer er konnte. Himmelsflügler flogen von Stockwerk zu Stockwerk, hüpften über die riesige Fläche im Erdgeschoss und wichen Flügeln und Schwänzen aus, die ihnen im Weg waren. Einige von ihnen tauschten kleine Nachrichtenschriftrollen im Flug aus; andere trugen Wassereimer, saubere Tierhäute oder Servierplatten mit Essen. Jeder schien entweder sehr beschäftigt zu sein oder versuchte, sehr beschäftigt *auszusehen.*

Clay sah ein orangefarbenes Drachenmädchen, das mit einem Eimer Seifenwasser in den Klauen zum obersten Stockwerk flatterte. Als es den obersten Balkon erreicht hatte, verfing sich ihr Schwanz mit dem eines anderen Drachen und sie kam ins Straucheln. Das Drachenmädchen rettete sich mit einem Hechtsprung auf die Kante des Balkons, verlor dabei aber den Eimer, der alle sieben Stockwerke nach unten sauste, an Clay und den Wachen vorbei.

Unmittelbar darauf hörte er ein lautes Klirren. Und dann ertönte ein wütendes Gebrüll, das das Gewusel in der Halle für kurze Zeit zum Erliegen brachte. Sämtliche Drachen in der Halle starrten nach unten.

Das Wutgebrüll kam Clay sehr bekannt vor.

Er spähte über die Kante des Balkons nach unten. Am Ende der Halle erkannte Clay ein Metallgitter, das in den Boden eingelassen war. In der Grube darunter war ein Drache eingesperrt. Gleich mehrere Ketten sorgten dafür, dass er sich in seinem Gefängnis kaum bewegen konnte. Es war Kestrel.

Als der Eimer über die Gitterstäbe gerollt war, hatte sich das seifige Wasser über sie ergossen. Kestrel rüttelte wutentbrannt an den Gitterstäben und fauchte. Ein amüsiertes Murmeln ging durch die Halle.

Clay hatte keine Gelegenheit, noch mehr zu sehen. Die Wachen rissen ihn nach hinten und stießen ihn wieder auf den Weg mit den Klauenabdrücken.

Er fragte sich, ob das eine Spezialzelle für besonders unnachgiebige Gefangene war, und falls ja, was Kestrel getan hatte, um sich einen Aufenthalt darin zu verdienen. Über ihr Leben vor den Klauen des Friedens hatte sie nie geredet, und sie hatte auch nie erwähnt, warum sie das Königreich der Himmelsflügler verlassen hatte. Clay hatte immer den Verdacht gehabt, dass man sie rausgeworfen hatte, weil sie die ganze Zeit nur rumnörgelte. Allerdings bekam er langsam den Eindruck, dass sie damit hervorragend zu den anderen Drachen hier gepasst hätte.

Dann musste er aufhören, über Kestrel nachzudenken, denn die Wachen stießen ihn in Königin Scarlets Thronsaal.

Die Königin saß auf einer Felssäule, die die Form von Wolken hatte, und starrte die Drachen unter sich an. Gegenüber von ihr war der Saal zum Himmel hin komplett offen und gab den Blick auf einen steilen Abgrund und die zerklüfteten Felsen darunter frei. Die Felswände und der Fußboden waren hier noch üppiger mit Gold verziert als in der großen Halle. Es sah aus, als hätte ein riesiger, vergoldeter Drache seine Flügel geschüttelt und jeden Quadratzentimeter des Raumes mit glitzernden Schuppen bedeckt. Zuerst konnte Clay wegen des grellen Sonnenlichts, das von dem Gold reflektiert wurde, nicht viel erkennen.

Dann stellten sich seine Augen auf das Licht ein und er entdeckte Glory, die auf ihrem Baum in der Sonne lag. Sie hatte die Augen geschlossen und sah entspannter aus als je zuvor. Über ihre goldenen und marineblauen Schuppen wanderten blutrote Tropfen. Zwei Soldaten der Himmelsflügler hatten sich drohend vor dem Baum aufgebaut und versperrten Clay den Weg zu ihr.

Starflight kniete mit gesenktem Kopf vor der Königin. Clay riss sich von seinen Wachen los und setzte sich neben seinen Freund.

»Alles in Ordnung mit dir?«, flüsterte er. Starflight sah kurz nach oben zur Königin und schüttelte dann fast unmerklich den Kopf.

»Der Nachtflügler versucht, dir zu sagen, dass es sehr *unhöflich* ist, im Thronsaal der Königin mit jemand anderem als ihr zu reden«, wies die Königin Clay zurecht. »Als Erstes verbeugst du dich vor mir, und dann bleibst du so, bis ich euch alle anspreche. Was bringt man Drachlingen heutzutage eigentlich bei? Das ist alles so furchtbar respektlos.«

»Tut mir leid«, murmelte Clay, der versuchte, die gleiche unterwürfige Haltung wie Starflight einzunehmen. Aus irgendeinem Grund wollten sich seine Klauen jedoch nicht so elegant zusammenklappen lassen wie bei seinem Freund. Seine Flügel fühlten sich an, als würden sie in einem sonderbaren Winkel von seinem Körper abstehen. Als er unter einem Arm hindurch nach Glory sah, wäre er fast auf den Kopf gefallen.

Königin Scarlet zog ihre mit Rubinen geschmückten Augenbrauen hoch und schnaubte missbilligend.

Clay bemühte sich, so regungslos wie möglich dazustehen.

Eine Ewigkeit verging. Bis auf die Wachen vor Glory und die drei an der Tür, die Clay hergebracht hatten, waren keine anderen Drachen im Saal. Und Sunny war nirgends zu sehen.

Königin Scarlet musterte ihre Krallen, eine nach der anderen. Von Zeit zu Zeit schärfte sie sie an dem Felsen unter sich.

Schließlich ertönte ein Poltern, als ob es in dem Tunnel vor dem Thronsaal zu einem Handgemenge kam. Als Clay Tsunamis Stimme erkannte, die wüste Beschimpfungen ausstieß, konnte er sich einen Blick über die Schulter nicht verkneifen. Ein ganzes Rudel Himmelsflügler kam herein und schleppte den Drachling mit sich. Tsunami war mit mehreren der sonderbaren Drähte gefesselt, man hatte ihr die Klauen an den Körper gebunden und ihren kräftigen Schwanz zusammengeschnürt. Ihr Kopf schoss trotzdem herum und schnappte nach ihnen, daher hatten sie Mühe, sie mehr als immer nur ein paar Schritte weiterzuzerren.

Als es den Wachen schließlich gelungen war, den Meeresflügler neben Clay zu rollen, wichen sie schnell zurück. Clay stellte befriedigt fest, dass mehr als einer der Himmelsflügler tiefe Kratzer und Bisswunden hatte, die wohl Tsunamis Werk waren.

»Hallo«, sagte die Königin, die sich köstlich zu amüsieren schien. »Wir haben auf dich gewartet. So, wie es aussieht, gefällt es dir bei uns.«

»Das ist ein Skandal«, zischte Tsunami. »Wie könnt Ihr Drachen so behandeln? Insbesondere uns! Wir sind die –«

»… Drachlinge der Vorsehung, ja, ich weiß, sehr spannend«, fiel ihr Königin Scarlet ins Wort. »Ihr seid die letzten sechs Jahre unter der Erde gewesen, daher habt ihr vielleicht noch nicht mitbekommen, dass nicht jeder diesen Krieg beenden *will.*«

Starflight, der auf Clays linker Seite kniete, rutschte unruhig hin und her. Clay wusste, dass Starflight etwas sagen wollte. Doch der Nachtflügler schwieg.

»Ich persönlich finde diesen Krieg ja sehr unterhaltsam«, fuhr die Königin fort. »Von den Schlachtfeldern bekomme ich jede Menge Kandidaten für die Arena. Außerdem ist er ein grandioses Ablenkungsmanöver für die Drachen, die mich sonst zu einem Kampf um den Thron herausfordern würden. In den letzten acht oder neun Jahren hat es nicht einen einzigen Versuch gegeben. Erspart mir eine Menge Arbeit.«

»Dann kümmert es Euch also nicht, dass überall auf der Welt Hunderte Drachen gestorben sind«, herrschte Tsunami sie an.

Die Königin bedachte sie mit einem mitleidigen Blick. »Als wüsstest du irgendetwas darüber. Hast du schon mal an einer echten Schlacht teilgenommen? Hast du Hunderte Drachen sterben sehen? Weißt du eigentlich etwas über diesen Krieg?«

»Wir haben uns im Unterricht damit befasst«, sagte sie energisch. »Wir wissen, dass er furchtbar ist. Wir wissen, dass unschuldige Drachen verletzt werden.«

»Es sagt sich so leicht, dass Krieg furchtbar ist«, erwiderte Königin Scarlet, während sie mit einer Klaue in der Luft herumfuchtelte. »Aber es ist erheblich schwieriger, diese Probleme zu lösen, *ohne* Krieg zu führen. Vor allem, wenn es um Drachen geht. Kämpfen liegt uns im Blut. Du solltest das wissen – du hast mich angegriffen, obwohl du mich gar nicht kanntest.«

Sie holte ihren Schwanz nach vorn, sodass Clay die klaffende Wunde in ihren Schuppen sehen konnte. Er hatte ein schlechtes Gewissen. Hätten sie etwas anderes tun können, als die Königin anzugreifen? Wäre jetzt alles anders, wenn sie eine Möglichkeit gefunden hätten, um friedlich aus der Sache herauszukommen?

Tsunami sah nervös aus.

»Und, wer soll die nächste Königin der Sandflügler werden?«, fragte Scarlet. »Burn, Blister oder Blaze? Ich würde gern wissen, ob ihr das schon entschieden habt aufgrund eurer großen Weisheit und der umfassenden Erfahrungen, die ihr in der Abgeschiedenheit eurer kuschligen, kleinen Höhle gemacht habt.«

»Das ist doch nicht unsere Schuld«, platzte Tsunami heraus. »Wir *wollten* draußen in der Welt sein.«

Königin Scarlet schien sich schon wieder prächtig zu amüsieren. »Das denkt ihr vielleicht«, meinte sie. »Lächerlich. Als ob ihr hier draußen so lange überlebt hättet. Eure Erzieher haben euch doch bestimmt erzählt, was in der hellsten Nacht mit den anderen Drachlingen passiert ist, oder nicht?«

Starflight schnappte nach Luft. Er und Tsunami tauschten Blicke, doch Clay verstand überhaupt nichts. Die Erzieher hatten nie erwähnt, dass in der hellsten Nacht noch andere Drachlinge mit ihnen zusammen geschlüpft waren.

»Nein?«, wunderte sich Königin Scarlet, als sie ihre überraschten Gesichter sah. »Ich werde jetzt nicht auf Einzelheiten eingehen, aber es war traurig. Sehr traurig.«

»Entschuldigung, Eure Majestät«, meldete sich Clay. Als Starflight ihm auf die Hinterklaue trat, um ihn zum Schweigen zu bringen, stieß Clay ihn energisch weg. »Aua! Hör auf damit! Ich muss was fragen!«, sagte er. »Wo ist Sunny? Geht es ihr gut?«

»Oh, du meinst den missratenen Sandflügler«, antwortete Königin Scarlet. »Ich glaube, Burn wird ihn heiß und innig lieben. Sie sammelt Freaks wie sie. Ihr solltet ihren Palast sehen. Das reinste Gruselkabinett – voll mit zweiköpfigen Eidechsen, siebenkralligen Drachenklauen und ausgestopften Zweibeinern mit der hellsten Haut, die ihr je gesehen habt.« Sie schauderte. »Dieser missratene Drachling ist das perfekte Geschenk für sie.«

»Ihr könnt Sunny doch nicht an Burn verschenken!«, entrüstete sich Tsunami. »Wir müssen zusammenbleiben!«

»Ich kann machen, was ich will«, erwiderte Königin Scarlet. »Das hier ist schließlich mein Königreich.«

»Und was ist mit Glory?«, fragte Clay. »Was habt Ihr an ihr auszusetzen?«

»Ich habe gar nichts an ihr auszusetzen«, antwortete die Königin. »Sie ist perfekt, wenn du mich fragst. Ein nettes Accessoire für meinen Thronsaal.«

»Aber warum ist sie denn so … schläfrig?«, wollte Clay wissen.

»Regenflügler sind von Natur aus faule Kreaturen«, erklärte Königin Scarlet. »Ist dir das noch gar nicht aufgefallen? Aber Erdflügler sind ja auch nicht gerade für ihr großes Gehirn bekannt, stimmt's?«

Clay starrte Glory an. Hatte sie nicht gerade mit einem Auge geblinzelt? Bildete er sich nur ein, dass ihre Flügel eben gezuckt hatten? Schlief sie oder hörte sie zu? War es ihr egal, was die Königin über sie gesagt hatte?

»Ihr müsst uns gehen lassen«, verlangte Tsunami. »Ihr könnt nicht verhindern, dass die Prophezeiung sich erfüllt, und wir werden –«

»Sei still!«, rief die Königin. Einer der Soldaten stieß Tsunami einen langen Stock in die Rippen. »Dein vorlautes Maul langweilt mich allmählich. Und jetzt hört zu. In zwei Tagen habe ich Schlüpftag und gebe ein großes Fest. Ich möchte, dass ihr alle drei einen aufregenden Kampf in der Arena abliefert. Aber da ich meinen Untertanen versprochen habe, dass der Kampf heute schon ganz besonders aufregend wird, werde ich erst einmal einen von euch in die Arena schicken. Und ich würde es begrüßen, wenn er gewinnen würde. Mal sehen. Könnte es der Nachtflügler schaffen? Wer von euch würde einen Kampf auf Leben und Tod gegen einen, sagen wir mal, Eisflügler am ehesten gewinnen?«

»Ich«, sagten Clay und Tsunami gleichzeitig. Starflight starrte seine Klauen an und sah ausgesprochen unglücklich aus.

»Wie süß«, erwiderte die Königin, während sie die Drachlinge mit hochgezogenen Augenbrauen musterte. »Aber jetzt mal im Ernst.«

»Ich!«, rief Clay. »Ich bin ein großer Kämpfer. Schickt mich in die Arena.« Auf keinen Fall würde er zusehen, wie Tsunami abgeschlachtet wurde. Vor allem nicht, weil die anderen sie viel mehr brauchen würden als ihn, wenn sie eine Chance haben sollten, aus dem Palast zu fliehen.

»Du spinnst wohl«, fuhr Tsunami ihn an. »Ich habe dich bis jetzt immer besiegt. Ich bin die Stärkste von uns.«

»Nein, nicht *immer*!«, korrigierte Clay. »Außerdem wäre ein Erdflügler viel aufregender als schon wieder ein Meeresflügler, nicht wahr?«, sagte er zur Königin.

»Stimmt«, antwortete sie nachdenklich.

»Schon wieder ein Meeresflügler?«, regte sich Tsunami auf. »Wie kannst du es wagen? Du weißt, dass ich die beste Kämpferin bin!«

»Ich liebe euren Eifer, Drachlinge.« Die Königin klatschte mit den Flügeln. »Wachen, bringt die beiden da weg.« Sie zeigte mit dem Schwanz auf Tsunami und Starflight. Die Himmelsflügler traten vor und betrachteten Tsunamis gefletschte Zähne mit Argwohn.

»Was den hier angeht …« Königin Scarlet zeigte auf Clay. Ihre Augen waren schmale gelbe Schlitze, die vor Bosheit funkelten. »Macht ihn für die Arena fertig.«

# 18. Kapitel

Erst als Clay den Sand unter seinen Klauen spürte und das Gebrüll der Drachen auf den Rängen hörte, wurde ihm klar, dass er seinen Plan nicht so richtig durchdacht hatte.

Er hatte keine Ahnung, wie er gegen einen fremden Drachen kämpfen sollte. Als die Wachen einen fauchenden Eisflügler vor ihm auf den Boden fallen ließen, setzte sein Verstand aus. Wusste er irgendetwas über Eisflügler?

Die Sonne stand hoch am Himmel, und in der Arena war es um einiges wärmer als oben auf ihren Gefängnisfelsen. Clay bemerkte, dass aus den gletscherblauen Schuppen des Eisflüglers Tropfen einer silberfarbenen Flüssigkeit sickerten. Über ihnen grinste Königin Scarlet von ihrem Balkon, mit einer selig schlafenden Glory neben sich.

Jetzt stolzierte derselbe Ansager wie gestern in die Mitte der Arena und verkündete den Zuschauern: »Nach der Schlacht mit Blazes Armee im letzten Monat waren die Kerker unserer Königin vollgestopft mit Kriegsgefangenen der Eisflügler. Lediglich neun haben überlebt. Nach zwei Siegen präsentiere ich euch – Fjord von den Eisflüglern!«

Fjords Schwanz peitschte wild hin und her, dann knurrte er Clay an.

»Und in dieser Ecke haben wir einen ungewöhnlichen Kandidaten – einen Erdflügler, aber keiner unserer Verbündeten.

Nein, dieser Drachling wurde in einem Versteck unter den Bergen gefunden, beschützt von den Klauen des Friedens. Ist er einer der fünf Drachlinge aus der Prophezeiung? Nicht, wenn er diesen Kampf verliert!«

Leises Gelächter ging durch die Ränge, doch in den Gesichtern der Zuschauer, die ihm am nächsten saßen, konnte Clay etwas sehen, das wie Unbehagen und, wie er glaubte, Anteilnahme aussah. Auf einem der Balkone entdeckte er einen großen Erdflügler, der mit einem Stirnrunzeln auf ihn herabstarrte. *Hilf mir!*, dachte Clay verzweifelt in seine Richtung. *Tu was! Ich bin einer von euch!*

Doch der Erdflügler wandte den Blick ab, als wollte er nicht zusehen. Er konnte es sich aber anscheinend auch nicht leisten, die Arena zu verlassen.

Der Ansager der Himmelsflügler redete weiter. »Wenn die Drachlinge der Vorsehung tatsächlich so außerordentlich und legendär sind, wie sie sein sollen, dürfte das jetzt eine Auseinandersetzung werden, an die wir uns noch lange erinnern werden. Ich hoffe doch sehr, dass du vorhast, uns zu beeindrucken, Drache der Erde. Ich präsentiere euch … Clay von den Erdflüglern! Klauen hoch, Zähne bereit! Kämpft!«

Clay blinzelte, als der Himmelsflügler aus der Arena flatterte. Er war noch nie »von den Erdflüglern« genannt worden. Allerdings hätte er sich mehr darüber gefreut, wenn er nicht von über zweihundert Drachen – unter ihnen auch Erdflügler – umgeben gewesen wäre, die vorhatten, seinen drohenden Tod heftig zu beklatschen.

Er fühlte sich alles andere als außerordentlich und legendär, als der Eisflügler auf ihn zuschlich. Jetzt galt es: Töten oder getötet werden. Jetzt war der Zeitpunkt gekommen, um herauszufinden, ob tatsächlich ein Monster in ihm schlummerte …

Fjords blassblaue Schuppen hatten die Farbe des Himmels, der im Schnee auf den weit entfernten Berggipfeln reflektiert wurde. Seine Augen waren dunkel und voller Bosheit. Unzählige Hörner ragten wie ein Kragen aus spitzen Eiszapfen aus seinem Kopf heraus. An seinem Hals prangte ein tiefer Krallenkratzer, der gerade erst zu heilen begonnen hatte – an den Schuppen darum klebte noch getrocknetes Blut. Der Eisflügler fauchte und ließ seine gespaltene Zunge zwischen den scharfen Zähnen hervorschnellen.

»Ähm … ja … hallo«, sagte Clay, als der Eisflügler näher kam. »Du heißt Fjord, stimmt's?«

Fjord blieb stehen und starrte ihn an, während seine Zunge vor- und zurückschnellte. Er war nur einen Kopf größer als Clay. sah aber viel älter und Furcht einflößender aus.

»Ich habe noch nie einen Eisflügler kennengelernt«, fuhr Clay fort, während er einen Schritt nach hinten machte. »Genau genommen habe ich eigentlich noch gar keine anderen Drachen kennengelernt. Ich habe, glaube ich, gelesen, dass ihr alle die Farbe von Eis habt, aber mir war gar nicht klar, dass es Eis in so vielen verschiedenen Farben gibt. Du weißt schon, in so vielen Blautönen. Sehr überraschend und … cool. Oh … hahaha … ich wollte kein Wortspiel daraus machen.«

»Buuuuh!«, brüllten mehrere Drachen von den oberen Rängen. »Mehr Blut! Mehr Tod! Jetzt beißt euch doch mal!«

»Willst du uns unbedingt *beide* umbringen?«, knurrte der Eisflügler. »Halt dein Maul und lass mich dich endlich töten.«

»Das käme mir nicht so gelegen.« Clay taumelte noch ein paar Schritte rückwärts. Als er aus den Augenwinkeln heraus eine Bewegung bemerkte, sah er nach oben in den Himmel. Starflight hatte sich über den Rand seines Felsengefängnisses gebeugt und ruderte wie wild mit seinem Schwanz und den gefesselten Flügeln. Der Nachtflügler versuchte, ihm etwas zu sagen. Aber was?

Etwas über Eisflügler. Etwas, das er aus den Schriftrollen und im Unterricht gelernt hatte. Angesichts der Tatsache, dass Starflight fast ausflippte, musste es ziemlich wichtig sein.

Der Nachtflügler deutete auf sein Maul. *Feuer?* Clay musterte Fjord zweifelnd. Er glaubte nicht, dass Eisflügler Feuer speien konnten. Würden sie dann nicht jedes Mal, wenn sie Flammen spuckten, ihre Paläste zum Schmelzen bringen?

Andererseits stellte Fjord gerade etwas mit seinem Maul an, das man nicht als lächeln bezeichnen konnte.

Clay duckte sich und rollte zur Seite, in dem Moment, in dem etwas aus Fjords Maul schoss, das wie funkelnder Rauch aussah. Ein winziges bisschen davon streifte seinen Flügel, und Clay spürte, wie ein kaltes Frösteln durch seinen ganzen Körper ging.

*Ach ja. Atem, der einen zu Eis erstarren lässt. Das ist tatsächlich wichtig. Danke, Starflight.*

Jetzt erinnerte er sich wieder daran, dass Eisflügler kalte Luft aus ihrem Maul ausstoßen konnten, die alles gefrieren ließ. Aber natürlich fiel ihm nicht ein, was man dagegen unternehmen konnte.

Feuer würde vermutlich helfen. Clay holte tief Luft und sog die Wärme aus seiner Brust nach oben, als Fjord den Kopf in seine Richtung drehte. Der Eisflügler öffnete das Maul, um Clay erneut mit seinem tödlichen Atem anzugreifen, doch Clay feuerte ihm eine Stichflamme entgegen und traf ihn direkt zwischen seine Zähne.

Fjord zuckte zurück und kroch über den Sand, während er sich mit seinen gefesselten Flügeln aufs Maul schlug. Die Flamme war sofort von seinen kühlen Schuppen geschluckt worden, doch der Eisflügler schien immer wütender zu werden.

»Tut mir leid«, entschuldigte sich Clay. »Hör mal, müssen wir denn miteinander kämpfen? Was wäre, wenn wir einfach –«

Fjord unterbrach ihn, indem er mit ausgestreckten Klauen auf ihn zurannte. Clay sprang schnell zur Seite, wobei er den scharfen Krallen nur um Haaresbreite entging. Fjords langer, peitschendünner Schwanz schoss herum und schlug ihm ins Gesicht, sodass Clay vorübergehend blind war.

Instinktiv hob er die Flügel über den Kopf und keilte mit seinen Hinterklauen aus. Clay spürte, wie eine davon seinen Gegner traf, und hörte Fjord vor Schmerzen brüllen. Als sich der Nebel vor seinen Augen lichtete, sah er, dass er Fjord zufällig an dem Kratzer am Hals erwischt hatte, der jetzt wieder zu bluten begonnen hatte.

Fjord machte einen Schritt nach hinten und berührte vorsichtig seinen Hals mit den Klauen. Sein Schwanz zuckte und die gefesselten Flügel ruderten wild in der Luft herum.

*Wie komme ich aus dieser Sache wieder raus?*, dachte Clay. Er spürte kein Monster in sich wach werden. Was auch immer ihn dazu getrieben hatte, die anderen Drachlinge damals anzugreifen, war viel zu tief vergraben. Vielleicht hatte Peril recht und er hätte nicht sein ganzes Leben lang gegen seine Natur ankämpfen sollen. Wenn er seine gewalttätige Seite von Anfang an akzeptiert hätte, wäre er jetzt vielleicht stärker und fähig, die Prophezeiung zu erfüllen. Aber er wollte Fjord nicht töten. Er wollte überhaupt niemanden töten.

Er fragte sich, ob es nicht besser gewesen wäre, Tsunami kämpfen zu lassen. *Nein, ich bin der Erstgeschlüpfte und der Größte. Ich kann nicht zulassen, dass die anderen ihr Leben riskieren, solange ich für sie kämpfen kann.* Er schlug die Krallen in den Sand vor sich, senkte den Kopf und sah Fjord in die Augen. *Ich habe keine Wahl, ich muss ihn töten. Etwas in mir muss dazu in der Lage sein.*

Clay hatte immer gehofft, dass es nie notwendig sein würde, das Monster in ihm zu wecken. Ein Teil von ihm hatte immer darauf vertraut, dass die Prophezeiung irgendwie wahr werden und der Krieg ein Ende haben würde, dass das Drachentöten bis in alle Ewigkeit verhindert werden könnte … ohne dass er dazu einem anderen Drachen etwas zuleide tun musste.

*Aber es ist noch zu früh, um die Prophezeiung zu erfüllen. Warum haben wir mit der Flucht nicht gewartet?*

*Wir mussten es tun. Um Glory zu retten –*

»BUUUUUH«, brüllten noch mehr Drachen unter den Zuschauern. »Den Kampf könnte auch ein Schaf gewinnen! Was macht ihr da? Nachdenken? Wir wollen Blut sehen! Zieh ihm mit der Kralle eins über! Komm schon! Komm schon!«

*Sie hören sich an wie Kestrel.* Clay wusste nicht, ob sie ihn oder Fjord anfeuerten – oder ob sie einfach nur jemanden sterben sehen wollten.

Fjord ließ sich auf alle viere fallen und rannte wieder auf Clay zu. Er zischte, als würde er gleich noch mehr eisige Luft ausspucken.

Clay dachte an seinen Kampfunterricht und hörte buchstäblich Kestrels gebrüllte Befehle in seinem Kopf. Er ließ sich fallen und rollte unter Fjord, als der Eisflügler sich auf ihn stürzte. Mit einer schnellen Bewegung zog Clay seine Kralle über Fjords Bauch und hinterließ eine blutende Wunde an den Schuppen, die an dieser Stelle weicher waren als am übrigen Körper. Er machte eine Rolle rückwärts, stand auf und blickte dem anderen Drachen direkt ins Gesicht.

Fjord kreischte und krümmte sich zusammen.

»JAAAAAA!«, brüllten die Zuschauer.

»Was ist denn mit *dir* los?«, schrie Fjord. »So kämpfen Erdflügler nicht! Ich weiß das, ich wurde in deinen Kampftechniken ausgebildet.«

»Ich aber nicht«, erwiderte Clay. »Tut mir leid.« Er fragte sich, ob er im Unterricht etwas verpasst hatte und ob er stattdessen wie ein Himmelsflügler kämpfte, so wie Kestrel das immer gewollt hatte. Irgendwie hatte er das Gefühl, sie würde protestieren und sagen, er kämpfe nicht wie ein Himmelsflügler, sondern wie ein lahmes Gnu. Aber wenigstens schien es seinen Gegner zu verwirren.

Clay grub die Krallen in den Sand und beobachtete, wie Fjord seinen blutenden Bauch festhielt. Wenn er jetzt angriff, konnte er den anderen Drachen überraschen und vielleicht sogar gewinnen. Aber er hatte sowieso schon ein schlechtes Gewissen, als er sah, was er angerichtet hatte. Er konnte sich nicht vorstellen, noch Schlimmeres zu tun. Wäre er fähig, Fjord den Hals zu brechen? Ihm schauderte, als er sich an das Knacken erinnerte, mit dem Dunes Genick gebrochen war. Das konnte er nicht, egal was Kestrel oder Peril auch sagten.

»Hey, ihr zwei.« Als Königin Scarlets Stimme über dem Gemurmel der Menge zu hören war, verstummten alle. »Fjord, Clay, wir haben nicht den ganzen Tag Zeit. Einige von uns müssen ein Königreich regieren. Entweder einer von euch tötet jetzt den anderen oder ich komme runter und bringe euch beide um. Höchstpersönlich.«

Fjord fletschte die Zähne und griff Clay wieder an. Es war keine Zeit zum Überlegen. Clay erhob sich auf die Hinterklauen, packte die zusätzlichen Hörner an Fjords Kopf und schob die Schnauze des Eisflüglers zur Seite, bevor der Eisatem ihn treffen konnte. Als die kalte Luft auf die unterste Sitzreihe zuschoss, schrien mehrere Drachen erschrocken auf und kletterten hektisch übereinander, um zu entkommen.

Fjords Klauen legten sich um Clays Brustkorb, dann schoben sich die beiden aneinandergeklammert über den Sand. Der Eisflügler hieb mit seinen Flügeln, die silbern schimmerten und sonderbar zäh waren, auf Clay ein, doch der war immer noch damit beschäftigt, den Kopf seines Gegners von sich wegzudrehen. Er konnte sich nicht wehren, als Fjord ihm die Krallen in die Schulter hieb. Ein stechender Schmerz schoss durch Clays Schuppen.

»Zeit zu sterben«, knurrte Fjord. Mit einem Ruck bewegte er den Schwanz nach hinten und zog Clay die Hinterklauen weg, dann gingen die beiden Drachen zu Boden, wobei Fjord oben lag. Der Eisflügler legte die Krallen um Clays Hals und drückte zu.

*Ich habe schon wieder versagt*, dachte Clay, als er spürte, dass er keine Kraft mehr in den Armen hatte. *Zum letzten Mal.* Gleich würde er loslassen müssen, der Kopf des Eisflüglers wäre frei, und Fjord würde Clay mit seinem Eisatem töten.

Dann würde alles vorbei sein.

# 19. Kapitel

Clay schloss die Augen. Er konnte es nicht ertragen, den Kreis aus Gefangenen am Himmel zu sehen, weil er wusste, dass Tsunami und Starflight dort oben waren und ihn sterben sahen.

Von irgendwoher kam ein gellender Schrei. Fjords Kopf schoss in die Höhe. Als Clay die Augen wieder aufmachte, sah er, dass der Eisflügler sowie sämtliche Zuschauer nach oben zu den Gefangenen starrten. Er folgte ihren Blicken und sah einen blauen Drachen, der sich in dem Netz aus Drähten über der Arena verfangen hatte. Die übrigen Gefangenen riefen wild durcheinander und versuchten, sich an ihren Felstürmen festzuhalten, da das Gewicht des Drachen sie alle nach unten zu reißen drohte.

Es war Tsunami. Sie musste sich in die Tiefe gestürzt haben, um zu Clay zu gelangen. Doch die Drähte hinderten sie daran, und jetzt zappelte sie wie ein Käfer, der in einem Spinnennetz gefangen war.

»Nach oben mit euch!«, brüllte Königin Scarlet. Sofort erhoben sich sämtliche Wachen der Himmelsflügler um sie herum in die Luft.

*Das ist meine Chance*, dachte Clay. Fjord war abgelenkt. Jetzt sollte er ihn töten. Er sollte. Er musste. Wenn er es damals beinahe fertiggebracht hatte, seine Nestgenossen in ihren Eiern zu töten, sollte er jetzt auch fähig sein, einen Drachen zu töten, den er gar nicht kannte.

Aber er konnte es immer noch nicht. *Fjord ist genauso ein Gefangener wie ich*, dachte er immer wieder. *Warum soll ich leben dürfen und er nicht?*

*Deshalb wird sich die Prophezeiung nicht erfüllen – meinetwegen.*

Wegen all der Aufregung war Clay der Einzige, der den Eisdrachen ansah, als ein Strahl aus kleinen schwarzen Tropfen von der Seite her auf Gesicht und Hals des Eisflüglers traf.

Fjord zuckte überrascht zusammen und hob automatisch eine Klaue, um sein Gesicht abzuwischen. Doch noch bevor die Klaue seine Schnauze erreicht hatte, hörten beide Drachen ein zischendes Geräusch. Entsetzt sah Clay, wie die schwarzen Tropfen Blasen warfen und zu rauchen anfingen und die Schuppen darunter einfach wegschmolzen.

Dann begann Fjord zu schreien.

Es war das Furchtbarste, was Clay je gehört hatte. Auch der Drache, der von Peril getötet worden war, hatte vor Schmerzen gebrüllt, doch genau unter einem sterbenden Drachen zu liegen und seine gellenden Schreie zu hören, war viel, viel schlimmer.

Einer der Tropfen war in Fjords Auge gelandet. Es löste sich innerhalb weniger Sekunden auf. Zurück blieb nur eine rauchende schwarze Höhle in seinem Schädel. Dann tropfte eine Seite seines Gesichts langsam nach unten, wie schmelzendes Eis. Fjord sprang auf und hielt sich mit den Klauen den Hals. Die Tropfen fraßen sich in seine offene Wunde.

Clay hielt sich die Augen zu. Ihm wurde schlecht. Warum konnte man denn nicht schnell und schmerzlos sterben, wenn es denn überhaupt sein musste?

Plötzlich fiel ihm ein, dass er sich noch gar nicht gefragt hatte, wer den Eisflügler mit der ätzenden Flüssigkeit besprüht hatte.

Es musste vom Balkon der Königin gekommen sein. Als er den Kopf hob, sah er dort oben nur drei Gesichter, die auf ihn und Fjord herabstarrten. Die Wachen waren oben am Himmel und hatten alle Klauen voll zu tun mit Tsunami und den übrigen Gefangenen.

Königin Scarlet, die aussah, als wäre sie sehr zufrieden.

Glory, die aussah, als würde sie schlafen.

Und Peril, die aussah, als hätte sie … Angst.

Als Fjord tot war, wurde Clay unter lauten Beifallsrufen zu seinem Turm zurückgeflogen und wieder angebunden. Ihm fiel auf, dass man Tsunamis Podest mit einigen zusätzlichen Ketten und Drähten gesichert hatte. Die Gefangenen auf beiden Seiten von ihr beschimpften sie wütend und warfen ihr vor, sie fast umgebracht zu haben. Als sie Clay mit ihrem Schwanz zuwinkte, fühlte er sich ein kleines bisschen besser, aber nicht viel.

Es war kein fairer Kampf gewesen. Clay hatte nicht die Kraft in sich gefunden, um den Eisflügler zu töten. Er hatte nicht einmal gewollt, dass Fjord starb. Etwas – jemand anders – hatte Fjord für ihn getötet. Und doch hatte er Schuldgefühle, die ihm schwer auf den Magen schlugen. Schuldgefühle wegen Fjord, wegen Dune, wegen Glorys merkwürdigem betäubtem Zustand, wegen Sunny, wo immer sie auch war, wegen Starflight, der die Arena auf keinen Fall überleben würde, und wegen Tsunami, die es vielleicht schaffen würde, aber nur, wenn sie sich nicht vorher selbst umbrachte, weil sie mal wieder irgendwas Verrücktes anstellte.

Das Schwein, das eine der Wachen am Nachmittag auf seinen Felsturm fallen ließ, konnte er nicht fressen. Bedrückt sah er zu, wie es um das Podest herumrannte und voller Angst quiekte, bis es über den Rand stolperte und in die Tiefe stürzte. Und *das* tat ihm dann auch leid.

*Du hast Mitleid mit deinem Essen. Ein schöner Held bist du.*

Am Nachmittag fand ein weiterer Kampf statt, zwischen einem Meeresflügler und einem Zweibeiner, den die Königin im Wald gefunden hatte, aber Clay drehte dem Geschehen den Rücken zu. Eigentlich hatte er ja gedacht, dass die Königin nach dem, was Oasis passiert war, vorsichtiger sein würde. Aber als Clay sah, wie erbärmlich die Zweibeiner waren, verstand er, warum Königin Scarlet sich keine Gedanken ihretwegen machte. Der Zweibeiner hatte seine komischen, kleinen Waffen behalten dürfen, aber sie nützten ihm nicht viel. Der Kampf war schnell vorbei. Clay hielt sich die Ohren zu, damit er das Schmatzen des Drachen und den Jubel der Menge nicht hören musste.

Am Abend schlief er ein bisschen, hatte aber Albträume, in denen lauter sterbende Drachen vorkamen.

Es war fast eine Erleichterung, als er nach Einbruch der Dunkelheit aufwachte und feststellte, dass Peril an derselben Stelle kauerte wie am Tag zuvor. Selbst die Hitze, die von ihren Schuppen zu ihm drang, war ihm willkommen, da der Wind stärker und kälter war als bisher.

»Oh, hallo«, sagte sie schnell. »Du warst einfach großartig heute. Allerdings habe ich keine Ahnung, wie du das gemacht hast. Ich hatte zu den Gefangenen hingesehen, und dann, ganz plötzlich – na ja, es war toll. Es war ja gruseliger als bei mir. Bei mir ist es schon ziemlich gruselig. Aber du, einfach toll. Wie hast du das gemacht? Du musst es mir nicht sagen. Schließlich wirst du das ja vielleicht auch mit mir machen müssen. Sehr wahrscheinlich sogar. Aber es war auf jeden Fall das Gruseligste, was ich je gesehen habe. Es war wie – ich habe nie darüber nachgedacht, wie es ist, wenn man hier oben sitzt und zusieht, wie ich andere Drachen töte. Und dann bin plötzlich ich diejenige, die zusieht und denkt, genau das wird mir auch passieren. Kannst du mir sagen, wie es geht? Nein, du musst es mir nicht sagen.«

»Hör auf«, sagte Clay, der vor lauter Schuldgefühlen und Sorgen schon ganz deprimiert war. »Peril, ich war das nicht. Das mit Fjord war ich nicht.«

Als Peril ausatmete, schoss eine kleine Flamme aus ihren Nüstern. »Schon gut«, meinte sie. »Ich habe mir schon gedacht, dass du es mir nicht sagst. Ich würde es auch geheim halten.«

»Nein, im Ernst«, beharrte Clay. »Ich glaube, es war Königin Scarlet. Sie wollte, dass ich gewinne. Sie muss etwas gemacht haben, während alle anderen abgelenkt waren.«

Peril schien skeptisch zu sein. »So etwas habe ich bei ihr noch nie gesehen«, sagte sie. »Aber es wäre möglich. Mit Schummeln hat sie jedenfalls kein Problem.« Sie breitete die Klauen aus und wackelte mit den Krallen, als wäre sie selbst das beste Beispiel dafür.

»Hast du meine Freundin Sunny gesehen?«, erkundigte sich Clay. Die Kratzer auf seinem Rücken und die blauen Flecken an seiner Kehle fingen an wehzutun.

»Oh! Ja.« Sie sah ihn mit ihren verschlagenen blauen Augen von der Seite an. »Deshalb bin ich hergekommen. Ich werde dir sagen, wo sie ist, aber du musst etwas für mich tun. Und wenn du es nicht tust, werde ich es dir nicht sagen.«

Clay versuchte, seine schmerzenden Flügel zu bewegen, doch sie fühlten sich steif und wund an. Er spürte, dass getrocknetes Blut eine Kruste auf seinen Schuppen und dem Knochenkamm auf seinem Rücken gebildet hatte. »Das brauchst du nicht, Peril. Ich würde dir trotzdem helfen.«

»Ja, klar«, meinte sie. »Wir werden sehen. Es ist nicht so einfach. Und du könntest Ärger bekommen. Ich bekomme ganz bestimmt Ärger, wenn Ihre Majestät es herausfindet.« Sie kratzte an dem Fels unter ihr.

»Das ist mir egal«, erwiderte Clay. »Ich habe sowieso schon genug Ärger. Geht es Sunny gut?«

Peril schnitt eine Grimasse, als sie antwortete. »Ja, sie ist in Ordnung. Nicht einmal ein Kratzer. Frisst wie eine Königin. Freundet sich mit sämtlichen Wachen an. Ich finde das ziemlich ätzend, wenn du die Wahrheit wissen willst.«

»So ist Sunny eben.« Clay war dermaßen erleichtert, dass er einen tiefen Seufzer ausstieß. »Was soll ich für dich tun?«

»Sie hat gesagt, dass ich nicht zusehen darf!«, platzte es aus Peril heraus. »Ich bin der einzige Drache im ganzen Königreich des Himmels, der morgen nicht in die Arena darf. Das ist nicht fair!«

»Und warum darfst du nicht hin?« Clay bekam ein mulmiges Gefühl im Magen. Was für einen grauenhaften Kampf hatte Königin Scarlet geplant? »Was wird denn passieren?«

»Ich habe keine Ahnung!«, empörte sich Peril. »Es ist wohl so eine Art Gerichtsverhandlung! Klingt das nicht furchtbar langweilig? Warum will sie mich nicht dabeihaben? Eigentlich wäre es mir ja egal gewesen, aber dann hat sie mir befohlen, nicht hinzugehen. Drachen dabei zuzuhören, wie sie über Gesetze reden, ist ungefähr so spannend wie Schaffussel zwischen den Zähnen herauszuklauben. Außerdem geht es sowieso immer gleich aus. Königin Scarlet hat eben ein Faible für Gerichtsverhandlungen und offizielle Hinrichtungen. Nie ist jemand unschuldig.«

»Kestrel«, sagte Clay. »Es muss Kestrels Prozess sein. Königin Scarlet hat so etwas erwähnt.«

»Wer auch immer das ist, ich will zusehen«, sagte Peril störrisch. »Und daher habe ich mir überlegt, dass ich mich doch hier oben verstecken könnte. Hinter deinem Rücken …«

Clay sah sich um. Der Eisflügler zu seiner Linken schlief. Das Podest zu seiner Rechten war immer noch leer. Wenn er sich an den Rand seines Gefängnisses stellte und die Flügel ausbreitete, und wenn Peril hinter ihm in die Hocke ging, würde er sie vielleicht vor den Blicken der Königin verbergen können.

Als er wieder versuchte, seine Flügel zu öffnen, zuckte er vor Schmerz zusammen. Die Metallklammern bogen die Außenseite seiner Flügel nach innen. Trotzdem hätte er eigentlich fähig sein sollen, sie fast vollständig zu öffnen, selbst wenn er nicht damit fliegen konnte.

»Meine Flügel tun weh und ich kann sie im Moment nicht öffnen. Daher weiß ich nicht, ob ich dich verstecken kann«, sagte er zu Peril. »Aber ich werde es versuchen.«

Peril runzelte die Stirn. »Lass mal sehen«, sagte sie im Befehlston, während sie auf seinen Rücken zeigte. Er drehte sich um und wandte ihr den Rücken zu. Peril japste erschrocken.

»Das klingt nicht gut.« Er versuchte, den Kopf nach hinten zu drehen. »Aber so schlimm kann es nicht sein. Kestrel hat immer gesagt, Schmerz sei ein guter Lehrmeister. Außerdem ist es nicht das erste Mal, dass mir ein Drache seine Klauen übergezogen hat.«

»Das dürfte dann aber kein Eisflügler gewesen sein«, meinte sie. »Sie haben Furchen in den Krallen, damit sie mehr Halt auf dem Eis haben. Es ist so, als würde man mit jeder Kralle gleich viermal getroffen werden. Kannst du dir das ungefähr vorstellen?«

»Ähm, ja, irgendwie schon«, sagte Clay. »Wenn du in der Nähe bist, tut es nicht mehr so weh.«

»Ach ja?«

»Ich meine, wegen der Hitze.« Er war verlegen, wusste aber nicht, warum. »Sie ist angenehmer als der Wind.«

»Ich weiß nicht, was ich da machen soll.« Sie klang frustriert und hilflos. Clay spürte, wie ihre Hitze näher kam. »Wenn es hilft, kann ich ja eine Weile so stehen bleiben.«

Plötzlich musste Clay an die giftige Höhle unter dem Berg und die stechenden Schmerzen unter seinen Schuppen denken. Er fragte sich, ob das Gegenmittel auch jetzt funktionieren würde. »Mir fällt da etwas ein«, sagte er zögernd. »Wenn es nicht zu viel verlangt ist – ich glaube, es könnte helfen, wenn ich Schlamm auf die Kratzer schmiere.«

»Ach du meine Güte. Natürlich!«, rief sie. »Das ist es! Schlamm kann ich besorgen, kein Problem! Warte hier.« Sie sprang von der Felsnadel und flog davon.

»Warte hier«, wiederholte Clay, als er allein war. »Weil ich irgendwohin wollte? Zu einem Spaziergang vielleicht?«

Er legte die Flügel an und versuchte, sich vor dem Wind zu schützen, doch er kam aus allen Richtungen auf ihn zu. Jetzt, da Peril weg war, wurde es kälter auf dem Turm. Die Schmerzen wurden immer schlimmer, während die Zeit verging und die Monde über den Nachthimmel zogen. Er zitterte bereits heftig, als er sah, wie sie in weiten Kreisen zu ihm nach oben flog.

Peril trug einen großen, steinernen Kessel in den Vorderklauen, der mit zähem braunem Schlamm gefüllt war. Clay drehte den Kopf nach hinten und sah zu, wie sie landete.

»Wo hast du das denn her?«, fragte er.

Peril wies mit dem Kopf auf eine Mauer am Palast der Königin. Als Clay die Augen zusammenkniff, sah er, dass sich das Mondlicht in einem Wasserfall spiegelte.

»Am Fuß der Mauer dort drüben entspringt der Diamantenfluss«, erklärte sie. »Er mündet ins Meer. Jedenfalls hat man mir das erzählt. Ich habe das Königreich der Himmelsflügler noch nie verlassen.« Sie steckte eine ihrer Klauen in den Kessel. Interessiert beobachtete Clay, wie der Schlamm zu kochen und zu brodeln begann.

»Und warum nicht?«, wollte er wissen. »Du bist doch sicher einer der mächtigsten Drachen hier. Warum kommst und gehst du nicht, wie es dir gefällt?«

Peril sah ein wenig schockiert aus. »Ich würde nie einen Befehl Ihrer Majestät missachten! So ist meine Mutter ums Leben gekommen.« Plötzlich schoss Clay etwas durch den Kopf, doch bevor er länger darüber nachdenken konnte, redete Peril auch schon weiter. »Außerdem muss ich jeden Tag die schwarzen Steine fressen, sonst sterbe ich. Die Königin sorgt dafür, dass immer genügend für mich da sind.«

»Schwarze Steine?« Clay war verwirrt.

»Das muss sein, wenn man zu viel Feuer in sich hat«, erklärte Peril mit einem Schulterzucken. »Ich habe Glück, dass die Königin sich so viel Mühe gibt, mich am Leben zu halten.«

»Hast du schon mal versucht, ohne die Steine auszukommen?«, fragte Clay.

»Ja, ein Mal, als ich noch viel jünger war.« Peril trat nervös von einer Klaue auf die andere. »Ich war wütend auf Ihre Majestät, weil sie mir nichts über meine Mutter erzählen wollte. Ich wollte weglaufen. Daher habe ich aufgehört, die Steine zu fressen, und dann ist mir fürchterlich schlecht geworden. So schlecht, dass ich am liebsten gestorben wäre.«

»Oh«, meinte Clay nur. Er fühlte, dass an der Geschichte etwas nicht stimmte, wie Schuppen, die sich nicht richtig überlappten. Es war natürlich ziemlich praktisch, dass die Königin ganz zufällig eine Möglichkeit hatte, um den gefährlichsten Drachen in ihrem Königreich unter Kontrolle zu behalten. Andererseits war er ja nun wirklich kein Experte für Himmelsflügler mit todbringenden Geburtsfehlern.

»Ist das auch der Grund dafür, warum du sie nicht zum Kampf um den Thron herausforderst?«, wollte Clay wissen. »Ich bin mir nämlich ziemlich sicher, dass du sie besiegen würdest.«

Peril gab ein empörtes Quäken von sich und hätte ihm fast ihren Schwanz um die Ohren gehauen. »Ich will nicht Königin sein! Was für ein furchtbarer Gedanke! Hör auf, von Hochverrat zu sprechen, und dreh dich um.«

Clay drehte ihr wieder den Rücken zu und öffnete die Flügel, so weit er konnte. Aus irgendeinem Grund ging er davon aus, dass Peril den heißen Schlamm mit ihren Klauen auf seine Wunden schmieren würde. Doch dann wurde ihm klar, dass sie das ja gar nicht konnte, weil sie ihn sonst verbrannt hätte. Und im nächsten Moment kippte Peril den gesamten Inhalt des Kessels über ihm aus.

»Haa –« Clay biss die Zähne zusammen und zwang sich, nicht zu schreien. Der Schlamm war so heiß wie Kestrels Feueratem, und zuerst hatte er das Gefühl, als würden alle Schuppen auf seinem Leib weggebrannt werden.

Als der anfängliche Schock vorbei war, wurde die Hitze erträglicher. Clay spürte, wie der Schlamm in seine Wunden drang und die Schmerzen sofort linderte. Wenn er so etwas doch auch nach seinem Kampfunterricht mit Kestrel hätte tun können!

»Schon besser«, stellte Peril zufrieden fest.

Clay rollte die Schulter. Seine Muskeln fühlten sich bereits viel lockerer und stärker an. »Wow. Funktioniert das bei allen Erdflüglern?«

»Na klar«, erwiderte sie. »Wieso weißt du das denn nicht?«

»Und was ist mit anderen Drachen?« Clay drehte sich um, damit er sie ansehen konnte. Er fragte sich, ob er diesen Trick auch bei seinen Freunden anwenden konnte, falls sie jemals wieder zusammen und frei waren.

»Ich glaube nicht«, meinte sie. »Ich weiß natürlich nicht, ob das schon mal jemand versucht hat, aber es wäre ziemlich merkwürdig. Welcher Himmelsflügler würde sich schon freiwillig Schlamm auf die Schuppen kippen lassen? Bäh.«

»Es ist das schönste Gefühl auf der Welt«, sagte Clay. »Na ja, außer fliegen vielleicht. Und fressen. Du meine Güte, hab ich einen Hunger.«

»Ich kann dir gern die ganze Nacht lang Schlamm und Fleisch holen. Soll ich?«, fragte Peril.

»Nein, das brauchst du nicht –« Aber sie war schon weg.

Clay setzte sich hin, schlang den Schwanz um seine Klauen und dachte nach. Er glaubte zu wissen, warum Peril bei dem Prozess morgen nicht dabei sein sollte. Königin Scarlet hatte gesagt, Kestrel hätte ihr den Gehorsam verweigert. Und dann waren da noch die Brandnarben auf Kestrels Klauen.

Peril hielt ihre Mutter für tot. Wie würde sie reagieren, wenn sie herausfand, dass Kestrel ihre Mutter war – und dass sie noch lebte?

# 20. Kapitel

In der Nacht brachte ihm Peril drei Kaninchen und noch zwei Kessel voll mit Schlamm. Sie blieb am Rand des Felspodestes sitzen, doch die Hitze ihrer Schuppen reichte aus, um den Schlamm auf Clays Rücken warm zu halten.

Und sie sorgte dafür, dass er keine Albträume mehr bekam. Während er mit Peril redete, legten sich seine Schuldgefühle allmählich. Er wusste, dass das merkwürdig war, schließlich hatte Peril erheblich mehr tote Drachen auf dem Gewissen als er. Aber es machte ihr nichts aus. Er wünschte, er könnte so unbeschwert sein wie sie. Wenn er wieder in der Arena kämpfen musste, sollte er vorher vielleicht ein paar Unterrichtsstunden bei ihr nehmen.

»Wird denn niemand nach dir suchen?«, fragte er, als über dem weit entfernten Meer die Sonne aufging.

Sie schüttelte den Kopf. »Ich sollte jetzt eigentlich unten in den Höhlen sein, um den ganzen Tag nach schwarzen Steinen zu suchen«, erklärte sie. »Solange ich hier oben bin und mich hinter dir verstecke, wird mich hoffentlich niemand bemerken.«

»Nicht einmal die Wachen?«

»Sie füttern die Gefangenen erst am Nachmittag«, erklärte sie. »Der Prozess findet bei Sonnenaufgang statt. Siehst du?« Sie rutschte ein Stück näher zu ihm und lugte um seinen Flügel herum.

Als Clay in die Tiefe blickte, sah er, wie Drachen auf die Ränge der Arena strömten. Sie schienen ruhiger, zurückhaltender als bei den Kämpfen zu sein. Soldaten der Himmelsflügler schleppten zwei riesige Felsblöcke auf den Sand. Einer von ihnen drehte drei große Eisenringe in Form eines Dreiecks in den Boden und befestigte dicke Ketten daran.

»Schnell, öffne deine Flügel«, zischte Peril. »Da kommt sie.«

Clay breitete seine Flügel aus, in dem Moment, in dem Königin Scarlet ihren Balkon betrat. Ihm fiel auf, dass sie statt des goldenen Panzerhemdes eines mit kleinen schwarzen Kettengliedern trug, die mit Diamanten besetzt waren. Sie würdigte die Gefangenen keines Blickes, trotzdem achtete Peril darauf, immer hinter Clays Rücken zu bleiben. Glory wurde nicht mit hereingebracht – vermutlich brauchte man bei einem Prozess keine Kunst, dachte Clay.

Schließlich wurde Kestrel, die die Wachen um sie herum anzischte und bespuckte, in die Arena gezerrt. Eine Kette, mit der ihre Schnauze gefesselt war, hinderte sie daran, Feuer zu spucken. Auch um Klauen und Schwanz hatte man ihr schwere Ketten angelegt, damit sie nicht um sich schlagen konnte.

»Das ist komisch«, flüsterte er Peril zu. »Ich habe Kestrel immer gehasst, trotzdem macht es mich rasend, sie so zu sehen.«

»Woher kennst du sie?«, fragte Peril.

»Sie ist einer der drei Drachen, die uns unter dem Berg aufgezogen haben«, erklärte Clay. »Sie hatten uns nicht sonderlich gern, aber es war ihre Aufgabe, uns am Leben zu halten, bis die Klauen des Friedens zurückkommen und uns für die Prophezeiung holen.« Beim Gedanken an Dune versagte ihm die Stimme. Und Webs – hatte er den unterirdischen Fluss überlebt?

»Du hattest wenigstens jemanden. Selbst schlechte Eltern

dürften besser sein als gar keine Eltern«, erwiderte Peril. Clay warf einen Blick nach unten zu Königin Scarlet und fragte sich, ob das stimmte. Für Peril war die Königin das, was einer Mutter am nächsten kam. Aber was für eine Mutter brachte ihre Tochter dazu, jeden Tag auf eine grauenhafte Art und Weise Drachen zu töten?

Vielleicht hätte es Peril besser gehabt, wenn sie allein gewesen wäre. Dune und Webs waren ja gar nicht so übel gewesen, allerdings war Clay nicht sicher, ob er sich dazu entschieden hätte, mit Kestrel aufzuwachsen anstatt allein.

Aber wenn er mit seinem Verdacht recht hatte, war Kestrel Perils richtige Mutter. Wäre Kestrel besser für sie gewesen als Königin Scarlet? Nicht, wenn sie tatsächlich vorgehabt hatte, Peril vom Gipfel eines Berges zu werfen. Die Königin hatte sie wenigstens am Leben gelassen.

Er hoffte, dass es nicht zu viel für Peril war, den Prozess zu verfolgen. Und er fragte sich, ob er sie vielleicht warnen und ihr sagen sollte, dass Kestrel ihre Mutter war. Aber was wäre, wenn er sich irrte?

»Ich habe richtige Eltern«, sagte er stattdessen. »Irgendwo im Königreich der Erde gibt es zwei Drachen, die es gar nicht erwarten können, mich zurückzubekommen. Und eines Tages werde ich sie finden.«

Er konnte Perils Gesicht nicht sehen, aber ihr Schweigen sprach Bände. Sie glaubte nicht, dass er diesen Ort lebend verlassen würde. Oder vielleicht glaubte sie, dass sie es nicht überleben würde, wenn er überlebte.

Und darüber wollte er jetzt nicht nachdenken.

Der Himmelsflügler, der bei den Kämpfen als Ansager dabei

war, kletterte auf einen der beiden Felsbrocken und breitete die blutroten Flügel aus.

»Das ist Vermilion«, flüsterte Peril. »Der älteste Sohn Ihrer Majestät. Er vertritt immer die Anklage.«

»Warum macht sich Scarlet überhaupt die Mühe mit einer Gerichtsverhandlung?«, wollte Clay wissen. »Kann sie nicht einfach alle töten lassen?«

»Nur Himmelsflügler bekommen einen Prozess«, erklärte Peril. »Ihre Majestät sieht eben gern dabei zu – und sie glaubt, dass es sie wie eine gerechte Herrscherin aussehen lässt.«

Clay musste ein ungläubiges Schnauben unterdrücken.

Das Gemurmel der Zuschauer erstarb, als ein zweiter Himmelsflügler auf den anderen Felsbrocken kletterte. Das Rot seiner Schuppen wirkte matt und ausgewaschen, als hätte man ihn zu lange mit Sandstein geschrubbt. Er bewegte sich langsam und zog seinen Schwanz wie ein totes Tier hinter sich her.

»Und das ist Osprey«, erläuterte Peril. »Er übernimmt die Verteidigung. Allerdings nicht sehr gut, sonst würde er seinen Kopf verlieren. Er ist schon sehr alt und fast blind. Aber zu mir ist er nett, weil ich mir immer seine Geschichten von früher anhöre. Osprey hatte einmal einen großen Schatz, doch eines Tages kam ein Zweibeiner, um ihn zu stehlen. Es ist ihm gelungen, den Schwanz des Drachen zu lähmen, bevor Osprey ihn fressen konnte. Deshalb kann er jetzt nicht mehr fliegen, und seinen Schatz hat er der Königin gegeben, damit sie ihn hier leben lässt.«

»Da hat er aber ein schlechtes Geschäft gemacht«, meinte Clay. Er spürte eine Hitzewelle, als Peril sich empört aufplusterte.

»Vor langer, langer Zeit, vor dem Großen Brand«, dozierte sie, »bevor wir Königinnen und Armeen hatten, wäre er einfach *ge-*

*storben.* Damals haben die Zweibeiner noch *erheblich* mehr Drachen getötet. Aber jetzt, dank unserer Königinnen, beherrschen wir die ganze Welt, und Drachen bekommen Hilfe, wenn sie welche brauchen.«

»Du hörst dich an wie Starflight«, stellte Clay fest. »Muss ich eine Prüfung machen, wenn du mit deinem Vortrag fertig bist?«

»Er wollte übrigens nicht einmal mit mir reden«, sagte sie. »Auch dann nicht, als ich ihn gebeten habe, mir etwas über die Geschichte des Großen Brandes zu erzählen, wie du vorgeschlagen hattest. Er hat einfach die Nase unter seinen Flügel gesteckt und mich ignoriert.«

»Wow.« Clay sah zu dem in sich zusammengesunkenen schwarzen Drachen hinüber. »Er muss wirklich deprimiert sein.«

Peril schwieg wieder. Clay wünschte, er könnte Starflight zurufen, dass sie einen Weg in die Freiheit finden würden. Wenn er laut schrie, war Tsunami vielleicht nah genug, um ihn zu hören, aber er glaubte nicht, dass Starflight ihn verstehen würde. Außerdem war es vermutlich nicht die beste Idee, Fluchtpläne über die Arena hinwegzubrüllen.

Jedenfalls sah es so aus, als würde der Prozess gleich beginnen. Königin Scarlet schlug mit den Flügeln, und sämtliche Drachen richteten ihre Aufmerksamkeit auf sie.

»Meine treuen Untertanen«, begann sie. »Dieser Drache, Kestrel, früher einer der Himmelsflügler, wird des Hochverrats angeklagt – sie hat *mir* den Gehorsam verweigert. Vermilion vertritt die Anklage.«

»Eure Majestät«, sagte Vermilion, der sich vor ihr verbeugte und die Klauen übereinanderschlug. »Die Fakten sind klar. Ihr habt einen Befehl gegeben. Kestrel hat sich diesem Befehl widersetzt und ist aus dem Königreich geflohen. Sie hat die letzten sieben Jahre unter Euren Bergen gelebt und den Klauen des Friedens, die sich ebenfalls weigern, die Befehle Ihrer Majestät zu befolgen, Beihilfe geleistet. Sie hat eine lange, qualvolle Hinrichtung verdient. Es ist nicht notwendig, diese Verhandlung noch weiter in die Länge zu ziehen.«

Die Drachen auf den Zuschauerrängen gaben wieder ihr respektvolles Zischen von sich und schlugen mit den Flügeln. Kestrel starrte die Königin finster an. Aus ihrer gefesselten Schnauze und den Nüstern quoll Rauch.

»Gut gesprochen.« Die Königin nickte Vermilion zu. »Jetzt möge Osprey für die Angeklagte sprechen. Oder auch nicht, falls er es vorzieht, auch diese Verhandlung zu verschlafen.«

Die Zuschauer lachten anerkennend.

Osprey reckte den Hals, zuerst in Richtung der Königin, dann zu Kestrel, offenbar damit er ihre Gesichter von seinem Felsbrocken aus besser erkennen konnte.

»Eure Majestät«, sagte er mit einer Stimme, die aufgrund seines hohen Alters schon ganz brüchig klang, aber immer noch laut genug war, um auch von den Gefangenen oberhalb der Arena verstanden zu werden. »Ich habe in der Tat ein oder zwei Worte zur Verteidigung der Angeklagten zu sagen.«

Der Schwanz der Königin peitschte langsam hin und her, als sie auf ihn hinunterstarrte. »Aber sicher«, erwiderte sie. »Dazu bist du ja da. Na los.«

Osprey räusperte sich und hustete eine schwarze Rauchwolke aus. Sämtliche Drachen beugten sich vor, um ihm zuzuhören. Clay spürte, wie Perils Hitze gefährlich nah an seine Schuppen kam, als sie versuchte, unter seinen Flügeln hervorzulugen.

»Zuerst möchte ich auf die Anklage der Befehlsverweigerung eingehen. Kestrel hat nicht das getan, was Ihr ihr befohlen habt – aber habt Ihr denn den Befehl nicht widerrufen, nachdem sie weg war?«

*Wie bitte?* Clay konnte dem alten Drachen kaum folgen.

»Osprey«, zischte Königin Scarlet. »Sprich so, dass man es verstehen kann, oder sprich gar nicht. Und ich möchte nicht versäumen, darauf hinzuweisen, dass die eine dieser Möglichkeiten erheblich gesünder für dich wäre als die andere.«

»Vergebt mir, Eure Majestät«, fuhr der alte Drache fort, während er seine Flügel zurechtrückte. »Ich muss sprechen. Kestrel war eine Eurer treuesten Soldatinnen. Sie wurde auf Euren Befehl hin in das Brutprogramm aufgenommen und hat ein Ei gelegt. Beim Schlüpfen stellte sich heraus, dass es Zwillingsdrachlinge enthielt.«

Peril schnappte hinter Clay nach Luft, so laut, dass die Drachen unter ihr es hören konnten. Clay schlug mit den Flügeln, um von dem Geräusch abzulenken, doch niemand sah zu ihm hoch. Aller Augen lagen auf den Beteiligten der Verhandlung.

»Das wissen wir doch alle.« Königin Scarlet gähnte demonstrativ. »Den Rest kannst du auslassen. Wir machen mit dem Teil weiter, in dem wir sie hinrichten.«

»Die Drachlinge hatten Geburtsfehler«, fuhr Osprey störrisch fort. »Einer hatte zu viel Feuer. Der andere zu wenig. Wie es bei den Himmelsflüglern Sitte ist, habt Ihr Kestrel befohlen, beide zu töten und für den Rest ihres Lebens kein Ei mehr zu legen.«

»Das ergibt doch keinen Sinn«, flüsterte Peril hinter Clay. Er zog den Hals ein und sah sie an. Sie zitterte vor Verwirrung. »Ich bin der einzige Zwillings-Himmelsflügler, der in den letzten zehn Jahren geschlüpft ist, aber mich kann sie nicht meinen. Mein Bruder war schon tot, als wir geschlüpft sind. *Ich* habe ihn getötet. Dann hat meine Mutter versucht, mich zu töten, und Königin Scarlet hat sie daran gehindert.«

»Vielleicht hat sie dir das ja nur so erzählt«, flüsterte Clay zurück.

Die Königin erhob sich zu ihrer vollen Größe und breitete die Flügel aus. Das Sonnenlicht fing sich in den Rubinen, die am Rand ihrer Schwingen eingesetzt waren. »Was in Anbetracht der Dinge durchaus angemessen war«, meinte sie.

»Aber Kestrel versuchte zu fliehen«, machte Osprey weiter. »Sie holte die beiden Drachlinge aus der Bruthöhle und versuchte, mit ihnen vom Berg zu fliehen.«

»Dann bist du also auch der Meinung, dass sie meinen Befehl missachtet hat«, warf Königin Scarlet ein. »Wir sind hier, glaube ich, fertig.«

»Ihr habt sie am Diamantenfluss eingeholt«, sprach Osprey ungerührt weiter. »Und dort habt Ihr einen neuen Befehl gegeben. Ihr habt gesagt, Ihr würdet ihr den Ungehorsam vergeben – unter einer Bedingung. Sie müsse entscheiden, welcher der beiden Drachlinge sterben solle, dann würdet Ihr das Leben des anderen und Kestrels Leben verschonen.«

»Nein«, flüsterte Peril.

»Und dann hat sie Euch gehorcht, nicht wahr?«, fragte Osprey. »Sie hat den Drachling mit zu wenig Feuer getötet, noch dort am Fluss. Mit ihren eigenen Klauen.«

»Und dann habe ich es mir noch mal anders überlegt«, sagte die Königin. »Ich bin die Königin. Ich darf das.«

»Ihr habt Euren Wachen befohlen, den anderen Drachling zu

töten und Kestrel zurückzubringen, damit ihr der Prozess gemacht werden konnte – ich weiß das, denn ich war eine Eurer Wachen. Sie versuchte, ihre Tochter zu packen und mit ihr wegzufliegen. Doch die Hitze aus den Schuppen des Drachlings verbrannte ihr die Klauen, bevor sie auch nur einen Flügelschlag tun konnte, und Kestrel musste sie fallen lassen. Sie floh und lieferte Euch ihren einzigen lebenden Drachling auf Gedeih und Verderb aus.«

Einen Herzschlag lang herrschte Totenstille.

»Für mich hört sich das ziemlich schuldig an«, sagte Königin Scarlet gut gelaunt. »Wir richten sie morgen hin. Und wenn wir schon dabei sind – ihn richten wir auch hin, dafür, dass er mich so gelangweilt hat.« Sie deutete auf Osprey.

»Nein!«

Clay wäre fast von seinem Turm gefallen, als Peril hinter ihm ganz plötzlich losflog. Er flatterte hektisch mit den Flügeln, um das Gleichgewicht wiederzufinden, während sie auf die Arena zuschoss. Mit einem Mal war seine rechte Hinterklaue frei, und als er nach unten sah, stellte er fest, dass Peril beim Wegfliegen versehentlich den Draht durchgebrannt hatte.

»Das ist nicht wahr!«, schrie Peril, während sie neben Osprey auf dem Sand landete. »Sagt mir, dass das nicht wahr ist.«

Kestrel stellte sich mit einem erstickten Brüllen auf die Hinterklauen. Als Clay den Ausdruck in ihrem Gesicht sah, wusste Clay, dass sie Peril die ganze Zeit für tot gehalten hatte.

»Ach ja«, sagte Königin Scarlet voller Bosheit zu Kestrel. »Habe ich vergessen zu erwähnen, dass sie noch lebt? Und für mich arbeitet?« Dann warf sie Peril einen wütenden Blick aus ihren gelben Augen zu. »Du solltest gar nicht hier sein.«

»Ihr habt mich angelogen!«, kreischte Peril. »Ihr habt gesagt, sie sei tot!«

Königin Scarlet seufzte. »Jetzt sieh dir das Durcheinander an, das du angerichtet hast«, sagte sie zu Osprey. »Peril, Kleines. Wäre es dir lieber gewesen, wenn du gewusst hättest, dass deine Mutter irgendwo andere Drachlinge aufzieht und sich wünscht, sie hätte dich anstelle deines Bruders umgebracht?«

Peril zögerte.

»Mit deinem Bruder hätte sie wegfliegen können«, erklärte Scarlet. »Aber du hast sie verbrannt, als sie versucht hat, dich zu retten. Sie dachte, sie hätte die falsche Entscheidung getroffen. Deshalb ist sie auch nie zurückgekommen, um dich zu holen.«

Kestrel brüllte etwas Unverständliches durch die Ketten.

»Habe ich dich nicht all die Jahre am Leben gehalten?«, fuhr Scarlet fort. »Ich habe die schwarzen Steine für dich gefunden, ich habe dich gefüttert, ich habe dich zu meinem Champion gemacht. Bist du denn gar nicht dankbar für alles, was ich für dich getan habe? Bin ich denn nicht ohnehin eine bessere Mutter als sie?«

»Ich will für sie eintreten«, sagte Peril so leise, dass Clay sie fast nicht gehört hätte.

Aus Scarlets Nase drang Rauch, der nach oben zu ihren Hörnern stieg. »Wie bitte?«, sagte sie langsam.

»Ich berufe mich auf den Schild des Champions«, verkündete Peril. »Dem Schild zufolge kann der Champion der Königin für jeden Drachen eintreten, der zum Tod verurteilt wurde. Wenn ich den nächsten Drachen, gegen den Ihr mich antreten lasst, besiege, müsst Ihr sie freilassen.« Sie sah Kestrel zum ersten Mal in die Augen. »Ich will für meine Mutter eintreten.«

# 21. Kapitel

Königin Scarlets Augen waren schmale Schlitze zwischen orangefarbenen Schuppen. »Und woher weißt du von *diesem* Gesetz?«, zischte sie.

Peril trat nervös von einer Klaue auf die andere. »Ich hab's gelesen.«

»Ja, klar«, meinte Scarlet. »Mit Krallen, die Papier verbrennen, sobald du es berührst. Da hat dir jemand Dinge erzählt, die zu groß für kleine Drachenohren sind.«

»Nein!«, sagte Peril zu schnell. »Das hat mir niemand –«

Doch bevor Peril noch etwas sagen konnte, packte die Königin Osprey mit ihren Krallen und schoss in den Himmel.

»Halt!«, schrie Peril. »Es ist nicht seine Schuld!« Sie sprang in die Luft und jagte ihnen nach.

Clay sah zu, wie die Königin immer höher über die Arena flog. Osprey wand sich in ihren Klauen, während sein Schwanz schlaff herunterhing. Scarlet war schon fast auf Höhe des Drahtnetzes, als sie plötzlich die Krallen öffnete und den alten Drachen fallen ließ.

Er fiel wie ein Stein in die Tiefe. Clay hatte nie darüber nachgedacht, dass ein Drache seinen Schwanz brauchte, um beim Fliegen das Gleichgewicht zu halten. Ospreys Flügel breiteten sich aus, doch sein Körper wurde vom unnützen Gewicht des Schwanzes nach unten gezogen.

Peril flog mit ausgestreckten Klauen auf ihn zu, doch als er vor ihr zurückwich, blieb sie hilflos in der Luft stehen. Wenn sie ihn berührte, würden ihn die Brandwunden genauso töten wie der Sturz, und das vielleicht sogar noch qualvoller. Clay sah, wie ihre Klauen wieder nach vorn schossen, doch es war zu spät.

In einem letzten verzweifelten Versuch schlug Osprey heftig mit den Flügeln, doch er konnte sich nicht mehr aufrichten und prallte dann in einem ungünstigen Winkel in den Sand, wo er in sich zusammengesunken liegen blieb. Peril landete neben ihm.

Königin Scarlet flatterte auf ihren Balkon zurück. »Ich hoffe, das war eine Lektion für alle anderen Drachen, die vorhaben, meinem Champion schlechte Manieren beizubringen«, sagte sie, während sie die Zuschauer finster anstarrte.

»Er ist nicht tot!«, rief Peril, die mit den Krallen im Sand scharrte.

»Wird er aber bald sein.« Königin Scarlet winkte ab. »Also. Ich werde den Schild des Champions nicht anzweifeln. Der Champion hat gebeten, für die Gefangene eintreten zu dürfen. Ich werde Perils Gegner wählen, und die beiden werden morgen am Ende der Spiele gegeneinander antreten. Wenn sie gewinnt, lasse ich Kestrel frei. Wenn nicht … na ja, dann habe ich einen toten Champion, aber wenigstens kann ich gleich danach Kestrel hinrichten lassen. Alles in allem wird das ein wunderbar blutiger Tag für mich und Königin Burn werden, auf den wir uns schon sehr freuen.«

Der kalte Wind zerrte an Clay, bohrte sich in die Wunden auf seinem Rücken und pfiff durch seine Schuppen. Burn kam her. Morgen. Und wenn sie ging, würde sie Sunny mitnehmen.

»In Ordnung«, sagte Peril. »Morgen also.« Sie wollte nach Ospreys Klauen greifen, hielt dann aber inne, mit ihren Krallen dicht über den seinen. Dann schloss der alte Drache die Augen.

»Kestrel muss ich natürlich wieder einsperren«, meinte Königin Scarlet ungerührt. »Wir wollen doch nicht, dass sie noch einmal zu fliehen versucht. Das verstehst du sicher.«

»Von mir aus.« Peril löste den Blick von Osprey, drehte sich um und sah Kestrel wütend an. Sie standen sich gegenüber, als Vermilion die Zuschauer wegschickte und Drachen aus der Arena strömten, die vor Aufregung laut durcheinanderredeten.

Als die meisten Zuschauer gegangen waren, deutete Kestrel auf die Ketten um ihre Schnauze. Sie wollte mit Peril reden.

»Nein«, sagte Peril, als eine der Wachen vortrat. Sie starrte Kestrel an. »Du hast meinen Bruder getötet. Du hast mich hier *alleingelassen*. Und es ist deine Schuld, dass mein Freund tot ist. Ich will dich zwar nicht sterben sehen, aber kennenlernen will ich dich auch nicht.«

Sie drehte sich um und verließ die Arena. Unter Königin Scarlets triumphierendem Lächeln zerrten die Wachen Kestrel fort.

Clay wurde schwindelig. Er versuchte, Tsunami auf sich aufmerksam zu machen, doch sie stürmte auf ihrem Podest herum und hieb wütend ihre Klauen in die Luft. Starflight hatte sich aufgesetzt und starrte in den Himmel.

Clay versuchte nachzudenken. Wenn es Peril gelang, Kestrel zu retten, würde Kestrel doch sicher versuchen, auch die Drachlinge freizubekommen. Vielleicht würde sie die Klauen des Friedens um Hilfe bitten.

Aber dann war es vielleicht schon zu spät, zumindest für einige von ihnen. Ganz bestimmt für Sunny, die in Burns Fängen auf dem Weg zur Festung der Sandflügler sein würde. Und für Starflight, der morgen in der Arena kämpfen musste. Vielleicht auch für Tsunami und Clay, wenn sie ebenfalls kämpfen mussten.

Nein, sie konnten nicht auf Kestrel warten. Sie mussten vor Beginn der Spiele morgen fliehen. Clay fragte sich, ob Peril ihnen helfen würde, jetzt, da sie wusste, dass die Königin sie betrogen hatte.

Sehnsüchtig wartete er darauf, dass Peril zurückkam, doch der Tag verging, ohne dass unten in der Arena eine Bewegung auszumachen war. Die heiße Sonne trocknete den Schlamm auf seinem Rücken, bis er abbröckelte und zu Staub zerfiel, während der Wind an seinem Schwanz und seinen Flügeln zerrte. Doch Peril kam nicht.

Als eine Wache um die Mittagszeit wieder ein Schwein auf sein Podest fallen ließ, versuchte Clay, den Himmelsflügler dazu zu überreden, Peril eine Nachricht zu überbringen. Doch er spuckte Feuer auf ihn, sodass das Schwein Clay vor lauter Angst direkt in die Klauen lief. Das einzig Gute daran war, dass er den kaputten Draht um Clays rechte Vorderklaue nicht bemerkte.

Als die Sonne langsam hinter den Berggipfeln im Westen unterging, wurde Clay nervös. Ging es Peril gut? Was wäre, wenn Königin Scarlet beschloss, sie loszuwerden, bevor sie für Kestrel kämpfen konnte?

Das Geräusch von Flügelschlägen in einiger Entfernung lenkte ihn von seinen düsteren Gedanken ab. Er hob den Kopf, als sich von Westen her etwa zwanzig Sandflügler näherten, die vor dem roten Glühen der untergehenden Sonne nur als Silhouette zu erkennen waren. Der größte Drache bildete die Spitze, während sich die anderen in Keilformation hinter ihm hielten. Sie flogen auf den Palast der Königin zu und verschwanden dann hinter einer Mauer, wo Clay das Landefeld für Besucher vermutete.

Burn war hier.

Sie war der größte und boshafteste der drei Drachen, die um den Thron der Sandflügler kämpften, und kommandierte die Festung der Sandflügler. Nach dem, was Clay noch aus dem Unterricht wusste, war sie diejenige mit den besten Chancen, den Krieg zu gewinnen – und diejenige, die am ehesten alle töten würde, die sich ihr in den Weg stellten.

Dune hatte die Drachlinge vor ihr gewarnt und gesagt, sie sei der gefährlichste Drache in ganz Pyrrhia und sogar noch niederträchtiger als Königin Scarlet. Sie wussten alle, was sie mit dem Ei der Himmelsflügler gemacht hatte, damals, bevor sie alle geschlüpft waren. Scarlet war schon schlimm genug, aber Burn in die Klauen zu fallen, wäre wohl das Schlimmste, was den Drachlingen der Vorsehung passieren konnte.

Es schien nicht viel Zeit vergangen zu sein, als Clay den Führungsdrachen über die Mauer in Richtung der Arena fliegen sah. Es war Burn, und als sie näher kam, fiel ihm auf, dass sich die Muskeln in ihrem Rücken wie Wind über Sanddünen bewegten. Ihr giftiger Schwanz war über ihr zusammengerollt und ihre schwarzen Augen starrten direkt auf Clay hinunter.

Instinktiv kauerte er sich zusammen, als sie über ihn hinwegflog. Ihr Hals peitschte herum, damit sie ihn im Auge behalten konnte, während sie ihn immer wieder umkreiste. Er wusste nicht, was er tun sollte. Er hatte keine Ahnung, was er von ihrem Gesichtsausdruck halten sollte.

Nach einer Minute ließ sie ihre gespaltene schwarze Zunge

hervorschnellen und gab ein zischendes Geräusch von sich. Dann flog sie davon, um über Tsunamis und schließlich auch Starflights Kopf zu kreisen. Selbst Tsunami schien diese lautlose Begutachtung einzuschüchtern. Alle drei Drachlinge blieben stumm und beobachteten Königin Burn, bis sie wieder wegflog und im Palast verschwand.

*Wir müssen hier raus,* dachte Clay. *Jetzt. Heute Nacht.* Er konnte sich nicht vorstellen, was diese dunklen Augen an Sunny finden würden. Und er hatte das Gefühl, dass Burn den kleinen Sandflügler ihrer »Sammlung« hinzufügen würde, indem sie ihn tötete, ausstopfte und an die Wand hängte.

Aber das war ausgeschlossen. Das war schlimmer als ihr Leben unter dem Berg. Dort waren sie wenigstens zusammen gewesen. Clay war nicht der scharfe Denker der Gruppe. Allein würde er es nicht schaffen, auf geniale Ideen zu kommen und brillante Fluchtpläne zu schmieden.

Plötzlich wurde ihm klar, dass Peril sich nicht an ihre Abmachung gehalten hatte. Sie hatte ihm nicht gesagt, wo Sunny war. Selbst wenn es Clay irgendwie gelingen sollte, sich zu befreien, hatte er keine Ahnung, wie er Sunny in dem riesigen Palast der Himmelsflügler finden sollte.

Hatte Peril ihn vergessen? Oder war sie aus irgendeinem Grund wütend?

Clay ging rastlos hin und her, während der lose Draht gegen seine Klauen schlug. Er sah ihn sich genauer an. Die Sonne war nur noch eine goldene Sichel hinter den Bergen und die Abenddämmerung setzte schon ein.

Er hielt seine freie Klaue in die letzten Strahlen der Sonne. Der Draht endete in einer sonderbaren Spange, mit der er an der

Klaue befestigt war, solange er fast ganz gespannt war. Doch jetzt, da der Draht an einem Ende lose war, stellte Clay fest, dass er ihn entfernen konnte, wenn er mit einer Klaue daran zog. Das andere Ende war mit Horizon, dem Sandflügler, den Peril getötet hatte, verbunden gewesen. Nun war es in einen Ring in der Mitte des leeren Podests eingehakt, weshalb auch niemand bemerkt hatte, dass es schlaff herabhing.

Nachdem Clay eine Weile an der Spange herumgefummelt hatte, konnte er den Draht von seiner Klaue entfernen. Er war aus einem harten, kräftigen Metall gefertigt, das im letzten Sonnenlicht silbern und rosa schimmerte – das gleiche Material, aus dem auch die Spangen an seinen Flügeln bestanden. Wahrscheinlich war es feuerfest, sonst hätten sich andere Gefangene schon längst befreit. Und das bedeutete, dass Perils Schuppen erheblich heißer sein mussten als normales Feuer, da sie den Draht problemlos durchgebrannt hatten.

Clay blickte sich um. Die meisten der Gefangenen hatten sich schon zusammengerollt und schliefen. Die Sonne war gerade erst untergegangen, aber auf den Felsnadeln gab es nicht viel anderes zu tun. Wachen waren keine zu sehen. Vermutlich fand gerade eine Art Willkommensbankett für Königin Burn statt. Clay hoffte, dass sämtliche Soldaten der Himmelsflügler anwesend waren, sich den Bauch vollschlugen und auf die für den nächsten Tag angesetzten Gladiatorenkämpfe wetteten. Und er hoffte auch, dass Peril in ihrem Zimmer war, der Höhle, die der Arena am nächsten lag. Wenn er sie doch nur irgendwie erreichen könnte … wenn er mit ihr reden könnte, würde sie vielleicht einen Weg finden, um sie zu retten.

Clay wickelte die Enden des Drahtes um seine beiden Vorderklauen und versuchte, damit den Draht durchzusägen, der von seinem Hals ins Netz führte. Doch als er innehielt, sahen beide Drähte unbeschädigt aus.

Als er die Drähte jedoch wieder übereinanderzog, war ein gespenstischer Ton über der Arena zu hören, wie der einsame Schrei eines Vogels oder der letzte Nachhall einer Harfe.

*Das war toll*, dachte Clay. Er fragte sich, ob er mit dieser Methode unterschiedliche Töne erzeugen konnte. Also versuchte er, den Draht ein Stück weiter von sich entfernt zu treffen, dann näher an seinem Hals, und dann probierte er die anderen drei Drähte aus, die an seinen Klauen befestigt waren. Es klang immer anders – höher, tiefer –, aber trotzdem genauso gespenstisch und melancholisch wie der erste Ton.

*Vielleicht hört es Peril und kommt her, damit ich mit ihr reden kann,* dachte Clay. Aber wie sollte sie wissen, dass es nicht nur der Wind oder Eulen waren, die da riefen?

*Ein Lied.* Das einzige Lied, das er kannte, war das, welches Tsunami manchmal sang, um ihre Erzieher zu ärgern – über die Drachlinge, die kamen, um die Welt zu retten. *Egal. Vielleicht weiß sie dann, dass ich sie rufe.*

Er probierte so lange mit den Drähten herum, bis er die Töne fand, die er brauchte. Inzwischen war es völlig dunkel geworden, und nur das schwache Licht der Monde kroch die Berghänge hoch. Er konnte die Gefangenen um die Arena herum nicht sehen, hoffte aber, dass Starflight und Tsunami zuhörten.

Clay konzentrierte sich und berührte die Drähte in der richtigen Reihenfolge.

*Oh, die Drachlinge kommen …*

Er hielt inne. Das war zu langsam. Wenn Tsunami es sang,

klang das Lied schnell und stürmisch, und man konnte sich richtig vorstellen, wie eine Höhle voller Drachen aus Leibeskräften grölte. Doch Clay schaffte es nicht, schnell genug zwischen den Drähten zu wechseln, um die richtigen Noten zu treffen und das Tempo zu halten.

Er versuchte es noch einmal.

*Sie kommen, um die Welt zu retten …*

Die Töne hallten in der Arena wider, sanft und schwermütig. Wie sollte Peril das Lied erkennen? Es hörte sich an, als würden die Geister uralter Drachen aus ihrem Grab unter dem Sand flüstern.

Vielleicht, wenn er noch ein wenig übte.

*Sie werfen sich in die Schlacht … und kämpfen bis tief in die Nacht …*

Clay machte eine Pause. Das »Hurra! Hurra! Hurra!« am Ende würde als Geistflüstern einfach nur lächerlich klingen. Es war aussichtslos.

*»Oh, die Drachlinge kommen …«*

Clay beugte sich vor. War das ein Echo, das zu ihm zurückkam?

Aber … er konnte ganz deutlich *Worte* hören …

*»Sie kommen, um die Welt zu retten …«* Er drehte den Kopf nach links. Das war eindeutig eine Stimme – und dann eine zweite.

Und keine davon war Tsunami, denn diese Drachen konnten singen.

*»Sie werfen sich in die Schlacht … und kämpfen bis tief in die Nacht …«*

Jetzt waren es schon mindestens sechs Stimmen, alle genauso

sanft und schwermütig wie die Töne, die von den Drähten gekommen waren. Dann verstummten sie, vor dem »Hurra! Hurra! Hurra!« am Ende, genau wie Clay.

Die Gefangenen sangen.

Clay spannte seine Drähte und begann wieder zu spielen. Dieses Mal stimmte eine Stimme nach der anderen ein. Im Lichte der Monde sah Clay, dass der Gefangene zu seiner Linken, ein weiblicher Eisflügler, den silbernen Kopf in den Himmel reckte und sang.

Beim vierten Mal wurde Clay etwas schneller, doch selbst dann hatten die Töne immer noch den schaurigen, klagenden Klang. Selbst wenn es ihm nicht gelingen sollte, Peril damit auf sich aufmerksam zu machen, erfüllte ihn das Lied mit einem Gefühl unbändiger Hoffnung. Anscheinend sang jetzt jeder Gefangene im Himmel mit. Er war ziemlich sicher, dass er sogar Tsunamis krächzende Stimme und Starflights schiefen Tenor hören konnte.

Dieses Lied hatte eine Bedeutung, selbst für die hartgesottenen Drachen, die auf dem Schlachtfeld und in der Arena gekämpft hatten. Sie glaubten an die Drachlinge und an die Prophezeiung. Zum ersten Mal schien Clays Traum, etwas Großes, Bedeutendes, ja Legendäres zu tun, auch in diese Welt und nicht nur in seine Fantasie zu gehören.

Sie sangen das Lied gerade zum sechsten Mal, alle zusammen aus voller Kehle, als eine riesige Flamme durch die Türen der Arena unter ihnen schoss und Königin Scarlet auf den Sand hinausstürmte, dicht gefolgt von Burn.

»Hört auf der Stelle mit diesem fürchterlichen Lärm auf!«, brüllte Burn.

Der Gesang verstummte sofort. Schnell versteckte Clay den

Draht in einer Falte seines Flügels, obwohl er nicht glaubte, dass die Königinnen die Gefangenen in der Dunkelheit gut sehen konnten.

»Du«, knurrte Königin Scarlet und zeigte auf Tsunami. »Und du.« Sie deutete auf Starflight. »Und – na ja, du vermutlich nicht, aber komm trotzdem runter«, schnauzte sie Clay an.

Soldaten der Himmelsflügler rannten aus dem Tunnel und flogen zu den drei Drachlingen nach oben. Clay war klar, dass man den fehlenden Draht jetzt bemerken würde. Mit einem großen Sprung wich er vor den beiden Wachen, die ihn holen wollten, zurück und schlug dann mit seinen Flügeln auf ihre Köpfe ein.

»Jetzt hör schon auf, sonst lassen wir dich fallen«, fuhr ihn der eine Soldat an.

»Aber er ist doch ein –«, begann der andere.

»Schhh«, ermahnte ihn der erste. »Du hast die Königin doch gehört. Wir nennen sie nicht so.«

Das genügte. Das Durcheinander und die Dunkelheit sorgten dafür, dass jeder der beiden dachte, der andere hätte Clays Klaue losgemacht, und sie flogen mit ihm in die Arena, ohne ihren Fehler zu bemerken. Tsunami und Starflight warfen Clay besorgte Blicke zu, und ihm wurde klar, dass seine Schuppen immer noch mit Blut und Schlamm verkrustet sein mussten.

»Führt sie hier entlang«, befahl Königin Scarlet, die mit Burn zusammen in den Tunnel stürmte. Clay streckte seine Flügel aus und berührte Tsunami, als man ihnen einen Stoß gab, damit sie weitergingen. Was auch immer als Nächstes geschah, jetzt war er wenigstens mit seinen Freunden zusammen.

# 22. Kapitel

Vor Perils Höhle blieben sie stehen. Peril hatte den Kopf gegen eines der schmalen Fenster gelehnt und starrte in den Himmel hinaus. Sie drehte sich um und sah Königin Scarlet kühl an.

Clay fiel auf, dass das lebensgroße Porträt der Königin von der Wand verschwunden war. An der Stelle, an der es gehangen hatte, rauchte ein Häufchen Asche auf dem Boden. Er sah, wie der Blick der Königin zu der leeren Wand ging und noch mehr Rauch aus ihren Nüstern quoll.

»Raus«, befahl sie Peril.

»Das ist mein Zimmer!«, fauchte diese.

»Ich bin hier die Königin«, fuhr Scarlet sie an. »Du tust, was ich dir sage. Schlaf in der Arena. Und wenn jemand zu singen versucht, fliegst du zu ihm hoch und brennst ihm die Zunge raus.«

Perils Schwanz peitschte wütend hin und her. Es dauerte einen Moment, aber dann stürmte sie zum Eingang. Die beiden Königinnen mussten sich auf sehr würdelose Art vor ihr in Sicherheit bringen, und Clay bemerkte, dass ein paar der Wachen ein Grinsen unterdrückten.

Perils brennende Hitze schlug ihnen entgegen, dann stapfte sie an ihnen vorbei den Tunnel hinunter. Clay hatte sie kaum eines Blickes gewürdigt. Er starrte ihr beunruhigt nach. *Vielleicht ist sie ja sauer auf mich. Aber warum?*

»Da rein.« Königin Scarlet stieß Starflight höchstpersönlich in Perils Höhle. Als er über das mit Wasser gefüllte Becken sprang, stolperte er und planschte für einen Moment mit seinen Hinterklauen herum. Tsunami schüttelte ihre Wachen ab und hüpfte über das Becken, Clay folgte ihr.

»Ihr werdet mein Fest nicht mehr unterbrechen«, zischte Königin Scarlet. »Jetzt ist Schluss mit lustig!«

»Warum bringst du sie nicht um?«, fragte Burn. Sie war erheblich größer als Scarlet; ihr Kopf stieß gegen die Decke des Tunnels und ihre Klauen waren doppelt so groß wie die von Clay. Sie trug weder kostbare Edelsteine noch ein Kettenhemd, aber Krallen und Zähne waren rot gefärbt von dem vielen Blut, das sie vergossen hatte, und an ihrer linken Seite, direkt unter dem Flügel, zog sich eine lange, breite Narbe. In ihren Augen war nichts Weißes zu sehen; es waren Kugeln aus purem, boshaftem Schwarz.

»Weil das keinen Spaß machen würde«, antwortete Königin Scarlet. »Ich will sie kämpfen sehen. Morgen wird den ganzen Tag lang für Unterhaltung gesorgt sein. Ich habe Schlüpftag! Ich will, dass dieser Tag aufregend wird.«

Clay konnte das Wort *aufregend* schon nicht mehr hören.

Burn warf den Wachen der Himmelsflügler einen finsteren Blick zu, und sie beeilten sich, ein Stück den Tunnel hinaufzugehen, außer Hörweite. Dann sprach sie so leise, dass nur Scarlet und die Drachlinge sie hören konnten. »Aber wenn sie *tatsächlich* die Drachlinge der Vorsehung sind, könnten wir die Prophezeiung am einfachsten dadurch verhindern, dass wir sie töten.«

»Vielleicht«, meinte Scarlet. Ihre Zunge schnellte vor und zurück, während sie Starflight betrachtete. Clay sah ihr an, dass sie immer noch einen Nachtflügler kämpfen sehen wollte. »Aber bei dir hat das ja auch nicht so gut funktioniert. Jeder weiß, was mit dem Ei der Himmelsflügler passiert ist – genau genommen mit allen Eiern der Himmelsflügler.«

Clay spitzte die Ohren. *Was sollte das denn nun schon wieder bedeuten?*

Burn ließ ihren Schwanz so heftig fallen, dass der Boden unter Clays Klauen erzitterte. »Ganz im Gegenteil. Es hat hervorragend funktioniert. Sie haben keinen Himmelsflügler, oder? Es sind nur vier Drachlinge – die Prophezeiung kann jetzt schon nicht erfüllt werden.«

Clay und Tsunami wechselten einen Blick. *Scarlet hat Burn nicht gesagt, dass Glory eine von uns ist. Sie will ihr neues »Kunstwerk« für sich behalten.*

»Trotzdem jaulen unsere dummen Untertanen ständig von den Drachlingen, die die Welt retten werden«, sagte Königin Scarlet. »Sie glauben daran, egal wie oft sie die Geschichte mit den zerbrochenen Eiern noch hören. Wenn wir die Drachlinge jetzt töten, heimlich, ohne dass es jemand mitbekommt, hilft uns das nichts. Selbst wenn wir ihre Kadaver an die Palastmauern hängen, wird niemand glauben, dass sie es sind. Die Klauen des Friedens werden einfach ein paar neue Drachlinge beschaffen, und dann sind wir wieder genau da, wo wir angefangen haben.«

Burn fletschte die Zähne. »Die Welt braucht keine Prophezeiung. Wenn mich alle Stämme unterstützen würden, wäre dieser Krieg morgen schon vorbei.«

»Nicht alle Drachen sind so weise wie die Himmelsflügler«, erwiderte Scarlet aalglatt. »Hör zu. Wenn wir die Drachlinge in der Arena antreten lassen, können alle zusehen, wie sie sterben. Sie werden sehen, wie schwach sie wirklich sind. Sie werden den

Glauben an die Drachlinge und – wichtiger noch – an die Prophezeiung verlieren. Dann ist alles vorbei. Erheblich effektiver, als sie einfach nur verschwinden zu lassen.« Die Königin der Himmelsflügler warf einen verschlagenen Blick auf ihren Gast. »Bist du denn nicht derselben Meinung?«

»Und was ist, wenn sie gewinnen?«, wollte Burn wissen.

»Werden sie nicht«, erwiderte Scarlet. »Aber dass wir sie selbst töten, ist natürlich ein solider Ersatzplan.«

»Entschuldigung«, mischte sich Tsunami ein. »Ihr wisst schon, dass wir hier drüben sind? Wollt Ihr Eure finsteren Pläne nicht lieber woanders aushecken, wo Ihr ein bisschen mehr Privatsphäre habt?«

Clay dachte, die finsteren Blicke der beiden Königinnen würden sie umhauen, aber Tsunami starrte einfach zurück.

Scarlet öffnete einen Beutel, den sie unter ihrem Flügel getragen hatte, und verteilte mehrere runde schwarze Steine am Eingang zu Perils Höhle, auf der am Tunnel liegenden Seite des Beckens. Als sie das Maul aufmachte und auf die Steine atmete, gingen diese in Flammen auf. Innerhalb von Sekunden waren die Drachlinge von einer Wand aus Feuer eingeschlossen.

»Schlaft gut, damit ihr morgen einen aufregenden Kampf abliefern könnt«, sagte Königin Scarlet. »Ich dachte ja, ich könnte noch ein bisschen länger mit euch spielen, aber morgen bei Sonnenaufgang werdet ihr wohl alle tot sein.« Sie stieß einen tiefen Seufzer aus. »Nie darf ich Spaß haben.«

Clay lauschte den schweren Schritten der beiden Königinnen, die langsam im Tunnel verklangen. In dem Moment, in dem er sich zu seinen Freunden umdrehte, warf sich ihm Tsunami an den Hals.

»Aua!«, jaulte er, aber er stieß sie nicht weg, als sie ihren Schwanz um seinen wickelte und die Flügel um ihn schlang.

»Ich bin so erleichtert, dass du am Leben bist«, sagte sie. »Du Riesenidiot, du.«

»Ich auch«, erwiderte Clay. »Aber noch viel wichtiger ist, dass *ihr* beide am Leben seid.« Er streckte einen Flügel aus und zog Starflight in ihre Umarmung. Als der Nachtflügler kurz den Kopf an seine Schulter legte, machte sich Clay schon wieder Sorgen darüber, was seinen Freunden beim Kampf in der Arena alles zustoßen konnte.

»Wir müssen einen Weg finden, wie wir hier rauskommen«, sagte er.

»Zuerst machen wir dich sauber.« Tsunami ging einen Schritt nach hinten und scheuchte Starflight aus dem Weg. »Ab ins Wasser mit dir. Na los!«

»Das ist jetzt nicht so wichtig«, widersprach Clay. »Ich fühle mich –«

Tsunami stieß ihn in das Becken.

Hustend und prustend kam Clay wieder nach oben. Das Becken war fast so tief, wie er groß war. Wenn er den Hals ausstreckte, konnte er am Boden stehen und den Kopf über Wasser halten. Das Wasser war kalt, aber die brennenden schwarzen Steine in der Nähe sorgten dafür, dass es sich allmählich aufwärmte.

»Siehst du?«, meinte Tsunami. »Schon viel besser.« Sie beugte sich über den Rand und schrubbte die getrocknete Erde und das Blut von den Schuppen auf seinem Rücken. Clay beschloss, dass es sich nicht lohnte, mit ihr zu streiten.

»Das war ziemlich clever von dir«, sagte Starflight zu Tsunami. »Das Lied, meine ich. Ich habe keine Ahnung, wie du es fertiggebracht hast, dir die Melodie zu merken, obwohl du so unmusikalisch bist.«

Sie blinzelte ihn verwirrt an. »Das war ich nicht. Ich dachte, das wärst du gewesen.«

»Ich war's«, gab Clay zu. Er zog den Draht unter seinem Flügel hervor und legte ihn auf den Boden. Starflight hob ihn auf und sah ihn sich genau an.

»Wie hast du es geschafft, den Draht zu zerreißen?«, fragte Tsunami. Clay gefiel der ehrfürchtige Ton in ihrer Stimme. Er wünschte, er hätte sagen können, dass er etwas Schlaues getan hatte.

»Jemand hat mir dabei geholfen«, gestand er. »Der Drache, der gerade noch hier war – Peril. Ihre Berührung hat den Draht durchgebrannt. Es war ein Versehen.«

Starflight, der nachzudenken schien, hob eine Klaue und berührte die Metallspangen an seinen Flügeln.

»Peril ist eine durchgeknallte Killerin«, sagte Tsunami. »Hast du nicht gesehen, wie sie den Sandflügler abgeschlachtet hat? Und sie ist Kestrels Tochter, was irgendwie Sinn ergibt.«

»Ja«, pflichtete Starflight ihr bei. »Kein Wunder, dass Kestrel uns gehasst hat. Ich wette, nach dem, was passiert ist, dachten die Klauen des Friedens, sie *wolle* Drachlinge aufziehen. Aber wir haben sie nur jeden Tag an ihre toten Kinder erinnert.«

Clay lief ein Schauer über den Rücken. So hatte er das Ganze noch nie gesehen. »Peril ist nicht komplett durchgeknallt«, sagte er. »Wenn sie nicht gerade jemanden umbringt, ist sie sogar ganz nett. Sie hat mir Schlamm für meinen Rücken gebracht. Und sie hat Sunny gefunden.«

Starflights Kopf schoss nach oben. »Wo ist sie?«

»Können wir zu ihr?«, wollte Tsunami wissen. »Kann Peril sie befreien?«

»Ich weiß nicht, ob Peril uns helfen wird.« Clay ließ seine Schultern unter Wasser kreisen. »Seit dem Prozess habe ich nicht mehr mit ihr geredet. Ich glaube, sie ist sauer auf mich.«

»Ich bin nicht sauer auf dich.« Peril steckte den Kopf durch die Wand aus Feuer und sah auf Clay hinunter.

Mit einem erschrockenen Zischen wich Tsunami zurück. Starflight reagierte wie immer in solchen Situationen – er duckte sich und erstarrte zur Salzsäule. Dann sah er Peril mit großen Augen an.

»Oh, gut«, sagte Clay zu Peril. Er fragte sich, wie viel von ihrem Gespräch sie mitbekommen hatte. Würde sie ihnen helfen, obwohl Tsunami sie gerade beschimpft hatte? »Wo bist du gewesen?«

»Ich wollte dich nicht in Gefahr bringen«, platzte es aus Peril heraus. Als sie mit den Flügeln flatterte, loderten die Flammen um sie herum höher.

»Komm rein«, sagte Clay. »Es ist irgendwie komisch, sich mit jemandem zu unterhalten, der brennt.«

Er ging mit dem Kopf unter Wasser und Peril hüpfte über das Becken hinweg in die Höhle. Tsunami und Starflight wichen beide bis zu den Fenstern zurück und hielten sich so weit von Peril fern, wie es nur ging.

Clay kletterte aus dem Becken und breitete die Flügel aus, damit Perils Hitze sie trocknen konnte. Sie schlang den Schwanz um ihre Hinterklauen und beugte sich zu Clay. Die beiden anderen Drachlinge ignorierte sie.

»Ich hatte Angst, dass die Königin dir etwas zuleide tut, so wie bei Osprey«, sagte Peril niedergeschlagen. »Eigentlich sollte ich gar nicht mit dir reden. Wenn sie herausfindet, dass ich dich mag, wird sie dir etwas Furchtbares antun, nur um mich zu bestrafen.«

Tsunami warf Clay einen scharfen Blick zu, den er nicht deuten konnte.

»Kannst du uns bei der Flucht helfen?«, fragte er Peril erwartungsvoll.

»Würde ich ja gerne«, antwortete sie. »Das würde sie wütender machen als alles andere. Aber ich kann euch nicht durch das Feuer bringen.« Sie deutete mit dem Schwanz auf die Flammenwand.

»Können wir das Feuer denn nicht mit dem Wasser aus dem Becken löschen?«, fragte Starflight. Er zuckte zusammen, als Peril sich umdrehte und ihn ansah.

»Nein – die Steine müssen zu Asche verbrennen. Anders kann man sie nicht löschen.«

»Und was ist mit Sunny?«, fragte Clay. »Kannst du sie irgendwie befreien? Wir müssen sie retten, bevor Burn sie wegbringt.«

Peril kniff ihre blauen Augen zusammen. »Du redest ziemlich oft über diese Sunny. Ist sie denn wirklich so wichtig?«

»Ja!«, riefen alle drei Drachlinge gleichzeitig. Perils Schwanz zuckte. Clay hatte keine Ahnung, warum sie so verärgert aussah.

»Sunny ist wie eine kleine Schwester für uns. Für uns alle«, warf Tsunami ein.

Starflight starrte nach unten auf seine Klauen.

»Denk doch mal an deinen Bruder«, fuhr Tsunami fort. »Hättest du ihn denn nicht gerettet, wenn du gekonnt hättest?«

Perils Gesichtsausdruck veränderte sich, dann nickte sie. »Eine Schwester … Verstehe. In Ordnung, ich werde euch helfen.«

»Wo ist sie?«, fragte Starflight. »Geht es ihr gut?«

»Sie ist in einer Art Vogelkäfig«, erklärte Peril, »und der hängt in der Bankethalle. Heute werden sie dort die ganze Nacht feiern, aber morgen, wenn alle in der Arena sitzen und den Kämpfen zusehen, kann ich mich reinschleichen und sie holen.«

»Oh danke!« Fast hätte Clay seinen Schwanz um den ihren geschlungen, doch in letzter Sekunde fiel ihm ein, dass er sie nicht berühren durfte.

»Was ist mit Clay und Starflight?«, fragte Tsunami. »Ich kann die Arena überleben, aber die beiden sollten auf keinen Fall kämpfen.«

»Ähm, ich kann die Arena auch überleben«, korrigierte Clay. »Genau genommen hab ich das schon.«

»Und wie genau hast du das angestellt?«, erkundigte sich Tsunami. »Zufällig weiß ich nämlich, dass du kein geheimes Gift in deinen Krallen hast.«

»Ich weiß, was wir machen!«, rief Starflight, während er aufsprang.

»In der Arena?«, fragte Tsunami skeptisch.

»Nein. Jetzt«, meinte er. »Ich weiß, wie wir hier rauskommen.«

# 23. Kapitel

Starflight deutete auf die Flammen, die von den schwarzen Steinen aufstiegen. »Peril, das Feuer, das von den Steinen kommt, kann dir nichts anhaben, stimmt's?«

Sie zuckte mit den Schultern. »Es kitzelt ein bisschen, mehr nicht.«

»Könntest du die Steine denn nicht aufheben und auf die Seite bringen? Dann würde uns das Feuer nicht mehr den Weg versperren und wir könnten hinaus.«

Clays Herz klopfte wie wild. Peril legte den Kopf schief und sah Starflight an. »Er ist *tatsächlich* so klug, wie du gesagt hast«, meinte sie. »Das könnte klappen.« Ganz überzeugt klang sie jedoch nicht. »Aber nur, wenn ihr wirklich sicher seid, dass ihr heute Abend fliehen wollt.«

»Natürlich wollen wir.« Tsunami sprang auf. »Lasst uns von hier verschwinden.«

»Aber Sunny ist noch –«, warf Starflight ein.

»Wir verstecken uns irgendwo und warten, bis Peril sie morgen befreien kann«, schnitt ihm Tsunami das Wort ab.

»Und Glory«, sagte Clay. »Wir müssen uns noch überlegen, wie wir Glory retten können.«

»Glory?« Peril runzelte die Stirn.

»Der Regenflügler. Königin Scarlets neues Kunstwerk«, erklärte Clay.

»Ah. Sie ist sehr schön.« Peril kniff die Augen zusammen und sah Clay an, was diesen fürchterlich durcheinanderbrachte.

»Wir flüchten *jetzt*, und über alles andere machen wir uns dann *später* Gedanken«, sagte Tsunami. »Können wir uns irgendwo verstecken?«

Peril klappte ihre Flügel auf. »Unter dem Wasserfall. Dort gibt es eine Höhle, die außer mir niemand kennt.« Sie drehte sich um, wobei sie um ein Haar Clay mit ihrem Schwanz getroffen hätte, und sprang über das Becken hinweg ins Feuer. Verblüfft sah Clay zu, wie sie mit ihren Krallen nach zwei schwarzen Steinen griff und sie aufhob. Als sie den Tunnel betrat, folgten ihr die Flammen aus den Steinen und loderten um ihre Klauen.

Vorsichtig stapelte sie das Feuer auf dem Steinboden vor der Höhle, so lange, bis die Lücke in der Flammenwand groß genug war und die Drachlinge hindurchspringen konnten. Tsunami ging als Erste, Clay und Starflight folgten ihr. Als sie alle im Tunnel standen, brachte Peril die brennenden Steine wieder zum Eingang der Höhle zurück.

»Fertig«, sagte sie dann zufrieden. »Jetzt wird sie nicht wissen, wie ihr entkommen seid.«

»Kannst du die hier von unseren Flügeln lösen?«, flüsterte Starflight, während er auf die Metallspangen an ihren Schwingen deutete. Peril sah sich den Nachtflügler genau an.

»Vielleicht«, meinte sie. »Aber vielleicht warte ich auch, bis ich weiß, dass ihr nicht geht, ohne euch vorher zu verabschieden.«

»Wir würden nie ohne unsere Freunde gehen«, versprach Clay. Peril machte ein finsteres Gesicht.

»Wo geht's zum Wasserfall?«, sagte Tsunami schnell.

Peril wies mit dem Kopf den Tunnel hinauf und ging voran.

»Jetzt hör endlich auf, sie wütend zu machen«, zischte Tsunami Clay ins Ohr, als sie Peril folgten.

»Ich?«, fragte er völlig überrascht. »Was habe ich denn gemacht?«

»Du bist ein gut aussehender Dummkopf«, meinte sie liebevoll. »Und den Rest erklär ich dir später.«

Jetzt war Clay genauso schlau wie vorher.

Kurz bevor sie die große Halle mit den vielen Balkonen erreichten, machte der Tunnel eine Biegung nach links und stieg dann leicht nach oben an. Peril bedeutete ihnen, leise zu sein, und sie schlichen an der Halle vorbei, in der Drachen brüllten, sangen und mit Gegenständen um sich warfen.

Peril warf einen Blick über die Schulter auf Clay, der sich bemühte, möglichst lautlos über den felsigen, goldverzierten Boden zu gehen. »Hey«, flüsterte sie. »Wenn ihr frei seid … was werdet ihr dann machen?«

»Wir werden unsere Eltern suchen«, flüsterte Clay zurück. Ich bin noch nie im Königreich der Erdflügler gewesen. Ich kann es kaum erwarten.«

»Wirklich?«, fragte Peril. »Ihr würdet direkt dorthin gehen? Nur ihr fünf?«

»Aber ja. Sobald wie –«, fing Clay an, aber dann trat ihm Tsunami auf den Schwanz. Er unterdrückte einen Schmerzensschrei, sah sie an und schnitt eine Grimasse. Als er den Kopf hob, war Peril schon weitergelaufen.

Clay schätzte, dass sie zwei Stockwerke nach oben und um die Balkone herumgelaufen waren, als sie eine offene Tür erreichten, die so hoch und so breit wie fünf Drachen war. Sie versteckten sich hinter einer Biegung des Tunnels und lugten um die Ecke.

Die Tür führte auf ein flaches, halbkreisförmiges Plateau zwischen den Felswänden hinaus, das brechend voll war mit Himmelsflüglern und Sandflüglern und von schwebenden Flammenkugeln beleuchtet wurde. Die meisten Himmelsflügler trugen Gold, Kupfer oder kostbare Edelsteine, die im Feuerschein funkelten. Neben ihnen wirkten die Sandflügler aus der Wüste ungepflegt und gewöhnlich, und viele von ihnen standen verlegen herum, als würden sie sich lieber in eine Schlacht stürzen, als auf einer Party höfliche Konversation zu betreiben.

Überall standen Statuen von Königin Scarlet in majestätischen Posen, einige aus Marmor, manche aus Gold, wieder andere aus glattem schwarzem Stein mit Rubinen als Augen. Auf den Tischen am Rand des Plateaus türmte sich das Essen und zwischen den Klauen der Drachen rannten verängstigte Tiere herum, die wohl für einen späteren Gang vorgesehen waren. Eine niedrige Mauer aus Felsbrocken hielt sie davon ab, in den Tunnel zu rennen, und rund um das Plateau lagen steile Felswände, die entweder nach oben oder nach unten führten, sodass es keine Fluchtmöglichkeit gab.

Clay sah, wie ein Himmelsflügler mitten in einer angeregten Unterhaltung eine Pause einlegte, mit seinen Klauen eine Bergziege erlegte, sie mit einem Bissen hinunterschlang und dann sein Gespräch mit dem Sandflügler ihm gegenüber fortsetzte. Er entdeckte auch zwei Zweibeiner. Anstatt wie kopflose Hühner herumzulaufen, versuchte einer der beiden, an der Felswand hochzuklettern, während der andere unter einen Tisch kroch, um sich zu verstecken. Clay überlegte, ob die Zweibeiner vielleicht doch klüger waren, als sie aussahen.

Jetzt, da Clay wusste, dass das Festmahl im Freien stattfand, wurde ihm auch klar, warum die Drachen die Gefangenen singen gehört hatten. Er hatte sich schon die ganze Zeit gefragt, wie der Schall durch die langen Tunnel übertragen worden war, aber von hier aus war die Arena nur einen kurzen Drachenhopser über ein paar Felswände entfernt.

Scarlet lag auf einem hohen goldenen Thron und sah auf die anderen Drachen herab. Neben ihr stand ein zweiter, niedrigerer Thron für Burn, aber wegen der gewaltigen Größe Burns waren ihre Köpfe fast auf gleicher Höhe. Burn rutschte unruhig hin und her, als wäre ihr das prächtige Sitzmöbel zu unbequem.

Starflight packte Clay an der Schulter und zeigte auf einen großen Vogelkäfig, der in der Mitte der Freifläche aufgehängt war. Er wurde von Drähten in der Luft gehalten, die genauso aussahen wie die an den Klauen der Gefangenen. Sie waren zwischen zwei hohe Stangen auf beiden Seiten des Plateaus gespannt. Hin und wieder flog der eine oder andere Drache nach oben, umrundete den Käfig, glotzte hinein und kehrte dann wieder auf den Boden zurück.

In dem Käfig saß Sunny, zusammengekauert, mit über dem Kopf zusammengeschlagenen Flügeln. Ihre goldenen Schuppen schimmerten matt im Feuerschein, als wäre sie nur ein weiteres Accessoire aus Scarlets Schatz.

»Nein«, flüsterte Tsunami, als Clay einen Schritt nach vorn machte. »Ich weiß. Ich würde sie auch gern holen.«

»Wenn wir es jetzt tun, ist das Selbstmord«, stimmte Starflight ihr zu. »Es ist besser, wenn sie denken, dass wir ohne sie gegangen sind. Wenn sie wissen, dass wir sie gernhaben, werden sie sie als Druckmittel benutzen.« Sein Schwanz peitschte frustriert hin und her.

»Aber sie ist ganz allein«, flüsterte Clay. Wenn Sunny doch nur wüsste, dass sie da waren, gar nicht weit von ihr entfernt. Er wagte sich noch ein Stück aus seiner Deckung heraus und suchte nach Glory, aber er konnte sie nirgends entdecken. Vielleicht hielt Scarlet sie vor Burn versteckt.

»Ihr geht zuerst«, sagte Peril. »Hoffentlich bemerken sie uns nicht.« Sie schickte Tsunami als Erste los, und dann huschte einer nach dem anderen an der Tür vorbei. Clay hätte jetzt gern dunklere Schuppen gehabt, die mit den Schatten verschmelzen konnten wie die von Starflight. Sie drängten sich hinter der nächsten Biegung zusammen und warteten auf Peril.

»Tut mir leid«, sagte sie, als sie sich einen Moment später zu ihnen gesellte. »Ich musste warten, bis die Königin wegsieht.«

Von hier aus verzweigte sich der Tunnel in mehrere Richtungen. Peril nahm den Tunnel, der unter die Felswand führte, über der das Festmahl stattfand. Die Abstände zwischen den Fackeln an den Wänden waren hier nicht mehr so eng wie vorher und es wurde immer dunkler. Nach einer Weile hörte Clay ein lautes Geräusch über ihm, und dieses Mal war er sicher, dass es ein Wasserfall war.

Sie kamen auf einem schmalen Felsgrat ins Freie, der auf halbem Weg nach oben in einer hohen, zerklüfteten Felswand lag. Im Licht der Monde konnten sie auf einer Seite bis ganz nach unten zu einem glitzernden, gewundenen Fluss sehen. Der Wasserfall befand sich direkt vor ihnen, laut und wild, und der Wind wehte die kalte Gischt zu ihnen herüber.

Starflight drückte sich an die Felswand. »Willst du uns nicht lieber gleich die Spangen an den Flügeln abnehmen?«, fragte er, während er die Augen schloss.

»Ihr schafft das schon«, sagte Peril. »Von hier aus kann man ganz leicht hinunterklettern. Das habe ich auch schon gemacht, wenn ich zu müde zum Fliegen war. Seht ihr? Die Höhle ist gleich da unten.«

Clay lugte über den Rand und sah weit unter sich eine kleine Lücke in der Felswand, die wie ein winziger Einschnitt hinter dem Wasserfall aussah. Er hätte den Weg dorthin lieber mit voll funktionierenden Flügeln angetreten, aber er wollte Peril nicht verstimmen …

»Ich kann ein paar Griffe für die Krallen sehen«, meinte er. »Und auf halbem Weg können wir auf dem Felsbrocken da ausruhen –« Er brach ab. Über das Donnern des Wasserfalls hinweg konnte er Flügelschlagen hören. Da kam jemand.

Er drehte sich um. »Versteck dich«, sagte er, während er Peril in Richtung des Tunnels stieß. »Wenn sie dich hier finden, wissen sie, dass du uns geholfen hast. Dann wird Königin Scarlet dich töten, ohne Rücksicht darauf, dass du ihr Champion bist.«

Sie blieb im Eingang des Tunnels stehen und starrte ihn an. Als Clay sich umdrehte, stellte er fest, dass Tsunami und Starflight ihn mit dem gleichen entgeisterten Gesichtsausdruck ansahen.

»Wie hast du das gemacht?«, flüsterte Peril.

»Was –«, begann Clay, und dann spürte er die Hitze in seinen Klauen. Er hatte Perils Schuppen berührt, ohne sich etwas dabei zu denken. Er sah nach unten und wartete darauf, dass dunkle Brandmale entstanden und seine Krallen zu Asche zerfielen. Doch seine Klauen glühten lediglich in einem warmen Rot, und während er sie noch untersuchte, verschwanden die Rötung und die Hitze, und sie fühlten sich wieder völlig normal an.

»Hör auf, so dumm zu glotzen«, befahl Tsunami und stieß ihn in den Tunnel. »Lauft!«

»Das glaube ich jetzt nicht«, ertönte Königin Scarlets kühle Stimme hinter ihnen. Als Clay sich langsam umdrehte, sah er, dass die Königin der Himmelsflügler mit weit ausgebreiteten Schwingen die Felswand herunterkam.

»Danke, Peril«, meinte die Königin. »Du kannst jetzt gehen.«

Clay verstand überhaupt nichts. *Danke wofür?* Peril warf ihm einen gequälten Blick zu und rannte in den Tunnel.

Königin Scarlet lächelte die Drachlinge an, während es plötzlich Soldaten der Himmelsflügler vom Himmel regnete. »Wolltet ihr irgendwohin?«

# 24. Kapitel

Die Königin war alles andere als begeistert, als sie feststellte, dass die Flammenwand noch an Ort und Stelle war, als die Drachlinge wieder in ihre Zelle verfrachtet wurden. Sie seufzte missbilligend.

»Dann hast du also herausgefunden, was Erdflügler tun können, die aus blutroten Eiern schlüpfen«, sagte sie. »Wahrscheinlich war es nur eine Frage der Zeit.«

Clay warf den anderen Drachlingen einen verwirrten Blick zu, als die Wachen die brennenden Steine mit langen Schaufeln aus dem Weg räumten. Was hatte er denn angeblich getan? Tsunami und Starflight sahen aufgebracht aus, als würden sie erheblich mehr verstehen als er.

»Such mir zehn Wachen, die noch einigermaßen nüchtern sind«, befahl die Königin Vermilion. »Und stell sie hier vor dem Eingang auf. Die Drachlinge werden mir nicht noch mal meine Party ruinieren.« Sie starrte die drei wütend an, während sie von den Wachen wieder in die Höhle gestoßen wurden und die Flammenwand geschlossen wurde. »Das ist wirklich sehr egoistisch von euch«, schimpfte sie. »Schließlich habe ich nur einmal im Jahr Schlüpftag. Ich habe schon vor Monaten mit der Planung begonnen. Also hört jetzt endlich auf, so furchtbar böse zu sein, sonst folge ich Burns Rat und bringe euch jetzt gleich um.«

Sie warteten, bis die Königin weg war und die stachelbesetzten Rücken von zehn ausgesprochen schlecht gelaunten Wachen den Gang draußen füllten. Dann zog Tsunami die beiden anderen Drachlinge in die hintere Ecke der Höhle, wo der Wind durch die schmalen Fenster pfiff und ihre Unterhaltung übertönen würde.

»Ich kann mich nicht erinnern, dass so etwas in den Schriftrollen stand«, flüsterte sie Starflight zu.

»Es gibt einen Hinweis auf eine Legende, die noch aus der Zeit vor dem Großen Brand stammt«, flüsterte Starflight zurück. »Aber ich dachte nicht, dass das etwas zu bedeuten hätte. Die großen Drachen haben nie erwähnt, dass ein rotes Ei etwas Besonderes ist. Ich glaube, sie sind nicht mal so selten.«

»Worüber reden wir hier eigentlich?«, wollte Clay wissen.

»Über dich, du Riesentrottel«, sagte Tsunami, während sie ihm einen Stoß in die Rippen gab. »Und deine nichtsnutzige, böse Freundin.«

»Ich … wer?«, wunderte sich Clay.

»Peril«, erklärte Starflight. »Sie hat uns an Königin Scarlet verraten, anstatt uns bei der Flucht zu helfen.«

Endlich kam Clay mit. »Ihr glaubt, dass sie es war?«, fragte er. »Warum sollte sie das tun?«

»Na, weil sie dich hierbehalten will«, knurrte Tsunami. »Das kommt davon, wenn man nett zu durchgeknallten Killerdrachen ist.«

»Ich verstehe immer noch nicht ganz«, meinte Clay. »Was haben rote Eier damit zu tun?«

»Kannst du dich denn nicht an die Prophezeiung erinnern?«, fragte Starflight.

Clay zuckte zusammen. Immer wieder hatten ihre Erzieher versucht, ihnen den Wortlaut der Vorsehung einzupauken. Aber bei ihm war anscheinend nichts davon hängen geblieben.

»*Die Schwingen der Erde haben im Sumpf geruht*«, zitierte Starflight, »*in einem Ei so rot wie Drachenblut.*« Er brach ab und sah Clay gespannt an. Eine lange Pause entstand.

»Was? Ich?«, stotterte Clay.

»Erzähl uns was über die Legende«, sagte Tsunami ungeduldig zu Starflight.

»Es ging eigentlich nur darum, dass Erdflügler, die aus drachenblutroten Eiern schlüpfen, durch Feuer gehen können«, erklärte Starflight.

»Ist das alles?« Tsunamis Stimme bebte geradezu vor Sarkasmus. »Na ja, das klingt nicht gerade nützlich. Und es ist ganz bestimmt nicht der Rede wert.«

»Hey, wenn ich meine Schriftrollen dabeihätte, hätte ich jetzt alle Informationen, die wir brauchen könnten«, hielt Starflight ihr entgegen.

»Moment mal. Das kann nicht stimmen«, meldete sich Clay zu Wort. »Kestrel hat mich beim Kampftraining sehr oft verbrannt.«

»Aber du hast keine Narben davon«, erklärte Tsunami. »Sie hat dich viel öfter als den Rest von uns mit Feuer überzogen, und nach einem Tag oder so waren deine Brandwunden immer verheilt.«

»Es hat trotzdem *wehgetan*«, sagte Clay. Daran konnte er sich noch *sehr deutlich* erinnern.

»Der Schlamm«, warf Starflight ein. »Drachen beziehen ihre Stärke aus ihrem natürlichen Lebensraum. Meeresflügler sind am mächtigsten im Ozean. Ich wette, du musstest dich erst im Schlamm wälzen, bevor sich deine Feuerbeständigkeit vollständig entwickeln konnte.« Er überlegte eine Weile. Dann erschien ein hoffnungsvoller Ausdruck auf seinem Gesicht. »Vielleicht werden meine Kräfte ja vom Mondlicht oder etwas anderem geweckt.«

»Wenn das stimmt, haben die Klauen des Friedens einen Riesenfehler gemacht, als sie *dich* unter die Erde gesteckt haben«, meinte Tsunami.

»Wir haben jetzt mindestens zwei Nächte hoch oben auf den Felsnadeln verbracht«, sagte Clay. »Fühlst du dich schon anders?«

Starflights Blick ging zu den Sternen, die vor dem Fenster glitzerten. »Nein«, gestand er nach einem Moment. »Aber vielleicht weiß ich ja einfach nicht, wie es sich anfühlen sollte.«

Sie schwiegen einen Moment.

»Glaubt ihr wirklich, dass Peril uns verraten hat?«, fragte Clay dann.

»Bestimmt«, erwiderte Tsunami. »Sie will dich nicht verlieren.«

»Das ist so traurig«, meinte Clay. »Vermutlich hat sie keine anderen Freunde.«

»Clay!«, erwiderte Tsunami gereizt. »Jetzt bedaure sie doch nicht auch noch. Sie hat uns verraten. Und übrigens – sie will eindeutig mehr von dir als nur Freundschaft.« Als er überrascht blinzelte, stupste sie ihn mit ihren Flügeln an. »Ich versteh's ja. Du bist ein netter Kerl. Aber du darfst ihr das nicht einfach so verzeihen. Wenn sie merkt, dass sie damit durchkommt, wird sie noch besitzergreifender.«

»Du solltest dich von ihr fernhalten«, stimmte Starflight ihr zu, während er den Kopf schüttelte. »Man kann ihr nicht vertrauen.«

»Dann wird sie Sunny wohl nicht retten«, meinte Clay traurig.

»Nein«, bestätigte Tsunami. »Das müssen wir schon selbst machen.«

»Morgen«, fügte Starflight hinzu. Sie sahen zu den Wachen, die draußen im Tunnel postiert waren. Selbst wenn Clay es schaffen würde, die brennenden Steine aus dem Weg zu räumen, den kampferprobten und zudem noch schlecht gelaunten Soldaten waren sie nicht gewachsen. Für den Rest der Nacht saßen sie erst einmal fest.

»Wir überlegen uns was«, versprach Tsunami.

Clay war völlig erschöpft. Seit dem Kampf mit Fjord hatte er nicht viel geschlafen, und wenn, nur schlecht. Er rollte sich auf dem Boden zusammen, dann legten sich die beiden anderen auf ihn – so hatten sie immer geschlafen, in einem Knäuel aus Drachlingen, bis sie ein Jahr alt waren und Kestrel auf getrennte Schlafhöhlen und Felsvorsprünge als Betten bestanden hatte.

Die Wärme und das Gewicht seiner beiden Freunde waren genau das, was Clay jetzt brauchte. Trotz seiner Angst vor dem Morgen, seiner Schuldgefühle, weil er Peril vertraut hatte, und der Enttäuschung angesichts ihres Verrats schlief er innerhalb von Sekunden ein. Und er hatte keinen einzigen Albtraum.

# 25. Kapitel

Am nächsten Morgen wurden sie von Drachengebrüll geweckt. Die drei hatten kaum Zeit, sich aufzurappeln, als auch schon Wachen in die Höhle strömten. Die schwarzen Steine waren zu Asche verbrannt und wurden von den Soldaten der Himmelsflügler mit einem Schwanzwischen in das Wasserbecken befördert. Mehrere der Wachen packten Tsunami und zerrten sie in Richtung der Arena; der Rest drängte Clay und Starflight in den Tunnel.

»Wartet!«, rief Clay. »Wo wird sie hingebracht? Warum können wir nicht mit ihr gehen?«

»Hört ihn euch an. *Oh bitte, beeilt euch und tötet mich*«, spottete eine der Wachen.

»Keine Sorge, du kommst noch früh genug an die Reihe«, sagte ein anderer Himmelsflügler, während sie alle zusammen widerlich lachten.

Clay und Starflight mussten eine lange, breite Treppe mit schwarzen Stufen nach oben klettern und gelangten dann ins Freie. Das grelle Sonnenlicht blendete sie.

Sie standen auf dem Balkon der Königin, von dem aus die gesamte Arena zu sehen war. Königin Scarlet war bereits da und lag auf ihrem Thron. Sie grinste die Drachlinge an.

»Ich dachte, ihr würdet es zu schätzen wissen, wenn ihr den Kampf von den besten Plätzen im Haus verfolgen könnt.« Sie wies mit dem Kopf in die Arena, wo Tsunami nach den Wachen um sie herum schnappte.

Clay und Starflight wurden schwere Ketten um den Hals gelegt, die anschließend in Ringe auf dem Boden eingehakt wurden. Neben Scarlet erschien Burn, die den für sie vorgesehenen Thron ignorierte. Sie starrte finster auf Tsunami hinunter. Clay hatte das Gefühl, als würde sie sich lieber selbst ins Schlachtgewühl stürzen, als anderen Drachen beim Kämpfen zuzusehen.

Burns schwarze Augen wanderten zu Glory.

»Oh, das ist mein neues Spielzeug«, sagte Königin Scarlet lässig. »Hübsch, nicht wahr? Ich bin die einzige Königin mit einem eigenen Regenflügler.«

»Lebensmittelverschwendung«, murmelte Burn, doch ihr Gesichtsausdruck sprach von Neid.

»Sie frisst nicht viel«, meinte Königin Scarlet. »Sie ist eher eine exotische Pflanze als ein Drache. Wasser, viel Sonne, ein bisschen Obst und hin und wieder mal ein Affe. Kein großer Aufwand, bis ich ihrer überdrüssig werde.«

»Hmmm«, sagte Burn.

Die Zuschauerränge waren mit Hunderten Drachen gefüllt – sämtliche Drachen aus dem Königreich des Himmels, wie Clay schien. Sie grölten, stampften mit den Klauen und verlangten blutige Unterhaltung.

Vermilion flog in die Mitte der Arena. »Verehrte Mitdrachen«, rief er. »Ergebene Himmelsflügler, werte Besucher der Erdflügler und hochgeehrte Gäste der Sandflügler. Für heute sind spannende Spiele am laufenden Band geplant, daher lasst uns beginnen!« Er drehte sich um und wies auf Tsunami, in dem Moment, in dem sich diese von den Wachen losriss und auf ihn losgehen wollte. Vermilion schoss mit einem erschrockenen Jaulen in den Himmel und entging ihren Krallen nur um Haaresbreite.

Die Drachen im Publikum brüllten vor Lachen. Tsunami fauchte Vermilion an, während dieser in weiten Kreisen über ihr flatterte.

»Sieht ganz so aus, als würde mich da jemand irrtümlich für seinen Gegner halten«, verkündete Vermilion mit einem nervösen Lachen. »Tut mir leid, dich enttäuschen zu müssen, Meeresflügler, aber wir haben da einen Burschen, den wir dir gerne vorstellen würden.« Er deutete in den Himmel. Auf einer der Felsnadeln mühten sich mehrere Wachen mit einem erbsengrünen Meeresflügler ab.

»Unten im Sand steht einer der sogenannten Drachlinge der Vorsehung«, brüllte Vermilion, der vorsichtshalber in der Luft blieb. »Sind sie wirklich so beeindruckend und stark? Wir werden es herausfinden. Ich präsentiere euch … Tsunami von den Meeresflüglern!«

Das Geräusch von schlagenden Flügeln und zischendem Feueratem erfüllte die Arena. Es war lauter, als Clay erwartet hatte, als würden die Drachen Tsunami anfeuern. Er konnte einzelne Stimmen in der Menge verstehen.

»Es sind wirklich die Drachlinge der Vorsehung!«

»Hast du gesehen, was der Erdflügler mit Fjord gemacht hat?«

»So eine schöne Party …«

»Hast du den Berg gestern Abend singen hören?«

»… muss ein Omen gewesen sein.«

»… Geister auf den Berggipfeln … die Drachlinge sind hier …«

»… trug doch tatsächlich das gleiche Rubinmedaillon! Es war so was von peinlich.«

»… hoffe, sie gewinnt …«

Clay warf einen Blick auf Königin Scarlet, um deren Hörner kleine Rauchwolken waberten. Sie schnalzte mit dem Schwanz in Richtung Vermilion, als wollte sie »Jetzt mach schon« sagen.

»Ähm … ja«, stotterte Vermilion. »Einige von euch erinnern sich sicher noch an den Drachen, der sich vor ein paar Monaten geweigert hat zu kämpfen.«

»BUUUUUUUUH!«, grölten die Zuschauer gehorsam.

»Genau«, meinte Vermilion. »Er hat versucht, eine regelrechte Gefangenenrevolte anzuzetteln, stimmt's? Er hat versucht, die Drachen dazu zu überreden, mit dem Kämpfen aufzuhören. Er hatte eine Lektion verdient, andernfalls würden wir jetzt alle in unseren Höhlen liegen und uns zu Tode langweilen. Habe ich recht?«

»JAAAAAAH!«, stimmte die Menge zu.

»Und daher frage ich euch jetzt: Was ist die schlimmste Strafe für einen Meeresflügler?« Vermilion flatterte über den Zuschauern und versuchte krampfhaft, es so aussehen zu lassen, als würde er sich in der Luft genauso wohlfühlen wie im Sand der Arena, wo er seine Ansagen normalerweise machte.

»Kopf abhacken!«

»Gras in die Kiemen stopfen!«

»Ersticken!«

Vermilion seufzte. »Ausnahmslos gute Vorschläge«, sagte er. »Aber nein. Meeresflügler bestraft man am besten, indem man ihnen das Wasser wegnimmt. Das *ganze* Wasser. Monatelang.«

Tsunamis Blick ging zum Balkon der Königin; sie sah Clay an. Ihre Schuppen waren blass vor Entsetzen.

Der sich sträubende Meeresflügler landete hart im Sand, als

die Wachen ihn einfach fallen ließen. Er war doppelt so groß wie Tsunami und hatte lange, scharfe Krallen, die nach innen gebogen waren. Sein Maul war mit getrocknetem Blut gesprenkelt, als hätte er versucht, aus seinen eigenen Adern zu trinken. Die Schuppen waren matt und verkrustet, die dunkelgrünen Augen in dem ausgemergelten Schädel blutunterlaufen.

Er sah vollkommen wahnsinnig aus.

»Ausgetrocknet, geistig gestört und endlich willig zu kämpfen. Gill von den Meeresflüglern! Klauen hoch, Schwänze bereit! Kämpft!«

Gill wartete Vermilions Befehl gar nicht ab. Sobald er sein Gleichgewicht wiedergefunden hatte, stürmte er auf Tsunami zu. Seine Schnauze war weit aufgerissen, als würde er brüllen, doch kein Laut war zu hören. Die violette, dick angeschwollene Zunge hing seitlich aus seinem Maul heraus.

Tsunami sprang über seinen Kopf hinweg und rollte sich bei der Landung blitzschnell ab, wobei sie durch die halbe Arena rutschte. Sie wirbelte herum, als Gill sich ebenfalls umdrehte und sofort einen neuen Angriff startete.

»Er ist schnell«, flüsterte Starflight Clay ins Ohr. »Und verzweifelt.«

»Tsunami ist auch schnell«, erwiderte Clay. Aber er fragte sich, ob sie das Gleiche empfand wie er, als er da unten auf dem Sand gestanden hatte. Es war ihr erster Kampf auf Leben und Tod – würde sie zögern, einen anderen Drachen umzubringen? Denn Gill würde nicht zögern. Im Gegensatz zu Fjord würde er sich nicht ablenken lassen. Der monatelange Wasserentzug hatte ihn wahnsinnig gemacht, und jetzt würde er Tsunami zerreißen, ohne zu wissen, was er tat.

Der große grüne Drache stellte sich auf die Hinterklauen und versuchte, sich mit seinem ganzen Gewicht auf Tsunamis Rücken zu werfen. Sie schlitzte ihm mit ihren Krallen den Bauch auf. Hellrotes Blut spritzte auf ihre dunkelblauen Schuppen. Gills Klauen rutschten von ihrem Rücken und er krachte mit dem Gesicht nach unten in den Sand, als sie aus dem Weg hechtete.

Sofort stand er wieder auf und stürzte sich mit einem gewaltigen Sprung auf sie. Seine Krallen schlugen sich in ihren Schwanz und mit einem kräftigen Ruck riss er sie von den Klauen. Tsunami drehte sich noch im Fallen und schlug ihre Zähne in die Schwimmhäute zwischen seinen Krallen.

Gill gab wieder das lautlose Brüllen von sich. Es hatte etwas Gespenstisches an sich, Drachen in völliger Stille kämpfen zu sehen. Clay hatte das Gefühl, als würde ihm ein kalter Schauer über die Schuppen laufen.

Gill ließ Tsunami los, die sich blitzschnell umdrehte und ihm mit dem Schwanz die Hinterklauen wegfegte. Der große Meeresflügler stürzte wie ein fallender Felsbrocken zu Boden. Der dumpfe Aufschlag ließ die gesamte Arena erzittern.

Tsunami sprang auf seinen Kopf und drückte seine Flügel mit ihren Hinterklauen herunter. Dann packte sie mit den Vorderklauen seine Hörner und stieß sein Gesicht in den Sand. Sein Schwanz peitschte hin und her, immer wieder bäumte er sich auf, doch Tsunami war zu schwer, um abgeworfen zu werden.

»Ich habe gewonnen«, brüllte Tsunami. »Das könnt ihr alle sehen. Der Kampf ist zu Ende, auch wenn ich ihn jetzt nicht töte. Ich bitte euch darum, ihn leben zu lassen!«

In der Arena herrschte absolute Stille. Clay sah Königin Scarlet an und fragte sich, ob sie aufstehen und mit Tsunami reden würde. Doch auf ihrem Gesicht lag ein selbstgefälliger Ausdruck, als wüsste sie, was als Nächstes passieren würde.

»TÖTE IHN!«, brüllten mehrere Himmelsflügler gleichzeitig. »Brich ihm das Genick! Reiß ihm die Zähne raus! Oooh, stech ihm die Augen aus! Wir wollen Blut sehen! Tod! Tod! Tod! Tod!« Plötzlich brüllten alle Drachen wie aus einem Maul.

Schwer atmend senkte Tsunami den Kopf. Sie schien Gill genau zu betrachten; vielleicht fragte sie sich, ob sie ihn aus seinem Wahnsinn zurückholen konnte.

»Sie hat keine Wahl!«, flüsterte Starflight. »Ihr Leben oder seins. Wenn sie ihn loslässt, wird er sie auf der Stelle töten. Das muss sie wissen.«

*Ja, aber das macht es nicht einfacher*, dachte Clay.

»Vielleicht hat unser ›Drachling der Vorsehung‹ ja nicht den Mumm für einen Kampf«, rief Königin Scarlet höhnisch. »Vielleicht ist ihr Krieg nicht ganz *geheuer.* Vielleicht möchte sie stattdessen ja wieder in ihre Höhle zurück?«

Tsunami reckte das Kinn und sah Königin Scarlet direkt in die Augen. Mit einer einzigen schnellen Bewegung ihrer Klauen brach sie Gill das Genick. Der Ausdruck auf ihrem Gesicht sagte unmissverständlich, was sie dabei dachte: *Ich stelle mir vor, das wärst du.*

# 26. Kapitel

»Enttäuschend«, sagte Königin Scarlet zu Burn, als sämtliche Drachen in Jubelgeschrei ausbrachen.

»Katastrophal«, knurrte Burn. »Sieh dir das an. Diese Idioten sind ganz begeistert von ihr.«

Drachen beugten sich über die Arenamauern und warfen kleine Edelsteine auf Tsunami. Einige Smaragde prallten gegen ihre Schuppen, als sie Gills Kopf fallen ließ und von seinem Körper zurücktrat.

Tsunami bedachte die jubelnden Drachen mit einem angewiderten Blick, wovon sich diese aber nicht im Mindesten stören ließen.

»Mach dir keine Gedanken. Ich habe schon einen Plan«, sagte Königin Scarlet. Sie rieb sich die Vorderklauen. »Aber jetzt ist es Zeit für den Nachtflügler! Den schenk ich mir selbst zum Schlüpftag!«

Starflights und Clays entsetzte Blicke trafen sich. Mit einem Mal war nichts mehr von der besserwisserischen Überheblichkeit des Nachtflüglers übrig.

»Wartet!«, rief Clay, als die Wachen Anstalten machten, Starflight die Ketten abzunehmen. »Lasst mich an seiner Stelle kämpfen!«

»Diese Drachlinge«, seufzte Scarlet, während sie eine wegwerfende Klauenbewegung machte. »Ständig wollen sie sich gegenseitig retten. Das ist schon irgendwie komisch.« Sie winkte den Wachen mit einer Klaue, die Starflight packten und in den Tunnel zerrten. Clay stemmte sich mit seinem ganzen Gewicht gegen seine Fesseln und versuchte, sich zu befreien, aber die Ketten hielten stand.

»Du wirst mir das jetzt nicht verderben, Erdflügler«, sagte Königin Scarlet. »Ich will unbedingt einen Nachtflügler kämpfen sehen. Er glitzert so schön und sieht auch noch gut aus. Ich glaube, wenn er tot ist, werde ich ihm die Flügel abschneiden und sie in meinem Thronsaal an die Wand hängen. Wäre das nicht großartig und so aufregend? Silberschuppen, die wie Diamanten auf Obsidian funkeln. Das gefällt mir.«

Burn gab ein leises Knurren von sich. »Was für ein vulgärer Palast.«

»An deiner Stelle würde ich nicht so von meinen Verbündeten sprechen«, fuhr Scarlet sie an. »Vergiss nicht, dass du uns brauchst.«

Burn rückte nervös ihre Flügel zurecht und sagte kein Wort mehr.

Tsunami war nach dem Kampf nicht wieder in Ketten gelegt worden. Sie stand immer noch in der Arena, mit dem Rücken zum Kadaver des Meeresflüglers, der bereits nach totem Fisch stank.

Als Starflight aus dem Tunnel gestoßen wurde, war Clay plötzlich klar, wie Scarlets Plan aussah. Hoffnung keimte in ihm auf. Tsunami würde Starflight nicht töten. Nicht in einer Million Jahren. Nicht einmal, um einen seiner endlosen Vorträge über die wissenschaftlichen Grundlagen des Feuerspuckens zu beenden.

»Der seltenste aller Drachen«, rief Vermilion von einem sicheren Felsvorsprung aus, der dem Balkon der Königin gegenüberlag. »Ein echter, lebendiger Nachtflügler. Ist er der Drachling der Prophezeiung? Wir werden sehen, was passiert, wenn zwei von ihnen gegeneinander kämpfen müssen. Tsunami von den Meeresflüglern und Starflight von den Nachtflüglern! Klauen hoch, Zähne bereit! Kämpft!«

Tsunami und Starflight standen reglos da und sahen sich an. Tsunami atmete schwer und war am ganzen Körper mit Gills Blut beschmiert. Sie sah noch ein bisschen furchterregender aus als sonst, und Starflight zog nervös die Krallen durch den Sand, als wäre er nicht völlig sicher, dass sie ihn *nicht* beißen und töten würde.

Langsam ging Tsunami zu Starflight hinüber. Als er die Flügel leicht öffnete, schmiegte sie sich an ihn und ließ den Kopf an seine Schulter sinken.

»BUUUU...uuuh?«, rief eine einsame Stimme aus der Menge, die sofort verstummte, als niemand einstimmen wollte.

»Oooooh«, machten ein paar Drachen auf den oberen Rängen, die so weit entfernt von der Königin saßen, dass man sie nicht erkennen würde.

»Das wird ja immer schlimmer«, stieß Burn zwischen zusammengebissenen Zähnen hervor.

»Wollt ihr denn nicht kämpfen?«, rief Königin Scarlet. Tsunami und Starflight sahen nicht einmal zu ihr hin. »Das ist jetzt aber ärgerlich«, fügte die Königin ungeduldig hinzu. »Jetzt mach schon, Nachtflügler. Du hast sie seit Jahren am Hals. Inzwischen musst du doch so weit sein, dass du sie töten willst. Macht sie dich denn nicht wahnsinnig?«

Clay sah zu Glory hinüber und wünschte, sie würde ihn anlächeln. Sie hatte oft genug Witze darüber gemacht, wie man sowohl Tsunami als auch Starflight zum Schweigen bringen könnte. Doch ihre Augen blieben geschlossen.

»Nein?« Scarlet beugte sich vor. »Von mir aus. Dann seid ihr eben die schlechtesten Gladiatoren aller Zeiten. Vermilion! Lass die Zweibeiner frei!«

Als Vermilion mit den Flügeln flatterte, wurde ein großer Käfig aus dem Tunnel gerollt. Der Sohn der Königin flog auf das Dach und biss das Seil durch, mit dem die Tür verschnürt war. Die Tür ging auf, und vier Zweibeiner, die Metallkrallen schwangen und laut quiekten, liefen auf den Sand hinaus.

»Zweibeiner? Um die Drachlinge der Vorsehung zu töten? Bist du verrückt geworden?«, schnauzte Burn sie an.

»Um deine Mutter zu töten, hat einer von ihnen genügt«, bemerkte Scarlet trocken. Burns Kopf schoss herum und ihr giftiger Schwanz bewegte sich in einem weiten Bogen auf die Königin der Himmelsflügler zu.

»Jetzt komm mal wieder runter«, schnaubte Scarlet. »Das wird bestimmt lustig. Wenn das hier nicht funktionieren sollte, habe ich noch ein paar andere Überraschungen bereit, um sie zu töten. Das ist der einzige Nachtflügler, den ich jemals in meiner Arena hatte, und ich will sehen, wie er mit *allem* kämpft.«

Beunruhigt beugte sich Clay vor. Sie hatten nie geübt, gegen Zweibeiner zu kämpfen oder sie zu jagen. Zweibeiner griffen nur Drachen mit einem Schatz an, und die Drachlinge besaßen nichts. Er fragte sich, ob Starflight in einer seiner Schriftrollen etwas über ihre Kampftechniken gelesen hatte.

Andererseits waren Zweibeiner auch nur zum Fressen da, selbst wenn sie ein bisschen wilder und schlauer waren als andere Beute. Ihre Erzieher hatten oft Tiere in den Höhlen freigelassen, damit die Drachlinge das Jagen lernten. Waren Zweibeiner wirklich anders als Eidechsen, Ziegen oder Strauße?

Tsunami drängte Starflight gegen die Wand, breitete ihre Flügel vor ihm aus und zeigte den Zweibeinern die Zähne. Drei rannten direkt auf sie zu; der vierte warf einen kurzen Blick auf sie und flüchtete dann zum Tunneleingang.

Es war nicht normal, dass das Opfer *zu* einem Drachen lief. Dann waren Zweibeiner vielleicht doch ein bisschen anders.

Tsunami versetzte dem ersten Zweibeiner einen Schlag, der so heftig war, dass er in Richtung der Zuschauerränge flog. Die Drachen, die in der Nähe saßen, machten einen Satz auf ihn zu und schlugen sich laut brüllend darum, wer ihn fangen durfte. Schließlich landete der kreischende Zweibeiner in den ausgestreckten Klauen eines Himmelsflüglers, der ihn prompt auffraß.

Die beiden anderen Zweibeiner blieben abrupt stehen und wichen so weit zurück, dass sie außer Tsunamis Reichweite waren. Der Meeresflügler schnalzte mit der Zunge nach ihnen.

Unterdessen kam der Zweibeiner, der zu fliehen versucht hatte, wieder aus dem Tunnel gerannt, gefolgt von drei großen Wachen der Himmelsflügler, die lange Speere in den Klauen hielten. Mit einem lang gezogenen Angstschrei stürmte er über den Sand, bis er auf der anderen Seite gegen die Mauer prallte, umkippte und liegen blieb.

»Das läuft ja gut«, murmelte Burn. »Der Nachtflügler braucht sich nicht mal zu bewegen.«

»Die beiden anderen Zweibeiner sind Weibchen«, erklärte Scarlet. »Die halten manchmal ein bisschen länger durch.«

Einer der Zweibeiner machte eine Geste, dann teilten sich die beiden auf und umkreisten Tsunami aus verschiedenen Richtungen. Sie näherten sich ihr langsam, ihre Metallkrallen in die Höhe gestreckt. Tsunami beobachtete sie, bis sie sie nicht mehr gleichzeitig im Auge behalten konnte. Dann drehte sie sich um und griff den Zweibeiner zu ihrer Linken an.

Er duckte sich unter ihren Klauen weg und stach ihr mit seiner Kralle in den Bauch. Tsunami jaulte und wollte den Zweibeiner packen, aber er war schon weggerannt.

Zur gleichen Zeit schoss der andere Zweibeiner hinter Tsunamis Rücken hervor und warf sich auf Starflight. Der Nachtflügler versuchte, ihn wegzuschlagen, so, wie Tsunami das getan hatte, doch der wich seinen Klauen geschickt aus. Plötzlich kletterte er an Starflights linker Hinterklaue hoch und schwang sich auf seinen Rücken, bevor der Nachtflügler ihn abschütteln konnte.

Clay wurde nervös. So etwas hatte er noch nie gesehen. Eine Kuh würde das bestimmt nicht versuchen.

Starflight wollte den Kopf nach hinten drehen, um das Weibchen zu beißen, doch es war zu schnell und hielt sich an seinen Schuppen fest wie ein Salamander, der an einem Felsen hochklettert. Wütend schüttelte er den Kopf und hob eine Klaue, um es von sich herunterzuschlagen. Als es sich zur Seite drehte, kratzte er sich selbst am Hals. Eine dünne Blutspur rann an seinen Schuppen hinunter.

»Nicht sehr beeindruckend«, schnaubte Königin Scarlet gelangweilt. »Ich vermute mal, Nachtflügler können keine Zweibeinergedanken lesen. Es ist nicht genug da in ihrem Hirn.«

Clay ballte die Krallen. Das Weibchen kam Starflights Schnauze gefährlich nah. Wenn es mit der Klaue in eines seiner Augen stach …

»Tsunami!«, rief er.

Tsunami war auf der anderen Seite der Arena und verfolgte den Zweibeiner, der sie angegriffen hatte. Der Meeresflügler war zwar schneller, doch der Zweibeiner schlug Haken wie ein Hase und rannte immer wieder unter ihr durch. Als Clay rief, wirbelte Tsunami herum und erkannte sofort, dass Starflight in Schwierigkeiten steckte.

Sie rannte auf ihn zu, doch bevor sie ihn erreichte, biss Starflight plötzlich die Zähne zusammen und ließ seinen Kopf auf den Boden knallen. Der Zweibeiner flog über die Hörner des Nachtflüglers nach vorn, kam unsanft auf und rollte gegen die Mauer. Fast im gleichen Augenblick war er auch schon wieder auf den Beinen und wich Starflights Zähnen aus, die nur leere Luft zu fassen bekamen.

Starflight jagte dem Weibchen nicht nach. Er stand da und rieb sich den Kopf, während er beobachtete, wie es über den aufgewühlten Sand taumelte. Als Tsunami ihn erreichte, streckte er eine Klaue aus und hielt sie auf. Tsunamis Weibchen rannte an ihnen vorbei und half Starflights Weibchen dabei, sich an die Mauer zu lehnen. Die beiden Zweibeiner starrten die Drachen auf den Zuschauerrängen an. Beide gaben laute, quiekende Geräusche von sich, die irgendwie wütend klangen.

»Du hattest recht«, sagte Scarlet mit einem Seufzer zu Burn. »Das ist nicht annähernd so aufregend, wie ich mir das vorgestellt habe. Wir ziehen die Eisflügler vor!«, schrie sie Vermilion entgegen.

Er gab ein Zeichen, und überall in der Arena erhoben sich Wachen in die Lüfte. Clay sah beunruhigt zu, wie sie zu den Eisflüglern unter den Gefangenen flogen. Dort oben waren mindestens acht Eisflügler. Er konnte sich noch vage an einen von Starflights Vorträgen erinnern, in dem es darum gegangen war, dass Eisflügler Nachtflügler abgrundtief hassten, wegen irgendeines Krieges, der vor langer Zeit stattgefunden hatte.

»Endlich einmal eine gute Idee«, zischte Burn.

»Lasst mich auch kämpfen!«, flehte Clay. »Ich will zu ihnen in die Arena!« Er wusste, dass auch drei Drachlinge keine Chance gegen acht Eisflügler hatten, aber er wollte lieber zusammen mit seinen Freunden sterben, als auf dem Balkon zu stehen und hilflos mit anzusehen, wie sie abgeschlachtet wurden.

Plötzlich schien sich eine dunkle Wolke vor die Sonne zu schieben. Das Schlagen mächtiger Flügel ließ alle Drachen nach oben starren, als eine Welle der Dunkelheit über sie hinwegzog. Ein Teil der dunklen Schatten löste sich vom Rest, wich dem Netz aus Drähten aus und flog hinunter in die Arena.

Als ein prächtiger Drache mit ausgestreckten Flügeln auf dem Sand landete, erkannte ihn Clay.

Morrowseer war gekommen. Endlich.

# 27. Kapitel

Clay war hin- und hergerissen zwischen Erleichterung und Wut. Warum kam der Nachtflügler jetzt erst?

Tiefes Schweigen legte sich über die Arena. Die Wachen, die noch nicht damit fertig waren, die Eisflügler von ihren Fesseln zu befreien, hielten inne und schwebten in der Luft. Sämtliche Drachen starrten Morrowseer an, dessen gewaltiger dunkler Körper die gesamte Arena zu füllen schien. Die schwarzen Schuppen schienen alles Licht um ihn herum zu schlucken.

Er wies auf Starflight und verkündete an Königin Scarlet gewandt: »Dieser Drachling gehört uns.«

*Nur er?*, dachte Clay entsetzt. *Und was ist mit dem Rest von uns?* Er hatte Angst, dass die Königin ihn töten würde, bevor Morrowseer die Chance hatte, sie zu retten, wenn er jetzt etwas sagte. Aber vielleicht konnte er in Morrowseers Gedanken eindringen …

»Und wer ist *uns*?«, wollte Königin Scarlet wissen. »Wir haben ihn bei einigen Revolutionären der Klauen des Friedens gefunden. Willst du mir etwa erzählen, die Nachtflügler hätten sich endlich für eine Seite entschieden?«

Mit einem wütenden Knurren ergriff Burn das Wort. »Schließt ihr euch etwa einer Friedensbewegung im Untergrund an, anstatt euch mit einer echten Königin zu verbünden?«

Morrowseer warf einen Blick in den Himmel, an dem ein

Schwarm schwarzer Drachen kreiste. »Nein«, sagte er mit seiner tiefen, grollenden Stimme. »Ich komme nur, um diesen Drachling als den unseren zu beanspruchen. Wir werden ihn mitnehmen.«

»Ach ja?«, spottete Königin Scarlet. »Und mit welcher Berechtigung? Möchte eure geheimnisvolle Königin nicht herkommen und diese Angelegenheit persönlich mit mir besprechen?«

Morrowseers Augen glitzerten gefährlich. »Himmelsdrache, erzürne die Nachtflügler nicht. Gib uns unseren Drachling.«

*Und den Rest von uns!*, dachte Clay so laut wie möglich. *Hier drüben! Drachlinge der Vorsehung! Außer Starflight noch vier andere! Und die sind alle ungeheuer wichtig für die Prophezeiung!* Vielleicht hatte Morrowseer vergessen, dass sie auch da waren. Aber er konnte doch Gedanken lesen – warum hörte er dann nicht, dass Clay um Hilfe schrie?

Königin Scarlet stampfte beleidigt mit der Hinterklaue auf. »Nein! Ich will ihn mit den Eisflüglern kämpfen sehen! Ich habe Schlüpftag!«

Einen Moment lang schienen alle wie erstarrt zu sein, und Clay befürchtete schon, Morrowseer würde aufgeben und wegfliegen. Dann zuckte der Schwanz des schwarzen Drachen, nur ein kleines bisschen, und plötzlich kamen mehrere Nachtflügler aus dem Himmel heruntergeflogen.

Voller Ehrfurcht sah Clay zu. *Er muss sie mit seinen Gedanken gerufen haben.*

Ohne ein Wort oder sichtbares Signal schwärmten die Nachtflügler über dem Kreis der Gefangenen aus. Die Wachen der Himmelsflügler ergriffen entsetzt die Flucht. Jeder Nachtflügler stürzte sich auf einen gefangenen Eisflügler und schlitzte ihn mit seinen Krallen auf. Innerhalb weniger Sekunden waren alle Eisflügler tot. Ihre silberglänzenden Kadaver lagen schlaff und reglos auf dem Boden ihres Gefängnisses. Blaurotes Blut rann über den Rand der Felsnadeln in die Tiefe.

*Das war nicht fair*, dachte Clay. *Die Eisflügler waren alle noch gefesselt – sie konnten sich nicht wehren. Wenn Nachtflügler tatsächlich so mächtig sind, warum befreien sie dann nicht alle Gefangenen, anstatt noch mehr Drachen zu töten?* Als er wieder nach unten zu Morrowseer sah, glaubte er, den verächtlichen Blick des Drachen auf sich zu spüren. *Ups. Ich meine natürlich, danke, Nachtflügler! Wir sind sehr froh, dass ihr hier seid. ALLE FÜNF VON UNS!*

Aus Scarlets Nüstern quoll so viel Rauch, dass man ihre Augen kaum noch erkennen konnte. Burns Schwanz zuckte hektisch. Sie sah aus, als würde sie gleich nach unten in die Arena springen und Morrowseer höchstpersönlich angreifen.

Der große Nachtflügler lächelte kalt. »Bitte schön«, sagte er. »Das Problem mit den Eisflüglern hätten wir erledigt. Und jetzt gehen wir.« Er schlug einmal mit den Flügeln, erhob sich in die Luft und flog dann nach unten zu Starflight.

»Warte!«, rief Starflight, als er von Morrowseers Klauen gepackt wurde. »Was ist mit meinen Freunden?«

*JA!*, schrie Clay in Gedanken. *WAS IST MIT UNS?*

Morrowseer sah die Drachlinge nicht einmal an. Er schwang sich in die Höhe und trug Starflight davon. Die übrigen Nachtflügler flogen noch einmal einen weiten Kreis und folgten ihm dann in Richtung Süden.

Clay fühlte sich, als hätte ihn ein Meeresflügler mit seinem Schwanz verprügelt. Ein Retter war aus den Wolken zu ihnen herabgestiegen … und hatte beschlossen, sie nicht zu retten. Er sah Tsunami an. Der Blick in ihren Augen war hart und wütend.

Sie war nicht die Einzige. »Wachen!«, brüllte Königin Scarlet. »Geht denn heute alles schief?«, tobte sie. »Holt meinen Champion. Und räumt die Schweinerei da unten auf.« Sie deutete mit einem Flügel auf die Arena.

Burn sah aus, als wäre sie zu wütend, um auch nur ein Wort herauszubringen. Schweigend sahen die Königinnen zu, wie einige Himmelsflügler auf den Sand eilten und die Leichen von Gill und den Zweibeinern aus der Arena schleiften. Die beiden noch lebenden Zweibeiner wurden wieder in ihren Käfig getrieben und weggerollt. Wachen warfen Ketten über Tsunami, die sich ausnahmsweise einmal nicht wehrte, vielleicht, weil sie zu schockiert und wütend war, um die Energie dafür aufzubringen.

Über der Arena lag gespannte Stille. Vermutlich war es schon sehr lange her, dass die Drachen auf den Zuschauerrängen miterlebt hatten, wie jemand eine Auseinandersetzung mit ihrer Königin gewonnen hatte, dachte Clay.

»Wie ihr alle wisst«, sagte die Königin plötzlich mit majestätischer und befehlender Stimme, als wären nicht gerade ein paar geheimnisvolle Drachen aus dem Himmel herabgestiegen und hätten ihr Spielzeug gestohlen, »hat Peril gestern angeboten, in einem Schild des Champions für die angeklagte Gefangene Kestrel einzutreten. Sie wird jetzt gegen einen Drachen meiner Wahl kämpfen, und wenn sie gewinnt, wird Kestrel freigelassen. Wenn sie verliert – na ja, dann werde ich mir wohl einen neuen Champion suchen müssen.«

Sie machte eine Pause, in der sie die Reaktion des Publikums erwartete, doch nichts passierte. Königin Scarlet runzelte die

Stirn. »Ach ja«, fügte sie hinzu. »Ihr glaubt, Peril *kann* gar nicht verlieren. Zufällig haben wir heute einen ganz besonderen Gast bei uns – einen Drachen, dessen Schuppen feuerfest sind. Ist das nicht … *aufregend*?«

Clay hatte noch nicht ganz begriffen, was sie da gesagt hatte, als ihn auch schon die Wachen packten.

Während er in den Tunnel geschleppt wurde, konnte er noch einen letzten Blick auf Königin Scarlets Gesicht werfen. Ihm wurde klar, dass sie genau wusste, was sie tat.

Sie wusste, dass er und Peril Freunde waren. Oder gewesen waren, vor ihrem Verrat jedenfalls.

Die Königin zwang Peril dazu, sich zwischen ihm und Kestrel, ihrer Mutter, zu entscheiden.

Und sie zwang Clay, sich zu entscheiden. Entweder er tötete Peril … oder er starb.

# 28. Kapitel

Zwischen Clays Krallen steckte Sand, der klebrig vor Blut war. Die Sonne brannte unbarmherzig vom Himmel und blendete ihn. Er ging in der Arena auf und ab und überlegte fieberhaft, was er tun sollte. Gab es einen Ausweg?

Er konnte nicht darauf vertrauen, dass Peril sein Leben verschonen würde, so viel war sicher. Sie hatte ihn schon einmal verraten. Und um ihre Mutter zu retten, würde sie es bestimmt wieder tun.

Als er hörte, wie ihre Schuppen an den Wänden des Tunnels entlangschrammten, drehte er sich um und sah ihr entgegen.

Sie blieb abrupt stehen, und es schien, als stünden ihr sämtliche Gefühle der Welt gleichzeitig ins Gesicht geschrieben. »Ich hätte es mir denken können«, sagte sie wütend, so leise, dass nur Clay es hören konnte. »Der einzige Drache hier, der mich anfassen kann. Kein Wunder, dass sie mich von dir fernhalten wollte.«

»Du hättest es wohl besser auch getan«, meinte Clay. Peril zuckte zusammen.

»Bitte schön, Peril«, rief Königin Scarlet. Hinter ihr wurde gerade Tsunami auf den Balkon gezerrt, die in Ketten lag und vor Wut geradezu glühte. »Das ist der Drache, den du töten musst, bevor ich deine Mutter freilasse. Viel Spaß!«

Peril ging langsam auf Clay zu, der bis zur entgegengesetzten Wand flüchtete. Sie zögerte, legte dann aber einen Spurt hin und jagte ihm nach. Er wartete, bis sie ihn fast erreicht hatte, dann sprang er mit einem großen Satz auf sie zu, rammte sie mit der Schulter und warf sie zu Boden.

Die Zuschauer brüllten vor Begeisterung und Überraschung.

Peril lag heftig atmend da, während er aufstand und wieder zur anderen Seite der Arena rannte. *Sie ist es nicht gewohnt, dass ihre Gegner sich wehren können*, dachte er. Brennende Hitze zuckte durch Clays Schulter, mit der er Peril berührte hatte, doch sie ließ schnell wieder nach.

Er stellte sich mit dem Rücken zur Wand und ging in die Hocke, während er darauf wartete, dass Peril aufstand. Sie rollte sich langsam auf die Klauen und ging auf ihn zu. Dieses Mal blieb sie kurz vor ihm stehen.

»Es tut mir leid«, sagte sie traurig. »Ich weiß, dass du sauer bist auf mich. Ich dachte … du würdest von mir wegwollen.«

»Jetzt schon«, erwiderte Clay.

»Ich will dich nicht töten«, meinte sie, während sie frustriert ihre Klauen durch den Sand zog.

»Aaaaber du musst«, beendete er den Satz an ihrer Stelle.

»Ich hatte so einen schönen Plan«, fuhr sie fort. »Ich wollte zuerst Kestrel und anschließend dich retten, dann hättest du mich richtig gerngehabt.«

»Peril, das ist doch verrückt. Mir ist egal, ob du mich rettest. Ich will, dass du meine Freunde rettest. Das ist mir wichtig.«

Plötzlich fauchte sie ihn an. »*Ich* bin deine Freundin! Die anderen brauchst du nicht!« Sie sprang auf seinen Kopf zu, doch er richtete sich mit einem Ruck auf und schleuderte sie über sich und gegen die Wand. Als sie sich aufgerappelt hatte, war er schon wieder auf der anderen Seite der Arena.

»Danke, aber ich bleibe lieber bei den Freunden, die nicht versuchen, mich umzubringen«, rief er.

»Aber das tu ich doch gar nicht … na ja …« Sie stampfte mit den Klauen auf. »Das ist nicht fair! Die anderen können jeden Drachen haben! Ich will nur dich!« Plötzlich klappte Peril ruckartig die Flügel auf, flog nach oben und schoss dann mit ausgefahrenen Krallen auf ihn zu.

Clay nahm eine Klauevoll Sand und warf sie ihr in die Augen. Sie kreischte und kippte noch in der Luft auf die Seite. Er sprang hoch, packte sie an den Schultern und riss sie zu Boden. Dann rollte er sie auf den Rücken, setzte sich auf sie und sah ihr ins Gesicht.

»Ich weiß, dass ich nicht viel weiß«, sagte er. »Aber ich glaube, dass es nicht so sein muss.«

»Doch.« Peril zappelte heftig, um ihn von sich herunterzustoßen, konnte aber nicht viel ausrichten. »Drachen töten sich gegenseitig. Im Krieg, hier in der Arena, überall, ohne jeden Grund. So sind wir eben. Vor allem du und ich. Wir beide sind gleich. Wir sind gefährlich.«

»So bin ich nicht«, widersprach Clay. »Egal was passiert ist, als ich geschlüpft bin. Ich kann den Killer, der in mir sein soll, einfach nicht spüren. Vielleicht geht es in der Prophezeiung ja genau darum. Vielleicht sollen die Drachlinge allen zeigen, wie man miteinander auskommt, ohne sich gegenseitig umzubringen.«

Erst jetzt bemerkte Clay, dass sich die Drachen im Publikum, die ihnen am nächsten waren, zu ihnen beugten und aufmerksam lauschten. Er hatte nicht so laut gesprochen, dass das ganze Stadion es hören konnte, aber zumindest einige der Zuschauer hatten es trotzdem mitbekommen.

Königin Scarlet war nicht unter ihnen. »Jetzt mach schon, Erdflügler«, rief sie von ihrem Balkon herunter. »Sie ist dir auf Gedeih und Verderb ausgeliefert. Benutz dein Gift! Das war aufregend, und beim ersten Mal habe ich es gar nicht sehen können!«

Clay und Peril starrten sich einen Moment lang an.

»Hat sie gerade das gesagt, was ich denke, dass sie gesagt hat?«, fragte Clay.

»Aber wenn das Gift nicht von ihr gekommen ist«, wunderte sich Peril, »woher ist es dann –«

Clay drehte sich um und wollte zum Balkon sehen, als sich Glory plötzlich in einem Farbenmeer aus Sonnenblumengold und Kobaltblau auf die Hinterklauen stellte. Sie zerriss ihre dünne Kette, als wäre sie aus Schilfrohr, und sprang von ihrem Baum aus Marmor. Ihr Maul war weit aufgerissen, die Kiefer ausgehakt wie bei einer Schlange. Sie zischte und aus den beiden Reißzähnen schoss ein Strahl schwarzer Flüssigkeit.

Burn stieß Königin Scarlet vor sich und schoss blitzartig in die Luft. Glorys Gift traf Scarlet seitlich im Gesicht.

Die Königin der Himmelsflügler begann zu schreien.

In der Arena brach das Chaos aus. Sämtliche Drachen versuchten, gleichzeitig loszufliegen, um von Glory und der kreischenden Königin wegzukommen, was aber damit endete, dass sie zusammenstießen und sich gegenseitig kratzten. »Warte!« Peril packte Clay, als er vor ihr zurückwich. Sie hob eine Klaue und berührte die Metallspangen an seinen Flügeln, die sofort auseinanderbrachen. Zum ersten Mal, seit er ins Königreich des Himmels gekommen war, konnte er die Flügel vollständig öffnen.

»Danke«, rief er, während er abhob.

Die Wachen auf dem Balkon waren mit Burn zusammen verschwunden, und als Clay neben Glory landete, war niemand mehr dort außer ihm, dem Regenflügler, Tsunami und Königin Scarlet, die sich mit ihren Flügeln ins Gesicht schlug und auf den Rand des Balkons zutaumelte.

»Glory!«, rief Clay. »Du bist ja wach!«

»Natürlich bin ich wach«, murrte sie gereizt, während sie an Tsunamis Ketten zerrte. »Hast du denn nicht gemerkt, dass ich nur so getan habe, als würde ich schlafen? Ich habe auf den richtigen Moment gewartet, um etwas zu tun. Hast du wirklich geglaubt, ich hätte die ganze Zeit geschnarcht?«

»Ähm –«, stotterte Clay.

»Du hast tatsächlich ausgesehen, als würdest du schlafen«, warf Tsunami ein.

»Na großartig«, meinte Glory. »Zum ersten Mal in meinem Leben tue ich nur so, als wäre ich wirklich so faul wie Regenflügler angeblich sind, und ihr fallt auch noch drauf rein. Ich bin froh, dass meine Freunde so unerschütterlich an mich glauben.«

»Du hast uns nie erzählt, dass du *das* da kannst!«, sagte Clay und deutete auf ihre Gift spritzenden Zähne. Hinter ihnen prallte Königin Scarlet gerade gegen ihren Thron und schrie noch lauter. Ihr goldenes Kettenhemd löste sich allmählich auf und verschmolz mit ihren Schuppen.

»Vorher konnte ich es ja auch nicht«, erwiderte Glory. »Würdet ihr mir jetzt endlich mal helfen?«

Clay packte den Marmorbaum und versuchte, ihn als Hebel für Tsunamis Ketten zu benutzen.

»Jetzt sag schon – wie hast du es gemacht?«, wollte er von Glory wissen.

»Na ja, es gibt natürlich eine logische wissenschaftliche Erklärung dafür, aber – *du willst doch wohl nicht ausgerechnet jetzt darüber reden, oder?*«

»Du hast Burn vertrieben, aber sie wird bald wiederkommen«, warnte Tsunami.

Clay warf einen besorgten Blick in den Himmel. »Peril!«, brüllte er dann. »Komm her!«

»Nein!«, protestierte Tsunami. »Bloß nicht! Halt sie mir vom Leib!«

»Wir brauchen ihre Hilfe«, beharrte Clay, als Peril neben ihm landete. »Tsunamis Ketten und die Spangen an den Flügeln«, sagte er zu Peril. Sie zögerte. »Bitte«, fügte er hinzu. »Falls wir wirklich Freunde sind.«

»Also gut«, sagte sie mit einem Blick auf Königin Scarlet. Dann berührte sie die Ketten, mit denen Tsunami gefesselt war. Mit einem lauten Klirren brachen sie auseinander und fielen zu Boden. Dann hielt Clay die Spangen an den Flügeln seiner Freunde ein Stück von den Schuppen weg, damit Peril sie durchbrennen konnte.

»Und jetzt holen wir Sunny.« Mit einem großen Sprung erhob er sich in die Luft.

Am Himmel wimmelte es nur so von schlagenden Flügeln, rot, gold und wüstenfahl, die sich gegenseitig in die Quere kamen. Peril flog vor ihm und machte den Weg frei, da sämtliche Drachen bei ihrem Anblick in Panik gerieten und flüchteten. Clay sah, wie sie mit dem Schwanz versehentlich die Hinterklaue eines Himmelsflüglers berührte. Der Drache heulte auf, hielt sich die verbrannte Klaue und prallte dann mit rauchenden Schuppen gegen einen Felsen.

Tsunami und Glory waren dicht hinter Clay, als sie zur Bankethalle zwischen den Felswänden aufstiegen. Er spürte den Wind unter seinen Flügeln, und trotz seiner Angst vor Burn empfand er wieder diese unbändige Freude darüber, dass er fliegen konnte. Nachdem er tagelang Angst davor gehabt hatte, in die Tiefe zu stürzen, war es ein berauschendes Gefühl zu wissen, dass er den ganzen riesigen kristallblauen Himmel für sich hatte.

Peril erreichte Sunnys Käfig zuerst. Clay sah, wie Sunny durch die Gitterstäbe spähte, um herauszufinden, was der Lärm in der Arena zu bedeuten hatte. Dann entdeckte sie Clay, und ihre graugrünen Augen leuchteten vor Freude.

»Ich wusste, dass es euch gut geht!«, rief sie erleichtert, als die drei Drachlinge sie durch die Gitterstäbe hindurch mit ihrer Nase anstupsten. »Ich wusste, ich hätte mir keine Sorgen zu machen brauchen. Ich habe immer nur an die Prophezeiung gedacht und daran, dass wir nicht sterben können, weil wir doch den Krieg beenden müssen.«

Tsunami schnaubte. Peril blieb in der Luft vor dem Käfig stehen und schnitt mit ihren Krallen durch die Gitterstäbe. Das Metall zischte und dampfte und fiel dann nach unten auf den Boden.

Sunny sprang aus dem Käfig und in Clays Arme. Überglücklich schlug sie mit ihren Flügeln auf ihn ein.

»Moment mal.« Sie blickte sich suchend um. »Wo ist denn Starflight?«

»Wir haben ihn verloren«, antwortete Glory.

»*Was?*«

»Hör auf damit.« Tsunami schlug Glory ihren Schwanz um die Ohren. »Glory meint, dass Morrowseer gekommen ist und ihn mitgenommen hat. Es geht ihm gut. Besser als uns, vor allem, wenn sich die Panik unter den Drachen wieder legt und sie anfangen, nach uns zu suchen. Lasst uns zum Fluss fliegen.« Tsunami und Glory erhoben sich bereits wieder in die Lüfte. Clay wollte hinterher, doch Sunny packte eine seiner Klauen und hielt ihn mitten in der Luft an.

»Aber – er ist einfach gegangen?«, fragte der kleine Sandflügler enttäuscht. »Ohne uns?«

»Er hatte keine Wahl, Sunny.« Clay hielt ihre Klauen in seinen.

»Clay, warte«, rief Peril. Ihre kupferfarbenen Flügel zitterten und sie ballte die Klauen, als würde etwas sie innerlich zerreißen. »Meine Mutter. Wenn Königin Scarlet überlebt hat, wird sie als Erstes Kestrel töten.«

»Sie hat recht«, sagte Clay, als Tsunami und Glory wieder zurückgeflogen kamen, um nachzusehen, warum sie ihnen nicht gefolgt waren. »Tsunami, wir müssen Kestrel befreien.«

»Warum?«, fragte Tsunami. »Was geht uns das an? Kestrel war immer ganz furchtbar zu uns.«

»Es geht uns trotzdem etwas an«, erwiderte Sunny leise. »Wir können nicht anders. Selbst du nicht.«

»Ich schon«, meinte Glory. »Sie wollte mich umbringen. Schon vergessen?«

Clay hatte es nicht vergessen. Er erinnerte sich an jedes grausame Wort, an jeden hinterhältigen Biss. Aber er erinnerte sich auch daran, wie Kestrel Königin Scarlet angeboten hatte, mit ihnen zu tauschen. Und er erinnerte sich an die Narben an ihren Handflächen und an den Ausdruck auf ihrem Gesicht, als ihr klar geworden war, dass Peril noch lebte.

»Sie hat uns nicht dazu erzogen, sie gernzuhaben«, argumentierte Tsunami. »Sie hat einfach nur dafür gesorgt, dass wir am Leben bleiben, und wenn es das ist, was sie will, ist weglaufen das Beste, was wir jetzt tun können.«

»Ich würde aber gern mehr sein als nur lebendig«, sagte Clay energisch. »Ich würde gern die Art von Drache sein, für den sie mich nicht hält – die Art von Drache, über den Prophezeiungen geschrieben werden. Und dieser Drache würde sie retten, egal wie böse sie zu uns gewesen ist.«

Tsunami schlug mit dem Schwanz aus und hätte um ein Haar Glory zur Seite gefegt. Obwohl sie vom Kopf bis zu den Klauen mit Blut bedeckt war, schimmerten ihre blauen Schuppen im Sonnenlicht wie vergrabene Saphire durch. Sie starrte Peril eine ganze Weile an.

»Also gut«, knurrte sie schließlich.

»Ohne mich«, protestierte Glory. »Macht, was ihr wollt, aber im Gegensatz zu dir, Clay, habe ich keine Lust, den barmherzigen Samariter zu spielen.« Sie erwiderte seinen Blick ruhig und gelassen, doch ihre Schuppen waren mit feurigem Rot und Schwarz überzogen, wie glühende Asche zwischen Gewitterwolken.

»Dann flieg mit Sunny zu der Höhle am Fuß des Wasserfalls und warte dort auf uns«, sagte Tsunami.

»Kann ich denn nicht helfen?«, fragte Sunny. »Ich dachte, ich könnte –«

»Ja, du kannst helfen. Indem du nicht mit ihnen fliegst und dich umbringen lässt«, meinte Glory. Sie winkte Sunny mit den Flügeln zu und schoss über den Rand der Felswand. Sunny zögerte kurz, aber dann drückte sie Clays Klauen und folgte ihr.

»Hier lang geht es am schnellsten«, rief Peril. Sie schlug mit den Flügeln und flog an der Felswand hoch, die an die Banketthalle angrenzte. Tsunami schnitt eine Grimasse und folgte ihr. Clay hörte immer noch Schreie und Gebrüll aus der Arena, konnte aber nicht feststellen, ob die Königin noch kreischte. Unzählige Drachen waren in der Luft; keiner von ihnen schien nach den Drachlingen zu suchen, aber sie wussten, dass es nicht mehr lange dauern würde, bis man ihre Flucht bemerkte.

Während sie nach oben flogen, kam Clay an einem schmalen Vorsprung vorbei. Überrascht stellte er fest, dass oberhalb davon ein Zweibeiner in der Felswand hing. Es war einer der Zweibeiner von der Party; irgendwie war es ihm gelungen, so weit zu klettern, ohne dass es jemand bemerkt hatte. Auch jetzt noch mühte er sich weiter ab, heftig keuchend und vor Erschöpfung zitternd. Als Clay zum Ende der Felswand sah, wurde ihm klar, dass es noch ein ganzes Stück bis nach oben war, vor allem für so ein winziges Geschöpf.

Er wusste nicht, warum der Zweibeiner ihm leidtat. Nach dem, was er gelernt hatte, waren Zweibeiner schmackhafte, kleine Quälgeister, mehr nicht. Aber er musste sowieso in die Richtung … und das kleine Etwas hatte sich so viel Mühe gegeben …

Clay fiel zurück, nahm den Zweibeiner zwischen die Krallen und flog wieder Peril und Tsunami hinterher. Der Zweibeiner kreischte und hieb nach Clays Krallen, aber er hatte keine Waffen dabei und – soweit Clay das feststellen konnte – keine angeborenen Kräfte, mit denen er sich hätte verteidigen können. Dieser hier war kleiner als die anderen, die er bis jetzt gesehen hatte, mit dichtem schwarzem Pelz auf dem Kopf und unbehaarter Haut, die fast so braun wie Clays Schuppen war.

In den wenigen Sekunden, die es bis nach oben auf die Felswand dauerte, wehrte sich der Zweibeiner heftig und schlug immer wieder auf Clays Klauen ein. Weit und breit waren nur Berge zu sehen. Clay wusste nicht, wie der natürliche Lebensraum von Zweibeinern aussah, aber mehr konnte er nicht tun. Peril und Tsunami verschwanden bereits in einem großen Loch, das als offenes Dach der großen Haupthalle im Palast diente. Vorsichtig setzte Clay den Zweibeiner hinter einem großen Felsbrocken ab.

»Und ab jetzt hältst du dich von Drachen fern«, sagte er streng, obwohl er wusste, dass der Zweibeiner ihn gar nicht verstehen konnte. Der Zweibeiner starrte ihn an, während sein Mund sich öffnete und wieder schloss. *Nicht einmal gute Instinkte*, dachte Clay. Warum rannte der Zweibeiner nicht weg?

Das war jetzt nicht mehr sein Problem. Clay stupste ihn mit einer Kralle an und sprang dann durch das Loch im Dach. Unten in der Halle sah er Peril und Tsunami, die gerade auf dem Gitter über Kestrels Kopf landeten.

Jetzt konnte er auch das Geschrei in den Tunneln hören. Die meisten Himmelsflügler waren draußen und versteckten sich irgendwo zwischen den Berggipfeln im Himmel. Doch schwere Tritte und das Klappern von Klauen und Zähnen dröhnten durch die Halle.

Burn brauchte nur ihre Soldaten zu holen – als Schutzschild zwischen ihr und Glorys Gift –, dann würde sie kommen und nach den Drachlingen der Vorsehung suchen.

# 29. Kapitel

Clay landete neben Tsunami auf dem Gitter, wich dann aber zurück, als Kestrel ihn mit ihren gelben Augen böse durch die Gitterstäbe anstarrte.

»Was macht ihr denn hier?«, fauchte sie.

»Dich retten«, gab Tsunami genauso gereizt zurück. »Gegen meinen Willen.«

»Aus dem Weg«, befahl Peril, die nach dem Gitterwerk aus Metall griff. Als sie die dicken Stäbe mit ihren Klauen packte, erfüllte der beißende Geruch nach schmelzendem Eisen die Luft.

Clay hatte Kestrel noch nie so nervös gesehen. Sie beobachtete Peril mit bangem Gesichtsausdruck, wobei ihre gespaltene Zunge immer wieder vor- und zurückschnellte. Peril hielt den Blick auf die Gitterstäbe gerichtet. Da sie erheblich dicker waren als bei dem zierlichen Vogelkäfig, in dem Sunny gefangen gehalten worden war, dauerte es länger, sie durchzubrennen.

»Ich dachte, du wärst tot«, sagte Kestrel schließlich.

»Ich dachte, *du* wärst tot«, antwortete Peril ohne jede Wärme in der Stimme.

»Ich hatte gehört, dass Scarlet einen unbesiegbaren neuen Champion hat«, fuhr Kestrel fort. »Aber ich wusste nicht, dass du das warst.«

Peril zuckte mit den Schultern. »Ich glaube, ich habe dich nicht gebraucht. Es ist auch ohne dich gut ausgegangen.« Clay und Tsunami wechselten einen Blick. »Gut« war nicht gerade das Wort, mit dem Clay Perils Lage beschreiben würde.

»Königin Scarlet hat sich um mich gekümmert«, redete Peril weiter. »Sie hat die schwarzen Steine gefunden, die ich brauchte, und mir eine Aufgabe und einen Platz zum Leben gegeben.«

»Schwarze Steine?«, warf Kestrel ein. »Was für schwarze Steine?«

»Hey!« Zwei Wachen der Himmelsflügler kamen aus dem nächstgelegenen Tunnel gestürmt. »Was macht ihr da?«

Einer der Himmelsflügler gab das zischende Feuerspuckgeräusch von sich und schickte eine riesige Flamme in Tsunamis Richtung. Clay warf sich dazwischen und spürte, wie das Feuer auf seine Schuppen traf. Ein brennender Schmerz zuckte durch seinen Körper, doch einen Moment später war es auch schon wieder vorbei. Als das rote Glühen aus seinen Schuppen verschwand, schüttelte er sich und sah in das entsetzte Gesicht der Wache.

Tsunami stürzte sich auf die andere Wache, schlitzte ihr mit den Krallen die Seite auf und traf sie dann mit ihrem kräftigen Schwanz am Kopf. Der Himmelsflügler taumelte zurück, dann warf er sich mit heftig schlagenden Flügeln auf sie.

Zur gleichen Zeit wurde Clay von der zweiten Wache angegriffen. Sie packten sich gegenseitig und rangen miteinander. Clay spürte, wie sie ihre Krallen über die Wunden auf seinem Rücken zog, die noch nicht völlig verheilt waren. Mit einem gewaltigen Ruck warf er sie von sich herunter. Der Himmelsflügler prallte gegen die Wand, in dem Moment, in dem der letzte Gitterstab brach und eine riesige, wütende Kestrel sich aus ihrer Zelle erhob.

Clay hatte ganz vergessen, wie groß Kestrel war. An den Stellen, an denen sie mit Ketten gefesselt gewesen war, waren die roten Schuppen zerkratzt und angeschlagen. Ihre Krallen sahen stumpf aus, als hätte sie damit über die Wände ihres Gefängnisses gekratzt.

»Tötet sie! Und dann raus hier!«, brüllte sie.

Peril schoss auf die Wache zu, die Tsunami unter sich begraben hatte. Die Wache ließ den Meeresflügler los, doch es war schon zu spät. Peril zerfetzte ihr mit den Krallen den Hals und versetzte ihr lauter schwarze Brandwunden, die Blasen warfen und rauchten. Als die Wache zu schreien versuchte, zog ihr Peril noch einmal die Krallen über die Kehle. Sie brannten sich durch Fleisch und Schuppen, als wären sie aus Papier.

Clay wurde schlecht. Er war froh, dass er schon eine ganze Weile nichts mehr gefressen hatte. Sein Blick ging zu der Wache, mit der er gekämpft hatte. Die orangefarbenen Augen des Himmelsflüglers beobachteten Peril voller Entsetzen. Er war nur ein Soldat, der für seinen Stamm und seine Königin kämpfte.

»Lauf«, sagte Clay zu ihm. Er riss ihn hoch und stieß ihn zum Tunnel. Der Himmelsflügler zögerte keine Sekunde und verschwand in einem Aufblitzen von Rot und Gold.

Als er sich umdrehte, sah er Perils Gesicht. Sie wusste, dass er die Wache – einen völlig fremden Drachen – vor ihr beschützt hatte. Und jetzt wusste sie mit Sicherheit auch, was er von dem hielt, was sie tat.

»Du dummer Wurm«, zischte Kestrel hinter ihm. »Er wird Alarm schlagen. Königin Scarlet wird uns gleich fangen.«

»Königin Scarlet ist vermutlich tot«, fuhr Tsunami sie an. »Und rede nicht so mit Clay. Halt einfach … folge uns und hör auf zu reden.« Sie schoss nach oben gen Himmel. Clay sah wieder Peril an. Ihre Krallen öffneten und schlossen sich, wollten sich ihm entgegenstrecken, doch dann zog sie sie zurück.

»Komm mit«, sagte er zu ihr, während er sich bemühte, Verständnis in seine Stimme zu legen, das er nicht empfand.

Sie hoben nach Tsunami ab, kupferfarbene, braune und rote Flügel, die aufblitzten, als die Sonne sie erreichte. Clay schoss in die Luft und ging in Schräglage in Richtung Wasserfall. Dicht hinter sich konnte er Perils Hitze spüren.

Die zerklüftete Felswand schoss an ihnen vorbei, als sie in Sinkflug übergingen und zum Fuß des Wasserfalls rasten. Tsunami führte sie näher an das tosende Wasser heran und sauste durch die Gischt. Clay schloss einen Moment die Augen und hielt sein Gesicht dem Nebel aus winzigen Tröpfchen entgegen.

Als sie tiefer sanken, wurde der Lärm aus dem Palast vom Rauschen des Wasserfalls geschluckt und ebbte allmählich ab. Dieser Wasserfall war höher als der, den Clay und Tsunami auf ihrem Weg aus dem Berg überwunden hatten. Er prallte auf Felsvorsprünge, teilte sich in kleinere Fälle auf, stürzte sich in langen, glatten Bahnen in die Tiefe, nur um dann plötzlich wieder auszubrechen, wie Wasserdrachen, die mit ihren Krallen zuschlagen.

Clay sah, dass der Wasserfall in einen glitzernden See mündete. An dessen anderem Ende schlängelte sich der Diamantenfluss durch eine sanfte Hügellandschaft im Südosten dem Meer entgegen. Gedrungene Bäume und Sträucher in Braun- und Grüntönen säumten den See rund um den Wasserfall.

Tsunami änderte die Richtung und flog auf eine dunkle Felsspalte am Fuß des Wasserfalls zu. Als sie näher kamen, sah Clay etwas Goldenes aufblitzen – es war Sunny, die besorgt die Nase durch die tosende Wand aus Wasser vor der schmalen Höhle steckte.

Sie landeten an dem schlammigen Ufer des Flusses. Als Peril den Boden berührte, verbrannte das Gras um ihre Klauen zu Asche. Sie sah auf die schwarze Erde hinunter und rollte ihren Schwanz zusammen, um so wenig Schaden wie möglich anzurichten.

»Kestrel!«, rief Sunny. »Du lebst!«

»Ja, und das habe ich ganz bestimmt nicht euch fünf zu verdanken«, fauchte Kestrel, deren Schwanz verärgert hin- und herpeitschte. »Ihr wolltet ja unbedingt frei sein. Versteht ihr jetzt, warum wir euch beschützen mussten?« Als sich einer ihrer Flügel im Ast eines Baums verfing, befreite sie sich knurrend.

»Gern geschehn«, blaffte Tsunami zurück. »Wir hätten dich auch im Königreich des Himmels lassen können. Wenn es nach mir gegangen wäre, wärst du jetzt immer noch dort.«

Clay konnte dem Schlamm unter seinen Klauen nicht widerstehen. Er warf sich auf die Erde, wälzte sich ausgiebig darin und genoss die feuchte Wärme auf seinen schmerzenden Schuppen, die vom Staub in der Arena ausgetrocknet waren.

»Du meine Güte, Clay! Das ist doch eklig«, empörte sich Glory. Sie machte ein paar Schritte auf den See zu und breitete ihre Flügel aus, um das Sonnenlicht einzufangen.

»Vorsicht.« Tsunami streckte eine Klaue aus und wollte sie zurückreißen. »Wenn sie aus der Luft nach uns suchen, werden sie mit Sicherheit nach einem leuchtend lila Drachen Ausschau halten.«

Glory plusterte die kleinen Flügelfächer an ihren Ohren auf und sah Tsunami an. »Ich bin nicht *leuchtend lila.* Königin Scarlet hat das als meine violette Stimmungslage bezeichnet, vielen Dank auch.«

»Oh, tut mir leid«, erwiderte Tsunami. »Ich wollte natürlich sagen, sie werden mit Sicherheit nach einem violetten Drachen mit *Stimmungsschwankungen* suchen.«

»Du bist ja so was von witzig«, meinte Glory sarkastisch. »Aber wenn es nur um die Farbe geht – die kann ich ja ändern.« Die Schuppen auf ihren Flügeln schimmerten, als würden sie das Sonnenlicht in sich aufnehmen, dann löste sich das Lila auf, als würde man Wasser in Farbe gießen. Nach kurzer Zeit sahen ihre Schuppen genauso aus wie der schlammige Boden unter ihr. »Zufrieden?«, fragte sie Tsunami.

»Ich würde gern wissen, was für besondere Kräfte *ich* eigentlich habe«, murmelte Tsunami. »Du hast Tarnschuppen und Gift spuckende Zähne. Clay ist immun gegen Feuer. Starflight hat offensichtlich große Drachen, die im Himmel darauf warten, ihn immer dann zu retten, wenn es brenzlig wird. Und was bekomme ich?«

»Clay ist immun gegen Feuer?«, fragte Sunny. »Wie bitte? Und hast du gerade Gift spuckende Zähne gesagt?«

»Genau«, erwiderte Clay. »Sunny, ich fürchte, du wirst in Zukunft netter zu Glory sein müssen.«

Sunny flatterte entrüstet mit den Flügeln. »Ich bin doch immer nett zu – oh, ach so, du ziehst mich nur auf.« Sie erstickte fast vor Lachen. Dann schmierte sie Clay eine große Klauevoll Schlamm ins Gesicht. Als er den Kopf einzog, fiel ihm auf, dass Peril sie mit hängenden Flügeln und traurigem Gesichtsausdruck beobachtete.

»Du siehst, dass wir uns selbst helfen können«, sagte Tsunami zu Kestrel. »Ihr habt nicht einmal gewusst, was Clay und Glory können. Ihr habt nicht geglaubt, dass wir für irgendwas gut sind, aber das war eure eigene Schuld, weil ihr uns die ganze Zeit unter der Erde eingesperrt und wie rohe Eier behandelt habt.«

»Oh, wir haben natürlich alles falsch gemacht«, meinte Kestrel beleidigt. »Gebt uns nur die Schuld an allem, aber wir haben das getan, was die Klauen des Friedens von uns verlangt haben. Und wenn wir das nicht getan hätten, wärt ihr vermutlich schon längst tot.«

Tsunami reckte das Kinn. »Wir gehen nicht zu den Klauen des Friedens zurück«, sagte sie.

»Wir gehen nicht zurück?«, quiekte Sunny. Glory warf ihr einen verächtlichen Blick zu.

»Ach ja?«, meinte Kestrel nur. Sie legte den Kopf schief, um sich nicht wieder in den Zweigen der Bäume zu verheddern, und bedachte Tsunami mit einem finsteren Blick aus ihren orangefarbenen Augen. »Und wie sieht euer toller Plan aus, wenn ich fragen darf?«

»Wir werden unser Zuhause suchen«, erwiderte Tsunami. »Und unsere Eltern. Wir werden uns diesen Krieg selbst ansehen, anstatt immer nur in Schriftrollen darüber zu lesen. Und dann werden wir darüber nachdenken, *ob* wir etwas dagegen unternehmen.«

»Aber Tsunami«, flüsterte Sunny, die sie am Flügel zupfte. »Die Prophezeiung! Wir müssen doch –«

»Schhh«, sagte Clay. Er zog den kleinen Sanddrachen zurück, weg von dem zornigen Ausdruck auf Kestrels Gesicht, nur für den Fall, dass gleich Feuer gespuckt wurde.

Insgeheim war er einer Meinung mit Sunny. Sie konnten die

Prophezeiung nicht einfach so ignorieren. Jemand musste etwas gegen den Krieg tun, und alle warteten darauf, dass die Drachlinge etwas unternahmen. Er musste immer wieder an die Gefangenen denken, die das Lied der Drachlinge gesungen hatten, als könnte es sie retten.

Aber Tsunami hatte ebenfalls recht – sie wussten nicht, wie sie die Prophezeiung erfüllen sollten, bevor sie die Welt da draußen kannten und herausgefunden hatten, wozu sie überhaupt *fähig* waren – allein, ohne die Klauen des Friedens, die sie von ihren Familien und allem anderen fernhielten, was es so wichtig machte, diesen Krieg zu beenden.

Eine Pause entstand, in der sich Kestrel und Tsunami wütend anstarrten. Aus den Nüstern des Himmelsflüglers quoll Rauch und stieg in die Luft. Clay sah zu Peril, doch deren Blick lag die ganze Zeit auf ihrer Mutter.

»Bitte«, schnaubte Kestrel dann unerwarteterweise. »Was geht mich das an? Mit euch bin ich fertig. Ich habe alles getan, was man mir befohlen hat, und was habe ich jetzt davon? Eine Horde undankbarer Eidechsen. Geht und sucht nach euren geliebten Familien. Mir doch egal, was mit euch passiert.«

»Oh, Kestrel.« Sunny kam angelaufen und umklammerte Kestrels Hinterklaue. »Das meinst du doch nicht so. Du weißt, dass wir dir sehr dankbar sind für alles, was du für uns getan hast.«

Clay bekam mit, wie Glory und Tsunami sich ansahen und die Augen verdrehten.

»Ab jetzt seid ihr auf euch allein gestellt«, sagte Kestrel. Sie pflückte Sunny von sich herunter und machte einen Schritt auf den See zu. »Ein Glück, dass ich euch los bin. Peril, kommst du?«

Peril zögerte.

»Ich dachte, du bleibst bei uns«, sagte Clay. Perils Augen leuchteten.

»Nur über meinen verkohlten Kadaver«, knurrte Tsunami, während sie Clay mit einem ihrer Flügel ohrfeigte.

»Warum denn nicht?«, fragte Glory, die einem vorbeifliegenden Schmetterling hinterhersah. »Vielleicht ist Peril der fehlende Drachling, den ihr für die Prophezeiung braucht … eure ›Schwingen des Himmels‹.«

Clay blinzelte verwirrt. »Wow. Glaubst du wirklich?«

An Glorys Flügelfächern flackerte etwas Scharlachrotes, das wie winzige Flammen aussah. Sie zuckte mit den Schultern.

»Oh, könnte *ich* das sein?«, hauchte Peril.

»Nein!«, fauchte Kestrel.

»*Das größte Ei hoch droben auf dem Berg gelegen*«, zitierte Glory. »Wenn du mit einem Zwillingsbruder zusammen geschlüpft bist, muss dein Ei riesig gewesen sein.« Ihre Augen starrten immer noch auf den Schmetterling, anstatt die anderen Drachlinge anzusehen.

»Das stimmt!«, rief Peril. »Vielleicht gehöre ich ja zu eurer Vorsehung dazu!« Sie sah Clay erwartungsvoll an.

»Keine Chance«, meldete sich Kestrel. »Peril und ihr Bruder sind ein Jahr vor euch missratenen Würmern geschlüpft. In der Prophezeiung werden fünf Drachlinge erwähnt, die in der hellsten Nacht zusammen schlüpfen. Jetzt begreift es doch endlich – euer Himmelsflügler ist noch im Ei gestorben. Ich habe die zerbrochene Eischale gesehen, und den ermordeten Drachen, der sie bei sich hatte.«

Clay starrte auf seine schmutzigen Klauen. Kestrel hatte recht. Er hatte sich nicht mehr an den genauen Wortlaut der Prophezeiung erinnern können. Peril konnte gar nicht der fünfte Drachling sein.

»Tut mir leid«, sagte er zu ihr. Peril ließ die kupferfarbenen Flügel hängen. »Aber du kannst trotzdem mit uns kommen«, bot er an.

»Ich kann nicht«, antwortete sie. »Ich muss zurück. Wegen der schwarzen Steine.«

»Erzähl mir mehr über diese schwarzen Steine«, befahl Kestrel.

»Du musst das doch wissen«, entgegnete Peril. »Ich muss sie jeden Tag fressen, damit ich nicht sterbe.«

Kestrels Schwanz zuckte und entwurzelte dabei einen Busch, ohne dass sie es bemerkte. »Noch mehr Lügen«, fauchte sie. »Noch mehr von Scarlets Lügen. Du brauchst doch keine schwarzen Steine.«

»Aber … einmal habe ich sie nicht gefressen, und dann ist mir fürchterlich schlecht geworden«, widersprach Peril.

»Gift in deinem Futter«, erklärte Kestrel. »Einer von Scarlets Lieblingstricks.«

Perils Blick ging zu dem Palast auf dem Berg. Rauch strömte aus ihren kupferfarbenen Schuppen und ihre Krallen fuhren durch die Erde.

»Komm mit mir«, sagte Kestrel grob. »Ich bin nicht perfekt, aber immer noch besser als Scarlet.« Als sie eine Klaue nach Peril ausstreckte, sah sie die Brandmale auf ihren Handflächen und wich zurück. Peril zog den Kopf ein und vergrub ihn in ihren Flügeln.

»Kestrel, wohin wirst du jetzt gehen?«, fragte Sunny.

»Das geht dich nichts an«, erwiderte Kestrel.

Sunny setzte sich auf die Hinterklauen und sah gekränkt aus. Kestrel fuhr mit den Krallen über einen Stein, um sie zu schärfen. Dann sah sie sich nach Sunny um.

»Falls ihr irgendwann feststellen solltet, dass ihr mich doch braucht«, fuhr sie fort, »könnt ihr mir durch den Drachen des Jadeberges eine Nachricht zukommen lassen. Aber erwartet nicht, dass ich sofort angeflogen komme. Sämtliche Schwierigkeiten, die ihr bekommen werdet, habt ihr verdient.«

»Erzähl uns, was du über unsere Eier weißt und darüber, wo sie hergekommen sind, bevor du gehst«, verlangte Tsunami.

Kestrel schnaubte. »Was dich angeht, gibt es keine Überraschungen. Webs hat dein Ei der Königin der Meeresflügler gestohlen, direkt aus ihrer eigenen Bruthöhle.«

»Tsunami!« Sunny japste nach Luft. »Du bist Mitglied der Königsfamilie! Genau wie in der Geschichte!« Tsunamis Schwanz zuckte. Sie sah überrascht und nachdenklich zugleich aus.

»Starflights Ei wurde uns von Morrowseer gebracht«, fuhr Kestrel fort. »Sunnys Ei hat Dune in der Wüste gefunden, wo es in der Nähe der Skorpionhöhle versteckt worden war. Und unser großer, starker Held kommt aus dem Delta des Diamantenflusses, dort, wo die Erdflügler von niedriger Geburt herumkriechen.«

Clay drehte sich um und sah zu dem Fluss, der aus dem See strömte. Vor Aufregung schlug sein Herz schneller. Sein Zuhause – seine Familie – war näher, als er gedacht hatte.

»Und was ist mit mir?«, fragte Glory.

Kestrel bewegte die Flügel in einem Schulterzucken. »Ich habe keine Ahnung. Webs hat dich irgendwo geklaut, nachdem wir das Ei der Himmelsflügler verloren hatten. Wo er dich herhat, war mir immer egal, weil ich wusste, dass du nicht wichtig bist.«

»Jetzt hau schon ab!«, brach es aus Tsunami heraus. »Alles, was du sagst, ist verletzend und gemein.«

»Ich glaube nicht, dass du gut für mich wärst.« Peril starrte zu ihr hoch. »Du bist ganz anders, als ich mir vorgestellt habe.«

Kestrel zuckte mit den Schultern. »Ich bin das, was das Leben aus mir gemacht hat. Mach, was du willst.« Sie breitete die Flügel aus. »Denn ich werde jetzt gehen. Du kannst mitkommen oder hierbleiben.«

»Vergiss nicht, dass sie versucht hat, dich zu retten«, sagte Clay zu Peril. »Es stimmt, dass sie nicht sehr nett ist, aber sieh her – sie hat dich gern genug gehabt, um das hier zu tun.« Er packte eine von Kestrels Klauen und öffnete sie, damit Peril die Brandmale auf der Handfläche deutlich sehen konnte. Kestrel schnappte nach ihm und riss ihren Arm zurück.

Peril schüttelte den Kopf. »Ich bin noch nicht bereit dazu«, meinte sie. »Vielleicht werden wir uns eines Tages wiederfinden.«

Kestrels Schwanz peitschte hin und her und wühlte die Erde auf. »Wie du willst.« Ihr hasserfüllter Blick ging von einem Drachling zum anderen und blieb dann an Clay hängen. »Hör zu, Erdflügler. Trotz deines noblen Geredes wirst du den anderen nicht viel nützen, wenn du nicht kämpfen und töten kannst, um sie zu verteidigen. Denk darüber nach.«

Ihre Worte taten weh, wie immer. Clays Optimismus bekam einen Dämpfer. Er spürte, wie Sunny ihn mitfühlend anstupste.

Tsunami machte einen Schritt auf Kestrel zu, doch bevor sie etwas sagen konnte, breitete der große rote Drache die Flügel aus und erhob sich in die Luft. Über dem See drehte Kestrel ab und flog nach Westen, ohne sich noch ein einziges Mal umzusehen.

# 30. Kapitel

Clay und Peril sahen sich an. »Das war ja ein tolles Wiedersehen«, sagte sie, während sie auf die verbrannte Erde unter sich starrte.

»Du kannst trotzdem mit uns kommen«, schlug er vor. »Auch wenn du nicht in der Prophezeiung stehst.«

»Nein«, erwiderte sie langsam, »ich glaube … das habe ich nicht verdient.«

Er legte den Kopf schief. »Was soll das denn heißen?«

»Es ist so, wie du gesagt hast«, erklärte sie. »Ihr seid die Art von Drachlingen, über die Prophezeiungen geschrieben werden. Ihr seid Helden und Retter, und ich bin – na ja, ich bin das Gegenteil davon. Ich bin eine von den Bösen.«

»Ich bin kein Held«, sagte Clay. »Und schließlich hast *du* uns aus dem Königreich des Himmels gebracht.«

»Nur deinetwegen.« Sie schüttelte den Kopf. »Ich dachte, ich wäre als Killerin geboren, aber das stimmt nicht. Königin Scarlet hat mich dazu gemacht … oder ich habe zugelassen, dass ich so werde. Als hätte ich mich dafür entschieden, ohne dass es mir bewusst geworden ist. Aber du *wurdest* so geboren.« Clay zuckte zusammen. Er spürte, dass die anderen Drachlinge ihn anstarrten. »Du wusstest, was du warst, und hast dich dafür entschieden, etwas anderes zu sein. Ich glaube, ich habe das Gefühl, dass ich erst zu euch gehören kann, wenn ich das auch tue.«

Peril blinzelte. Ihre blauen Augen sahen seine Freunde an.

»Ich gehe zurück ins Königreich des Himmels. Dort gehöre ich hin. Außerdem muss ich wissen, ob Königin Scarlet tot ist.«

»Willst du denn nicht weg von hier?«, fragte Clay. »Willst du denn nicht wissen, wie die Welt außerhalb des Königreichs des Himmels ist?«

Peril spielte mit der Asche unter ihren Klauen. »Erst, wenn ich der Meinung bin, dass die Welt nichts vor mir zu befürchten hat«, antwortete sie.

»Könnt ihr diesen rührenden Abschied ein bisschen beschleunigen?«, fragte Tsunami. »Wir haben nämlich Gesellschaft.« Sie nickte zur Felswand hinüber.

Am oberen Ende der Felswand hoben gerade zwei Drachenschwärme in einer Spiralformation ab. Eine Gruppe schimmerte rot und gold, die andere fast weiß. Darüber war die unverwechselbare Silhouette von Burn auszumachen. Dann teilten sich die Drachen auf und schwärmten in alle Richtungen aus. Ihre langen Hälse bewegten sich von einer Seite auf die andere, während sie Ausschau hielten.

Die Jagd auf die entkommenen Drachlinge hatte begonnen.

»Was machen wir jetzt?«, fragte Sunny leise.

»Wir sollten zum Flussdelta fliegen«, meinte Tsunami. »Dort finden wir Clays Familie. Vielleicht können sie helfen.«

»Dann sind wir schon ganz nah am Meer und finden deine bestimmt auch«, sagte Sunny. »Und vielleicht kommt Starflight zu uns zurück. Glaubt ihr, dass er nach uns sucht?«

»Fraglich«, warf Glory ein. Sunny machte ein langes Gesicht. »Vermutlich ist er jetzt bei seinen wunderbaren Nachtflüglern. Ach, übrigens – ich sage es ja nur ungern, aber im Moment suchen etwa zweihundert Drachen nach uns. In dem Moment, in dem wir unter den Bäumen hervorkommen, werden sie sich auf uns stürzen wie Schlangen auf ein Kaninchen.«

»Ich habe eine Idee«, sagte Clay zögernd, »aber sie wird nicht allen gefallen.«

»Oh, gut«, meinte Glory. »Solche Pläne habe ich am liebsten.« Clay versuchte, sie anzulächeln, aber sie wich seinem Blick aus.

*Was habe ich denn jetzt wieder angestellt?* Clay wies auf den Fluss. »Wir schwimmen ins Delta.«

Glory schnitt eine Grimasse. Ihre Klauen wechselten die Farbe, von Braun zu Hellblau und wieder zurück.

»Ich bin keine gute Schwimmerin«, sagte Sunny nervös. »Aber versuchen kann ich's ja.«

»Aus der Luft werden sie uns entdecken«, bemerkte Tsunami.

»Glory nicht«, erklärte Clay. »Sie kann sich im Fluss tarnen. Und wenn du sie auf dem Rücken trägst, wird sie dich auch verstecken.«

Glory und Tsunami schienen von dem Vorschlag alles andere als begeistert zu sein.

»Und Sunny wälzen wir im Schlamm und setzen sie bei mir auf den Rücken«, fuhr Clay fort. »Ich bleibe dicht am Ufer, dann sehen wir vom Himmel aus wie ein Teil des Flussbetts.«

»Ich werde warten, bis ihr weg seid«, warf Peril ein, »und dann in eine andere Richtung davonfliegen. Vielleicht kann ich sie eine Weile ablenken. Schließlich können sie mich ja nicht anfassen oder mir etwas tun, wenn ihr in Sicherheit seid.« Sie sah Clay an und wandte dann schnell den Blick ab.

»Also gut«, sagte Tsunami. »Das ist unsere beste Chance. Los, beeilt euch, wir haben keine Zeit.« Sie watete mit Glory zusammen in den See.

Clay wandte sich an Peril. »Bist du sicher?«, fragte er. »Und was ist, wenn Burn ihre Wut an dir auslässt?«

»Wie sollte sie das denn machen?«, fragte Peril. »Das einzig Gute an mir ist, dass mich kein Drache verletzen kann. Mit Ausnahme von dir vermutlich.« Ihre Flügel zitterten.

Clay nahm ihre Klauen und spürte, wie die Hitze in seine Schuppen stieg. »Das ist nicht das einzig Gute an dir, Peril.« Er schlang seinen Schwanz um ihren und legte die Flügel um sie.

Peril lehnte sich an seine Schulter. »Ich wünsche mir so sehr, dass das wahr ist«, sagte sie.

»Clay«, rief Tsunami. »Wir müssen weg.«

Als Clay sie losließ, trat Peril zurück und rieb sich die Klauen an den Stellen, an denen sie sich berührt hatten. »Sei vorsichtig, ja?«, sagte er.

Sie nickte. »Komm zurück und besuch mich, wenn ihr den Krieg beendet habt.«

Sunny legte sich in die feuchte Erde, wälzte sich hin und her und ließ sich von Clay Schlamm auf die Schuppen schmieren. Ihr goldener Schimmer verschwand unter einer dicken Schicht Braun. Er achtete darauf, auch ihren Schwanz in den Schlamm zu tauchen, und packte so viel Erde wie möglich auf ihren Rücken. Als er fertig war, hatte sie zwar keine große Ähnlichkeit mit einem Erdflügler, aber wie Sunny sah sie auch nicht mehr aus.

»Ich komme mir so schwer und klebrig vor«, klagte sie. Doch sie wog kaum mehr als eine Kuh, als sie auf Clays Rücken kletterte und sich an seinem Knochenkamm festhielt. Er konnte Sunny mit Leichtigkeit tragen und mit ihr zum See gehen.

Die beiden anderen Drachlinge waren schon im Wasser und warteten auf ihn. Es war geradezu unheimlich, nur einen verschwommenen Umriss seiner Freunde zu sehen. Mit ausgebreiteten Flügeln verdeckte Glory fast Tsunamis ganzen Körper, obwohl hier und da noch das Blau von Flügeln und Schwanz hervorblitzte. Clay hoffte, dass es vom Himmel aus nicht zu erkennen war.

Sunny zappelte ein bisschen, als sie sich umdrehte und Peril ansah. »Danke, dass du uns hilfst«, sagte sie.

»Nachdem du uns zuerst verraten hast …«, murmelte Tsunami leise. Glory stieß ihren Kopf wieder unter Wasser.

»Viel Glück«, sagte Peril.

»Dir auch«, erwiderte Clay. »Auf Wiedersehen, Peril.«

Als Clay in den See glitt, spürte er ihren Blick auf sich. Er fragte sich, ob sie sich jemals wiedersehen würden.

Sie schwammen vorsichtig am Ufer des Sees entlang und versuchten, nicht zu viele Wellen zu machen. Das stille, klare Wasser floss eiskalt um seine Klauen. Als sie die Mündung des Flusses erreichten, spürte er eine schwache Strömung, und dann schwammen sie auch schon den Diamantenfluss hinunter, weg von den Bergen.

Clay hatte das Gefühl, dass seine Schuppen vom Staub und Schmerz der Arena reingewaschen wurden. Er konnte ungehindert die Flügel ausbreiten und seine Freunde waren wieder bei ihm. Sie waren vielleicht noch nicht in Sicherheit, aber wenigstens hatte er jetzt eine Chance, sie zu beschützen.

Das Königreich des Himmels lag hinter ihnen.

Vor ihm waren die Sümpfe des Königreichs der Erde und das Delta des Diamantenflusses. Seine Eltern und sein Zuhause. Endlich.

# 3. Teil:

# Ein blutrotes Ei

# 31. Kapitel

Für den Rest des Tages und bis in die Nacht hinein schwammen die Drachlinge weiter oder ließen sich treiben. Als es völlig dunkel war und sie schon eine ganze Weile keine Flammen mehr am Himmel über sich gesehen hatten, krochen sie auf das schlammige Flussufer, um zu fressen und sich auszuruhen.

Es stellte sich heraus, dass Jagen in offenem Grasland erheblich schwieriger war als in einer geschlossenen Höhle. Clay verfluchte seine Erzieher mehr als einmal, als ihm zwei Kaninchen und ein Kojote durch die Klauen schlüpften. Schließlich gelang es ihm doch noch, eine Art großes Warzenschwein mit ledriger Haut zu töten, das er dann zu den anderen zurückschleppte.

Sunny kam ihm entgegengerannt, um ihm beim Tragen des Kadavers zu helfen. »Tsunami hat ein paar Fische gefangen«, rief sie. »Und ich habe ein paar tolle wilde Karotten ausgegraben, aber außer mir will die niemand fressen.«

»Karotten?« Clay rümpfte die Schnauze. »Wer würde so was denn freiwillig fressen?«

»*Mir* schmecken sie«, antwortete Sunny mit Nachdruck. »Und die hier sind richtig erdig und knackig. Ich wette, dir würden sie auch schmecken, wenn du mal probieren würdest.«

»Nein danke. Wir sind jetzt frei. Von jetzt an werde ich nur noch fressen, was *ich* will.« *Solange es langsam genug ist, um sich von mir fangen zu lassen*, dachte er kleinlaut.

Es war zu dunkel, um viel von der Landschaft um sie herum erkennen zu können, doch das Licht der Monde ließ die zerklüfteten Berge als schwarze Silhouette vor dem Himmel aufragen. Dunkle Schatten flatterten wie Fledermäuse über die Gipfel. Burn hatte die Suche nach ihnen noch immer nicht abgebrochen und würde vermutlich auch nicht so schnell aufgeben, wie Tsunami zu bedenken gab.

»Warum will Burn uns denn töten?«, fragte Sunny. »Wir haben ihr doch gar nichts getan.«

»Sie glaubt nicht an Prophezeiungen«, erklärte Tsunami. »Und an unsere schon gleich gar nicht. In der Prophezeiung steht, dass zwei der drei Sandflügler-Königinnen sterben werden, aber es wird nicht gesagt, welche von ihnen es sein wird. Wenn dort ausdrücklich stehen würde, dass Burn einen großen Sieg erringen wird, wäre sie allerdings hellauf begeistert davon. Im Augenblick ist ihr das alles viel zu vage und rätselhaft. Am liebsten würde sie uns aus dem Weg räumen und den Krieg nach ihren eigenen Bedingungen gewinnen.«

»Dann werden wir uns also mit Sicherheit nicht für sie entscheiden, wenn es darum geht, die Gewinnerin des Krieges zu bestimmen.« Sunny schüttelte sich.

»Vielleicht Blaze«, schlug Tsunami vor, während sie auf einem Stück Fleisch herumkaute. »Starflight sagt, sie sei strohdumm, aber zumindest die Sandflügler finden sie gut.«

»Ich wäre für Blister«, warf Glory ein. »An einer klugen Königin ist doch nichts auszusetzen. Aber ich kann ja nicht mitreden.«

Überrascht hob Clay den Kopf, doch Tsunami antwortete schon, bevor er fragen konnte, was Glory damit meinte.

»Blister ist nicht einfach nur klug.« Tsunami legte den Kopf auf die Vorderklauen. »Wenn wir den Schriftrollen und dem, was die Erzieher über sie gesagt haben, glauben können, ist sie durchtrieben und eine Meisterin der Manipulation. Sie will mit allen Mitteln Königin werden. Selbst wenn das bedeuten sollte, auf dem Weg dorthin die anderen Stämme und den Rest der Welt zu zerstören.«

Die Drachlinge verstummten. Angesichts des gewaltigen Himmels über ihnen kam sich Clay sehr klein vor. Es schien verrückt zu sein, auch nur daran zu denken, dass sie die nächste Königin der Sandflügler bestimmen sollten, ganz zu schweigen davon, dass man von ihnen erwartete, den Krieg zu beenden. Wer würde ihnen schon zuhören? Die konkurrierenden Königinnen mit Sicherheit nicht. Wie sollten fünf kleine Drachlinge da etwas ausrichten können?

Sunny starrte wie hypnotisiert zu den Monden. Clay wusste, was sie gerade dachte – er wünschte sich auch, dass Starflight plötzlich aus den Sternen fiel und neben ihnen landete. Er hatte nicht gedacht, dass er seinen besserwisserischen Freund so sehr vermissen würde, aber es fühlte sich falsch an, ihn nicht hierzuhaben.

Vor allem, weil Starflight vermutlich einige ihrer Fragen beantworten konnte, wie zum Beispiel die, woher Glorys Gift so plötzlich gekommen war. »Glaubst du, alle Regenflügler können das?«, fragte Clay, nachdem Tsunami und Sunny sich aneinandergekuschelt hatten und eingeschlafen waren. Glory lag ein Stück abseits der anderen, hatte den Schwanz über die Nase gelegt und starrte unverwandt auf die Berge.

»Woher soll ich das wissen?«, wunderte sich Glory. »Schließlich hat mir niemand etwas über Regenflügler erzählt – außer dass sie faul sind, und – nur für den Fall, dass wir das nicht schon tausend Mal erwähnt haben – nicht Teil der Prophezeiung.«

»Bist du sauer auf mich?«, wollte Clay wissen. Er hatte den Eindruck, dass sie seit ihrer Flucht kaum ein Wort gewechselt hatten.

Glory schloss die Augen und gab keine Antwort. Was Clay als Ja auffasste.

Obwohl er völlig erschöpft war, schlief Clay nur kurz. Sie wollten weiter, solange es noch dunkel war. Als er sich zwang, die Augen zu öffnen, versanken gerade zwei der Monde hinter den Bergen, während der dritte noch hoch am Himmel stand. Der Fluss neben ihnen rauschte leise, und Clay spürte den warmen Schlamm unter seinen Schuppen.

Dann bemerkte er, dass Glory verschwunden war.

Clay hatte sofort ein ungutes Gefühl. *Nein, noch jemanden werde ich nicht verlieren*, dachte er.

Er rüttelte die anderen wach. »Wo ist Glory?«, flüsterte er.

»Ich wusste es«, knurrte Tsunami, während sie auf die Klauen sprang. »Ich wusste, dass sie wegen irgendwas sauer war.«

»Weswegen denn?«, fragte Sunny mit einem verwunderten Blick in die Dunkelheit. »Ist sie denn nicht froh darüber, dass wir entkommen sind?«

»Vielleicht hatte sie das Gefühl, nicht willkommen zu sein«, sagte Tsunami, »dank dieses Tölpels.« Eine kurze Pause entstand, dann schlug sie Clay ihren Schwanz um die Ohren. »Damit meine ich dich, du Idiot.«

»Oh.« Clay hatte gerade überlegt, was ein Tölpel war. »Was habe ich denn jetzt wieder verbrochen?«

»Lass mich nachdenken«, sagte Tsunami. »Oh, wäre es nicht toll, wenn Peril unsere ›Schwingen des Himmels‹ wäre? Vielleicht ist sie ja der fünfte Drachling, auf den wir unser ganzes Leben lang gewartet haben. Wir schaffen Glory einfach aus dem Weg, was Morrowseer ja sowieso gewollt hat, und ersetzen sie durch den erstbesten Himmelsflügler, der uns über den Weg läuft.«

»Ich wollte Glory doch nicht ersetzen«, antwortete Clay erschrocken. »Ich habe doch nur … ich dachte, Peril würde gut zu uns passen … zu uns *allen*! Ich wollte nicht, dass Glory geht! Außerdem … Moment mal …« Er kratzte sich am Kopf. »Es war Glorys Idee. *Sie* sagte, Peril könnte unser Himmelsflügler sein.«

»Ja, klar, aber wer konnte denn ahnen, dass du derart begeistert davon bist«, meinte Tsunami trocken.

»Wie bitte?«, empörte sich Clay. »Das ist nicht fair! Mir kommt das so vor, als wäre ich jetzt in Schwierigkeiten, weil ich irgendeinen Test nicht bestanden habe, von dem nur Mädchendrachen etwas wissen.«

»*Ich* habe nichts davon gewusst«, protestierte Sunny.

»Nein, du steckst jetzt in Schwierigkeiten, weil du diesen gemeingefährlichen Himmelsflügler Glory vorgezogen hast«, blaffte Tsunami ihn an.

»Das habe ich doch gar nicht!« Um ein Haar hätte Clay zu schreien begonnen. »Das würde ich doch nie tun. Niemand hat mir gesagt, dass ich mich entscheiden muss.«

»Das stimmt«, warf Sunny ein. »Ich habe nie gedacht, dass jemand von uns Peril anstelle von Glory haben wollte. Ich dachte, wir würden die Prophezeiung alle gemeinsam erfüllen.«

»Aber natürlich hast du das gedacht«, sagte Tsunami zu ihr. »Wir wissen doch immer, was du denkst.«

Sunnys Knochenkamm richtete sich auf. »Ach ja?«, erwiderte sie mit einer Stimme, die einem Knurren verdächtig nahekam – was Clay bis jetzt für völlig unmöglich gehalten hatte.

Tsunami hatte sich bereits wieder Clay zugewandt. »Glory ist vermutlich schon auf dem Weg in den Regenwald. Ich wette, sie denkt, wir wären ohne sie besser dran.«

»Aber das stimmt doch gar nicht«, protestierte Clay. »Sie ist eine von uns. In der Prophezeiung steht nichts davon, dass wir nicht noch jemand anderen gernhaben können. Glory ist doch der Grund dafür, warum wir das alles getan haben. Wir sind doch nur ihretwegen aus der Höhle geflohen – weiß sie das denn nicht?«

»Ach du liebe Zeit«, sagte Tsunami. »Soll das etwa dazu beitragen, dass sie sich besser fühlt? Das hier ist alles ihre Schuld?«

»Nein, doch nicht so«, erwiderte Clay. »Ich meine, ich würde es sofort wieder tun. Ich würde alles noch mal machen, und noch viel mehr, um dafür zu sorgen, dass ihr nichts passiert. Ich würde alles für sie tun. Und für euch auch.« Er starrte auf den Schlamm zwischen seinen Krallen. »Wir müssen ihr folgen. Vergesst das Delta und meine Familie und alles andere. Wir gehen in den Regenwald und suchen nach ihr. Jetzt. Sofort.«

In der Dunkelheit um sie herum quakten Frösche. Sunny sah von Tsunami zu Clay und wieder zurück.

»Ich hab's dir ja gesagt«, murmelte Tsunami.

»Ja, okay«, hörten sie Glorys Stimme. »Du hattest recht. Ausnahmsweise mal.« Clay spürte, wie ihre Flügelspitzen ihn berührten, dann wurden langsam ihre schimmernden Schuppen im Mondlicht sichtbar. »Danke, Clay. Das war richtig süß von dir.«

»Du warst die ganze Zeit da?« Er wich zurück.

»Ich habe überlegt, ob ich gehen soll«, erwiderte Glory. »Ich dachte, du willst, dass ich gehe, aber Tsunami sagte, es sei nicht so. Es tut mir leid. Ich war einfach – richtig wütend.«

»Nein, *ich* bin jetzt richtig wütend«, schnaubte Clay. »Das war ein ganz gemeiner Trick.«

»Es war Tsunamis Idee!«, protestierte Glory. »Lass deine Wut an ihr aus.«

»Vielen Dank auch«, gab Tsunami zurück.

»Ich bin auf euch beide wütend!« Clay stürmte zum Fluss. »Komm mit, Sunny. Jetzt denken wir uns mal einen schlauen, hinterhältigen Trick aus.«

»Clay«, rief Glory ihm nach, aber sie klang nicht sonderlich besorgt. *Sie weiß, dass ich ihr alles verzeihen werde*, dachte Clay grummelnd. *Sie weiß, dass ich nicht anders kann.* Trotzdem war er froh, dass sie nicht gegangen war, ohne ihm die Chance zu geben, alles zu erklären – selbst wenn sie ihn dazu hinters Licht geführt hatte.

»Wir sollten sowieso weiter«, hörte er Tsunami zu Glory sagen.

Sunny holte ihn am Flussufer ein.

»Das war wirklich gemein«, sagte sie. »Ich glaube nicht, dass wir uns gegenseitig so reinlegen sollten.«

»Wenn wir das nächste Mal eine Pause machen, werden wir Glory kräftig im Schlamm wälzen«, schlug Clay vor.

Sunny rümpfte die Schnauze. »Das meine ich ernst! Du hast doch immer gesagt, dass wir zusammenhalten müssen. Du hältst die anderen immer davon ab, miteinander zu streiten. Du solltest ihnen sagen, wie wichtig es ist, dass wir uns gegenseitig vertrauen. Und du solltest ihnen sagen, dass sie besser zuhören müssen. Jedem, meine ich.«

»Ich glaube, das wissen sie schon«, meinte Clay, während er noch eine Schicht Schlamm auf Sunnys Schuppen packte. Außerdem war er ziemlich sicher, dass Glory und Tsunami ihn auslachen würden, wenn er ihnen jetzt einen Vortrag darüber hielt, wie man ein besserer Freund war.

Sunny seufzte und kletterte auf seinen Rücken. Clay ließ sich in den Fluss gleiten und spürte, wie sich das Wasser hinter ihm bewegte, als Glory und Tsunami das Gleiche taten.

Als sie nach Südosten, in Richtung des Meeres, schwammen, schien das Flusswasser wärmer zu werden. Nach einer Weile lugte vor ihnen die Sonne über den Horizont, und in einiger Entfernung sahen sie das Glitzern eines riesigen Ozeans. Das Land um sie herum führte durch niedrig bewachsene Hügel in blassem Braun und dunklem Grün und war leicht abschüssig, wie sich entfaltende Drachenflügel.

Clay vergaß, sich Gedanken wegen feindseliger Drachen am Himmel zu machen; er vergaß, sich Gedanken darüber zu machen, wo Starflight sein mochte; er vergaß, wütend auf Glory zu sein. Seine Flügel schlugen im Rhythmus seines Herzens, schneller, immer schneller, und trugen ihn durch das Wasser. Das Königreich der Erde war so nah. Sein eigener Stamm, die Welt, die er bis jetzt nur in seiner Fantasie gesehen hatte.

Auch das Geräusch eines Wasserfalls vor ihm konnte ihn nicht beunruhigen. Er wich den Felsen aus, die aus dem Fluss ragten, und rief Sunny zu, sie solle sich festhalten. Als die schneller werdende Strömung sie über die Kante trug, breitete er die Flügel aus und schoss in die Luft.

Einen Moment lang war er überglücklich und ließ sich vom Wind weitertragen. Vor sich konnte er den Fluss sehen, der sich in hundert kleine Bäche aufteilte, während er durch das Schwemmland floss und schließlich ins Meer mündete. Und er konnte die Behausungen der Erdflügler sehen – große Erdhügel, so hoch wie mehrere Drachen und noch um einiges breiter, die wie dicke braune Zähne aus dem Boden ragten.

Als Sunny sich mit einem Schrei des Entsetzens an seinen Hals klammerte, sah Clay nach unten.

Direkt unter ihnen, zwischen dem Wasserfall und dem Schwemmland, lag ein mit toten Drachen übersätes Schlachtfeld.

# 32. Kapitel

Clay blieb in der Luft und kreiste langsam um das Schlachtfeld. Der Fluss unterhalb des Wasserfalls war trüb und dunkel mit vergossenem Blut, und er wurde nicht wieder klar, so weit das Auge reichte. Auf keinen Fall würde er noch einmal in dieses Wasser gehen.

Der Boden war zu Schlamm zerwühlt, aber es war kein einladender Schlamm – hier war er mit Blut und Knochen vermengt, und überall ragten zerschmetterte Flügel aus großen, durchnässten Klumpen heraus wie die Äste eines Baumes, der von einem Sturm zerstört worden war. Die Drachenkadaver waren so mit Schlamm bedeckt, dass sie alle Erdflüglern glichen, doch hier und da sah Clay eisblaue und wüstensandhelle Schuppen schimmern.

»Die Schlacht kann noch nicht lange her sein«, sagte Sunny. »Höchstens ein paar Tage. Da, sieh mal, einige der Feuer brennen noch.« Sie beugte sich über seine Schulter und zeigte auf orangefarbene Flammen, die auf dem schlammigen Boden verteilt waren und stinkenden schwarzen Rauch in den Himmel spuckten.

Clay flog tiefer über eines der Feuer und sah, dass aus dem brennenden Haufen Gliedmaßen mit braunen Schuppen herausragten. Als er wieder höher stieg, musste er einen Brechreiz unterdrücken. Dort unten brannten die Kadaver von Erdflüglern.

Glory und Tsunami, die jeder für sich flogen, holten ihn ein. Glory hatte die Farbe des Flusses gegen ein gedämpftes Grün gewechselt, das aussah wie mit Tautropfen überzogenes Gras. Tsunamis Kiemen weiteten sich und ihr Blick huschte über das Schlachtfeld. Beiden schien es genauso schlecht zu gehen wie Clay.

»Was glaubt ihr, wer gewonnen hat?«, fragte Tsunami.

»Wer *gewonnen* hat?«, rief Sunny entsetzt. »Niemand. Man kann sich das doch nicht ansehen und denken: ›Hurra, wir haben gewonnen.‹ Das geht doch gar nicht.« Ihre Stimme klang traurig und wütend zugleich.

»Blazes Armee muss die Erdflügler angegriffen haben«, vermutete Glory. »Da unten liegen Eisflügler und Sandflügler – ihre Verbündeten.«

»Bestimmt haben die Erdflügler Königin Scarlet eine Nachricht geschickt und um Hilfe gebeten«, knurrte Tsunami. »Und ich wette, dass sie beschlossen hat, sie allein kämpfen zu lassen, anstatt die Feierlichkeiten anlässlich ihres Schlüpftages zu unterbrechen.«

Selbst jetzt noch konnte Clay Hinweise auf den todbringenden Atem der Eisflügler sehen, obwohl das Eis inzwischen schon fast völlig geschmolzen sein musste. Einige der Kadaver unter ihnen waren unversehrt, aber in grauenhaften Verrenkungen erstarrt, die Mäuler weit aufgerissen, als hätte man sie mitten in einem Schrei eingefroren. An manchen Stellen, an denen der Eisatem sein Ziel verfehlt und stattdessen den Boden gefroren hatte, glitzerten winzige Kristalle im Schlamm.

»Hier werden wir niemanden finden, der uns hilft«, sagte Clay.

Sunny sprang von seinem Rücken herunter und flog vor ihn. »Warum nicht?«

»Die Erdflügler werden uns nicht trauen, wenn sie uns alle zusammen sehen«, erwiderte er. Die anderen versammelten sich um ihn herum und schlugen mit den Flügeln, um an Ort und Stelle zu bleiben.

»Das stimmt«, sagte Glory langsam. »Vor allem, wenn sie dich sehen, Tsunami. Die Meeresflügler sind auf Blisters Seite.«

»Ich sollte allein weiterfliegen«, meinte Clay. »Wenn meine Eltern noch am Leben sind …« Er brach ab, weil unter ihm etwas Weißes aufblitzte und ihn ablenkte. Als ihm klar wurde, dass es ein blanker Knochen war, der aus einem nicht identifizierbaren Klumpen Schlamm herausragte, musste er würgen.

»… hast du mehr Chancen, sie zu finden, wenn du ohne Feinde der Erdflügler im Schlepptau auftauchst«, beendete Tsunami den Satz für ihn. »Aber wir wissen nicht, was dich dort erwartet. Vielleicht nehmen sie dich ja auch gefangen, so wie Königin Scarlet das getan hat.«

»Die Königin der Erdflügler lebt nicht hier«, erklärte Glory. »Sie ist weiter im Süden, in den Sümpfen. Wir sind hier im Grenzgebiet. Aber das dürfte es auch nicht sicherer machen.«

Clay erinnerte sich daran, dass Kestrel etwas von Erdflüglern »niedriger Geburt« gesagt hatte, die hier im Delta lebten. Aber ihm war die Herkunft seiner Eltern ganz egal. Er brauchte keine Königsfamilie; er wollte einfach nur *seine* Familie.

»Wenn ich morgen bei Sonnenaufgang nicht zurück bin, sucht nach mir«, sagte er.

»Und wenn du uns vorher brauchst?«, sorgte sich Sunny.

»Ich kann dich begleiten«, sagte Glory plötzlich. »Wenn sie herausfinden, dass ich ein Regenflügler bin, wird das niemanden interessieren – wir sind sowieso nicht in den Krieg verwickelt.

Und dann kann ich noch das hier tun.« Sie schwebte für einen Moment in der Luft und flatterte mit den Flügeln, dann überzogen sich ihre Schuppen mit verschiedenen Brauntönen. In den Ritzen und an ihrem Bauch schimmerten sie bernsteingelb und goldfarben, und die aufgehende Sonne ließ sie in warmen Erdfarben aufleuchten.

»Ich glaube, du bist immer noch viel zu hübsch, um als Erdflügler durchzugehen«, meinte Clay skeptisch. Glorys Körper war zu lang und zu graziös, und die Flügelfächer an ihren Ohren waren auch nicht gerade typisch für einen Erdflügler, obwohl sie sie so weit zusammenfalten konnte, dass sie fast nicht mehr zu erkennen waren. Und wenn sie ihren Schwanz gerade hielt, anstatt ihn wie ein Regenflügler zu kringeln …

»Blödsinn«, sagte Tsunami. »Clay, du bist genauso hübsch wie Glory.« Sunny nickte energisch.

Clay starrte die beiden verwirrt an. »Ich weiß jetzt nicht so richtig, was ich dazu sagen soll.«

»Ich auch nicht«, warf Glory ein. »Aber wir sollten jetzt besser aufbrechen, bevor die Erdflügler feststellen, dass ein paar fremde Drachen verdächtig lange über diesem Schlachtfeld schweben.«

»Wir warten am Wasserfall auf euch. Seid vorsichtig.« Tsunami machte in der Luft kehrt und flog davon. Clay sah ihrem schlanken blauen Körper nach, während Sunny ihr hinterherhetzte.

»Danke, dass du mitkommst«, sagte er zu Glory. Als sie lediglich mit den Flügeln zuckte, fiel ihm wieder ein, dass er ja eigentlich sauer auf sie war. Warum nur konnte er sich so etwas nie lange merken?

Als sie in das Marschland flogen, wunderte sich Clay, weshalb niemand gekommen war, um die Gefallenen auf dem Schlachtfeld zu begraben oder zu verbrennen. Er konnte sich nicht vorstellen, dass man einen toten Drachen einfach so liegen ließ, nicht einmal dann, wenn es ein Feind war.

»Da«, sagte Glory leise, während sie ihre Flügel kippte. Clay erkannte einen kleinen Kreis aus sieben Erdflüglern auf dem Boden neben einem Erdhügel. Sie schienen eine Formation zu üben – drehen, angreifen und Flanken verteidigen, ohne die Position aufzugeben.

Clay holte tief Luft. Jetzt war es so weit. Endlich würde er Drachen seines eigenen Stammes kennenlernen.

Wind, der den Geruch des Meeres mit sich trug, pfiff ihm um die Ohren, als sie nach unten flogen. Als Clay spürte, wie seine Krallen in nasser, sumpfiger Erde versanken, empfand er eine unbändige Freude.

Die Erdflügler hörten sie landen und drehten sich zähnefletschend um. Clay klappte die Flügel zu, riss die Vorderklauen hoch und versuchte, möglichst harmlos auszusehen.

Einen Moment lang starrten die sieben braunen Drachen ihn und Glory an, als wären sie verwirrt. Dann rückte der größte von ihnen – ein Weibchen – seine Flügel zurecht und gab ein geringschätziges Geräusch von sich, das tief aus ihrer Kehle kam. Sofort drehten ihnen sämtliche Drachen wieder den Rücken zu und setzten ihre Formationsübung fort.

Clay blinzelte verwundert, als die Drachen nach links marschierten und dann einer nach dem anderen vortrat und mit den Krallen nach einem imaginären Angreifer schlug. Hin und wieder grunzte die Anführerin ein paar Befehle, allerdings hörten sie sich nicht wie Anweisungen, sondern eher wie Vorschläge an.

»Achtet auf die Schwanzdeckung der Außenseite, teilt euch eure Kräfte ein für den Fall, dass es noch einen Vorstoß gibt, achtet auf die Signale von den inneren Flügeln«, rief sie.

Anscheinend hatten sie sofort wieder vergessen, dass Clay und Glory da waren. Er sah Glory hilflos an.

»Vielleicht sollten wir jemand anderen suchen, den wir fragen können«, flüsterte er.

»ÄHEM.« Glory räusperte sich laut. »Entschuldigung?«

Die Anführerin warf ihnen einen Blick zu und zog die Augenbrauen hoch. »Weitermachen«, sagte sie zu den übrigen Soldaten. Dann ging sie zu Glory. Ihr massiger Körper bewegte sich mühelos über den Schlamm, was ihr eine geschmeidige Grazie verlieh, obwohl sie genauso kräftig gebaut war wie Clay. Mehrere frische Wunden an ihrer Seite und ihrem Hals waren mit Schlamm und Gras bedeckt, und eine ihrer Hornspitzen war abgebrochen.

»Es tut mir leid, dass nur noch ihr zwei übrig seid«, sagte der Erdflügler freiheraus, »aber wir brauchen niemanden. Wir haben in drei Jahren nur einen verloren, was daran liegt, dass wir uns voll und ganz auf unsere Mission konzentrieren, jeden Morgen bei Sonnenaufgang üben und keine Ungeschwister aufnehmen.«

»Ungeschwister?«, wiederholte Clay. Der Erdflügler sah ihn verdutzt an. Glory trat ihm auf die Hinterklaue. *Tu so, als wüsstest du, worüber sie reden*, ermahnte sich Clay selbst.

»Wir suchen nur nach jemandem«, sagte Glory. »Ein Erdflüglerpaar, das vor sechs Jahren ein Ei verloren hat.«

»Ein Erdflüglerpaar?« Der andere Drache schien verwirrt zu sein. Clay spürte, wie der Morgentau von den Blättern über ihm heruntertropfte. Er wühlte mit seinem Schwanz im Schlamm herum und versuchte, so auszusehen, als würde er jeden Tag in einem Sumpf stehen. Am liebsten hätte er sich auf den Boden geworfen und wie ein frisch geschlüpfter Drachling ausgiebig hin- und hergewälzt, aber irgendwie hatte er das Gefühl, dass es ziemlich merkwürdig und würdelos ausgesehen hätte.

»Ein rotes Ei«, versuchte es Glory noch einmal. »Es wurde irgendwo hier in der Gegend gestohlen.«

»Gestohlen!«, zischte der Erdflügler. »Den Drachen, der so etwas versucht, würde ich gern mal sehen!« Als er drohend die Muskeln spielen ließ, wich Glory einen Schritt zurück.

»Jedenfalls hat es jemand mitgenommen«, sagte sie. »Vielleicht ein Drache namens Asha?«

Das Drachenweibchen klappte den Knochenkamm auf seinem Rücken wieder zusammen. »Oh ja, Asha«, erwiderte sie. »Das stimmt. Ihre Schwester Cattail hatte vor etwa sechs Jahren ein Blutei. Aber das Ei wurde definitiv nicht gestohlen.« Sie schnaubte.

Clay hatte das Gefühl, als würde etwas in seiner Brust bersten. Cattail! Jetzt hatte seine Mutter endlich einen Namen. »Geht es ihr gut?«, fragte er. »Cattail? Ist sie noch am Leben?«

»Mehr oder weniger«, schnaubte die Anführerin. »Dem Trupp fehlt jegliche Disziplin. Und seit Asha nicht mehr da ist, ist ihr Leitflügler völlig neben der Spur. Inzwischen sind sie nur noch zu viert.«

Es hörte sich an wie eine andere Sprache. Clay wollte unbedingt fragen, was ein Leitflügler war, wagte es dann aber doch nicht.

»Wo finden wir sie?«, fragte Glory.

Das Erdflüglerweibchen hob eine Klaue und wies auf eine Lücke zwischen den Erdhügeln. »Wahrscheinlich schlafen noch alle, aber der Trupp kampiert normalerweise in dem Schlafhaus mit dem Loch an der Seite, am Ende des Pfades.«

»Danke«, sagte Clay schnell, als sie sich bereits wieder zu ihren Leuten umdrehte, ohne ihm zu antworten.

Vor ihnen lag ein erhöhter Pfad aus getrocknetem Schlamm, der zwischen den hohen Drachenhügeln und Sumpfgräsern hindurchführte. Schilfrohr wiegte sich rauschend in der leichten Brise und knorrige Bäume überzogen das Sumpfland. Die meisten davon waren mit hängenden Kletterpflanzen bewachsen, doch als Clay genauer hinsah, stellte er fest, dass einige davon in Wahrheit blutrote und olivgrüne Schlangen waren, die sich zu dicken Knäueln zusammengerollt hatten. Das laute Quaken von Ochsenfröschen erfüllte die Luft.

Während sie den Pfad entlanggingen, spähte Clay angestrengt in eine der großen Schlammpfützen und versuchte, einen besonders lauten Ochsenfrosch zu entdecken. Plötzlich öffneten sich mitten im Schlamm zwei Augen. Clay wich zurück und hätte um ein Haar Glory in den Sumpf auf der anderen Seite des Pfades gestoßen.

»Pass doch auf!«, zischte sie.

»Im Schlamm steckt ein Drache«, flüsterte er. Jetzt konnte er auch zwei Ohren erkennen, die genauso aussahen wie seine und hinter den Augen in die Luft ragten, und zwei Nüstern, die dicht über dem Schlamm davor schwebten. Die Augen beobachteten ihn einen Moment, dann schlossen sie sich. Der Drache versank wieder im Sumpf.

»Hier drüben ist auch einer«, flüsterte Glory. Als Clay sich umdrehte, stellte er fest, dass ein halb versunkener Baumstamm in Wirklichkeit der lange, zerfurchte Rücken eines Drachen war, der direkt unter der Oberfläche im Schlamm lag. Seine Nase ruhte auf einem Felsen, die Augen waren fest geschlossen, und er schnarchte leise.

»Die scheinen sich hier sehr wohlzufühlen«, stellte Clay fest.

Glory schüttelte sich. »Ich könnte nie im Schlamm schlafen. Dann würde ich die ganze Zeit von Treibsand und Moskitos träumen. Und von klebriger Erde, die ich nie wieder aus den Schuppen bekomme.«

Als sie genauer hinschauten, sahen sie in jedem Schlammteich untergetauchte Drachen. Als die Sonne höher stieg und immer mehr Licht auf den Sumpf fiel, tauchten einige der Drachen aus dem Schlamm auf, öffneten ihre Flügel und wärmten sich. Ein paar kamen auch aus den Erdhügeln heraus, durch niedrige Eingänge, die man aus den Schlammwänden ausgehöhlt hatte.

Keiner von ihnen nahm Notiz von Clay oder Glory, was ihm ziemlich merkwürdig vorkam. Den Drachen schienen die Fremden in ihrer Mitte völlig egal zu sein. Ihm fiel auf, dass sie in ihren jeweiligen Trupps blieben, die zwischen fünf und neun Drachen groß waren, und nur mit den Erdflüglern in ihrer eigenen Gruppe redeten. Aus einem Erdhügel kamen sechs Drachen auf einmal heraus, die einen Kreis um die Behausung bildeten und dann alle gleichzeitig ihre Flügel, Hälse und Schwänze streckten.

Aus dem seichten Wasser eines trüben Sees tauchte eine andere, aus acht Drachen bestehende Gruppe auf. Einer nach dem anderen schwangen sie sich in die Luft und folgten dem größten Erdflügler unter ihnen zu einem Rundflug über den Sumpf. Nachdem sie für kurze Zeit am Himmel gekreist waren, schoss der Anführer nach unten ins Schilf und kam mit einem zappelnden Krokodil in den Klauen wieder nach oben. Er landete auf einer Insel aus trockenem Boden, und sofort rissen alle acht Drachen das Krokodil in Stücke und schlangen es hinunter.

»In den Schriftrollen stand überhaupt nichts darüber. Wir hatten keine richtig guten Informationen über das Leben der Erdflügler. Aber vielleicht geht es bei ihnen ja so zu wie beim Militär«, vermutete Glory. »Die Soldaten bleiben unter sich. Vielleicht sind sie deshalb so gute Kämpfer, weil sie diese kleinen, verschworenen Einheiten innerhalb der Armee bilden.«

»Vielleicht«, erwiderte Clay. Der starke Zusammenhalt in den einzelnen Gruppen gefiel ihm. Allerdings machte es ihn nervös, dass niemand ihn und Glory begrüßte oder wissen wollte, wer sie waren. Aber wenn seine Mutter erst einmal erfuhr, dass er hier war, würde man sie sicher mit offenen Flügeln willkommen heißen.

Als er sich im Dorf umsah, begegnete er endlich dem Blick eines anderen Drachen – es war der einzige, der in ihre Richtung sah. Die hellen, bräunlich gelben Augen gehörten zu einem kleinen Erdflügler, der ein Schlammpflaster auf der Nase hatte. Seine Hörner waren noch nicht ganz ausgewachsen, aber ein Baby-Drachling war er auch nicht mehr. Er starrte Clay neugierig an. Clay lächelte und winkte ihm mit einem Flügel zu.

Der kleine Drache blinzelte und rannte wieder in seinen Erdhügel zurück.

Der Pfad führte zu einem der Bäume, die mit Schlangen behangen waren, weg von der Dorfmitte, zu einem Bereich des Sumpfes mit nur wenigen, etwas abgeschieden gelegenen Erdhügeln. Nach einer Weile endete er an einem See, der mit Schilf überwuchert war. Neben dem See stand ein schiefer Erdhügel mit einem bröckelnden Loch am oberen Ende, das aussah, als wäre es irgendwann einmal von einem wütenden Drachen in die Wand gehauen worden.

Clay hielt den Atem an, als sie näher kamen. War sein Ei hier gelegt worden? Hätte er hier schlüpfen sollen? Hier war es viel wärmer und feuchter als in der kalten, kahlen Höhle unter dem Berg. Aber es stank auch nach verrottenden Pflanzen, und in dem letzten Hügel war kein Lebenszeichen auszumachen. Sie blieben davor stehen und starrten auf die glatte Wasseroberfläche des Sees.

»Das muss der Hügel sein, den der Drache vorhin Schlafhaus genannt hat«, sagte Glory. »Dann ist deine Mutter wohl da drin.«

»Cattail«, erwiderte Clay leise, der sich erst noch an den Klang des Namens gewöhnen musste.

Sie setzten sich für einen Moment auf den Pfad. »Willst du denn nicht reingehen?«, fragte Glory.

Clay war alles andere als begeistert von der Idee, seinen Kopf in einen dunklen Erdturm voller fremder Drachen zu stecken. »Ich bin sicher, dass gleich jemand rauskommen –«, begann er. In dem Moment steckte ein Drache seine breite, flache Schnauze aus dem Eingang. Zwei gelbe Augen starrten Clay finster an.

»Da sind zwei Drachlinge«, knurrte der Erdflügler. »Sie schnattern wie die Krähen, während wir zu schlafen versuchen.«

»Dann schick sie weg!«, brüllte eine Stimme aus dem Erdhügel.

»Tut mir leid«, stammelte Clay. »Wir wollten nicht unhöflich sein. Wir suchen nach Cattail.« Er hoffte inständig, dass dieser mürrische Drache nicht sein Vater war.

Der Drache sah ihn mit zusammengekniffenen Augen an und zog sich dann in den Erdhügel zurück. Sie hörten, wie ein paar Drachen murrten, grunzten und mit den Flügeln schlugen, als würden die Erdflügler im Schlafhaus sich gegenseitig auf die Klauen treten, um den Drachen über sich drüberklettern zu lassen.

Schließlich kam ein schlanker brauner Drache ins Freie. Das Weibchen schüttelte seine Flügel aus, die mit Schuppen in einem helleren Braun gesprenkelt waren, und starrte Clay und Glory misstrauisch an.

»Ja?«, fragte sie. »Was willst du?«

Clay hatte das Gefühl, als wären seine Klauen am Boden festgewachsen. Er konnte es nicht glauben. Nach all den Jahren, in denen er sich diesen Moment ausgemalt und erhofft hatte, war es jetzt endlich so weit – er stand seiner eigenen Mutter gegenüber.

# 33. Kapitel

Clay machte das Maul auf und wieder zu, brachte aber keinen Ton heraus. Glory verdrehte die Augen und kam ihm zu Hilfe.

»Bist du Cattail?«, fragte sie. »Ashas Schwester?«

Das gefleckte Erdflügler-Weibchen zischte leise und zog den Kopf ein. »Ja«, sagte sie. »Und wer seid ihr?«

Glory gab Clay einen kräftigen Schubs. »Ich bin Clay. Ich glaube, ich bin dein Sohn«, platzte er heraus.

Cattail starrte ihn an. Ihre Augen waren so braun wie seine, aber um den schwarzen Schlitz der Pupille zog sich ein gelber Ring. Clay wartete mit klopfendem Herzen. Er hatte sich diesen Moment tausendmal vorgestellt. In der Geschichte »Die verlorene Prinzessin« setzte jetzt das Freudengeschrei ein, und dann begann das Festmahl.

»Und?«, sagte Cattail.

Clay vermutete, dass sie ihn nicht richtig verstanden hatte. »Ich glaube, du bist meine Mutter«, versuchte er es.

»Das eine hängt mit dem anderen zusammen«, erwiderte Cattail. »Und?«

»Ich glaube, du verstehst nicht«, mischte Glory sich ein. »Das ist der Drachling, den du vor sechs Jahren verloren hast.«

Cattails Krallen bohrten sich langsam in den Schlamm unter ihr. »Ich habe keine Drachlinge verloren.« Sie sah weder verwirrt noch besorgt aus. Und froh schon mal gar nicht. Eigentlich sah sie aus, als würde sie dieses Gespräch nur führen, damit sie sie in Ruhe ließen und sie weiterschlafen konnte.

Clay warf Glory einen frustrierten Blick zu. Er hatte keine Ahnung, was er sagen sollte.

»Hör zu«, fuhr Glory fort. »Vielleicht haben wir das ja auch falsch verstanden. Clay ist aus einem blutroten Ei geschlüpft, das vor sechs Jahren von einem Drachen namens Asha irgendwo hier aus der Gegend geholt wurde. Er ist zurückgekommen, um –«

»Ach, *das* Ei«, sagte Cattail mit einem Gähnen. »Asha war ganz aufgeregt deshalb. Ich weiß gar nicht, warum – im Dorf gibt es alle zwei Jahre oder so ein rotes Ei. Aber ich habe es nicht verloren.«

»Was ist damit passiert?«, brachte Clay heraus.

»Wir haben es den Klauen des Friedens verkauft«, erklärte Cattail. Der Blick, den sie ihnen zuwarf, war verstohlen und hinterhältig. »Soll das heißen, sie wollen die Kühe zurückhaben? Das geht nicht. Eigentlich hätten wir ja eine Zucht damit beginnen sollen, aber wir haben sie alle gefressen. Pech gehabt.«

»Ihr habt mich *verkauft*?«, rief Clay. Er hatte das Gefühl, als würden ihm scharfe Krallen die Brust zerfetzen.

»Warum denn nicht?«, wunderte sich Cattail. »In dem Gelege waren noch sechs andere Eier. Dich brauchten wir nicht.« Sie zupfte eine verirrte Entenfeder aus ihren Klauen. »Hat euch Asha das nicht erzählt?«

»Asha ist tot«, sagte Glory. »Sie ist gestorben, als sie versucht hat, Clays Ei in Sicherheit zu bringen.«

»Tot?« Jetzt sah Cattail endlich aus, als wäre sie bestürzt. »Ich habe ihr *gesagt*, dass sie ihre Geschwister nicht verlassen soll! Unser Leitflügler wird furchtbar wütend sein.« Sie knurrte und ließ ihre Zunge hervorschnellen. »Aber das geschieht ihr recht, schließlich hat sie sich für die Klauen und gegen uns entschieden.«

»Sie wollte mithelfen, die Prophezeiung zu erfüllen«, fuhr Glory sie an. »Wenigstens interessiert die Klauen noch etwas anderes als sie selbst.« Wenn Clay sich nicht so niedergeschlagen gefühlt hätte, hätte er gelacht. Das war das Netteste, was Glory je über die Klauen des Friedens gesagt hatte.

»Das war typisch für Asha«, sagte Cattail. »Sie war immer so furchtbar rührselig und hat sich für die verrücktesten Dinge begeistern können. Es hat ihr gefallen, den kleinen Drachlingen die Geschichte von dieser Prophezeiung zu erzählen. Sie hat in diesem Dorf eine ganze Menge fantasierender Drachen zurückgelassen, das kann ich euch sagen. Sie reden immer noch über die Vorsehung und Frieden und dieses ganze Zeug.«

Drachen weinten nicht so leicht, und Clay hatte noch nie in seinem Leben Tränen vergossen, egal wie sehr ihn Kestrel mit Worten oder Klauen verletzt hatte. Doch jetzt, ganz plötzlich, hatte er eine Ahnung davon, wie ihr Leben hätte sein können, wenn Asha nicht gestorben wäre. Sie wäre zwar nur einer der Drachen gewesen, die sich in der Höhle unter dem Berg um sie gekümmert hätten – aber sie wäre ein gütiger und liebevoller Drache gewesen, voller Ideale und Hoffnung. Eine Erzieherin, die ihnen den Glauben an die Prophezeiung und an sich selbst vermittelt hätte. Ein Ausgleich für Kestrels Härte.

Er hatte nie lange über Asha nachgedacht, den Drachen, der sein Ei gebracht hatte, doch jetzt erfüllte es ihn mit Trauer, dass sie tot war und er sie nicht gekannt hatte. Clay wurde bewusst, dass er kurz davor war, in Tränen auszubrechen, und er wollte sich gar nicht erst vorstellen, wie seine Mutter darauf reagieren würde.

»Und was ist mit meinem Vater?« Clay versuchte, möglichst unbeteiligt zu klingen. »Hat er denn nicht versucht, dich davon abzuhalten, mich zu verkaufen?«

Cattail warf den Kopf zurück und stieß ein höhnisches Lachen aus. Es war eher wie ein hohes Krächzen, das sich anhörte, als würden tausend Ochsenfrösche gleichzeitig brüllen. »Du kennst dich wirklich nicht mit Erdflüglern aus, stimmt's?«, sagte sie, als sie sich wieder gefangen hatte. »Ich weiß nicht mal, wer dein Vater ist. Und ihm ist es mit Sicherheit egal. Einmal im Monat haben wir Fortpflanzungsnacht, und dann geht jeder wieder in sein eigenes Schlafhaus. Nein, mein Kleiner, du hast keinen Vater.«

»Und offenbar auch keine Mutter«, bemerkte Glory kalt.

Doch Cattail nickte nur. »Stimmt«, meinte sie. »Ich wünsche euch viel Glück, aber in unserem Trupp ist kein Platz für anhängliche, kleine Drachlinge.«

Sie sagte das so, als wäre es etwas völlig Normales. Clay sah ihr an, dass sie nicht versuchte, gemein zu sein, trotzdem tat es mehr weh als alles andere, was er je empfunden hatte – es war schlimmer als Kestrels Sticheleien und Angriffe, schlimmer als die Krallen des Eisflüglers in seinem Rücken, schlimmer, als Sunny in einem Käfig zu sehen oder zu wissen, dass Peril ihn verraten hatte. Er spürte, wie all seine Träume wie Seifenblasen zerplatzten.

Clay hatte immer geglaubt, dass es irgendwo auf der Welt jemanden gab, der auf ihn wartete. Immer wieder hatte er sich vorgestellt, wie er seine Mutter und seinen Vater wiederfand, und dass es genauso sein würde wie in der Geschichte mit der

Prinzessin. In keiner der Schriftrollen aus ihrem Unterricht hatte etwas über die Familien von Erdflüglern gestanden, aber er wusste, dass Nachtflügler und Meeresflügler Mütter und Väter hatten, und daher war er immer davon ausgegangen, dass es bei den anderen Drachenstämmen genauso war.

Er war nie auf den Gedanken gekommen, dass niemand wusste, wer sein Vater war. Und er hatte mit Sicherheit nicht damit gerechnet, dass er seiner Mutter so völlig egal sein würde oder dass sie ihn wegschicken würde, kurz nachdem sie ihn kennengelernt hatte.

*Noch etwas, wovor Asha mich hätte warnen können*, dachte er verbittert. Wenn sie nicht gestorben wäre, hätte sie ihm sagen können, wie so etwas im Königreich der Erde lief, und ihm damit eine Menge sinnloser Träumereien erspart.

»Komm schon, Clay.« Glory zerrte an seinem Flügel. Sie schob ihn wieder auf den Pfad, dann machten sie sich auf den Weg zurück zum Dorf. Clays Schuppen fühlten sich so schwer wie Felsbrocken an. Mühsam zog er seinen Schwanz hinter sich her.

»Sagt den Klauen, dass wir eine Vereinbarung hatten«, rief Cattail ihnen nach. »Egal was passiert ist, die Kühe können sie nicht zurückhaben!«

»Willst du noch mit jemand anderem reden?«, fragte Glory, als sie das Dorf erreichten. »Vielleicht irrt sie sich ja und dein Vater möchte dich gern kennenlernen.«

Clay schüttelte den Kopf. »Das bringt doch nichts«, meinte er. »Für mich ist hier kein Platz.«

Plötzlich hielt ihn Glory mit einem Zischen auf. Sie deutete auf die Lichtung vor ihnen, rannte zu dem am nächsten stehenden Baum und duckte sich unter die Hängepflanzen. Clay eilte ihr nach.

In der Mitte des Erddorfes stampfte ein stämmiger Sandflügler mit den Hinterklauen auf und versuchte, den nassen Schlamm loszuwerden, der an seinen Krallen klebte. Der Drache, dem ein Ohr und ein paar Zähne fehlten, verzog das Gesicht und starrte die beiden Erdflügler vor ihm an.

»Was?«, bellte er. »Sprich lauter!«

»Ich sagte, wir haben niemanden gesehen, der so aussieht«, brüllte einer der Erdflügler.

»Bist du sicher?«, fragte der Sandflügler. »Sie sind zu viert. Ein Erdflügler, ein Regenflügler, ein Meeresflügler und noch einer, der entfernte Ähnlichkeit mit einem Sandflügler hat.«

Der Erdflügler rümpfte die Schnauze. »Nein«, erwiderte er. »Es wäre uns garantiert aufgefallen, wenn ein Meeresflügler, ein Regenflügler oder ein … Drache, der ›entfernte Ähnlichkeit mit einem Sandflügler hat‹, durch unsere Schlafhäuser spaziert wären.«

Der Sandflügler schnaubte verächtlich, als würde er bezweifeln, dass sie ihm die Wahrheit sagten. »Nun gut«, schloss er, »wenn ihr sie seht, lasst es Königin Burn sofort wissen.«

Beide Erdflügler neigten höflich den Kopf. »Natürlich.«

Glory und Clay duckten sich noch tiefer unter den Baum, als der Sandflügler die Flügel ausbreitete und in den Himmel flog. »Wir müssen hier weg«, flüsterte Glory.

»Ich habe ganz vergessen, dass die Erdflügler auf Burns Seite stehen«, sagte Clay. »Wir haben Glück, dass Cattail nichts von Burns Suche nach uns wusste. Sie hätte mich sofort an den Sandflügler übergeben.« Aber er fühlte sich gar nicht so, als hätte er Glück. Genau genommen fühlte er sich ausgesprochen elend.

»Lass uns um das Dorf herumgehen«, schlug Glory vor. Sie schlich rückwärts auf das Schilf zu, das sich leise im Wind wiegte. Fast sofort versank sie bis zum Bauch in einem Teich aus Schlamm. »*Iiiiiih*«, quiekte sie.

Clay sah, wie ganz in der Nähe eine Schnauze aus dem Schlamm auftauchte. Der Drache, zu dem sie gehörte, warf ihnen einen misstrauischen Blick zu.

»Vergiss nicht, so zu tun, als wärst du ein Erdflügler!«, flüsterte er, während er sich neben Glory in den Schlamm gleiten ließ. »Mmmmmmh, Schlamm!«

»Oh jaaa«, stimmte Glory ohne jede Begeisterung zu. Sie watete noch ein paar Schritte tiefer ins Schilf, während Schlamm auf ihre Flügel spritzte.

Mit dieser Geschwindigkeit würden sie eine halbe Ewigkeit für die Strecke brauchen. Clay suchte den Himmel ab. »Alles klar, er ist außer Sicht. Wir können zu den anderen zurückfliegen.«

Er hievte sich aus dem Schlamm auf den trockenen Boden und zog Glory neben sich. Sie schüttelten beide ihre Flügel aus, um die größten Erdklumpen loszuwerden, erhoben sich in die Luft und hatten nach kurzer Zeit die Bäume hinter sich gelassen. Als sie links von sich den Fluss sahen, der zum Wasserfall führte, drehten sie in diese Richtung ab. Clay wollte das Königreich der Erde für immer hinter sich lassen.

»Hey!«, schrie plötzlich jemand hinter ihnen. »Hey, ihr Drachlinge! Stehen bleiben.«

# 34. Kapitel

Clay geriet in Panik. Er wurde schneller und schlug hektisch mit den Flügeln. Glory flog neben ihn.

»Bleib stehen!«, flüsterte sie. »Wenn wir fliehen, werden sie wissen, dass etwas nicht stimmt.«

Clay wusste, dass sie recht hatte, aber es fiel ihm unglaublich schwer, umzudrehen und zum Dorf der Erdflügler zurückzufliegen.

Vor ihnen schwebten fünf Drachen am Himmel, die sie gespannt beobachteten. Als sie näher kamen, stellte Clay fest, dass es noch nicht ausgewachsene Drachlinge waren. Der größte war ein bisschen kleiner als Clay, mit warmen bernsteingelben Augen und einer frischen Kratzwunde am Schwanz. Der kleinste von ihnen war der Drache mit dem Pflaster auf der Nase, der Clay im Dorf angestarrt hatte.

»Hallo«, sagte Clay zu ihnen. Er hoffte, dass er lässig und harmlos klang. »Wir wollten gerade gehen.«

Die kleinen Erdflügler sahen sich an. »Wir haben gehört, dass du nach einem Blutei aus einem von Cattails Gelegen gefragt hast«, sagte der größte von ihnen.

»Stimmt«, antwortete Clay.

»Weißt du, was damit passiert ist?«, mischte sich der kleinste Erdflügler ein. »Ist etwas geschlüpft? Was war es? Wo ist der Drachling jetzt?«

Bevor Clay antworten konnte, stupste Glory ihn mit ihrem Schwanz an. »Und wer will das wissen?«, fragte sie.

»Ich heiße Reed«, erwiderte der größte Drachling. »Das sind Sora, Pheasant, Marsh und Umber.« Der kleinste, Umber, starrte Clay wieder unverwandt an. Die anderen drei behielten mit einem nervösen Gesichtsausdruck den Himmel im Auge.

»Ich bin Clay, und das hier ist Glory«, erwiderte Clay.

Pheasant wies mit dem Kopf auf Glory. »Das ist aber ein seltsamer Name für einen Erdflügler«, sagte sie. *Ups*, dachte Clay.

»Ich habe ihn mir nicht ausgesucht«, meinte Glory mit einem Schulterzucken, das sie in der Luft auf- und abhüpfen ließ.

»Ist einer von euch beiden aus dem Blutei geschlüpft?«, fragte Reed. »Bist du unser fehlendes Geschwister?«

»Geschwister? Darum geht es also!« Clay schoss nach vorn und packte Reeds Vorderklauen. »Waren wir im selben Gelege?«

»Ich wusste es!«, kreischte Umber. »Irgendwie hatte ich das Gefühl, dass ich ihn kenne. Ich hab's euch gesagt!« Er warf sich auf Marsh und hätte sie beide um ein Haar zum Abstürzen gebracht.

»Du bist unser Bruder«, sagte Reed mit einem Grinsen, das Clay bis in die Spitzen seiner Krallen wärmte. »Du hast uns all die Jahre so sehr gefehlt!«

»Er ist nicht nur unser Bruder«, meinte Pheasant. »Sieh ihn dir an. Er sollte unser Leitflügler sein.«

Als Reed Clay von den Flügelspitzen bis zu den Krallen musterte, verschwand das glückliche Grinsen aus seinem Gesicht. »Du hast recht«, erwiderte er.

Clay hatte keine Ahnung, was los war. »Wir müssen reden«, sagte er. Die anderen Drachen nickten, und gemeinsam flogen sie auf eine Insel im Sumpfland, die von hohem Schilf umgeben war.

Seine Geschwister konnten nicht glauben, wie wenig er über das Leben von Erdflüglern wusste, aber sie erklärten ihm bereitwillig alles, was er wissen wollte, und redeten dabei wild durcheinander. Die fünf Drachlinge rollten sich im hohen Gras über- und untereinander zusammen, Schwänze, Klauen und Flügel zu einem großen Knäuel verschlungen, dann kletterte Umber auf sie und stützte sich auf ihre Köpfe, damit man ihn besser hören konnte.

Die fünf erzählten ihm, dass die Erdflügler ihre Eier in Nester aus Schlamm legten, die von Mauern aus heißen Steinen geschützt wurden. Die Eier waren dort so sicher, dass die Mutter nie nach ihnen zu sehen brauchte, und wenn die Drachlinge geboren wurden, war sie in der Regel gar nicht dabei. Der Drachling, der zuerst schlüpfte, war immer der größte der Geschwister, und seine erste Aufgabe war es, den anderen aus ihren Eiern zu helfen, indem er die Schalen von außen zerbrach.

Als sie ihnen das erklärten, schnappte Glory nach Luft. »Das war es also!«, sagte sie zu Clay. »Als wir geschlüpft sind – unsere Erzieher wussten nichts über Erdflügler, daher dachten sie, du würdest uns angreifen. Aber du hast nur versucht, uns zu helfen. Dein Instinkt hat dir gesagt, dass du den Rest von uns aus unseren Schalen befreien musst. Clay, weißt du, was das bedeutet? Du hast gar nicht versucht, uns umzubringen.«

Clay hatte das Gefühl, als würden sich warme Sommerwolken in seinem Innern ausbreiten. Kestrel hatte sich in ihm getäuscht, die ganze Zeit über. Seine körperliche Stärke war nicht dazu gedacht, andere zu töten; er war nur deshalb so groß und stark, damit er seine Geschwister beschützen konnte. Ihm war nicht bestimmt, ein Monster zu sein. Er war kein Killer.

Er war ein Leitflügler.

Er legte seinen Schwanz über Glorys und lächelte sie einfach nur an, weil er so glücklich war, dass er keinen Ton herausbrachte.

»Und von dem Moment an kümmert sich der Leitflügler um die anderen«, erklärte Pheasant, die Reed einen liebevollen Stups gab. »Einige von ihnen sind ziemlich rechthaberisch oder zu schwach, aber ich glaube, mit Reed haben wir einen guten erwischt.« Sie brach ab, als ihr klar wurde, was sie da gerade gesagt hatte. »Ich meine … du wärst natürlich auch ein guter Leitflügler geworden. Ich bin sicher, dass du …«

Reed riss einen Klumpen Sumpfgras aus und fing an, ihn zu zerfetzen, ohne Clay anzusehen. »Und dann bleiben wir alle zusammen«, sagte er. »Für immer. Wir lernen zusammen jagen und überleben, wir wachsen zusammen auf, und dann leben wir für den Rest unseres Lebens zusammen. Und wenn wir im Krieg sind, kämpfen wir als Gruppe. Jeder Trupp der Erdflügler besteht aus den Geschwistern eines Geleges, bis auf die, die zu viele verloren haben – die versuchen dann, Ungeschwister zu finden, damit sie einen neuen Trupp bilden können.«

Pheasant sah die anderen – den zappeligen Umber, die schweigsame Sora, den nervösen Marsh – an, als würde sie lieber sterben, als sie durch Ungeschwister zu ersetzen, die nicht aus ihrem eigenen Gelege stammten.

»Wie viele habt ihr – haben wir verloren?«, fragte Clay.

»Zwei«, antwortete Reed. »Dich und unsere Schwester Crane, vor zwei Tagen bei der Schlacht an der Felswand.« Er nickte in Richtung des Wasserfalls. Clays Magen krampfte sich zusammen, als ihm klar wurde, dass einer der Kadaver, über die er geflogen war, seine eigene Schwester gewesen war.

»Das war unsere erste Schlacht«, sagte Sora leise.

»Es war furchtbar«, fügte Umber hinzu.

Reed seufzte schwer. »Ich war nicht der Leitflügler, der ich gern gewesen wäre.«

»Doch!«, protestierten die anderen sofort. »Reed, du warst toll«, sagte Pheasant energisch.

»Wenn du nicht gewesen wärst, wären wir jetzt *alle* tot«, stimmte Marsh den anderen zu. Sie hatten alle den gleichen Ausdruck im Gesicht, als sie Reed ansahen. Clay stellte fest, dass es Vertrauen war – der Glaube daran, dass ihr Leitflügler sich um sie kümmern würde, egal was geschah.

»Das ist jetzt nicht mehr wichtig«, sagte Reed. »Denn jetzt bist *du* ja da. Du solltest unser Leitflügler sein.« Er warf Clay einen Blick von der Seite zu, und in seinen Augen sah Clay all die Sorgen, die er selbst jemals empfunden hatte … alle Ängste um seine Freunde, alles, was er getan hatte und noch tun würde, um sie zu beschützen, das ganze Ausmaß seiner Zuneigung für sie.

Clay sorgte sich auch um seine richtigen Geschwister, obwohl er sie gerade erst kennengelernt hatte. Er hatte instinktiv das Gefühl, dass sie so etwas wie die Verlängerung seiner eigenen Klauen und Flügel waren. Das war die Familie, nach der er sich immer gesehnt hatte.

Und wenn er blieb, würde er das alles zerstören.

Er konnte es in ihren Augen sehen – sie wollten, dass er bei ihnen blieb, hatten aber gleichzeitig Angst davor. Wenn er ihr Leitflügler wurde, was würde dann aus ihrer Loyalität zu Reed werden? Was würde aus Reed selbst werden, der gezwungen sein würde, ihm zu folgen, aber seine Geschwister auf seine eigene Art und Weise beschützen wollte?

Clay wusste weder etwas über das Leben der Erdflügler noch über Truppenformationen. Er wusste nicht einmal, wie man im Sumpf jagte. Wie sollte er sie dann in die Schlacht führen? Es würde nie so ein starker Zusammenhalt sein wie mit Reed, egal wie sehr sich alle bemühen würden.

Ihm wurde klar, dass es nur eine Möglichkeit gab, um seine Geschwister zu beschützen. Wenn er tatsächlich ihr Leitflügler war, musste er sie verlassen – damit Reed ihr Leitflügler bleiben konnte, so, wie er es immer gewesen war. Er würde besser für ihre Sicherheit sorgen können als Clay, und ihre Geschwister würden nicht gezwungen werden, sich für einen von ihnen zu entscheiden.

Auch Glory sah ihn erwartungsvoll an.

Clay schüttelte den Kopf. »Nein«, sagte er zu seinen Geschwistern. »Reed ist euer Leitflügler. Ihr vertraut ihm und ihr braucht ihn. Selbst wenn ich wollte, ich könnte ihn nicht ersetzen.«

Sein Bruder hob den Kopf und starrte ihn ungläubig an. Die übrigen Drachlinge sahen erleichtert und traurig zugleich aus.

»Außerdem«, warf Glory ein, »kann er nicht bei euch bleiben. Er ist *unser* Leitflügler.« Sie streifte Clays Flügel mit ihrem. Er war froh, dass er im Gegensatz zu ihr nicht die Farbe wechseln konnte, sonst wäre er jetzt wahrscheinlich von der Nase bis zum Schwanz dunkelrot geworden.

»Bist du sicher?«, sagte Reed zu Clay. »Du könntest dich uns trotzdem anschließen, unabhängig davon, ob du Leitflügler bist oder nicht. Vor uns liegen noch viele Kämpfe, und einen starken Drachen auf unserer Seite könnten wir gut gebrauchen.«

Clay war versucht, auf den Vorschlag einzugehen. Er wollte seine Geschwister besser kennenlernen, und es wäre so einfach, dieses Leben anzunehmen und Soldat zu werden. Dann brauchte er sich wenigstens keine Gedanken mehr um irgendwelche Prophezeiungen zu machen, und die Königin der Sandflügler würde ihn auch nicht mehr jagen. Aber die verkohlten Kadaver auf dem Schlachtfeld waren ihm noch in reger Erinnerung, und er musste an seine Freunde denken und daran, wie sie wohl ohne ihn zurechtkommen würden.

»Ich fürchte, ich habe ein anderes Schicksal«, erwiderte er bedauernd. »Wir werden versuchen, den Krieg zu beenden.«

Umber riss die Augen auf. »So wie in der Prophezeiung?«, flüsterte er. »Das bist *du*?«

Pheasant sah Glory zweifelnd an.

»Das sind *wir*«, sagte Clay, während er Glorys Klaue berührte.

»Sieht ganz danach aus«, fügte Glory hinzu.

»Wir werden es jedenfalls versuchen«, fuhr Clay fort. »Aber vielleicht hinterher, wenn der Krieg zu Ende ist … vielleicht könnte ich dann wiederkommen?«

»Du bist einer von uns«, meinte Reed. »Du kannst jederzeit wiederkommen.«

»Ich hoffe, du kommst wieder«, warf Umber ein. Die anderen nickten.

Clay sah von einem zum anderen und fragte sich, wie viele seiner Geschwister die nächste Schlacht wohl überleben würden.

Er fragte sich, ob er den Krieg rechtzeitig beenden konnte, um sie alle zu retten.

# 35. Kapitel

Tsunami und Sunny schienen nicht im Geringsten überrascht zu sein, als sie die Erklärung für Clays legendären Angriff auf ihre Eier hörten.

»Aber natürlich«, meinte Tsunami. Während ihrer Abwesenheit war sie auf die Jagd gegangen, und jetzt schob sie eine tote Wildente in Clays Richtung. »Ich habe nie geglaubt, dass du versucht hast, uns zu töten.«

»Das würdest du doch niemals tun!«, pflichtete Sunny ihr bei.

»Na ja, *ich* habe das nicht gewusst«, wandte Clay ein. Sie hatten ein kleines Wäldchen gefunden, das so weit weg vom Wasserfall und dem Schlachtfeld war, dass sie die brennenden Drachen nicht mehr riechen konnten. Als ihm bewusst wurde, wie ausgehungert er war, schlug er die Krallen in die Ente.

»Und was jetzt, Leitflügler?«, fragte Glory, die gerade einen Fasan auseinandernahm. »Ab jetzt werde ich dich immer so nennen.«

»Wir werden wie Erdflügler sein«, sagte Clay stolz. »Wir halten zusammen. Egal was passiert. Wir sind ein Team und wir kümmern uns umeinander. Das bedeutet, dass wir als Erstes Starflight finden müssen. Die Nachtflügler können ihn nicht einfach mitnehmen. Er ist einer von uns, und wir werden die ganze Welt nach ihm absuchen, bis wir ihn finden. Es wird Zeit, dass unser Freund zu uns –«

Er brach ab, als ein dumpfer Schlag hinter ihm den Boden erzittern ließ. Die anderen starrten über seine Schulter.

»Wehe, das ist der, von dem ich glaube, dass er es ist«, seufzte Clay.

»Gefunden!«, rief Glory hämisch.

Clay drehte sich um. Im wehenden Gras vor den Bäumen stand Starflight und blinzelte. Das Sonnenlicht ließ seine schwarzen Schuppen violett und dunkelblau schimmern. Hoch oben am Himmel flog der massige schwarze Körper von Morrowseer davon.

»Auf Wiedersehen!«, brüllte Tsunami ihm nach. »Danke für alles! Du warst uns eine GROSSE HILFE!«

Mit einem Freudenschrei warf sich Sunny Starflight an den Hals. »Du hast uns gefunden!« Sie trommelte mit ihren Flügeln auf ihn ein. »Ich hatte so gehofft, dass du zurückkommst.« Er erwiderte ihre Umarmung und lächelte sie schüchtern an.

»Hallo«, sagte Clay zu dem Nachtflügler. »Hättest du nicht warten können, bis ich meine grandiose Rede beendet habe? Nur so ein oder zwei Tage, damit wir wenigstens so tun könnten, als ob wir nach dir suchen?«

»Morrowseer hat euch gesehen, als ihr vom Sumpfland hergeflogen seid«, erwiderte Starflight. »Ich soll euch von ihm ausrichten, dass es auch ein anderer Drache hätte sein können und dass wir vorsichtiger sein müssen.«

»Na großartig«, lästerte Tsunami. »Das ist ja so ein guter Rat. Ich bin froh, dass er sich Sorgen um uns macht, jetzt, nachdem es uns gelungen ist, uns etwa hundertmal selbst zu retten. Sonst noch ein paar Überlebenstipps? Oder Vorschläge, wie wir die Prophezeiung erfüllen können?«

Starflight zog den Kopf ein und sah verlegen aus. »Es tut mir leid, dass er mich mitgenommen hat«, sagte er. »Ich habe ihn gebeten, mich sofort wieder zurückzubringen, aber er wollte nicht. Er sagte, er könne es sich nicht leisten, einen Nachtflügler zu verlieren, auch dann nicht, wenn er –« Starflight schluckte. »Auch dann nicht, wenn er klein und seltsam sei.«

»Was bei allen Monden soll das denn bedeuten?«, fragte Clay.

»Du bist nicht seltsam!«, protestierte Sunny. »Ich bin diejenige, die klein und seltsam ist.«

»Na ja, ein bisschen klein geraten ist er schon. Und seltsam ist er auch«, meinte Glory. »Aber uns ist das egal.«

Tsunami sah aus, als würde sie überlegen. »Er kann es sich nicht leisten, einen Nachtflügler zu verlieren?«, wiederholte sie. »Mit denen stimmt doch irgendwas nicht, oder? Ist dir etwas aufgefallen?«

»Nein.« Starflight starrte in den Himmel. »Er hat mich nicht in das geheime Königreich der Nachtflügler gebracht, falls du das meinst. Ich habe nicht einmal die Drachen kennengelernt, die ihn begleitet haben. Wir sind oben in den Berggipfeln geblieben und haben einfach nur gewartet. Ich glaube, er wollte sehen, was mit euch passiert.«

»Wäre ja auch ein Wunder gewesen, wenn er gekommen wäre, um uns zu helfen«, murmelte Glory.

»Dann ist ihm also egal, was wir als Nächstes tun?«, fragte Clay. »Er zwingt uns nicht, zu den Klauen des Friedens zurückzukehren?«

»Ich glaube, zurzeit ist er mit den Klauen des Friedens nicht so richtig zufrieden«, erwiderte Starflight.

»Dann können wir ja machen, was wir wollen«, entschied

Clay. »Ich schlage vor, wir besuchen Tsunamis Mutter, die« – das war an Starflight gerichtet – »laut Kestrel übrigens die Königin der Meeresflügler ist.«

»Im Ernst?« Starflight starrte Tsunami an. »So wie es in der Schriftrolle steht? Coral ist angeblich eine großartige Königin. Nicht so durchgeknallt wie Scarlet.«

Tsunami sah nervös aus, was absolut nicht ihre Art war. »Glaubst du, sie wird sich freuen, mich kennenzulernen? Und was, wenn sie wie Clays Mutter ist? Nichts für ungut, Clay.«

»Ich *weiß*, dass sie sehr froh sein wird, dich zu sehen«, erwiderte Starflight. »Weißt du denn nicht mehr, was in *Die königliche Abstammungslinie der Meeresflügler, vom Großen Brand bis heute* steht?«

Alle vier Drachlinge stöhnten genervt.

»Kannst du mir *einen* vernünftigen Grund sagen, warum wir den da zurückhaben wollten?«, fragte Glory an Clay gerichtet.

»Das ist wichtig und äußerst faszinierend!« Starflight stampfte mit den Hinterklauen auf. »Hört zu! Königin Coral hat keine Erbin. Kein einziger der weiblichen Drachlinge hat es geschafft, erwachsen zu werden. Gerüchten zufolge liegt auf den Gelegen der Königin ein Fluch. Und *deshalb* wird sie auch sehr froh sein, Tsunami kennenzulernen – du bist nämlich die verlorene Erbin und zukünftige Herrscherin des Königreichs des Meeres.«

»Ich? Im Ernst?«, fragte Tsunami mit stolzgeschwellter Brust.

»Ach du meine Güte! Tsunami! Eines Tages könntest du Königin der Meeresflügler sein!«, quiekte Sunny aufgeregt.

Tsunami grinste. »Das wäre toll, nicht wahr? Ich habe immer gedacht, dass ich eine gute Königin abgeben würde.«

»Also, ich weiß nicht«, mischte sich Glory ein. »Wenn du eines Tages Königin sein willst, wirst du andere rumkommandieren müssen. Und du wirst herrschsüchtig sein müssen. Und eingebildet … Hey, Moment mal.«

Tsunami schlug Glory ganz sachte ihren Schwanz um die Ohren. »Benimm dich oder ich lasse dich einen Kopf kürzer machen«, drohte sie mit hocherhobener Schnauze.

»Dann suchen wir jetzt also die Meeresflügler«, entschied Clay. »Sie sind doch nicht auf Burns Seite, oder?«

Starflight gab einen leidgeprüften Seufzer von sich. »Nein, Clay. Sie haben sich mit Blister verbündet, der mittleren Schwester, von der die Schriftrollen sagen, dass –«

Glory, Tsunami und Clay warfen sich alle gleichzeitig auf den Nachtflügler. Sunny versuchte, ihm zu Hilfe zu kommen, und schließlich balgten sich alle fünf lachend im Gras.

Clay konnte ein Stück des Himmels sehen, der blau und golden schimmerte. Er wusste immer noch nicht, wie sie die Prophezeiung erfüllen und den Krieg beenden sollten. Er wusste nicht, wie die Familien der anderen Drachlinge auf sie reagieren würden. Er wusste, dass Burn sie jagte und dass sich ihr schon sehr bald andere gefährliche Drachen anschließen würden.

Aber er wusste jetzt, was für eine Aufgabe er hatte – er musste seine Freunde beschützen, egal was geschah. Er hatte es von dem Moment an gewusst, in dem er geschlüpft war, auch wenn er es damals noch nicht verstanden hatte. Er brauchte sich keine Gedanken mehr darüber zu machen, warum er das Monster in sich nicht aufwecken konnte oder weshalb er nicht so war, wie man es von ihm erwartete. Die Prophezeiung musste ihn so nehmen, wie er war.

*Achtung, Schicksal*, dachte er, *hier kommt dein Held!*

# EPILOG

Der Wind heulte mit der Kraft Tausender brüllender Drachen um die kleine Felseninsel. Er fegte über die drei Drachen auf der Klippe hinweg, als wollte er ihnen die Flügel abreißen.

Ein Drache war so schwarz wie die Nacht, einer so rot wie lodernde Flammen und einer so hell wie Wüstensand.

»Warum hast du mich hergebracht?«, schrie Kestrel, die ihre Klauen in eine Felsspalte grub. Der Wind packte ihre Stimme und trug sie davon.

Morrowseer ignorierte sie. Er machte einen Schritt auf den Sandflügler neben ihm zu und schirmte ihre Köpfe mit seinen Flügeln ab, damit sie einander hören konnten.

»Vertrau mir. Du bist die Auserwählte«, sagte er. »Burn und Blaze sind die beiden, die sterben werden. Wir haben dich zur nächsten Königin der Sandflügler bestimmt.« Am Fuß der Klippe unter ihnen warf sich die Brandung gegen die Felsen.

Blister starrte ihn mit ihren glitzernden schwarzen Augen an. Sie war kleiner als Burn, mit einem langen, verschlagenen Gesicht und einem schwarzen Rautenmuster, das sich an ihrer Wirbelsäule entlangzog. Sie strahlte eine gespenstische Ruhe aus, wie eine Giftschlange, die jeden Moment zubeißen wird. Im Gegensatz zu ihren Schwestern hatte sie keine Narben. Sie war viel zu schlau, um selbst zu kämpfen.

»Und die Drachlinge werden dafür sorgen, dass es so kommt«,

sagte sie. »Dieselben Drachlinge, die jetzt die Gegend unsicher machen.«

»Wir werden sie im Auge behalten«, versprach Morrowseer. »Es ist besser so. Wenn erst einmal bekannt ist, dass sie die Höhle verlassen haben, werden alle nach ihnen Ausschau halten … und darauf warten, dass die Prophezeiung sich endlich erfüllt.«

»Und wenn sie ihre eigenen Vorstellungen davon haben, wer Königin sein soll?«, fragte Blister.

»Das werden sie nicht.« Als Morrowseer seine Flügel ausbreitete, fingen seine Sternschuppen das Mondlicht ein. »Außerdem hat der Nachtflügler jetzt seine Befehle. Er weiß, was er zu tun hat.«

»Was?«, schrie Kestrel. »Was sagst du da?« Sie versuchte, näher an die beiden Drachen heranzukommen, doch diese unterhielten sich weiter miteinander, als wäre sie gar nicht da.

»Das gefällt mir«, meinte Blister. »Ein Verräter in ihrer Mitte. Sie werden von innen heraus zerrissen. Der Plan hätte auch von mir sein können.«

»Das ist unsere Spezialität«, meinte Morrowseer. Ein gewaltiger Windstoß warf das Meer gegen die Felsen und zerrte an den Schwänzen der Drachen. Hinter den dichten Wolken am Himmel grollte der Donner. »Aber wir erwarten das, was uns versprochen wurde.«

»Das wird kein Problem sein.« Blister fuhr sich mit ihrer gespaltenen Zunge über die Zähne. »Steht in deiner Vision auch etwas davon, wohin die Drachlinge als Nächstes gehen werden?«

Morrowseer sah sie verärgert an. »So funktioniert das nicht.«

Das schien Blister zu amüsieren. »Dann hoffen wir mal, dass sie zu den Meeresflüglern unterwegs sind«, sagte sie. »Und was ist mit ihr? Ist sie ein Problem?« Sie wies mit dem Kopf auf Kestrel.

Kestrel hatte den letzten Satz nicht gehört. »Ja«, brüllte sie. »Warum bin ich hier? Morrowseer, du hast gesagt, dass die Drachlinge in Gefahr sind.«

»Und du kamst sofort angerannt«, erwiderte er. »Natürlich sind sie in Gefahr. In größerer Gefahr, als ihnen bewusst ist. Aber genau genommen bist du hier, weil du mich enttäuscht hast.«

Kestrel blinzelte mit ihren gelben Augen und wich einen Schritt zurück. Dann starrte sie ihn wütend an. »Ich habe *dich* enttäuscht?«, knurrte sie. »Ich arbeite für die Klauen des Friedens, nicht für die Nachtflügler. Wenn die Klauen Beschwerden haben, können sie gern mit mir reden. Ich habe diese Bälger am Leben gehalten, so, wie man es mir aufgetragen hat.«

»Aber sie brauchen dich jetzt nicht mehr«, meinte Morrowseer. »Und wir auch nicht.«

Blisters Krallen zerrissen Kestrel die Kehle, bevor sie schreien konnte. Kestrel taumelte nach hinten, während der Wind auf sie einschlug. Blister machte noch einen Schritt auf sie zu und stach Kestrel ihren giftigen Schwanz ins Herz.

Kestrel brach auf den Felsen zusammen und wand sich vor Qualen. Ihr Mund öffnete sich, um einen Fluch auszustoßen oder Feuer auf ihre Mörder zu spucken, doch nur dunkelrotes Blut sprudelte hervor.

Morrowseer sah auf sie herab. Dann streckte er eine Klaue aus und stieß ihren Körper über den Rand der Klippe. Der Wind erfasste ihre ausgebreiteten Flügel und warf sie gegen die Felsen, bis er ihrer überdrüssig wurde und sie ins Meer stürzen ließ. Das klatschende Geräusch, mit dem sie auf den Wellen aufprallte, wurde nicht bis ans obere Ende der Klippe getragen, wo die beiden anderen Drachen ihr Gespräch fortsetzten, als wäre nichts geschehen.

»Da ist noch was«, sagte Morrowseer. »Ein Meeresflügler namens Webs. Wenn er es aus dem Berg herausgeschafft hat, wird er ebenfalls nach ihnen suchen. Der Rest des Plans wird erst funktionieren, wenn auch er tot ist.«

»Kein Problem«, sagte Blister wieder. Sie starrte auf das brodelnde Meer unter ihnen. »Was sind schon ein paar tote Drachen mehr oder weniger auf meinem Weg zum Thron.«

Morrowseer lächelte. »Dann verstehen wir uns.«

»Gib mir die Drachlinge«, sagte Blister, »dann bekommen wir beide, was wir wollen.«

**Tui T. Sutherland** gehört zum berühmten Autorenteam von Erin Hunter (*Warrior Cats* und *Seekers*), und schreibt auch gemeinsam mit ihrer Schwester Kari Sutherland (*Magic Park*). Aufgewachsen in Südamerika, ist Tui in ihrer Kindheit schon an viele exotische Orte gereist. Sie liebt Tiere über alles, besonders Drachen, Greifen und Hunde. Heute lebt sie mit ihrer Familie in Massachusetts.